大唐忍者秘史

【玄幻小说系列】

上册「百部忍法」

索巴 著

人民东方出版传媒
東方出版社

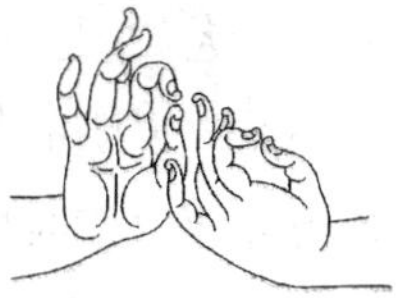

前　言

“中国忍者”是个全新的事物，中国的忍者世界则是一个新开辟的江湖。有些朋友在读了书稿之后问我，这个故事是不是真实的？我很难回答是或不是，因为当我循着某些历史痕迹步入那个神秘而绚丽的世界之后，自己也沉迷其中，分不清哪些是真哪些是幻了。借着这部书的力量，我在唐代忍者的世界里生活了四五年光景，书中的许多人物都成了我生命中的至交亲朋。我的朋友们也同我一样，各自在书中寻到了自己的最爱。现在回想起来，那段时光更像是一段真实的记忆，比我今天的早餐更加真切！

我必须承认，书中很多精彩的部分并不是我刻意想象出来的，而是它们自己突然跳出来，很自然的，就像一位陌生人来敲门一样，也有点像是到一个从未去过的地方旅游，走着走着，就会看到一处令人惊喜的景色，这是毫无预期的。

当初，我在唐史①中读到过这样一段记载，安史之乱时，唐肃宗逃难在外，恰逢佛教唐密祖师“不空金刚”回到长安，肃宗皇帝于是派遣密使向不空大师求取了秘密法。不久，长安城即被收复。肃宗皇帝为感念不空大师“助国平叛”之功，迎不空入朝，礼待极尊。《资治通鉴·唐纪四十》中提到：“胡僧不空，官至卿监，爵为国公，出入禁闼，势移权贵，京畿良田美利多归僧寺。”这种礼遇在中国佛教史上可谓是空前绝后的。

不空大师为何能够得到如此高的礼遇？他的“助国平叛”之功到底有多大？而大师究竟传授给皇帝密使哪些秘密法？密使得法后去了哪里？做了什么？这些密法具有何样的神秘力量，竟能帮助大唐平定安史之乱？

这段记载引发的疑问就像是藏在微小芥子中的一扇神秘之门，将我带进了

① 唐·赵迁：《大唐故大德赠司空大辨正广智不空三藏行状》。

一处广大如须弥山般的神秘之境。

需要说明的是，本书描写的是“安史之乱”一百多年以后的故事，是我游历神秘之境时所见到的最美妙的风景。更为有趣的是，在这段风景的尽头，可以窥见忍者何以出现在后世的日本，并成为日本传统文化中最为独特的标签。

目 录

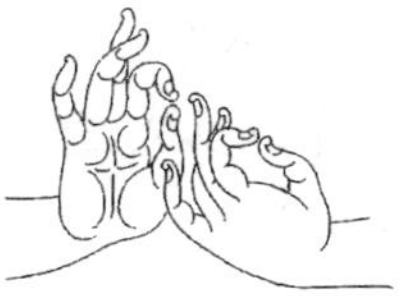

序篇

矮子模可汗拔马 口袋谷将军失头

咸通四年（863年），矮子模

大漠风如刀，狂舞割战袍，沙起遮天日，沙落淹塞草。

风飙尘起，烈马低头，战马悉皆戴上眼罩，人却难睁双眼。跌庞用力抓紧自己的袍子，只怕稍一放松，便成了这大漠中的断线风筝。他的脸庞早已被尘沙击打麻木，一如死灰般的内心。自从率回鹘残部从漠北迁到西域，他便一直征战不停，像一只胡狼，四处游荡，要么吃到羊和兔子，要么被老虎吃掉。被黠戛斯赶出家园之后，现在又被吐蕃要挟，充当吐蕃攻唐的棋子，虽不甘心，却也无奈。“难道这便是我和族人的宿命吗?”

“报……”传信兵的声音打断了他的思绪。

“启禀大汗，前面有三个唐人求见。”

“唐人？什么来头？何事见我?”

“不清楚什么来头，为首那人只说要送一份厚礼给大汗。”

“厚礼？带来见我。”

“是。”

跌庞上下打量着面前这三个唐人，半晌没有说话，只见这三人也一直在盯着自己，特别是中间那人，眼神淡定坚毅，仿佛是位严厉的老先生在看自己的学生。

“你们是什么人?”跌庞率先打破沉默。

“使者。”中间那人答道。

“谁的使者?”

“大唐懿宗皇帝陛下。”

跌庞颇感意外，问道：“大唐皇帝知道我要来？你们要送我什么大礼?”

“龟兹。”中间那人淡然说道。

“放肆!”这句话激怒了跌庞，“龟兹本来便是我的!”他咬牙切齿道。

“嘿嘿，恐怕很快便不再是了。”那人冷笑一声。

“此话怎讲?”跌庞强压怒火，让对方把话说完。

“大汗此番举半国之兵攻唐，将置龟兹于绝地。瓜州、沙州乃河西重镇，有凉州节度使张义潮张大人镇守。张大人的来头大汗想必清楚得很，河西陷没一百余年，近几十年更是完全为吐蕃所制，张大人率领归义军七千人，血战三载，尽收河西失地，吐蕃人狼狈溃败。当今天子施恩，委派张大人坐任凉州节度使，更增兵派将，镇守河西六州。大汗可自问，龟兹比吐蕃实力如何?”

那人停下看了看跌庞，又接着说道：“吐蕃自知力不如唐，故而挑唆大汗助其为凶。今大汗攻打瓜州、沙州若胜，则大唐将与龟兹为敌，从此兵戎相见，吐蕃便可从中坐收渔利。若大汗兵败，则吐蕃反攻龟兹，而此时大唐必不会再出兵相救，龟兹危矣!”

听到这里，跌庞怒气全消，不由得倒吸一口凉气，说道：“先生请继续讲。”

那人点了点头，续道：“大汗已受大唐天子册封为怀建可汗，乃大唐属臣，怎可作乱犯上？如今大汗理应与我大唐同仇敌忾，联手痛击吐蕃，将吐蕃彻底赶出河西。如此可保龟兹安宁，大唐安宁。”

跌庞一撩战袍从马上跳下，走到三人面前，抱拳道：“请问先生大名。”

“在下复姓光波，单名勇。”中间那人答道。

“光波？这不像是唐人姓氏。”跌庞说道。

光波勇微微一笑，并不作答。

跌庞伸出左手抚在光波勇右肩头说道：“如今我已然发兵前来，难道大唐皇帝陛下便不会存有芥蒂之心吗？况且若我现在撤兵，必然途经高昌，那里由吐蕃大将论恐热把守，此人极善打仗，又有重兵在手，他若出兵阻拦，我军必将陷于险境。”

“哈哈哈！大汗不必担心。如果大汗肯退兵，我再送大汗三件礼物。”光波勇笑道。

“哦?”跌庞疑惑地看着眼前这位怪人。

光波勇道:“第一，我立即上奏朝廷，不但不会怪罪大汗，还会奏请皇上加封大汗。第二，我会安排高昌城内演出一场好戏，让论恐热自家乱作一团，便无暇顾及大汗的军队了。第三，我会修书给凉州节度使张大人，请他的归义军相助大汗，攻打论恐热，夺取高昌。到那时，龟兹与我大唐紧密相接，便可彻底击退吐蕃了。”

“先生所言当真?”跌庞异常兴奋。

三日后

龟兹大军刚刚通过高昌城南，城内到处浓烟滚滚，火光冲天。

跌庞回头看看高昌城，又加了一马鞭，心中暗道：“那光波先生果然守信。”

大军又行了约三十里，便进入一山谷——口袋谷，谷中两侧山壁陡峭，中间小路细狭。此谷长二三里，通到一开阔地，北面仍是高山，南面乃一个八字形大谷口，再往南是一大片戈壁。向西一二里，过了八字形谷口，便又是如前面一般细窄的山谷。

跌庞率军东来经过这段路时，便仔细观察过，若在此处设伏兵，则谷中兵将万无生还之理。

“传令，大军全速前进。”跌庞想尽快走出这段死谷。

“启禀大汗，前面谷口突然山崩，路被封死了。前军已经通过。”突然探子来报。

“哦?”跌庞有种不祥的预感。

“报……大汗，后面谷口突然山崩，路已经被堵死，大军都被隔在谷中。”又一名探子飞马来报。

“什么?”跌庞心说，“不好!”

“大汗！你看!”

身边亲兵的喊声令他一惊，他顺着亲兵的马鞭，只见谷口南面尘土飞扬，迅速向这边滚卷而来。

不多时，跌庞已然看清，那是一队骑兵，每九人一排，队长不见尾，队形相当整齐，正中一面白色大旗，上绣一只黑豹，张牙舞爪，威势凌人。

很快，这队骑兵距离龟兹军队便只有百步之遥。

“停!”随着响亮的一声令下，只见对方军中竖起一面绿旗，这支飞速冲刺的骑兵竟陡然停下，霎时间安静下来，只剩下扬尘在空中弥漫。

“哦……”龟兹军中发出了惊叹声。

跌庞也暗暗吃惊，“难道这就是论恐热的王牌骑兵——黑豹?”

正思量间，对方军中跑出一匹战马，马上一人，黑皮短袄，赤裸右臂，手握半月弯刀，来到阵前叫道：“让你们大汗出来答话!”声音雄浑，可传数里。

跌庞策马向前走了几步，喊道：“面前是哪位将军?”

对方并未回答，只高声道：“奉论恐热将军之命，来问大汗为何撤兵。”

跌庞答道：“我忽感身体不适，故而返回。请转告论恐热将军，待我身体痊愈，再来助将军一臂之力。”

“论恐热将军有令！向东者，是朋友。向西者，是死尸!”吐蕃将军叫道。

“不要欺人太甚!”跌庞怒道。

“放你娘的屁！我倒要看看谁是死尸!”龟兹军中忽然冲出一骑，挥舞着双刀向吐蕃将军杀去，却是跌庞的亲兵队长帖木儿。

到了吐蕃将军近前，帖木儿右手举刀奋力斜劈而下，左手尖刀同时刺出。这是帖木儿的必杀绝技，对手若去挡他上面的刀，便会被下面的刀刺中，若躲下面的刀，又会被上面的刀劈到。加之帖木儿力气大，速度快，诸多对手甚至同时挨了两刀。多年征战沙场，还从未有人从他这双刀下逃生。

“也该杀杀对方的锐气。”跌庞心念甫过，只见那吐蕃将军头向右一偏，那把偌大的半月弯刀贴身划了一个圆弧，竟然把帖木儿的双刀都挡了回去。大家正惊诧之时，吐蕃将军又划了第二个圆弧，动作连贯，毫无迟疑，这次却是从帖木儿的身上划过。帖木儿尚未来得及呼叫一声，便被拦腰斩断，坠于马下。

跌庞大吃一惊，素闻吐蕃军凶悍，尤其是论恐热手下的骑兵——黑豹，军纪严整，训练有素，士兵个个身手不凡，今日一见，果然名不虚传。

吐蕃将军用弯刀一指跌庞，喝道：“回鹘人，现在后悔还来得及。”

跌庞左手紧紧握着腰刀，微微有些发抖，此时当真是矛盾万分、百感交集。若要打，自己现在身中埋伏，大军已被隔断，身边不足千人，恐怕很快便会被消灭在此地。若是示弱屈从，则今后如何面对族人，如何面对天下？况且正如光波勇所说，即使屈服做了吐蕃人的走狗，早晚也是一般下场。

跌庞正不知如何是好，耳边忽然传来一声“大汗莫急，我来助你退敌”。

跌庞回头看时，却见光波勇竟然出现在自己身边。跌庞身后的众兵将也颇感奇怪，谁也未曾注意到光波勇何时、从哪里冒了出来。

“光波先生？你怎会在此？怎么只有你一人？”跌庞问道。

光波勇并未直接回答，却说道：“大汗，东西两个谷口稍后便会打开，那时大汗可率全军奋力一击。”

正说话时，但见吐蕃军中奔出五骑，径直上了东面一座小丘，距龟兹队伍大约五百步之遥。中间一人披着大斗篷，远远便能看见斗篷随风飘起，想必是位将领。身旁两人各持一面三角令旗，一红一绿。五骑在山丘站定，只见红旗一挥，吐蕃骑兵骤然启动，冲出四个方队，每队九骑一排，共九排，四队排成一个田字形，齐刷刷冲杀过来。

跌庞正要拔刀下令迎敌，却见光波勇已然飞奔而出，速度极快，眨眼间便已奔出数十步开外。奇怪的是，他并非直接奔向吐蕃骑兵，而是斜向东面山壁而去。

待光波勇奔到山壁前，离吐蕃头排骑兵已不过十步之遥。光波勇纵身跃起，竟直扑山壁。正当大家惊怪之时，只见光波勇右脚对着山壁一蹬，猛然在空中转身，以惊人之速踢向最东侧的骑兵。那吐蕃骑兵见光波勇来袭，挥刀便砍。光波勇却并未攻击吐蕃骑兵，而是径直踢向那骑兵的马腹。只听“嘭”的一声巨响，吐蕃骑兵连人带马直直飞了出去，狠狠撞到第二匹马上，第二匹马也被撞飞出去，又撞到第三匹马上。如此，竟然一连将头排骑兵的十八匹战马全部撞飞。

第二排骑兵尚未明白发生何事，却发现自己已然变成头排了。

光波勇双脚甫一着地，随又腾空而起，看准第二排最东侧的骑兵，当胸就是一拳。可怜那家伙还在为适才的变故发呆，便被重重打飞了出去。如前一般，第二排骑兵撞飞第三排，第三排的撞飞第四排，光波勇一拳竟然打飞了十七排骑兵。十七匹战马登时变成无人坐骑。

再看那第二排骑兵，因为面前一匹匹战马摔将过来，自西向东的十余骑纷纷被绊倒，或有个别机灵者立即拼命拉住辔头，战马前蹄高高蹬起。第三排骑兵则又撞到第二排，第四排的撞到第三排，一时间人仰马翻，乱作一团。直撞到第五、六排，吐蕃骑兵才纷纷收住脚，停了下来。

忽听“轰——轰——”两声巨响，原来东西两个谷口已被炸开。被挡在外面的龟兹大军迫不及待地冲进来救主。

“呜——呜——”两声号角响过，大家循声望去，只见小山丘上，先是绿旗左右挥舞了一次，接着又见红旗交叉挥舞，画了个十字。

吐蕃骑兵方阵立刻掉头撤回。同时又冲出一队骑兵，约有一百多人，以光波勇为中心，呈扇形围奔过来，估计是惧怕光波勇厉害，并不敢太过靠近。光波勇冷目相视，凝然不动。

吐蕃骑兵将光波勇围在山壁下，突然同时举起弩，数百支飞弩如暴雨般向光波勇身上招呼过来。原来这一队人马乃是吐蕃军中的弩手，而且所用均为连发硬弩。这一招着实毒辣，光波勇根本无处可躲，顷刻间便要被射成一只刺猬。

“不好！”跌庞眼见光波勇身体周围数丈之内悉是飞弩，心中暗叫。然而此时想要救人，已然来不及了。

只见光波勇双手当胸相握，做了个奇怪手势，瞬间竟化作一团白光，消失在飞弩之中。

“怎么回事？”跌庞眯了眯眼睛，不明白眼前发生了什么。

“手印？他究竟是什么人？”小山丘上的吐蕃将领喃喃自语道。

佛语：“生命只在呼吸之间。”只一息之间，这一百多号骑兵弩手忽然身体僵直，几乎同时趴倒在马背上，晕死过去，每个人的右肩上都插着一支弩，正是他们自己射出的弩。

光波勇出现时，已在骑兵弩手的队尾。他向小山丘上望了一眼，伸手将队尾的弩手从马上拉下，跨上马背，向小山丘疾驰而去。

此时，上万人的沙场一片寂静，只听见一匹马在奔跑。吐蕃人、龟兹人都在那里呆呆地看着，大家均被眼前这一切所惊呆，甚或忘了呼吸。

“拦住他，保护将军！”一声大吼惊醒了众人。一队吐蕃骑兵应声冲出来，企图阻拦光波勇，为首的正是适才斩杀帖木儿的吐蕃将军。

光波勇见状，策马迎了上去，两马相错，那吐蕃将军挥刀便砍，看得出，他这一刀，用了十成的力量，在空中划出一道优美的圆弧。

没有人看清发生了什么，两马错过之后，光波勇继续向山丘上奔进，吐蕃将军仍然握着他的弯刀，不过这把半月弯刀此时已然变成了满月，吐蕃将军的头在月心中，与他的脖子永远分开了。

再也无人阻拦。山丘上的吐蕃将领见势不妙，掉头便跑，他的马快，很快便拉开了与光波勇的距离。

光波勇又当胸结起手印，再次消失在马背上。

只是弹指之间，光波勇便重新出现在自己的马上，策马登上了山丘，高高举起一颗头颅，正是那吐蕃将领的。

跌庞已被惊呆了很多次，他跟这里所有人一样，这辈子也未曾见过如此不可思议之事。“他是神仙吗?”大家均在心中暗自问道。

“大汗，还不杀过去!”

跌庞扭头看见两个唐人出现在身旁，正是光波勇那两位侍从。他这才恍然醒悟，赶紧下令全军冲杀。

这边吐蕃军将领一死，吐蕃骑兵已是群龙无首，再加之刚刚见过光波勇那几番神异之举，吐蕃军更是气势全失。龟兹大军从两边谷口出来，人马也已经聚集得差不多了，比吐蕃军多出数倍人数，所以这一阵冲杀，吐蕃军被杀得丢盔弃甲，狼狈逃窜。

跌庞心里暗自庆幸，多亏自己站在了大唐这边。

此役，论恐热的王牌骑兵“黑豹”，五千人马被消灭了大半，剩余残部逃往戈壁，回到高昌城时，已经不足一千五百人。而龟兹大军缴获了良马近三千匹，以及大量武器。是年秋天，大唐懿宗皇帝敕封龟兹为“大回鹘龟兹国”，龟兹永远向大唐称臣。

接下来的三年中，回鹘人与吐蕃展开了大规模战争，并得到归义军的帮助，终于在咸通七年（866 年）战胜吐蕃，收复轮台、西州（即高昌等数地），并斩其大将论恐热，传首京师。

第一回

蓬莱豪饮英雄话
国士无双承重托

乾符四年（877 年）

大明宫蓬莱殿中，四人正围坐宴饮，首席上是位少年，身穿黄缎紫领紧袖小袍，领口袖口皆用翠线绣着盘龙，端的是精细美服。那少年年纪虽小，眉宇间却透出端庄大方之气，清秀之下，自有一股威势。他便是大唐当朝皇帝，僖宗李儇，年方十六岁。

僖宗右首坐着一位五十来岁的老者，衣着华丽，面白无须，脸上似笑非笑，恭谨中又略带傲慢之色，正是僖宗身边红人大宦官田令孜，官居神策左军中尉、观军容使。

僖宗是懿宗皇帝第五子，本名李俨，在懿宗病重弥留之际，被几个大宦官拥立为皇太子，改名李儇，并于懿宗死后，于柩前即位，当时才十二岁。僖宗自小由田令孜照顾长大，与之感情甚笃，并呼之为“阿父”。故而田令孜虽是宦官之身，却权倾朝野，朝中大事皆由其决策定夺，真可谓“一人之下，万人之上”。

僖宗举起酒杯，向左首那人说道：“孙先生这幅《维摩图》笔简形备，情高格逸，当真是世无匹者。朕敬先生一杯。”

僖宗所敬乃是一位名满天下的丹青国手——孙位。此人相貌儒雅，衣着朴素，却是举止疏野、襟怀旷达，素有侠名。孙位乐交方外之人，不喜豪贵，有人求画若不投机，纵赠千金，难留一笔，尤以画水闻名，与张南本善画火并称于世。然既为僖宗深爱，礼为丹青老师，也难以推托，竟成了宫中常客。

孙位见皇上先向自己敬酒，忙起身谢恩，口称“惶恐”。

僖宗道：“此是家宴，又无外人，诸位爱卿不必拘礼。朕今日与诸位爱卿开怀畅饮，谈天说地，不论君臣，岂不快哉！”

四人将杯中酒一饮而尽，僖宗对田令孜说道：“阿父每日代朕处理国事，不辞操劳，朕敬阿父一杯。”

田令孜谢恩后说道：“老奴能为皇上分忧，那是几辈子修来的福气，便是替皇上扛座山，再累上十倍，也欢喜得紧啊。倒是皇上年轻，龙体尚未大壮，多饮恐伤龙体，这杯酒老奴自己承恩便是，皇上就不要陪老奴一起吃了。”说罢举杯自饮。

孙位很是厌烦此人，心道：“怪不得这老宦官得宠，当真是有一套好马屁！”

僖宗笑了笑，又对孙位说道：“朕知道孙先生好酒，而且海量。朕酒量不行，所以今天特意为先生找来一位酒伴，陪先生吃个痛快。”说罢看了看下首那人。

只见此人身材高大，虎背蜂腰，一张国字脸，剑眉斜挑，双目炯炯，正是神策军总教头——李义南。

李义南与孙位在宫中亦时有碰面，均识得对方，但并不熟悉。

李义南举杯向孙位道：“在下李义南乃一介武夫，久仰先生高贤，却无从亲近。今蒙圣恩，得与先生同饮，实乃幸哉！在下不懂书画，只能陪先生多饮几杯了。”

孙位见他是个直爽汉子，又似乎酒量不小，却也喜欢他三分，便也举杯道：“孙位不过一山野村人，无才无德，蒙皇上错爱召用，恩宠有加，实在惭愧。李将军既然也是杯中同道，今日孙位便与将军开怀畅饮，只是要多糟蹋陛下几坛美酒了。”

僖宗拍手笑道：“好极！好极！今日我们一醉方休。”

几个人说笑欢饮一番，田令孜却话语不多，酒也没吃几杯。僖宗问道：“阿父似乎有什么心事，怎的不大吃酒？”

田令孜忙回道：“老奴该死，让皇上担心了。老奴只是不胜酒力，并无心事。”

僖宗摇摇头，说道：“阿父不必隐瞒，你定是在为讨伐那些逆贼烦恼吧。如今尚君长、蔡温球、楚彦威几个贼首都已在狗脊山伏诛，想那王仙芝、黄巢一干余孽也没几日好折腾了，让宋威会同诸节度使一举将其剿灭便是。”

田令孜略一沉吟，说道：“皇上有所不知，监军杨复光本已劝降王仙芝，若不是那宋威贪功，劫了前来投降的尚君长等人，王、黄等贼现今早已被朝廷招安，咱们也不必如此大费周折了。”

僖宗眉头一皱道：“宋威怎的如此没用，你就罢了他的官，换个人做招讨使，去把这些逆贼剿了。”田令孜向僖宗拱手作礼道：“皇上圣明。”

李义南心道：“那宋威抢了这老宦官手下杨复光的功劳，自然没有好果子吃。”

〔按：乾符五年（878 年）正月六日，唐廷以久病为名，罢除宋威招讨使之职；以曾元裕为招讨使，张自勉为副使。〕

僖宗又接着说道：“想我大唐人才济济，为何让那些逆贼如此猖獗？那些将军都是干什么的？难道是绣花枕头吗？等过些日子把逆贼平了，让他们都到长安来，朕要考校考校他们，让他们都好生跟李爱卿学一学。”

田令孜知道僖宗又在说孩子话，微笑并不搭话。李义南却连忙拱手说道：“臣不敢！臣原是一个无名小卒，蒙浩荡皇恩，忝居神策军总教头，却不能为圣上分忧，实在罪该万死！”

原来李义南本是懿宗皇帝身边的近侍，原名刘南，字义南，因为曾经救过懿宗皇帝的命，懿宗感激他，而且见他武功又的确高超，便赐姓李，并破格提拔他做了四品壮武将军。僖宗即位后，因为喜爱骑射和剑槊之术，便以李义南为师，李义南自然是倾力传授。僖宗的马球打得非常好，便是得了李义南骑术和剑槊传授之功。故而僖宗也非常宠幸李义南，又逐步升他做了神策军总教头，加左神武大将军。

僖宗笑道：“李爱卿不必过谦，你曾经救过先帝的命，是我大唐功臣，又是朕的老师，朕敬爱卿一杯。”众人都跟着举起酒杯，李义南自是谢恩，一饮而尽。

待伺席宫女给各人都斟满酒后，僖宗又道：“适才被那些逆贼作乱之事坏了咱们兴致，现在咱们说点痛快的故事祝祝酒兴。李爱卿，你便把围场救驾的故事详细说来听听如何？”

孙位和田令孜也很感兴趣，便都放下手中的象牙筷子，望着李义南，等他讲故事。

李义南拱手说道：“启禀陛下，那日臣随先皇陛下在围场狩猎，天色渐晚，先帝因为追逐一只獐子，一路跑进围场西南的山谷之中。先帝马快，臣与其他护卫被越甩越远，臣怕先帝有危险，便拼命追赶。转过几条山路之后，臣终于看见先帝在前面五六十步开外，正引弓欲射，其他护卫尚未赶来。就在此时，臣看见先帝身后树上，有个黑影扑向先帝。”

僖宗听得饶有兴趣：“那是什么东西？”

李义南答道：“是南诏武士。当时情况危急，臣一边大喊‘陛下当心’，一边策马开弓。但是先帝并没有看见那南诏武士，只看见臣张弓对着他，先帝以为臣有异心，便转身一箭向臣射过来。臣当时顾不得许多，也一箭射过去，正中那武士心口。”

“那我父皇可曾射到你？”僖宗问道。

“当然没有。臣该死，一把将先帝的箭抓在手里，随即又掷了出去。”

“哦？却是为何？”僖宗非常好奇。

“因为臣看见第二名南诏武士从另外一棵树上扑下来，此时若要拉弓已然来不及了。”李义南答道。

“可曾杀了那第二名武士？”僖宗兴致高涨。

“是。臣也是将箭射入那人心窝。”李义南指着自己心口说道。

“厉害！李爱卿居然徒手掷箭，伤敌于数十步外，况复是在马上！”僖宗稚气的脸庞因兴奋而变得通红。

孙位举起酒杯敬道：“李将军真英雄也！我敬将军一杯。”四人干了一杯。孙位问道：“不知那两名南诏武士为何要行刺先帝？”

李义南说道：“不是两名，而是四十名。”

“四十？”大家都吃了一惊。

李义南点点头道：“不错。孙先生有所不知，当时南诏正入侵我大唐边境，虽久战而不得便宜，于是便派出四十名南诏高手，潜入我大唐，欲图劫持先帝为人质，以要挟我大唐割让疆土。”

“原来如此。那另外三十八名南诏武士如何了？”孙位急于知道后情。

“我看见先帝周围树上有很多人影，却并不知道确切人数。但是我知道他们想要劫持先帝，故而暂时不会加害先帝。”

“如何得知？”僖宗问道。

“臣看见被臣杀死的那两名武士手中均未持刀，而是拿着绳索。况且如果他们要加害先帝，只需树上众人一齐放箭，臣便有三头六臂也无能为力了。”

僖宗点点头道：“爱卿说得是，那后来呢？”

“臣当时距离先帝还有四十步远，蓦地发现他们将一张大网撒向先帝。臣若骑马赶过去，必定来不及救驾，臣便从马背上跃起，拔出腰刀，飞纵了过去。就在大网将要落在先帝头上之时，臣挥刀将大网破为两半。那些南诏武士见大网已破，便纷纷纵下树来。臣见他们人多，不敢大意，抢先便砍倒了刚落地的两名武士。其他人见我拼命护驾，便分作两路，一路去围住先帝，一路围攻我。臣情急之下，将箭斛中的箭一时全部掷出，又射倒了四人，其余几名武士竟然或挡或躲都化解了去，其中还有一人，竟然截住了臣三支箭。”

“南诏居然也有此等高手？”田令孜插道。

“正是。我见先帝也在马上奋力挥刀，左右劈砍，南诏武士一时也不易近前。况且他们都是想要拿住先帝，并不出杀招，所以我便尽展拳脚，与众武士一战。我边战边留意先帝，一旦有武士将要近前，我便发暗器射杀之，一共射杀了五人。”

“爱卿使的什么暗器？”僖宗对李义南的暗器很感兴趣。

李义南从腰中摸出一把飞刀交给僖宗。僖宗拿在手中仔细把玩，见是一把双刃小刀，刀身约一寸多宽、五寸长，刀柄只是个圆环，有铜钱大小。

僖宗将飞刀还给李义南，说道：“爱卿可否射给朕看？”

李义南接过飞刀，起身走到窗前，众人也都跟过来观看。李义南推开窗，窗外传来阵阵鸽哨声，那是皇宫里养的鸽子，供皇帝和后宫玩耍解闷之用。

李义南回头向僖宗说道：“臣便借那白鸽的一根羽毛献丑了。”正说罢，那群鸽子已飞转了过来，只见李义南一扬手，飞刀如条白线般激射而出，顷刻间，便有一根鸽羽缓缓飘落下来，却不见有鸽子受伤落地。

“好！”众人齐声喝彩。

那鸽子本来身形不大，在空中盘旋飞舞之时，若想以飞刀射中本已很难，何况要不伤到鸽子，而是切掉它身上的一根羽毛，便更加不可思议！李义南这手飞刀绝技登时折服了众人。孙位则更是对李义南心生好感，因他本性善良，不喜无故伤生害命，平时所结交者也多是佛门高僧、方外之士，今见李义南不肯随便伤害鸽子性命，故而爱其仁慈更胜过喜他武艺。

“妙！太妙了！李爱卿果然名不虚传。”僖宗抚掌大喜，又伸手摸了摸李义南的腰带，问道：“爱卿平日身上带着几把飞刀？”

“六把。”

“你适才说射杀了五名南诏武士，那爱卿身上应该还剩有一把飞刀喽？”

“不，臣已经射出了六把飞刀，但有一把飞刀被人接住了。”

“有人竟能接住爱卿的飞刀？”僖宗满脸疑惑地看着李义南，孙位和田令孜也同样讶异。大家刚刚见识过李义南的飞刀绝技，均想这世上恐怕无人能躲得过这飞刀，如今李义南居然说，有人非是躲过他的飞刀，而是接住了飞刀，这确实令人匪夷所思。

李义南点头说道：“此人身手极好，而且所用招式很像中原武功。只可惜他蒙面，看不见脸孔。不过那双眼睛，臣却看得很清楚，一见难忘。”李义南说到这里，停下望了望远方，似乎在回想那双令他难忘的眼睛。

“有何特别？”僖宗问道。

“臣可以看出，此人必定志向高远，坚忍不拔，而且心思缜密，心狠手辣。”李义南说得很慢，最后“心狠手辣”一词竟是一字一顿地说出。

“我们坐下，边吃边说。”僖宗让大家重新入席，大家又饮了一杯酒。

“后来又怎样？”僖宗追问道。

李义南答道：“臣看见此人，又多了一分忌惮，怕夜长梦多。于是臣便使出拼命的打法，只要对手的刀剑不是冲着臣的要害来，臣便不顾防御，只管攻击敌人要害。这样一来，只过了片刻，臣便又斩杀了对方一十二人，臣自己也身中七刀三剑。”

“爱卿还是讨了便宜，你杀对方十二人，对方却只有十个人伤到你。”僖宗毕竟年幼好奇，居然给李义南算了笔账。

不想李义南却道：“只有七个人伤到臣。”

“七个？”僖宗很惊讶。

“对。”李义南点了点头道，“有一人砍了臣一刀，刺了臣三剑。”

“还是那位接你飞刀之人？”孙位猜道。

“正是。之前截住我三支箭的也是此人。他总是在对手的刀将要砍到我时出手，我此时若撤招去防他，便会白白挨对手一刀，不去防他，便会受他一剑。”李义南眉头锁起。

“他使剑？”田令孜问道。

“嗯，四十人中，只有此人用剑。”李义南答道。

“那他又怎会砍了爱卿一刀呢？”僖宗问道。

李义南叹了口气，答道："那是臣刚刚砍中一名武士，左右又有数名武士同时攻到，正当臣回刀防御时，此人猝然出手，借着刚刚被臣砍中那名武士的余势，将那死人的招数接着用完，便砍了臣一刀。"

"此人竟是这般狡猾!"孙位叹道。

"是啊，此人在对战时，并不靠前与我近斗，总是伺机而动，因对方人多，我一时也奈何他不得。"李义南话语中露出无奈。

僖宗用手指敲了敲桌子，说道："爱卿，对方现在应该只剩下十五人了。"

李义南看着僖宗说道："陛下说得不错。此时臣已浑身是血，那些武士见臣杀了他们大半同伴，也发起狠来，想要拼命。臣见几名围着先帝的武士变了招数，看样子，他们如果拿不住先帝，便要痛下毒手了。"

"啊？他们想杀父皇?"僖宗听得紧张起来。

李义南冲天一拱手道："天佑我大唐，正当此时，先帝的其他护卫追了上来。南诏武士见状，出手更加凶狠，竟然将先帝逼下马来。臣见来了援兵，便不再保存气力，冲到先帝身前使出最后一招'横扫千军'，一刀横斩了六人。这一招用过之后，臣便气力全无，立于先帝面前不动。对方见状，悉皆骇然，他们并不知晓臣的气力已尽，又见先帝的护卫已到得近前，便四散逃去。我大唐护卫哪肯放过他们，全力尾追射杀，最后又斩杀其五人，擒获三人。"

"如此说来，却跑掉了一人。"僖宗一直在数着人数。

李义南一笑，说道："陛下英明。便是那个用剑之人，他看情形不好，最先逃走，还害死了自己的一名同伴。"

"却是为何?"孙位问道。

李义南又一皱眉，说道："那厮趁我和先帝被围之际，抢先上了先帝的马逃走，另外一名南诏武士也骑上我的马随他一路逃去。我大唐护卫紧追不放，他见难以脱身，竟突然回身砍了同伴的马。山路本就狭窄，那马被砍倒之后便将山路堵上，他那同伴固然被护卫杀死，他仗着先帝的马快，居然跑掉了。"

"这厮真真可恶!"孙位愤愤然干了一杯酒。

李义南释然一笑，说道："不过被我们擒获的三人之中，竟然有个极要紧的人物。"

"是什么人?"孙位奇道。

"南诏王子。"僖宗抢先答道，"后来我大唐正是用此人，逼迫南诏退兵求和，并缔约永不犯我大唐边界。"

〔按：830—875年间，南诏不断进犯大唐，攻破众多城池，俘获、斩杀唐人数十万计。直至875年，西川节度使高骈才将南诏军驱逐，过大渡河，收复失地。唐宰相卢携等后来总结说，“自咸通（860年）以来，蛮（南诏）两陷安南、邕管，一入黔中，四犯西川，征兵运粮，天下疲弊，逾十五年，租赋太半不入京师，三使、内库由兹空竭，战士死于瘴疠，百姓困为盗贼，致中原榛杞，皆蛮故也”。可以看出，南诏的入侵加速了唐朝的崩溃。〕

“哈哈哈，太好了！他们偷鸡不成，反蚀把米。”孙位也大感畅怀。

“只是有一件憾事。”李义南又板起脸。

“跑了一个武士也没什么大不了。”孙位说道。

“我是说，那些南诏人居然也不知道此人底细，只知道他是唐人。此人去向南诏王子献计，并主动带路。据说他为了这次绑架，潜伏在长安两年之久，将围场周围的山势地形，乃至先帝狩猎的时间、行踪探查得一清二楚，是故那南诏王子才相信他，为了贪功，居然背着南诏王，亲自带领众武士来绑架。想来此人必定怀藏极大阴谋。”李义南说道。

“不错，后来先帝一直在追查此人，可惜始终没有线索。先帝担心此人日后还会成为我大唐的祸患。”田令孜眼中透出一丝忧虑。

僖宗哈哈一笑，说道：“李爱卿武艺高强，当世无敌。孙先生笔精墨妙，艺绝天下。两位都堪称是无双之国士。阿父更是宏谋广略，忠心为国。有诸位爱卿在朕身边，还怕那些乱臣贼子吗？来，我们吃酒！”

君臣四人好一场痛饮，小杯换成大盏。孙位和李义南两人更是越谈越投机，竟似成莫逆。酒逢知己，何止三巡。僖宗和田令孜酒量自然不能与他二人相比，早就住了杯。待二人喝光了四大坛宫藏佳酿，也已半醉醺醺。此时已过了二更天，僖宗令人撤席，奉上一炉好茶，然后屏退左右。

田令孜咳了一声，说道：“孙先生和李将军实乃我大唐之栋梁，对皇上的忠心更是无人能比。”

李义南刚抿了一口茶，听田令孜如此说话，愣了一下，半晌才将茶杯从口边拿开。

孙位也暗自奇怪：“老宦官想干什么？为何突然夸奖我二人忠心？”

只听田令孜续道：“咱家说个故事给两位听。”

李义南拱手道：“田大人请讲。”

孙位也拱了拱手，心道：“要说给我二人听，那便表明皇上已经知道这个故事喽。且看他葫芦里卖什么药。”

田令孜喝了口茶，看了看僖宗，僖宗微微点点头。田令孜说道：“咸通四年，吐蕃和龟兹曾聚数万之众突犯我河西。当时凉州节度使张义潮刚刚就任，兵力不足，况且并不知晓敌军已迫近。然我大唐中竟有一人，游说龟兹反戈，并在高昌西面的口袋谷，与吐蕃大将论恐热的王牌骑兵‘黑豹’决战。”

李义南从前也听闻过“黑豹”的厉害，当时无论唐军还是突厥人，都不愿与其交战。后来听说“黑豹”竟被龟兹回鹘给打败了，心中还自讶叹了一番，但始终不知其中细节，现今听田令孜讲起，不觉兴致大增。

田令孜继续说道：“此战龟兹大获全胜，尽折‘黑豹’主力。后来张义潮又会同龟兹军，平了高昌，斩了论恐热的首级，传至京师，我大唐才除去了吐蕃在河西之患。”

孙位喝了口茶，心中纳闷。他虽不是朝中公卿，却也大概知道此事，不明白田令孜为何要讲这段故事。

田令孜又道：“此事两位大概都已知晓。但你们可知，当年龟兹军为何能大败那赫赫有名的‘黑豹’？”说罢看了看两人。

孙位与李义南对视了一眼，均想：“原来真正的故事在这里！”

田令孜嘴角一翘，说道：“便是因为游说龟兹可汗那人。”

“哦？”李义南不觉叫了一声。他一直以为，那游说者不过是凉州节度使张义潮派去的能言善辩之士，虽不知此人姓名，却也没放在心上。今闻田令孜说到这个关键，突然想起张义潮自己并不知晓龟兹和吐蕃进犯，又怎能派出说客？那这个说客到底是谁？他是如何得知大敌来犯的？又怎能让龟兹赢了“黑豹”？

正自嘀咕，只听田令孜接道：“据说那说客会使仙术，不但帮助中了埋伏的龟兹大军解围，而且独自一人，顷刻间便制服敌方百余骑，令其悉成废人，还用仙术取了‘黑豹’将领的首级。”

“这怎么可能？”孙位大表不信。李义南也满脸疑惑，他本自武功高强，当世罕敌，若说阵中交战，杀敌百十人也非不能，但那也非得酣战一天半日不可，又怎能顷刻间制敌如此之众？更何况废敌武功比杀敌毙命更加难上十倍。就算将一百骑兵排成一队，任他砍杀，也不能一时砍完。至于田令孜所说的仙术，他自然不信。

田令孜看出两人都大大不信，续道："若是别人说来，咱家本也不敢遽信，但话由此出，咱家却不敢不信。"

"却是出自谁人之口？"李义南忙问道。

田令孜向天拱手，正色说道："先帝爷懿宗皇帝陛下。"

此言一出，孙位和李义南均大吃一惊。二人望向僖宗，见僖宗却兀自发呆，若有所思。

田令孜又道："先帝爷还说，此人乃是他老人家的臣子。"

二人闻言，更增疑惑。所谓"君无戏言"，既然此事出自懿宗之口，应当不会有假，但是现今又听说，此人乃是懿宗皇帝的臣子，更不免云里雾里。按说若果真有人立了如此大功，怎的未见封赏此人？况且如此奇哉怪事竟闻所未闻，朝中也从未有人说起。

只听田令孜续道："然此人并不在六部、省、馆之列，既非文臣，亦非武将。"

"那是何职？"孙位也忍不住问道。

"忍——者。"田令孜缓缓说道。

孙位和李义南面面相觑，半晌无语。难怪他二人茫茫然，僖宗半年前从田令孜口中初闻此事，也坚决不信。后来，待田令孜拿出懿宗皇帝留下的"忍者令"，并详细述说了"忍者"的来历，僖宗才将信将疑。

原来这忍者的由来要追溯到"安史之乱"。天宝十五年（756年），安禄山攻陷长安，太子李亨辗转避难于灵武、凤翔，七月为诸将所推，自行登基。遥奉玄宗为太上皇，改元至德，是为肃宗。适逢密教非空大师回到长安，遂秘密派人向肃宗皇帝奉表问安，并朝夕诵经。肃宗于是精选忠心敢死之士一百人，乔装进入长安，从大师学习秘密之术。此百人术成之后，本领非凡，由皇帝亲自指挥，成为皇帝的秘密武器，名为"忍者"。借助"忍者"之力，肃宗最终平息了叛乱，收复长安。为了保密，皇帝与忍者的所有联络，均为秘密接触，并下密诏曰："交谈无六耳，史官不在侧。"之后，肃宗命这些忍者分布于八方各州府，随时待命，为皇帝执行极为秘密的任务。

会昌二年（842年），唐武宗毁灭佛教。"忍者"由于师出佛门，难免瓜葛，为避祸难，遂纷纷逃往人迹罕至之地，多为深谷荒岛，远离国都城市，隐姓埋名，并多以所习之秘术为姓氏，代代相传。这些忍者聚居之地便逐渐成为“忍者村邑”，名称古怪，与世隔绝，地图上也难以找到。

公元859年，唐懿宗即位，时世动荡。懿宗决定重新启用“忍者”，于是用先帝传下的“忍者令”招来了各部忍者。为便于管理号令这些忍者，懿宗选出最为出色的四位忍者，封为“国忍”，分居东西南北四大忍者道，各统领一十八个忍者邑，称为“长老”。每一个忍者邑又各由一名邑长统领。

前面田令孜所讲之事，正是身为四大国忍之一的北道长老光波勇所为。懿宗接到光波勇密奏，准光波勇之请，敕封龟兹为“大回鹘龟兹国”。后从入长安朝觐的怀建可汗口中，得知口袋谷一战的详情。然而此战之后，光波勇竟突然消失。懿宗命光波勇的副手目焱邑长暂代长老之职，并责其查明真相。半年之后，目焱密报说光波勇乃是被东、南二道忍者所害，东、南二道图谋造反，但由于忌惮光波勇厉害，且忠心耿耿，故而除之。不料数月后，西、南二道忍者也密报懿宗，称光波勇疑为目焱所害，目焱图谋长老之位，居心叵测。一年后，南道忍者又密报目焱结交邪魔外道，迫害忠良之士。一时四道忍者俱有嫌疑，懿宗难以决断，虽曾派人查明真相，但一来忍者之事极为保密；二来这些忍者行踪诡秘，本领骇人，实在极难调查，故几次察访均无功而返。鉴于各道忍者一向有功于朝廷，眼下并无谋逆之举，况且懿宗身边又无能胜任调查真相之人，故而悬案一置十数年不决。懿宗也暂不启用各道忍者，直至临终才将忍者秘密和盘托出，并嘱咐田令孜，等僖宗长大后再告诉他此事。

近年王仙芝、黄巢作乱，朝廷被逼气短，僖宗也渐已长大，是故田令孜才将忍者的秘密原原本本讲给僖宗，希望僖宗接手，继续查明真相，并借忍者之力平定叛乱。他与僖宗秘密商议了半年之久，才最终选定李义南和孙位二人。李义南武功盖世，处事稳当，又对皇上忠心耿耿，是调查此事的不二人选。而之所以选中孙位，则另有打算。

田令孜当下便将忍者的来历说给二人，却略去了武宗灭佛、忍者避难一节，又说明了派给二人的任务。二人至此方明白，这顿酒可不是白吃的。只是孙位老大不解，自己不过是个画家，既不懂武功，又非朝官，为何要自己同去？自觉其中难免蹊跷，却不便询问。李义南也同样纳闷。

末后僖宗说道：“如今年关将至，两位爱卿可过了上元节再走，此行恐怕时日不短。朕素闻孙先生的夫人也精于丹青，还写得一笔好字；李将军的夫人贤良淑德，善弹古琴。朕想让她们过了上元节后，搬来大明宫与长公主同住，一起做伴解闷，岂不大好？”

二人知道僖宗年幼，并无城府，这定是老宦官田令孜的主意，要将他二人的夫人挟作人质，以免二人生出异心，或将此事泄露。然虽明知如此却也无法推辞，只得叩首谢恩。

僖宗很是高兴，随即从怀中拿出一块金牌，交给李义南。只见金牌长三寸，宽二寸，正面有一篆书“唐”字，背面是一圆圈，圈内是个王体的行书“忍”字。

“忍者令？”李义南看着僖宗问道。

僖宗点头说道：“不错，这便是先祖肃宗皇帝传下来的皇帝忍者令，所有忍者见令如面君，但有所命，无不遵从。另外还有四面长老忍者令，是当年我父皇赐予四道长老的，各道忍者但遵本道长老之命，见令如见长老，但有所命，亦无不遵从。父皇本意是为了让四道忍者互相制衡，以免串通谋反。”

僖宗说者或许无心，李义南听者却是心头一凛：“皇上是怕我和孙位难以查明真相，却串通骗他吗？”当即跪下道：“臣累受圣恩，虽万死难报，此去定当查明真相，宁肝脑涂地，必不辱使命！”

僖宗连忙扶起李义南，道：“爱卿言重了，朕自然知道你对朕最为忠心，否则也不会让爱卿前往。朕不要你肝脑涂地，却要你好好回到朕的身边来。”

李义南心头一热，心想：“皇上如此待我，我定当誓死以报君恩。”当下谢恩起身。

孙位此时开口问道：“皇上说另外还有四面忍者令，不知是何样貌？”

僖宗说道：“四方忍者道以长老所居村邑命名，东道名‘胜神’，长老令为墨玉牌，正面刻有‘川’字，长老令牌背面皆如金牌无异。南道名‘瞻部’，长老令为黄玉牌，正面刻有‘地’字。西道名‘牛货’，长老令为白玉牌，正面刻有‘风’字。北道名‘俱卢’，长老令为红玉牌，正面刻有‘光’字。”

孙位心想：“怎么这些忍者取的名字都似佛经中来的？是了，必是因为忍者最初师从佛教非空大师，是以取这样的名字，一来表示不忘本，二来外人也难以知晓。”

僖宗又道：“忍者一事虽是我父皇遗嘱，朕却始终不大相信他们真有什么异能。两位爱卿此行请代朕好生查访。”二人齐声应承。李义南心道：“我也不信。”

僖宗接着向二人说了联络忍者之法，田令孜又嘱咐一番，二人一一承诺。

转眼过了正月十五，二人各自将夫人送进大明宫，辞君结伴而去。

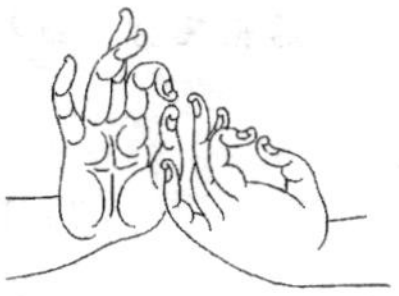

第二回

成纪楼上多蹊跷
羲皇庙中遇先知

二人临行前便商量妥当，那北道忍者告东、南二道的状，南、西二道却告北道的状，只没人告西道忍者的状，是以二人决定先去西道查访。出得长安，一路向西，边走边聊。在宫中待得久了，此番出来却也觉得逍遥自在。二人日里策马赶路，傍晚对饮倾谈，渐成知己，兄弟相称，好不惬意。

途中二人闻听王仙芝兵败，已被招讨使曾元裕斩于黄梅，亦代皇上略感欣慰。

这一日二人来到秦州地界。秦州又名“天水”，原名“上圭”。相传三千年前，这里山水秀丽，林木茂密，秦末汉初连年干旱，繁华富饶的上圭城变得一片颓败，民不聊生。一夜红光闪耀，大地震动，天上河水倾泻而下，形成一湖“天水”。天水湖春不涸、夏不溢，四季滢然，百姓皆说湖与天河相通。汉武帝得知后，便在此设郡，称“天水郡”。

距城不远，李义南突然策马扬鞭，疾驰了一阵，然后将马勒住，高声吟道：“闻道寻源使，从天此路回。牵牛去几许，宛马至今来。一望幽燕隔，何时郡国开。东征健儿尽，羌笛暮吹哀。”壮士烈马，汗巾当风，吟声浑厚，荡气回肠。

孙位策马赶上，说道：“兄长所吟乃杜拾遗当年避难秦州时所作，然而兄长吟诵的味道却不似诗人原意，豪气之中有怀古之意，却不见杜拾遗的哀伤无奈。”

〔按：杜拾遗即杜甫（712—770年），字子美，人称“诗圣”。“安史之乱”时曾流亡至秦州，一生有诗一千四百多首流传。唐肃宗时，官左拾遗。后入蜀，做剑南节度府参谋，

加检校工部员外郎。故后世又称他杜拾遗、杜工部。〕

李义南哈哈一笑，道：“贤弟当真是愚兄的知己啊。贤弟可知我身世？”

孙位道：“你我兄弟神交，日短义长，我却从未听兄长讲过身世。”

李义南说道：“我本姓刘，李姓乃先帝懿宗所赐。汉高祖刘邦之弟楚元王刘交是我先祖，我的高曾祖刘行忠，当年官任大唐秦州道行军副总管，适才愚兄思及于此，故而感慨。”

孙位笑道：“原来兄长是大汉宗室之后。”

李义南苦笑一声，心道：“如今我却姓了李。”

孙位又道：“我却知道兄长的另一位先人，很是了不起！”

“是谁？”李义南颇感奇怪。

“泓济禅师。”孙位答道。

“不错，他老人家是我高曾祖刘行忠的堂弟，出家前名叫刘行思。想不到贤弟所知如此渊博。”李义南赞道。

孙位微笑道：“愚弟只不过喜欢广交方外，涉猎禅佛而已。”

李义南拱手道：“到时还请贤弟多指教愚兄，让愚兄也看破红尘，踏出三界。”

孙位大笑两声，吟道：“秦州山北寺，胜迹隗嚣宫。苔藓山门古，丹青野殿空。月明垂叶露，云逐渡溪风。清渭无情极，愁时独向东。”也是杜甫在秦州所作。

李义南听着孙位吟诗，心中有些空荡荡的，便不再搭话，二人并马缓缓入城。

进得城来，二人觉得肚内饥饿，来到一家酒楼前。酒楼高二层，店面很大，一面烫金匾额，上书“成纪楼”三字。只见里面桌椅陈设也很考究，颇有古风。此时正值上午巳时中，酒楼里没什么客人。二人要了楼上靠窗雅座，从西窗望去，可见城内街道房舍交纵比邻，远处有一高大屋顶，问过小二，方知是伏羲庙所在。

孙位道：“难怪唤作成纪楼，原来是出自伏羲爷。”

店小二插嘴道：“二位大爷看上去不是本地人，却是有学问的，一下子便猜到成纪楼是与伏羲爷有干系的。这秦州古名便叫‘成纪’，是羲皇故里。外人没来过秦州的，多半不知道这成纪楼的名字来历，大都会来问我。”

（按：《汉书》云："成纪属汉阳郡，汉阳郡即天水郡也。古帝伏羲氏所生之地。"）

孙位见小二年纪不大，说话有趣，心道："我若是有学问，自然是知道，又如何是猜到？"便故意逗他说道："我也不是很清楚，只猜到个大概，正想请教小二哥。"

小二见孙位问自己，高高兴兴地说道："相传伏羲的母亲华胥氏，是一位非常美丽的女子。有一天她去雷泽游玩，在路上发现了一个大大的脚印。她很好奇，便将自己的脚踏在那个大脚印上，当时便觉得有种被蛇缠身的感觉，于是就有了身孕。奇怪的是，这一怀孕就怀了十二年，后来竟生下了一个人首蛇身的孩子，便是伏羲爷。因为十二年为一纪，所以为了纪念伏羲爷的诞生，此地便叫成纪。因为我家掌柜的非常尊敬伏羲爷，所以我们店就叫成纪楼。本来伏羲庙离此不远，往西走不到二里路，可是我家掌柜的却在自己的屋里也供奉伏羲爷，还不准别人进去。我看两位大爷是外来的，待会儿吃完饭八成要住店，本店就二楼有四间客房，都是雅间，价钱不算低，不过我看两位大爷是不在乎的。我家掌柜的房间就在走廊最里面，你们要是住店，千万别误闯进去，不然我家掌柜的会发脾气。上次便有个客人，吃醉了酒走进去，不过刚好碰上我家掌柜的从里面出来，便给拦住了，过后害得我被掌柜的大骂了一顿。"

孙位见这小二恁爱说话，不觉可笑，便道："知道了，谢谢小二哥提醒。你叫什么名字？今年多大了？"

小二答道："小的叫孙大贵，子孙满堂的孙，大富大贵的大，大富大贵的贵，今年十五岁，是正月二十七寅时生的。我娘说那时候天还没亮，屋里冷，生我的时候赶上家里的柴火烧完了，是我爹跑到村里的高老爷家借的。我二舅说，这小子刚生下来就沾了大户人家的光，将来没准能大富大贵呢，就给我取名叫孙大贵了。"

孙位笑道："咱们还是本家呢。大贵，你们店有什么好酒好菜说来听听。"刚一说完，顿觉后悔，怕这小二又啰唆个没完，又连忙道："也不用说给我听了，你只管拣最好的菜上六道，最好的酒来一坛。"

孙大贵应道："我们店的拿手名菜一共有一十八道，各有千秋，味道都是没得说，不知道大爷想点哪几道，还是我报给您老听听，您自己选吧。至于酒嘛，我们这有秦州最好的酒，不过二位大爷要是喝上一坛的话，还不醉得找不着路了，别又错走到我家掌柜的屋里去了。"

李义南有些不耐烦，说道："随便上来几道菜就是，我们还有事在身，莫再啰唆。"

孙大贵只得答应，刚要转身，又向孙位说道："大爷，其实我们这秦州还有个别名唤作'天水'，大爷可知道这名字的来历吗？"

李义南一拍桌子，向孙大贵瞪了瞪眼，孙大贵吐了吐舌头，一捂嘴转身下楼去了。

孙位哈哈大笑道："这小二当真啰唆得可笑，怕不是从小憋闷坏了。"

李义南也笑道："正是。我兄弟二人不妨在这里盘桓几日，我陪贤弟四处游览一番。"

孙位自然喜欢游山玩水、品味古迹，也好胸藏天地，下笔有神，当下点头称是。

酒菜上齐，二人吃喝谈笑，小二也不再来聒噪。过了一会儿，有人上楼来，二人看去，却是位年轻女子。那女子披着一件藏蓝色带帽斗篷，将整个身体包裹得严严实实，帽子也压得很低，只露出半张白皙的脸庞，仍能看出是个美人。那女子朝孙位和李义南望了一眼，便穿过走廊进了最里面的房间。

孙位心道："难怪掌柜的怕人进他房间，原来是怕唐突了自己的美娇娘。"回头见李义南的目光一直没有回转，便轻轻叫了声"兄长"。

李义南未及回答，见孙大贵走上楼来，手里端着一个托盘，上面放着一壶茶和一双精致茶碗。

李义南招呼道："小二哥，来得正好，我们正想吃茶。"

不料孙大贵却道："这位大爷，请稍候，这茶是送给……"说着用手指了一下掌柜的房间，接道："等会儿我下楼再给您沏一壶。"

李义南道："适才进去那女子便是你家女掌柜吗？"

孙大贵忙伸手嘘道："大爷千万莫乱说。"说完便匆匆去了。

李义南自言自语道："这小二不是很爱说话吗，怎的现在问他却不说了？"

孙位笑道："兄长为何如此关心那位小娘子？"

李义南低声道："贤弟有所不知，我见她并非常人，武功似乎不弱。"

正说话间，忽听孙大贵大叫一声，接着便听到有东西被打碎。

李义南噌地站起身，直冲进店主房里去，孙位也赶紧追了进去。

李义南冲进屋，见孙大贵呆立在门口，茶壶茶碗打碎在地上，向里看时，只见地上横躺着一位中年汉子，身穿棕色绸袍，方巾皂靴，右手握着一件奇怪兵器，类似一个矛头，却带着手柄，柄头是个圆环，那汉子心口也插着一把同样的兵器。再看屋内，似乎遭了贼盗，所有桌柜床几都被翻了个底儿朝天。

这屋子是里外套间，里屋的门虚掩着。李义南一个箭步跨到里屋门口，却听不见里面有甚动静，推门而入，不觉大吃一惊。只见屋内两人正自游斗，一个黑衣蒙面人，一位美丽少女，正是适才上楼那女子。那女子已然脱了斗篷，一身墨绿衫裤，脚踏鹿皮短靴，双手各攥着两根五六寸长的钢针。蒙面人手里却是拿着和那掌柜的手中同样的兵器。两人身法皆极轻灵迅捷，李义南进门只一瞬，两人便已交手了三个回合。更奇的是，两人相斗却并不发出一点声响，攻守招招精妙，并不磕碰对手兵刃。

那女子见李义南进门，突然喝道："天杀的狗贼，还我哥哥命来!"又疾攻了几招。对手的功夫显然更胜一筹，一一化解后反守为攻，都是致命杀招。

李义南一声怒喝："狗贼欺人太甚！还想赶尽杀绝吗?"挥拳上前助阵，与那蒙面人斗在一起。谁知那蒙面人并不与他缠斗，只是一味闪避，出手仍是向那少女身上招呼。蒙面人以一敌二，却不落下风，李义南虽不用顾忌对方进攻，却始终奈何不了蒙面人分毫，心下不免骇然。细看那蒙面人的武功招数，似乎不属任何一路中原武术流派，却又颇得各家流派之所长，一味务实，并无半点虚华招式。再看那蒙面人的眼神，委实怪异之极，好似呆呆失神，并未注视一物，又甚为从容平和，如同在对着后园池畔的花草鱼儿想着心事，看不出丝毫临敌时的紧张，也看不出一点点恶意和杀气。

李义南心道："此人若想取我性命，恐怕二三十招之内便可，为何他对我不理不睬，却招招要取那女子性命？莫非是受雇杀人?"又想："当世武功在我之上者应该也寥寥无几，怎的看不出此人来路?"

正自思量，那少女渐渐不支，突然将手中钢针一时发出，同时身体向窗外飞出。李义南见机不可失，也同时射出三把飞刀，却并不射向蒙面人，而是射向窗口，显然知道那少女的钢针并不能伤到蒙面人，故而封住窗口，以防止蒙面人追击那少女。李义南侠义心肠，此时毫不顾及自身安危，只想先帮那少女脱身再说。

被这钢针和飞刀一阻，蒙面人果然晚了片刻，待他从窗口飞出，那少女已经跨上一匹骏马向西奔去，却是孙位的坐骑。蒙面人随即也抢上一匹马追赶。李义南怕少女吃亏，不假思索，当即也从窗口纵身跃下，骑马追赶二人而去。

从李义南进门到三人骑马奔出，只是少顷时间。待孙位赶到，里屋已空，只能从窗口看见三人已然骑马离开了。孙位回到外屋，见孙大贵趴在那汉子身边哭叫："掌柜的，你不能死啊！你死了我咋办？账房老赵该欺负我啦！再说以后谁给伏羲爷上香啊？有人要进你屋里也没人管了！"

孙位听孙大贵哭叫得胡言乱语，却也笑不出来。忽然那掌柜的头动了动，孙大贵忙止住哭，喜道："掌柜的，你没死啊？太好了，没死！太好了，没死！你等着，我这便叫人去。"说罢快步跑出门去。

掌柜的微微睁开眼，嘴唇轻动，似乎想说什么，孙位忙过去将他上身扶起。掌柜的断断续续说道："请……告诉……我妹妹，是……左慈……五舅。"说完竟断了气，孙位只得轻轻将他放倒。

孙大贵带着几个人跑进来，见掌柜的这回真死了，又号啕大哭起来。孙位待他哭得轻了，拍拍他的肩膀说道："小二哥，请节哀顺变，你们掌柜的临终有话。"孙大贵抬起头，茫然看着孙位，显然还沉浸在悲痛之中。

孙位道："我先问你，适才进来那年轻女子可是你们掌柜的妹妹？"

孙大贵点点头。

孙位又问："你们掌柜可有其他亲人？"

孙大贵摇摇头道："不晓得，从没见掌柜的来往过。"

孙位点点头，又问道："你们掌柜平日与什么人结过仇吗？"

孙大贵又摇摇头道："我们掌柜的平日本本分分，从不与人计较结仇，也很少出门，就是有时候到伏羲庙去上上香。我们掌柜的就尊敬伏羲爷，家里也供着呢。"说着用手一指墙上，的确挂着一幅伏羲帝画像，像前还有香烛。

孙大贵接道："便是我家掌柜的妹妹，平日也来往不多，一两月才来一次，而且来了很快便走，脾气还很大，从不与我们多说话，要是多嘴准会挨骂。"

这时站在孙大贵身边的老者，啪地拍了小二后脑勺一巴掌，骂道："死小子，总改不了多嘴的臭毛病！谁让你在这抖搂掌柜的家底儿？"

孙大贵想要分辩两句，似乎惧怕这老者，便忍住不再说了。

孙位心想："这位大概就是账房老赵吧，怪不得孙大贵说怕被他欺负。"

账房老赵向孙位拱手道："这位大爷刚才说我们掌柜的临终有话，烦请相告。"

孙位本想将掌柜的话告诉他们，日后让他们转告掌柜的妹妹，但他看不惯老赵欺负那小二，而且此时也不清楚这老赵的底细。掌柜的话似乎说的是仇人的名字，干系重大，不如等李义南回来，先和他商量过再说，或许那少女能随李义南一同回来，直接告诉她更好。便故意道："请教先生大名。"

老赵答道："小人是这家酒楼的账房，赵易才。"

孙位拱手说道："失敬，适才掌柜的临终确实有话要我转告赵先生，他说最放心不下的便是这孩子，怕他被人欺负。"说着摸了摸孙大贵的头，续道："他让赵先生拿五十两银子给这孩子做盘缠，让他回家寻父母去吧。"

老赵瞪眼说道："大爷不是说笑吧？"

孙位道："人之将死，其言也善。或许你们掌柜的也想积点德，好安心上路吧。"

老赵道："如此谢谢大爷了，还没请教大爷尊姓大名，等我家女掌柜回来，也好相告。"

孙位道："鄙人四海为家，姓名微不足道。"

老赵哼了一声，对身旁一个伙计说道："潘福，领大伙干活去！"转身而去。

孙位在成纪楼坐了大半天，也不见李义南回来，不免有些担心。又见那账房老赵让伙计们把掌柜的房间一早打扫干净，将尸首悄悄抬走，却不装殓，既不声张，也未报官，很是奇怪。孙位唤孙大贵来说话，却见他唯唯诺诺，三问无一答，大不似从前。孙位便不再惹他烦恼，仍自己吃着闷茶。

转眼到了傍晚，还是不见李义南人影，孙位胡乱吃些东西，让孙大贵收拾了一间客房，先歇一宿再作打算。孙大贵似乎想同他说什么，却又不敢，像是怕人听见，只偷偷使了个眼色。孙位不解，又无法询问，只得装作若无其事。

是夜，孙位辗转难眠，越想越觉得这酒楼蹊跷。那掌柜的为何被人刺杀？那女子进屋后是否也跟店小二一样，看见了掌柜的尸体？为何却未发出任何声音？那掌柜的心口上所插的凶器，竟然与他自己手里所拿的一模一样，都是从未见过的兵器。自己从掌柜房里的窗户望出去，看见李义南与那女子之间还有一个黑衣人，似乎是在追赶那女子，看来李义南说得不错，那女子是会武功的。李义南在末后追赶，是追那黑衣人，还是追那女子？那账房老赵也很奇怪，似乎想隐藏什么。还有那女子，对了，自己为何总想那女子，孙大贵不是说她是掌柜的妹妹吗？怎么却感觉他们不像兄妹？掌柜的临死前说"是左慈五舅"，又是何意？是一个叫左慈之人的五舅杀了他？似乎很别扭。如果他知道那人是左慈的五舅，那八成也知道这位五舅的名字了，何必还绕着弯说？莫非他说的不是“是左慈五舅”，而是别的话？那又是什么呢？孙大贵想同我说什么？难道他知道什么秘密想要告诉我？

孙位想得乏了，也没捋出头绪。忽然他灵机一动，白天事发忙乱，并未仔细查看掌柜的房间，何不趁现在夜深人静，再到他房中探查探查。便爬起身来，轻手轻脚地走出客房，摸到掌柜的房门口，却见房门已经上了锁，想必是那账房老赵锁的。孙位无奈，只得回去睡觉。

次日一早，孙位想出去走走，于是召唤孙大贵，想嘱咐他，若李义南回来，请他在店里等候自己，莫再离开。却见那个叫潘福的伙计跑来，孙位问他，说是孙大贵昨天晚上拿着银子回家去了。孙位心道：“账房老赵怎的如此痛快就给孙大贵银子，放他回家了？不会有什么隐情吧？”也不好相问，只得嘱咐了潘福一番。潘福诺了一声，更无他话。

孙位出得门来，在早点挑子买了个烧饼，边走边吃，渐渐走到伏羲庙来。

只见庙前牌坊高三四丈，巍然立于长大的台基之上。台基四围以砖砌勾栏，东、西、南三面均有垂带式踏跺。拾级而上，可见牌坊面宽三间，单檐歇山顶，正脊两端饰有鸱尾螭兽；檐下斗拱为四攒七铺作，六抄单拱，两柱头有转角斗拱，均系精雕细镂的上乘佳作。牌坊正中，悬有巨幅匾额，上书“开天明道”四个大字。过了大门牌坊，即入正门。此门五间门面，宽约五六丈，进深两间。正中门楣悬巨匾一方，上书“与天地准”。

门前有一老者正在扫地，身着灰布袍子，须发皆白，想是看庙的老院工。孙位上前与之攀谈，得知此庙乃前朝高祖皇帝隋文帝杨坚开国不久所建，已有近三百年了。

孙位步入大门，但见庙内院落重重相套，宏阔幽深。由南向北依次逛去，文祖殿、仪门、先天殿、太极殿居于中线，左右尚有钟楼、鼓楼、鼓乐亭、来鹤亭等诸般殿、阁、亭、榭，共四进四院，层层推进，高下相间，既显庄严雄伟，又不失典雅别致。院内参天古柏星罗棋布，更增妙趣。

孙位进得先天殿中，但见正中供奉一伏羲像，双手托着八卦太极图，体形魁梧，肌肤丰腴，目光炯炯，气宇轩昂，袒胸赤足，面带微笑，身披树叶，端然而坐。令人既感善良朴实，又觉睿智威严。孙位心想：“若伏羲爷真如此像，则百姓敢以性命相委矣！难怪那掌柜的每日供奉。”

孙位仰望大殿顶棚，中间是个圆形的先天八卦图，八卦图内是河洛图，八卦图四周是文王六十四卦图。“乾、坤、屯、蒙、需……”孙位边依次看那六十四卦，边喃喃念道。念着念着，那六十四卦竟似活络起来，仿佛成了一条盘桓的长蛇，首尾循环，无始无终。孙位心道：“六十四卦始于乾卦，终于未济卦，相依而变，正如人生在世，生于天地之间，虽抱负远大，孜孜以求，然而最后也只能以未济结束，终不能圆满。古今又有谁能尽遂平生所愿？任你是帝王将相、英雄豪杰，也逃不出这轮回法则，终有一死而未济也。”不觉感伤起来。

孙位从先天殿出来，见那老院工已扫完院子，正坐在月台边上休息。看见孙位出来，老院工招呼他过去。孙位也走得累了，便过去坐在老院工身边。

老院工笑着对孙位说道：“先生远来迢迢，能与小老儿在此席地座谈，也是有缘。我见先生似有心事，不妨让小老儿为先生卜上一卦，权当排解烦闷吧。”

孙位没料到老者居然会卜卦，还主动要为自己占卜，当下恭敬拱手道：“如此便有劳老先生了。”

老院工点点头，忽见两只喜鹊叽叽喳喳叫了几声，落在两人不远处的柏树下。

老院工略微沉吟，说道：“我为先生卜得坤卦。坤，元亨，利牝马之贞。君子有攸往，先迷后得主。利西南得朋，东北失朋，安贞吉。”

孙位见这老者竟闻鹊声起卦，又将周易卦辞一字不差说出，想必是遁世高人，当下更加尊敬，作礼道：“还请老先生指点说明。”

老院工道：“先生心地良善，况能虚心待人，可谓君子。故而此行虽劳顿体肤，却可大有收获。开始迷失道路，终必自得其主。先生将于西南方得遇好友，若将来先生决意去东北方，则失故人。然而如此却好，也是君子之报吧。不过眼下便要应验的，却是这‘牝马之贞’，这也不必解释，验时自知。”

孙位问道：“何为终必自得其主？”

老院工道：“牛马，驾驭者为其主；奴仆，指使者为其主；臣子，君王为其主。各有其主，因人而异。然而无论何人，需有一个‘自主’。”

孙位正色道：“何谓‘自主’？”

老院工道：“先生自己作得了自己的主吗？”

孙位不解，自言自语道：“作自己的主？”

老院工笑道：“日后先生自然明白。这卦尚未解完，先生此行还只是个开端，将来应在坤卦四爻，六四，括囊，无咎，无誉。”老院工停了一下，接道：“先生到时候须要韬光晦影，不露锋芒，权巧应变，如手在囊中，他人莫辨，终必无咎。虽会失去荣誉，然毕竟是虚名而已，只要看透，海阔天空。”

孙位听得出神，细细玩味老者的话，好半晌，才欲起身施礼答谢，却发现老院工早已离去不见了。

孙位笑着摇摇头，自己重复道：“括囊，无咎，无誉……无咎，无誉。”蓦地一惊，“无咎……五舅。”心道：“难道那掌柜的说的不是五舅，而是无咎？可前面的‘是左慈’却是什么？莫非是一句爻辞吗？”孙位拼命思索，无奈自己对《周易》爻辞并不熟悉，只能记得六十四卦的名称而已。他便开始在心里逐一默念这六十四卦卦名：“乾、坤、屯、蒙、需、讼、师……是……师。”孙位念到“师”卦，为之一震，“师卦的爻辞是什么？”他想寻那老院工请教请教，便起身四处去寻。

寻到后院是太极殿，里外并不见老院工身影，却见院子两侧有四方石碑。孙位近前观看，窃喜石碑上竟是周易全文。忙找到“师”卦，见上面写道：“师。贞。大人吉。无咎。初六。师出以律。否臧凶。九二。在师中。吉无咎。王三锡命。六三。师或舆尸。凶。六四。师左次。无咎。”看到这里，孙位大喜，心道：“必定是了！那掌柜的说的必定是‘师左次，无咎’。而非‘是左慈五舅’。”孙位想那掌柜的平日供奉伏羲，想必也是对易经八卦垂爱有加，故而对《周易》的卦辞、爻辞熟悉也并不为奇。

这句爻辞的字面意思是说，行军打仗，如果敌强我弱，则退避让之，便不会有何损失。那掌柜的临终之际，要转告他妹妹这句爻辞却是何意？难道是怕她和仇家硬碰硬吃亏，让她先暂避一时吗？转念一想，却是不通。因为若果真是此意，何不直截了当告之？说得如此隐讳，反容易生出误解，说不定还会害了妹妹的性命。如此说来，那掌柜的必是要告诉妹妹一件隐秘之事，因怕外人知晓，故而说得如此晦涩。看来这句爻辞只是一个线索，它背后所隐，才是店掌柜真想让妹妹知道的。

想通了这一节，孙位开始反复斟酌这句爻辞，仍是百思不解。心道：“可惜我醉心丹青笔墨，却不精通易理，不如再寻那老院工请教则个。”刚欲动身，又转念道：“不妥，这本来是我受人之托，替人传话而已，既然人家不想外人得知，我又何必非要戳破人家的谜底。等那掌柜的妹妹回来，我将话带到就是。”便又信步闲逛了一阵，见院中所植数十株古柏苍劲参天，又想起适才老院工以柏树下的鹊鸣为自己卜卦，心想：“那老者算得不知准不准，他说我眼下便要应验的是‘牝马之贞’，却不知何意。牝马便是雌马，我从长安一路骑来的倒果然是匹雌马，嘿嘿，可惜却给人抢了去，哪里是‘贞’？分明是‘凶’，至少也是‘悔，吝’。不过塞翁失马，焉知非福？或许那姑娘能将马还回来，我且拭目以待。”

正自胡思，对面走来两个儒生模样的青年，只听一人道：“果然不假，棵数、方位一丝未错，看来的确是按汉庙的规矩所建。”另一人道：“袁先生的话自然不会错，只可惜这些柏树都是后人新栽的，不过三百来岁，若是汉树，便可有千年树龄了。”

孙位听得好奇，便上前作礼道：“两位兄台好，在下孙位，正独自在此闲逛纳闷，适才偶然听到两位兄台说话，好像是在谈论这庙内的古树，在下也很感兴趣，可否向两位兄台请教一二？”

先前说话那人拱手道：“孙兄客气了。我二人不过聊些闲话，岂敢说什么请教，如孙兄有兴趣，大家尽可以一处聊聊，权作伴游解闷。”

孙位说道：“如此甚好，还未请教两位兄台大名。”

另外一人道：“在下何桐凤，这位是我同窗好友孟子羡。”

孙位道：“何兄，孟兄，两位适才说棵数、方位都是按汉庙的规矩，却是何意？”

孟子羡道：“看来孙兄有所不知，这伏羲庙本是汉武帝时建的，后来毁于北周时期的一场大火，隋文帝建国后第二年，又在原庙址重建，规模、格局完全同从前一般，只是原来庙内的六十四株古柏，已在大火中化成灰烬，便不得不重新栽种，甚为可惜！”

何桐凤接口说道：“这六十四株柏树，乃是按六十四卦方位所植，每棵树代表一卦，如果那六十四棵汉代的古柏不毁，至今已有一千年，此地便成圣地了。”

孙位奇道：“为何满一千年便可成圣地？”

何桐凤答道：“柏树为至阳之木，若满千年便可积大地之至阴，阴阳既济，灵气通神。在此占卜起算，便能前知五百年，后知五百年矣！”

孙位道：“竟有这等事，当真匪夷所思。不知两位兄台何以得知？”

孟子羡道：“我们是听袁先生所说。”

孙位问道：“袁先生是何人？”

孟子羡肃然道："他老人家是我们的授业恩师，精研易理，通晓阴阳，文章学问亦罕人能及。袁先生不慕功名，游于四海，从不将自己的文章诗词轻易示人，因此知道先生的人甚少。先生曾至莆田黄巷，黄德温亦向其求教。"

（按：黄德温即黄璞，字德温，又字绍山，号雾居子，莆田黄巷人，当时有名的儒者。少与欧阳詹齐名，文章诗文在藩镇中广为传诵，是莆田也是福建历史上第一位学者。著有《闽川名士传》《雾居子集》等。）

孙位又问道："不知袁先生如何称呼？"

孟子羡道："袁先生的本名我们也不知晓，只听说先生早年醉心易学，后来遇见仙人袁天罡，得窥易理妙旨，故而改姓袁，单名学，以此铭感师恩。"

孙位面带疑色道："袁天罡乃是太宗皇帝之臣，相传曾为武后相面，应该已去世近二百年了。"

何桐凤说道："我们也是在晋州听一同学所说，孙兄权当故事听罢了。"

孙位道："两位兄台能长随袁先生学习，将来成就亦不可限量啊。"

何桐凤叹道："唉！我等哪有这样好福气？若能随侍袁先生身边一月也已满足，岂敢贪图长随啊！"

孙位怪道："孟兄适才不是说袁先生是二位的授业恩师吗？何兄却何出此言？"

何桐凤答道："子羡兄适才说过，袁先生游逸四海，居无常处，我二人也是机缘巧合，方得亲近过五六日，所受教诲已胜过二十年寒窗，故而尊为恩师。晋州一别后，再也无缘相见，实在令人感伤，所以我二人才相邀远来秦州，游览伏羲古庙，一则聊慰思念之情，二则习践所受之业。"

孙位点头说道："行万里路胜过读死书，为学理当如此。"又向二人请教了这些古柏所表的六十四卦方位，二人详细为他解说，并且告诉孙位，这伏羲庙中建筑、草木的诸般含义，以及种种玄妙之处，孙位当真闻所未闻、大开眼界。

末了孙位问道："二位兄台的学问、见识，在下都是难仰其高，今有一事请教。若人于某事有疑，则《周易》六十四卦，每卦六爻，尽可以巧断妙释，圆解众疑。但如果并无疑问，也不起卦，单单拿出一句爻辞，应当如何解释？"

孟子羡答道："王辅嗣云'言者，明象者也。尽意莫若象，尽象莫若言。言生于象，故可寻言以观象。象生于意，故可寻象以观意。意以象尽，象以言著。故言者所以明象，得象而忘言。象者所以存意，得意而忘象’。”

〔按：王辅嗣即王弼，中国三国时期魏国玄学家。字辅嗣，山阳高平（今山东金乡）人。上述话出自他所著的《周易略例·明象》。〕

孙位道：“愿闻其详。”

孟子羡道：“一句爻辞即是一句话，也即是‘言’，语言是用来描述卦象的。八卦本来便是万事万物的浓缩之象，八卦互相匹配，而成六十四卦，乃是象征事物之间相互作用与联系；每一卦有六爻，是象征事物发展、变化之阶段和次序。所以将这六十四卦和六爻称为卦象。通过爻辞，使我们了解卦象；借助卦象，便可以见到事物本身之面貌。如果已经了解了卦象，爻辞便失去了意义；如果已然见到了事物本身，则卦象又失去了存在之意义。所谓得鱼忘筌，既已抓到了鱼，筌可弃之矣。”

孙位拍手赞道：“妙！妙！妙！孟兄一席话，胜我十年书。在下承教良多！”

三人边走边谈，兴致昂然，不觉已将伏羲庙又逛了一圈。这才依依惜别，二人出庙离去。

第三回

灵明不昧脱幻术
古寺受教别奇僧

孙位告别了孟、何二人，心道：“如孟先生所说，那‘师左次，无咎’本是描述师卦四爻的，从前我只想它字面的意思，如今看来，或许它就是指‘师卦四爻’而已，不必再作他解。”转身又循着那六十四棵古柏，来到代表师卦的树前，依孟、何二人先前的指点，见树前地面的铺砖确实是青红两色，分别代表阴、阳二爻，青色为阴爻，红色为阳爻，距树最近的砖代表上爻，即六爻，依次向外为五爻、四爻、三、二、初爻。不过因为年久，砖的颜色都已暗淡，差别也不甚明显了，若非知晓这铺砖的用意，常人实在难以觉察，只是见到地面颜色略有斑驳而已。

孙位蹲下看着眼前的“师卦四爻”，自言自语道：“言以明象，得鱼忘筌。如今这‘象’我已见到了，鱼却在哪里？”转而一笑，自嘲道：“我孙位今天岂不成了缘木求鱼了？”便盘坐在地上，学老僧模样，以“师卦四爻”当作木鱼，用指节边敲边念道：“那摩阿弥陀佛。”

这一敲不打紧，孙位蓦地一惊，“师卦四爻”竟当真发出“笃笃”的声音。原来这砖下是空的。

孙位连忙仔细查看，发现这块砖四周缝隙虽极细，却并无尘土充塞。当下用手去抠砖缝，将将能抠起一点，然而砖大，只抠起来一边并不能将其整块挖起来。孙位便去找了几颗小石子，将抠起的砖缝用石子挤住，再抠另一边，反复几次，终于将整块砖提了起来。

将方砖移开，赫然现出一个扁扁的黑漆木盒。

孙位又惊又喜，忙伸手取出木盒，打开一看，内中有个油布小包，再打开，里面却是一封书信。这封信两头皆以火漆封死，信封上却无一字。

孙位心道：“看来这是封极要紧而且秘密的信，密封得如此严实，又不写收信人姓名。说不定与那店掌柜之死有关，或者那掌柜便是因此信送命也未可知。”孙位又想起昨日看见一个黑衣人骑着马，夹在那姑娘与李义南之间向西去了，想必此人的武功应该也不弱，否则怎能从李义南手里逃脱？况且李义南和那姑娘从昨日上午巳时，直到今早都未回来，这更说明那黑衣人并非为财杀人的小毛贼。莫非便是为了这封信吗？

孙位看看天色近午，或许李义南他们已经回来，自己也该回客栈了。便赶紧将信重新包好，放回木盒中，想让那姑娘自己来取为好。又一转念：“此间接连遇到高人、怪事，店掌柜之死又很蹊跷，我既已无意中寻到这封信，不妨将它带在身边，再亲手交给那姑娘为妥。不然此信若给别人得了去，恐怕又生枝节。只是该如何向那姑娘解释？唉！君子坦荡荡，我自无心窥探他们兄妹的秘密，只想帮忙而已，也不必在意许多了。”便又将信取出揣入怀中，将那木盒依旧藏在砖下，收拾停当，起身准备离去。甫一回身，见不远处一棵古柏后面闪过一人，快步向庙外跑去。孙位不愧是丹青大家，虽不会武功，眼光却甚是犀利，一眼便认出那是成纪楼的伙计潘福。

“这小子到这里来干什么？莫非是跟踪我来的？”孙位疑心顿起。出得庙门，心道：“成纪楼的人越发可疑，我且不走原路回去，从成纪楼后面绕回去，暗中看看他们耍何把戏。”

孙位便绕了个大圈，不时回头看看是否还有人跟踪自己。绕到成纪楼后面两条街，乃是个大集市，人来人往，很是热闹。孙位在集市中穿行，见前面一群人正围着十几匹马，原来是个马市。孙位想：“我也过去看看，若是我的马回不来，便在这里再买一匹。”

孙位走到近前看马，忽然身后有人撞他，回头一看，吃惊不小，原来撞他之人竟是孙大贵。只见孙大贵两手被一条粗绳缚在身前，绳子另一端拴在一匹马后，马上坐着一名高大汉子，衣着颇为华丽，正指挥着两名手下往一辆马车上搬装箱子，显然是刚刚在集市上采购的货物。

孙位一把拉住孙大贵，问道：“你怎会落得如此地步？到底发生了何事？”

孙大贵却泪流满面，呜呜地说不出话来。

孙位忙走到那汉子马前，抱拳道：“这位兄台，在下有礼。”那汉子一愣，也抱拳回了一礼。

孙位指着孙大贵问道："请问兄台，何故如此对待这位小哥？"

那汉子回头看了孙大贵一眼，说道："你说他吗？这是我今早刚刚买的小奴，是个哑巴。"

孙位说道："在下和这位小哥相识，不知兄台可否将他放了？我将银子退还给兄台。"

那汉子摇摇头，说道："不行不行，我家中刚好缺一小奴，买这小奴才花了十两银子，若在平日，至少也要二十两。虽说他是个哑巴，看上去倒也机灵。"

孙位拱手道："兄台，我便给你二十两，请行个方便。这小哥是被人拐卖的，官府也在缉拿那拐子呢。"

那汉子听孙位如此说，也怕真的沾了拐卖人口的瓜落儿，又能多卖十两银子，便点头答应了。

孙位给孙大贵解开绳索，再细问他经过。孙大贵已不能说话，咿咿呀呀地用手比画。原来孙大贵昨天下午无意中听到账房赵易才和潘福商量着要对孙位不利，具体如何未能听到，可他自己却被发现了。孙大贵昨晚原想提醒孙位，又不敢明说，没想到他从孙位房间回去后便被叫到老赵的房里，突然被老赵和潘福绑了起来，又给他灌了什么东西，他便昏迷过去，醒来后已被人割了舌头，一大早又被偷偷牵到集市上，卖给了那个汉子。

孙位气愤不已，心道："这账房一伙忒也歹毒，竟对一个孩子下如此黑手！早知如此，我当初不编造那遗言就好，没想到账房老赵因此对这孩子存了芥蒂。我虽是好心，反倒害了这孩子。那店掌柜究竟是何等样人？"

再问其他的，孙大贵一时也比画不清楚。

孙位怕时间久了再生枝节，便不再问他，安慰他一番，又拿出五十两银子给他，让他赶紧逃回老家去。孙大贵哭着跪倒，不停磕头，千恩万谢，又比画着让孙位也尽快离开，这才依依不舍地离去。

此时孙位已确知成纪楼一定有鬼，看来再回成纪楼确实有危险，只是不知李义南是否已平安归来，无论如何也得回去与李义南会合。

将近成纪楼后门时，孙位心想："如果他们要害我，何不昨夜动手？即使在大白日里，我没有半分武功，他们也可以轻易得手，为何不见动静？难道说，他们在等我找到这封信？信中究竟有何秘密？也不知该不该将信还给那姑娘。今日在伏羲庙取信，定是被那潘福窥到了，若再让他们见到我，只怕凶多吉少。”正自猜测，蓦地看见成纪楼后门口，竟然拴着自己的坐骑。

孙位一惊，既然自己的马在此，多半是那姑娘已经回来，却为何不见李义南的马？难道他也遇险了吗？

孙位小心翼翼地踱了过去，走到自己的马旁，倍感亲切，忍不住用手摸了摸马的前额。马儿也通人性，用鼻子拱拱孙位，发出“咴噜”一声，以示亲昵。不料楼上窗口露出一个脑袋，正是潘福，见到孙位，大喊一声：“他回来了，在后门！”

孙位情知不妙，急忙解开马的缰绳，刚要上马，忽听得“咿——”的一声长鸣，虽不甚响，却无比刺耳，顿觉眼前一黑。孙位使劲挤挤眼睛，再一看，大事不好，眼前的一切都变了模样，街道、楼阁、房屋、行人悉皆不见，到处杂草丛生，树木繁茂，不时有狐、狼、兔、狗、羊、鹿种种不同的野兽跳来跑去。再看自己手中的缰绳，竟然拴着一只蛤蟆，咕噜咕噜地趴在地上。

孙位大惊之下突生急智，心想：“我必定是中了邪法幻术，故而眼前所见皆已变样，幸亏我在此之前拉住了马的缰绳。”当下不顾一切，抬腿便欲骑上那蛤蟆，却跨不上去。心道：“是了，我虽见它是小小蛤蟆，却实是高大马儿，故而不似这般轻易骑上的。”便奋力上跨，果然跨上了蛤蟆。当下铆足劲拍了一下蛤蟆的屁股，那蛤蟆呱的一声窜了出去，飞快地跳了起来。说是跳，骑在上面却甚感平稳，便如在马背上一般。孙位已然分不清路径，但见到处是树，到处是草，便任由蛤蟆自己乱跳。

孙位只觉得蛤蟆跳得飞快，诸多野兽、林木纷纷被抛在身后。自己堂堂七尺之躯骑在一只半肘长的蛤蟆身上，这感觉当真怪异之极。

刚开始孙位回头还看见几只狼和一条小船大的蜈蚣，在嗷嗷地追赶自己，不多时便消失得没了踪影。

孙位不敢放慢速度，不时地拍打蛤蟆屁股，一直不停地跳啊跳。渐渐天黑了，周围的野兽也越来越稀少，最后除了胯下的蛤蟆，连一只野兽也看不见了。孙位让蛤蟆停下稍微歇歇，吃些草再跳，跳累了再歇，一直又跳到天亮。也不知过了多久，孙位竟伏在蛤蟆背上睡着了。

昏沉中，孙位感到全身一疼，继而周身冰冷。悠悠醒来，见自己躺在一条浅浅的小溪里，马儿正在一旁饮水，原来是自己摔下马背了。孙位心头一喜，知道邪术已破，自己已然恢复正常了！

孙位也喝了几口水，爬起来，但觉浑身酸痛，还好骨头没有断，只是全身上下到处是淤肿和擦伤。看看四周，不知是哪里，却见此处峰峦叠嶂，山色葱翠，溪水潺潺，清澈宛转，风景倒着实秀美。再看远处，日薄西山，一抹晚霞似红绸般轻浮在天边。孙位定神想了想："我从昨日正午到现在，已经跑了半日一夜又一日了吗？"

孙位此时全身无力，已上不得马，便将马牵到一堆大石旁边，先爬到小点的石头上，再爬上大石，从大石再爬上马背，沿着小溪向上游走去。

转过十几个弯，见面前一条小路从山上铺下。顺着小路走了一会儿，路面变成石阶。沿石阶而上，不久竟来到一座寺院前。此时日已西沉，月儿初升。借着月光，可见院墙斑驳，长满青苔，寺门已经褪色，门檐上的莲瓣瓦也已残破，间或以扁石填补，门楣上一块本色木匾，想是将原来的漆、字刮了去，墨书四个大字"无心禅寺"。

孙位翻滚下马，跌跌撞撞走到门前叩响门环。不多时，大门打开，走出一位年轻的沙弥，向孙位合十道："施主请进，师父在等你。"

孙位奇道："你师父是谁？他知道我要来吗？"

沙弥回道："我师父法号上妙下契，今晨禅坐起来，说傍晚有贵客要来，施主快请进来吧。"

孙位心道："我并不认识这妙契和尚，竟是个未卜先知的高僧吗？"身子已然有些不稳，便由那小沙弥搀扶着进去。

进到一间寮房，小沙弥扶孙位坐下，只见桌上已摆好饭菜，小沙弥合十道："请施主先用斋饭，师父稍后便来。"

孙位也合十道："多谢小师父，还未请教小师父上下。"

小沙弥道："贫僧法名悟真，施主请用饭，我去帮施主喂马。"说罢转身出门去了。

孙位吃过饭，精神稍复，想起这几日的遭遇，恍如梦幻。正自发呆，沙弥悟真敲门进来，进屋后站在一旁，随后进来一位老僧，枯瘦高大，一身灰布僧袍打满了补丁，已经洗得发白。再看他面部，两条白眉弯垂过耳，耳长及颈，眼如铜铃大小，炯炯有神，不怒自威，令人不敢直视，颧骨高耸，鼻似鹰嘴，下颏如月牙般向前微翘，竟似画中的阿罗汉一般。

孙位知是悟真的师父妙契和尚，心道："原以为画中罗汉乃画家夸张笔法，不想竟真有这般相貌的人。"待要起身施礼，挣扎了一下居然未能站起身来，只感到全身酸痛无力。

妙契忙道：“施主身体不适，不必多礼。”

孙位只得坐着不动，双手合十道：“弟子孙位见过老禅师。”孙位向来喜佛好禅，早已受过三皈依戒，为佛门在家居士，是故见了僧人自称弟子。

妙契合十回礼，坐在孙位身边，伸手拉过孙位右腕，为其把脉。片刻说道：“施主只是劳累过度，受些皮外伤，不打紧。”说罢取出一颗黑色药丸和一个小瓷瓶，让孙位服下药丸，并吩咐悟真为孙位清洗伤口，再敷上瓶中药粉。处置妥当，又叮嘱孙位好自歇息，有话明日再说。

孙位一觉醒来已是次日午后，感觉疼痛已然减轻许多，身上也有了些力气，悟真给他端来饭菜吃过。孙位和悟真攀谈了一会儿，知道这古寺中只有他师徒二人，已经居此九年了。此处极少人来，平日师徒只是参禅打坐，唯究一乘。二人谈罢，悟真引孙位去见妙契。

孙位随着悟真出来，见院内杂草丛生，似乎多年没人整饬过了，昨晚天黑，加之孙位疲惫已极，并未留意。寺院不大，只有两进院子，前院是大雄宝殿，后院是座戒台，院子的两侧均是寮房。二人来到大殿门前，悟真为孙位推开门，自己却并不进去，向孙位合十后即转身离去。

孙位迈进大殿，四下环顾，不禁“咦”了一声，原来这大殿正中是座大莲花台，台上却无佛像，四周也不见任何佛像，只见妙契迦趺坐于莲花座西侧的蒲团之上。

孙位上前见礼，妙契请孙位坐下，问起孙位受伤经过，孙位便将自己和李义南到秦州成纪楼吃饭，如何偶遇凶案，李义南追凶不归，自己蒙成纪楼掌柜临终嘱托传话，却在伏羲庙中意外找到信函，之后巧遇并解救受害的店小二，自己偷回成纪楼遭遇幻术，以至于骑蛤蟆逃命，最后来到古寺等事一一详陈，却不提及自己和李义南的身份，只说是好友二人相约出游而已。

妙契听孙位讲完哈哈一笑，说道：“施主宅心仁厚，素具善根，故能于遽遭幻术之际，灵心不昧，竟能自知缰绳所系是马而非蛤蟆，更能克服常人之情见，及时上马逃脱，实在难得。”

孙位道：“禅师过誉了，弟子不过一时侥幸得脱，况且当时慌不择路，哪里顾得了许多。”

妙契摆摆手道：“施主不必自谦，老衲见施主颇具慧根，日后或可明白大事。”

孙位合十道："弟子愚蒙，一向只是沉迷书画山水，哪有什么慧根。此番西行，所遇人事颇多古怪，倒是让弟子开眼界、增历练。从前弟子也听说过幻术、障眼法之类，以为不过是江湖术士的小把戏而已，不想却如此厉害。"

妙契道："施主所遭可不是江湖术士的戏法，这幻术也可说是一种法术，照施主的描述来看，应当是'眼见为实'之术。"

孙位怪道："眼见为实？弟子当时所见明明件件是虚、物物非实，如何却叫'眼见为实'之术？"

妙契微笑道："施主所言甚是，施主身陷幻术之时，所见的确并非真实，然施主如今所见便是真实吗？"

孙位被妙契这一问，愣在那里，不知面前这老和尚所说何意。

妙契又问道："如果施主初生之时便在幻术之中，还会自知是幻否？"

孙位答道："若从生下便在幻术之中，当然不知是幻。"

妙契说道："正是，世人从诞生之日，便用这双眼睛认识外面世界，乃至长大成人，亦复如此。长此以往，我们不但自己全然信赖了这双眼睛，也将此种以双眼认知世界的经验告诉后人，所以才有'耳听是虚，眼见为实'之说，便是要人莫信他人所说，须得自己亲眼见到才是真实。然而对这双眼睛是否真正靠得住，却鲜有深思。"

孙位瞪大眼睛，认真听妙契所言。自从在伏羲庙中，听闻了孟、何二人关于八卦易经的诸多高论之后，自觉大开眼界，但如今妙契所言，更是闻所未闻。

妙契续道："好比我们看庙会杂耍，其中有旋火轮的把戏，其实并没有一个火轮在那里，只是一个火把而已，因为火把旋转快了，便看成了一个火轮。我们的眼睛此时所见是一个火轮，却并非是实。同理，我们看待这世上的万事万物，也因为有一个更大的'旋转'，才误将诸多的'火把'看成了一个个'火轮'。所以《金刚经》云：'若见诸相非相，则见如来。'"

孙位怔怔无语，心想："妙契禅师的话，如同从门缝向黑屋中窥视，似乎见到了点影子，却又十分不清，不知何故令我有这般感觉。当时我甫中幻术之际，因为缰绳已经在手，方能审知绳端是马非蟾，不然又怎能得脱困境？待我骑于马上，眼中所见仍分明是只蛤蟆，可见幻术之难测。也许真如禅师所言，即使生来所见一切，亦都是幻化吗？却又如何能见到真实呢？"半晌才回过神来，见妙契正看着自己，忙合十道："大师所言理深，振聋发聩，只是弟子愚鲁，仍不明白这幻术为何叫作‘眼见为实’?”

妙契道：“这名字的妙处就在‘眼见’二字，如向所说，这种种的幻视都错在相信眼之所见，误以为实，故名‘眼见为实’。若以心见，则知其幻，便不为所惑。是故刚才老衲说施主有慧根，施主明明已经看见地上是只蛤蟆，却能毫不犹豫跨上去，正是破了这‘眼见’之惑啊。”

孙位叹道：“原来如此，不过我还要感谢这‘眼见为实’，不然也无缘来此聆听大师教诲了。”

妙契哈哈笑道：“不错，老衲这里本来无路可入，寻常若以眼睛觅路，是万万找不到这里的入口，施主却因纵马迷路而得入，这正是踏破铁鞋无觅处，得来全不费工夫。”

孙位一闻此言，忽然想起伏羲庙老院工为自己所卜测的“利牝马之贞”和“先迷，后得主”。看来这“牝马之贞”确如老院工所言，立时便应了，“先迷”也已应验，“后得主”尚未知应在何事。又向妙契合十问道：“大师既然知道这幻术的来历，可知施展这幻术的却是何人?”

妙契笑而不答，孙位见妙契如此，想他必定知晓其中关钥，便再三请问。

妙契凝视孙位片刻道：“便是施主此行所为之人。”

孙位闻言大惊，心想：“他怎会知晓我此行目的？莫非有他心通吗？或是有意试探我?”便故作茫然道：“请大师言明，弟子不明此意。”

妙契微微一笑，说道：“当年忍术传于东土，乃不得已而为之，虽知将来难免遗患，然而当时为救苍生于战火，也不得不传。这‘眼见为实’的幻术便是一门忍术，为木系忍者曼陀一族所继承。此术原意是让人藉此认识到‘眼见为实’之谬，进而看破眼前的山河大地悉皆不实，以此悟入真如实相之理体。可惜传承至今天，却沦落成媚惑世人、助纣为虐的工具了。施主中招前想必听到过什么古怪声音吧。”

孙位此时已是如坐针毡，羞得满面通红，低首合十道：“大师法眼遍照，弟子惭愧忏悔。不是弟子刻意对大师隐瞒，实在是事关重大，弟子奉旨办差，不敢违抗圣命。”当下便将奉命出行之事原原本本对妙契讲了一遍。

妙契宽慰孙位道：“施主不必歉疚，老衲并无责怪之意。老衲本是方外闲野之人，无意朝事，在此古寺禅坐九载，唯以往生极乐净土为期。今见施主有疑，故以所知相告。”

孙位说道：“大师虚怀若谷，证悟广大，真乃肉身菩萨!”

妙契道："施主所遭遇的幻术，不过是忍术之一种，更有众多奇幻忍术，高深难测，便是这幻术，亦有远远高明于施主所受者。然而无论何种忍术，须知本来皆是入道之门，解脱方便。"

孙位心下疑惑："在京师便听说忍者本领异常，高过一流的武术高手，却始终难信。义南兄这身武功高深莫测，想来若要练成已是不易，又怎会有那么多忍者拥有如此出神入化的忍术？不过眼前这位妙契禅师乃方外高僧，所说必定不假，我孙位当真是掉进了《山海经》，遇仙遇怪了？"又双手合十道："大师，弟子有一事不明，却不敢唐突提问。"

妙契道："但问无妨。"

孙位问道："这忍术原本出自佛门，佛教乃以慈悲为本，何以却传下这种种厉害的害人之术？"

妙契答道："施主此说并不确切。当年非空大师为解民倒悬，方秘密传法于百人。然非空大师所传乃'忍法'，而不应说为'忍术'。一字之差，判若云泥。心安于法曰'忍'，证'忍'之法曰'忍法'。大师传法，原意也是令修习者能以慈悲为本，心住于正法，通过忍法之修习而最终入道，此与达摩祖师传武功于少林可谓异曲同工。其中虽有诸般御敌降服之术，却只在救度众生之时使用。若为一己之私，则宁死不用忍术害人。正如《金刚经》中之忍辱仙人，自己虽然被无故无理地节节肢解，令身体手足四分五裂，也不于众生起丝毫嗔恨之心，更不会施暴于众生，故而名曰'忍辱仙人'。倘若学法是为了争强好胜，甚至恃强凌弱，那也只能学得'忍术'，便不是'忍法'了。

"非空大师传法，原为平乱安邦、利益众生，因此当年让门人立下五条誓言，一者绝不妄修忍法，二者绝不妄传忍法，三者绝不滥用忍法，四者不学外道邪术，五者不得伤害无辜。凡违此誓者，即非忍法传人，非为忍者，皆是邪魔外道。

"术无正邪，人有善恶。可惜大师传下的方便入道法门，逐渐衰微，后来修习忍法者多重术而轻法，失却了忍法本意。更有一般愚痴难化之人，全无善心，为了自己逞强称霸，不惜开始修炼诸多邪魔妖术。时至今日，忍法几乎不见，忍术正邪掺杂，忍者善恶两分，实乃忍法之哀，众生之祸也！"说到这里，妙契禅师长叹一声。

孙位也叹道："原来忍法是这般来的！难怪大师刚才说那'眼见为实'之术，原是为了引人入道，可见各种忍术本皆如此，都是为了破除众生执以为实的幻觉吧。”

妙契点头说道：“《圆觉经》云：‘知幻即离，离幻即觉。’众生之所以在幻妄中轮回，便是由于不知是幻的缘故，若一遭真得了知，则去道不远矣。”

二人正谈得高兴，悟真进来请孙位去用斋饭，原来已过黄昏了。

一连两日，孙位都与妙契禅师谈禅论道，颇得点化，又向妙契请教了许多忍法之道。眼看伤势渐好，又记挂着李义南，孙位便决定辞行，回秦州去找李义南，却怕再入歹人之手，心想不妨明日向妙契禅师辞行时顺便求他指点。

次日三更刚过，孙位便即起身，他知道妙契师徒每日必早起做功课。一出房门，果见大殿透出灯光。孙位轻轻推门而入，见师徒二人正站在大殿当中面对自己，似乎在等候自己。孙位当即合十深揖道：“弟子尚有要事在身，不得不走了。”

妙契微笑颔首道：“施主伤势已愈，前路因缘已熟，但宽心前去无妨。这里已经为施主准备好干粮、饮水，待会儿让悟真送你出去。”

孙位暗暗吃惊，妙契显然知道自己要走，不待相问便主动告知所疑之事，并已提前为自己备好了干粮，看来当真是位先知的高僧。念及自己蒙禅师相救，并为自己讲授诸多忍法之道，更教以正法、开示深理，心中顿觉依依不舍，垂首说道：“弟子此番叨扰，得聆大师教诲良多，善知识难遇，弟子本想多住些时日，广闻圣教，无奈要务在身，不得不仓促而去，深以为憾!”说罢眼中竟已湿润。

妙契说道：“聚散离合，皆有因缘。我与施主有缘一见已是幸哉，不必难过。只是临行老衲再唠叨几句，望施主莫嫌老衲老婆心切。施主善良淳厚，夙具慧根，望能好自护持，努力向道。须知红尘碌碌，苦多乐少，幻世茫茫，无有真实。施主若能勘破，自有朗天赤日之时。莫要辜负此生。寒山子有诗，老衲转送于你：‘鹦鹉宅西国，虞罗捕得归。美人朝夕弄，出入在庭帏。赐以金笼贮，扃哉损羽衣。不如鸿与鹤，飖飏入云飞。’”

孙位合十作礼道：“弟子记下了，但不知弟子还能再与大师相见否?”

妙契抬头仰天说道：“我这里路径难觅，欲来见我，也难也不难。亦如寒山子云：‘人问寒山道，寒山路不通。夏天冰未释，日出雾朦胧。似我何由届，与君心不同。君心若似我，还得到其中。’”

孙位一听，心中若明若暗，抬眼又见到大殿中的空莲花座，遂问道：“大师，弟子一直不明，为何这大雄宝殿中却无佛像?”

妙契微微一笑，说道："我这里用不着。"

此言入耳，孙位竟愣在那里，只觉心中一片空白，半晌才张张嘴巴，却无话可说。

妙契挥手示意悟真送客，孙位只得向妙契磕了三个头，跟着悟真出来。

一路无话，走到山下小溪旁，悟真请孙位上马，说道："师父吩咐，请施主沿此路一直走。"随即一拍那马臀，喝一声："去吧！"马儿飞快跑起来。不多时，孙位勒住马，回头望去，已然不见那条小溪，拨转马头向回走了一段，却发现根本不是刚才的路了。孙位叹了口气，只得转身策马而去。

孙位初时不辨方向，一直沿路而行，心中念念不忘妙契所说。老禅师谆谆教导，话藏机锋，自己恍若半梦半醒，眼前所见也仿佛都成了海市蜃楼，形同虚质。

不知不觉日晡已过，前面现出一个村落。孙位此时忽觉腹内饥饿，原来自己一味观那"如梦如幻"，从早起到现在还没吃过一口东西，正好到前面村子打尖投宿，却不必吃干粮充饥了。

进得村子，孙位挑了一户房舍整齐的人家上前敲门，主人家问明来意，将他请了进去，招待孙位洗了把脸，不久开饭。孙位问明主人家姓秦，老两口跟小儿子同住，大儿子已经独立门户，也住在这村里。这个村子名叫"归母村"，向东北四五百里便是秦州，向西北一百多里是岷州，当地村民多以采药为生，此地便因盛产当归、贝母而得名。

用过晚饭，孙位和秦老汉闲聊了一阵便到房里躺下，虽然身上的小伤均已无碍，毕竟体力尚未全复，加之连续奔波，甚感疲惫。正朦胧养神，忽听院外有人叫门。孙位听见秦老汉开门与人说话，似乎是又有过路人想要借宿，秦老汉向那人道歉，说家里已经有一位客人，再无多余的房间待客。只听得另外一人说道："如此便不打扰了，工兄，咱们再找一家吧。"孙位觉得声音耳熟，忙冲出房门，喊道："请留步！"来到院中一看门口那人，正是自己连日惦念的兄长李义南。

兄弟见面，激动相拥，虽只分别短短四五日，却似二三年不见。孙位当下恳请秦老汉，让李义南二人与自己同住一室，主人自然应允。

三人进屋坐下，孙位见与李义南同行那人，三十多岁相貌，却如十二三岁的孩童般矮小，然而神色肃穆，目光炯炯。李义南为二人引见，原来此人竟是西部牛货道的忍者工倪。

孙位大感奇怪，忙问李义南这几天有何经历，为何来到此地。李义南脸一红，道了句：“说来话长。”

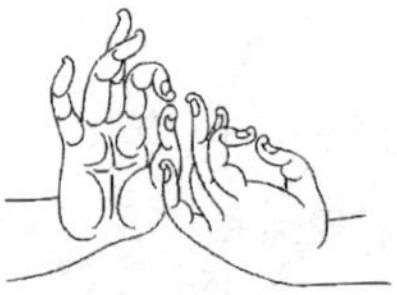

第四回

盖世奇功挫百骑
艳遇连连一梦空

原来那日李义南骑马追赶黑衣人和那女子，一路奔出秦州城西南数十里。三匹马先后奔上山路，又跑了十余里，迎面正遇一队人马，大约百多号人，皆是官军打扮。这队人吆五喝六，马上或驮或挂着山鸡、野兔、梅花鹿等猎物，显然是打猎回城的秦州城军士。

这队官兵见一年轻美貌的女子纵马急奔，后面还有个蒙面的黑衣人紧追不舍，均感奇怪。忽听那女子大喊：“军爷救命！”众官兵均想：“原来是个强盗在追姑娘。”只听为首的军官喊道：“弟兄们，给我逮住那个穿黑衣服的强盗。”众人让过那女子的马，待黑衣人近前，长戟大刀一齐向他身上招呼过去。

李义南远远从后面追来，见众官兵正合力拦截黑衣人，心下一喜，正好来这许多帮手。

山路原本不宽，恰容两马相错。黑衣人见大刀、长戟袭来，也无法躲避，便以手中短兵相格，或向上挑，或向旁拨，竟一连过了五六人，胯下坐骑并不减速。

那军官走在队伍前头，本来只命令手下拿人，自己并未出手，如今见黑衣人连过数人，心下气恼，大喊道：“后面变两队，给我拦住他！”边说边掉转马头，杀向黑衣人。

后面的士兵闻令立即变成两马并列的队形，顿时将山路堵上。黑衣人说话间又过了三四人，见面前五六十排战马已经将路封死，再也前进不得，当下借着前冲的势头从马背上跃然而起，飞腿将迎面的两名士兵踢落马下。随着那两人落马后的“哎哟”“你奶奶的”叫骂声，黑衣人单足在一匹马的背上一点，随即纵上路旁山坡的一棵大树，身法快捷轻灵，众人忍不住喝了声彩。

喝彩声犹未止歇，只见黑衣人双足甫一着树干，身子陡然缩成一个球形，两手两脚摆在一起，好似一只蹲在树上的猴子。随即双足一蹬，两手向前扑出，便似猫儿一般从一棵树窜向另一棵树。待扑到第二棵树上，仍如前一般，一蹲一窜，如此连续不断地从山坡的树上向前窜行。

山道上的兵将见黑衣人弃马上树窜行，开始时都觉得新奇，还从没见过有人会这般功夫，随即反应过来，大家纷纷拉弓搭箭，射向树上的“猴子”。黑衣人仗着大树枝叶的遮挡，大多数箭都射在树上，少数能近得身旁的飞箭都被他随手或抓住或拨开，竟无一支箭能伤到他分毫。

众人见黑衣人露这一手功夫，皆大惊叹。队中有一使流星锤的校尉，见黑衣人越蹿越近，算准时机，待黑衣人从前一棵树刚一蹬开，便将流星锤奋力掷出，这校尉使的是巧劲，让那流星锤飞到两棵树之间开始旋转，在空中旋成一个大轮子，兀自转个不停，想以此拦下黑衣人。流星锤两头都是木瓜大的铁锤，中间是条缠了钢丝的软索，黑衣人若被两头打中，不死也得重伤，若撞到中间的软索，则势必被缠住身体跌下树来。

众兵将见状都暗中高兴：“这下这个猴崽子可跑不了啦！”

黑衣人见流星锤在前，并不惊慌，突然甩手射出一物，却是他先前手中如枪头一般的短兵，正中软索中心，“当”的一声将流星锤钉入前面的树干中。随着软索向前急拉之力，流星锤的锤头呼地由两端向中间砸过来，眼看要砸到黑衣人，只见他在空中突然身子急缩，以头为轴心，飞速地向上翻了个筋斗，身体刚好绕过上面砸下来的锤头，随即双腿伸直，足尖轻点锤头，借力向上蹿起，跃到树尖上。

黑衣人在空中掷飞镖、翻筋斗躲锤头、借力上蹿这几个动作一气呵成，胆色、应变悉皆称绝，众人忍不住又大声喝彩。

李义南目力极好，虽相距数十丈仍看见了黑衣人这番表演，不禁倒吸口冷气，心想：“我一向自负武功盖世，今日方知实乃井底之蛙。若要练成他这般武功，只怕再有二十年也不能。”心中凉意顿生。倏动一念：“当日在蓬莱殿中，田令孜说口袋谷一战，有位忍者竟能以一人之力，顷刻间斩伤上百骑兵。这黑衣人武功绝顶，莫非便是传说中的忍者？”

正思量间，见那黑衣人已然在树尖之间纵跃起落了数次，每次都是左足落下便右足跃起，右足落下便左足跃起，直似在太虚迈步一般，姿态飘逸潇洒。

眼看黑衣人跃至队尾处的树尖上，双臂微张，如鹞子般飘然落下。队尾的两人见黑衣人向自己飘过来，忙举起长戟刺出。忽然“嗨呦”两声，两人同时摔到马下。原来黑衣人手腕微动，射出两枚星状的暗器，正中两人的腰眼，将二人从马上打下，却并不打伤那二人。随后又“嗨呦”“哎呀”几声，倒数第二、第三排的四个人也被打下马来。

黑衣人飘落在最后排的一匹马上，掉头便走，同时回手猛拍了另外一匹马的屁股一巴掌，那马儿吃痛，嘶鸣一声，撒蹄狂奔。前面的马被它这一冲撞，也开始狂奔。如此依次相撞相冲，整个马队都狂奔起来，一时收缰不住。黑衣人趁机和马队迅速拉开了距离，越跑越远，不多时便消失在山道中，追赶那女子去了。

李义南一直被马队挡在一头，此时见马队冲了过来，情急之下，纵马跃上山坡。那山坡陡峭，马儿跑不到两步，四蹄便向下滑去。李义南此时也不犹豫，纵身从马背向后跃下，双掌对着马臀拍出，马儿借这一拍之力，竟向上跑出六七步。李义南随即飞身赶上，又再一拍，马儿便又跑上去六七步。如是四五番，马儿已攀过了最陡峭的山坡，跑到较为平缓的坡地。

山道上的兵将被受惊的马儿载着狂奔，经过李义南时，却都不禁扭头看他在山坡上练这“拍马屁”的功夫，众人心中都暗自惊叹：“今天真是大开眼界，邪门得紧！”

过了不大工夫，这一百多号人马已悉数经过李义南上坡之处，只留下腾腾扬尘兀自未散。但李义南既上得坡来，便无法再从原路下去，只得沿着坡道继续走上去。上了坡顶，树木愈发繁密，几乎无法通行。李义南牵着马，拔出随身的匕首，不时需要砍断一些树枝藤蔓方得前行。这样又走了好一阵子，终于从树丛中走出，来到一条羊肠小路上。李义南叹了口气，心想：“终于还是没能追上那黑衣人，不知那女子现在怎样了，会不会已经被黑衣人追上，遭了他的毒手?”

李义南骑上马，顺着小路走去，小路随着山势忽起忽落，也不知通向何处，李义南只盼着能尽快下山，再作打算。

走了大概一个多时辰，来到一个小十字路口，左右横着一条较宽的山道。李义南停下向四周看了看，不知该继续前行还是向左右转向。正自犹豫，忽闻一声凄厉的哨声响起，随即看见左前方不远处一道红光由地面射出，消失在空中。李义南赶紧拨马向左奔去，想看看发生了何事。

到得近前，李义南又惊又喜。只见那个黑衣人正被五名女子围住，其中便有那位姑娘，另外四人也都和这位姑娘一般装束，墨绿衣裤，脸上却都蒙着墨绿色的面纱。

李义南登时明白过来，原来自己走的小路竟是一条捷径，虽然难走些，却不似大路那般绕着山体转来转去，而是直插过来，是以竟赶上了他们。却不知另外那四名女子是何人，想必是那姑娘邀来的帮手，刚才的哨声和红光便是那姑娘召唤同伴的信号吧。

那姑娘看见李义南赶来，冲着他莞尔一笑，李义南突然觉得有些脸红心跳，全身微热，脚下发沉，只想走到那姑娘跟前去亲近她。李义南原本不喜女色，加之身负盖世武功，定力超于常人，对年轻貌美的女子一向不屑多顾，今日不知为何却禁不住这位姑娘的一笑，难道她当真是太美了吗？

李义南正自发呆，那五名女子猝然出手，每人都是同时发出三枚暗器，手法也是一般无二。只是一人的暗器射向黑衣人的头部，眉心一枚，两耳各一枚，三枚暗器呈三角形射出，劲道极大，完全不似出自年轻女子之手。第二人位于黑衣人的左前方，暗器射向黑衣人的胸部，咽喉一枚，左右乳各一枚，也是呈三角形射出，劲道一如第一名女子。第三个人身处黑衣人右前方，一枚暗器射向黑衣人的丹田，一枚射向裆部，另一枚射向右膝。第四人在黑衣人右后方，一枚暗器射向黑衣人的左耳外侧偏下，一枚射向右耳外侧偏下，一枚射向头顶上方一掌处，都是瞄准黑衣人身体以外的地方。最后是那位姑娘，站在黑衣人的左后方，三枚暗器却是射向黑衣人的两腿外侧和两腿之间。

李义南是暗器高手，见这几名女子发射暗器的准头和劲道虽然也颇高明，但比自己尚有不如，只是这五人同时出手，发出十五枚暗器，不但笼罩对手各大要害，更是考虑到对手可能上跃或左右躲闪的路线，事先便将对手退路封死，这般心思、这般配合竟似发自一人之手，心下不禁大为钦佩，暗想：“若换成是我站在这五人中间，饶是逃得了性命，也非得中个两三枚暗器不可。”

只见众女子的暗器甫一出手，黑衣人蓦地右腿跪地，身体右转，左手射出三枚暗器，迎击射向自己丹田、裆部和右膝的暗器，右手也射出三枚暗器，拦下射向自己两腿外侧和两腿之间的暗器，暗器脱手同时头部向前探出，转头向右，身体随左膝向左前方倾斜俯下。只听得“叮”的一声，下路的六枚暗器被黑衣人的暗器同时击落，其他九枚暗器则嗖嗖地射进周围的树丛中。黑衣人和五女相距不过两丈，竟能在刹那间辨明对手暗器来向，并出手拦击，为自己赢得藏身之所，更能随势跪倒、转身、前俯，动作连贯迅捷，无纤毫滞碍，转危为安于千钧一发之际，这等功夫实在闻所未闻。

李义南暗喝了声“好俊的功夫”！心中的喝彩声未绝，五女忽然同时发出长长的“咿”的一声，这声音虽然不大，但觉尖锐刺耳，飘忽不定，如鬼似魅。

李义南赶到之后一直站在黑衣人右侧三四丈远处，是以刚才能与成纪楼中那位姑娘对视而见。现下黑衣人身体半跪，头转向右侧，正好同李义南面对面。随着这声怪叫，李义南见黑衣人突然两眼发直，目光呆滞，继而身体开始不停地扭动挣扎，好似被什么绑住、无法挣脱一般。

再看那五名女子，均是两手相握，手指有伸有屈，或有相互盘绕，直是一模一样的手势。只听其中一名蒙面的女子说道：“小美，快将他右手斩断，免得待会儿他醒过来作祟。”站在黑衣人右前方的女子应了一声，取出那枪头样的兵器，上前一挥，便将黑衣人的右手斩了下来，原来那枪头两侧的边缘竟如刀剑般锋利。黑衣人大叫一声，便倒在地上不动了。

李义南眉头微蹙，心想：“这几个女子刚刚不知用了什么邪法擒住了那个黑衣人。她们对待敌人倒真是下手狠毒，毫不容情。那黑衣人武艺高强，刚才同那队军士动手时，虽然敌众情急，却未见他打伤一人，在成纪楼一战他也对我手下留情，可见他并非滥杀无辜之辈，如今被斩断右手，成了残废之人，颇为可惜。在成纪楼中，那姑娘说要为哥哥报仇，似是江湖仇杀、私人恩怨，眼前所见却犹有蹊跷，我出手帮那姑娘也不知是对是错。莫非我今日所见当真都是忍者?”

正自掂量，刚才下令的女子又指着李义南说道：“这个人都看见了，小妙，你去把他杀了。”

站在黑衣人右后方的女子答应一声，正欲动身，却听成纪楼中那姑娘说道：“且慢！音姐姐，这个人从成纪楼一路跟来，武功倒也不弱，不如把他送给长老使唤吧。”

闻听此言，李义南心中一凛，刚刚见识过她们对付黑衣人的手段，现在如若对付自己，恐怕万难招架，不过看来这些人有八九分的可能是忍者了，若果真如此，我倒不用担心了，关键时刻只需拿出忍者令金牌，她们便不得不恭敬听命了。当下说道：“姑娘好没良心，我一路追来，为的是怕你被恶人所伤，故来相助，如今为何反要害我？难道姑娘忘记我在成纪楼上出手助你逃走了吗？”

那姑娘甜甜一笑，柔声说道：“承蒙壮士仗义相救，小女子不知怎生感激，不如让我来服侍你吧。”李义南只觉得这声音入耳后在脑中回旋萦绕，继而钻入五脏六腑，说不出的舒服受用，体内还传来阵阵的温热，上延至两耳和双颊，竟有些醺醺然。

突然“咯咯咯”的一阵清脆笑声将李义南惊醒，那位音姐姐说道：“小云，不要戏弄他了，你立即赶回成纪楼，把东西找回来，不得有误。小乐，你把他绑回去，过些天跟其他人一起送去给长老。”几个女子听到吩咐，立即止住笑声，各自领命称是。

李义南此时心中方明白，原来自己中了那个小云的媚惑邪术了，怪不得自己刚刚赶到时，一见到她对自己笑便有些把持不住，却是根本不关乎她的美丑。当下心中气恼，厉声说道：“几个女娃不得无礼！你们是哪道的忍者？报上名来。”

几名女子都“咦”了一声，音姐姐问道：“你是什么人？怎会知道我们是忍者？”神色极是严肃。

李义南大步走到五女近前，低头看了一眼倒在地上的黑衣汉子，右臂的断腕仍在流血，人已经昏死过去。李义南俯身点了黑衣人臂上的几处穴道，为他止住血，又看了一眼地上散落的几枚飞镖，发现黑衣人射出的飞镖和那两名女子的飞镖竟完全一样，都是中空的星状圆镖。

五女虎视眈眈地注视着李义南，李义南站起身，右手伸出，赫然握着一块金光闪闪的令牌。

“忍者令！你是皇帝的密使？”音姐姐脸色大变。

李义南点头说道：“不错，你们是哪一道的忍者？报上名来。”

音姐姐双手合十说道：“启禀大人，我们是曼陀族的忍者，属下名叫曼陀音，她们是我妹妹曼陀乐、曼陀美、曼陀妙，她叫瞿云。”曼陀音一一指着几名女子介绍道。

李义南左手一指躺在地上的黑衣人问道：“他是谁？你们为何打斗？”

曼陀音答道：“他不过是个小贼，想偷瞿云妹妹的东西。”

李义南大为不信，沉声说道：“那他为何在客栈杀人，又为何追杀瞿云至此，想偷何物？从实细说，不得隐瞒。”

曼陀音微微一笑，轻声说道：“大人，何不随我们到曼陀谷去，我们既能慢慢向大人禀告详情，又可服侍大人啊。”声音越来越轻、越来越细，最后几乎便听不见了。

李义南登时觉得头脑发昏，眼皮发沉，心道：“不好，她又使邪术。”当即鼓足力量，两眼一瞪，又使劲摇了摇头，想要清醒过来。

另外几名女子也都两手相交，做出奇怪的手势，款款说道：“是啊，大人，我们来服侍您啦。咿——您睁眼看看我是谁，您不是一直想念着我吗？”声音柔媚入骨。

李义南突觉眼前发黑，眨眨眼再看，发现自己竟在一间闺房之中，坐在一张精雕百合纹的花梨木大床上，床帷轻垂粉红罗帐，床上铺陈嫩绿的缎面被褥，床头一张三足红木小圆几，上面放着一只纯银的并蒂莲提花酒壶和一只精巧漂亮的银酒杯。对面窗边站着一位婀娜少女，缓缓地转过身来，只见她藕衣翠裙，云髻轻斜，酥胸半露，肩披薄纱，眼似秋水，面带桃花，眉如细柳，唇点朱砂，未语含笑，顾盼生霞。

“小芸，是你？”李义南见她竟是自己二十年前暗恋的少女田芸，只不过衣着华丽、神情妩媚却不似小芸的朴素天真。小芸是书院先生的女儿，李义南当年在书院对她一见倾心，可惜不到半年，小芸便随父亲去了江南，从此再无音讯。孰料今日又得相见，容貌也一如往昔，怎不叫李义南欢喜。

“是我，公子。”小芸还是像当年一样称呼李义南，“奴家想得你好苦，公子也想念我吗？”说着莲步款款地向李义南走过来。

“我……我何尝不想念姑娘。”李义南两眼直直地盯着小芸，生怕她从眼前消失一般。此时他仿佛已经回到了二十年前。

“公子，小芸今天终于是你的人了。”小芸说罢，拿起几上的酒壶，斟了一杯酒，轻轻啜了一口，过来坐在李义南的腿上，两手勾住李义南的脖子，樱桃般的小嘴向李义南凑了过去。

李义南只觉得小芸的身子温软如棉，散发着阵阵幽香，再看小芸双目轻合，俏嘴微努，如玉的脸庞红波荡漾，忍不住也将嘴唇凑了上去。正是：手香江橘嫩，齿软越梅酸。两唇相触，琼浆入口，酒儿未化，心儿已醉。李义南紧紧将小芸抱住，再不放开……

温存过后，李义南身体疲极，昏昏睡去。

不知睡了多久，李义南觉得床铺在不停地上下颠簸，床也变硬了，“哐啷”一声响，李义南的头被颠了起来，终于睁开眼睛，愣了会儿神，才发现自己是躺在一辆行进的马车之中。李义南动动胳膊，发现身旁还躺着一人。

“小芸!”李义南忙起身去看身旁的姑娘，一见，却发现竟是那个断腕的黑衣人，被绳子捆得结结实实，嘴里塞着他蒙面用的黑布。

李义南这才回过神来，原来适才和“小芸”的欢聚只是一场幻梦，定是自己中了那五个曼陀忍者的幻术。可这幻觉如此真实，便同真的一般，活生生的，让人颇有些留恋难舍。

马车外的人听到李义南呼唤“小芸”的声音，揭开车帘，递进来几个馒头，李义南见是曼陀乐。

曼陀乐笑着说道：“大人睡了一夜，想必饿了，请先委屈些，吃点干粮充饥吧。”

李义南又羞又恼，喝道：“你们几个大胆女子，竟敢戏弄钦差!”

曼陀乐一吐舌头道：“看来大人不喜欢我，待会儿还是让小云妹妹服侍你吧。”原来她误以为李义南幻梦中一直叫着瞿云的名字。

李义南也不理她，左手一撑，想要跃出马车，却觉手软无力，身体连半寸也未能离开车板。

曼陀乐又是咯咯一笑，两手交叉盘绕成那个奇怪手势，说道：“小云妹妹来喽，咿——我来了。”

李义南还未来得及叫声“不好”，已然又是眼前一黑，接着便又与他的小芸重逢了。

再度醒转，天已黑透，原来又睡了一整天。李义南这次学得乖巧，不再声张，只觉得浑身乏力，腹内饥饿难忍，便向身旁摸索，果然上次曼陀乐送进来的馒头还在，他抓起来一口气将三个馒头吃个精光，饥火稍抑。

李义南摸了摸身边的黑衣人，一动不动，不知是死是活，探了探他的鼻息，微微尚存。李义南心想：“不知这几个曼陀谷的忍者作何打算，难道想挟持我吗？临行前皇上曾说过，所有忍者见到忍者令如见皇上，但有所命，无不遵从。而今她们怎敢用幻术将我迷倒，载在这马车里？莫非怕我记住去曼陀山谷的路径吗？她们若对皇上无不遵命，又为何怕我识得进谷的路径？这几人如此忤逆行事，莫非如当年目焱所密报，是东、南二道的反叛忍者?”念及于此，李义南伸手入怀，发现忍者令果然已被搜走，这愈发让他肯定了自己的猜测。

李义南竖耳听了听外面的动静，发现马车的后面有两骑，车前有一骑。他悄悄将车前的帘子从底下掀开一条细细的缝隙，见只有一个女子在驾车，估计便是给自己送馒头的曼陀乐。

李义南心想：“我现在即便是冲出去，也定然被她们擒住，不如假装未醒，且随她们进谷看看再说。”又一想：“若她们真是反贼，那身边的黑衣人该不会就是目焱长老的手下吧？可惜他已身受重伤，不然我将他救起，或许可与这几个女子一搏。对了，她们为何没有将我捆绑起来呢？想必是根本没将我放在眼里，料定我逃不出她们的手心吧。”一想到自己身负盖世武功，堂堂神策军总教头、左神武大将军，今天却轻易栽在几个年轻姑娘手里，那个黑衣人也不过二十五六岁年纪，功夫却远在自己之上，李义南不觉心冷如冰。转念一想：“这世上本就是人上有人，天外有天，自己输给人家，那也算不了什么。只是这些忍者本领如此诡秘难测，倘若真有反意，可当真棘手之极!”

过了一顿饭工夫，马车突然停下，李义南赶紧躺好，闭上眼睛。曼陀乐掀开车帘，咯咯笑道：“大人，您睡也睡够了，吃也吃饱了，该出来活动活动身子了。”李义南一惊，原来她早已知晓自己醒来，还吃了馒头，估计自己东摸西看，她也一定知道了。只好睁开眼睛不再装睡，起身下了马车。却见曼陀音骑马立于最前面，车后面是曼陀美和曼陀妙二人，并不见瞿云的身影。

曼陀乐又是咯咯笑着说道：“大人是在找小云妹妹吧，她去办事了，您先别急，等咱们到了谷里，我让她天天陪着您。”说完，后面的曼陀美和曼陀妙也一起咯咯地笑了起来。

李义南并不理睬她们，知道现在无论说什么都没用。

曼陀音说道：“好了，不要闹了，快上路吧。”

姐妹三人答应一声，曼陀美和曼陀妙跳下马，过来同曼陀乐一起给黑衣人的头上套了个黑布罩子，将他提出来绑在曼陀美的马上，又将拉车的马儿从车上卸开。曼陀乐骑上马，招呼李义南也上来，笑说道：“大人还能自己上马吗？要不要帮忙?”

李义南哼了一声，飞身上马，坐在曼陀乐身后。曼陀美和曼陀妙也分别上了马。曼陀音见大家均已安置好，双腿一夹，率先催动马儿。

曼陀乐回头向李义南说道：“大人抓紧了。”也纵马冲出。李义南只得双手抱住曼陀乐的腰部，但觉蛮腰纤纤，温暖柔软，加之少女身上的幽香阵阵袭来，李义南不禁想起自己在幻梦中与田芸缠绵的情景，顿觉脸红耳热，好在没人能看见。

四匹马走不多时便上了一条小路，一路上山。李义南心道：“怪不得要弃车换马，原来进山了。”

又走了个把时辰，前面已经无路，几匹马在树丛中穿来转去，终于到了山顶。山顶有一巨大岩石，岩石下背风处有一小屋，屋内灯影绰绰。屋子旁边有一个大马厩，里面拴着十来匹马。李义南奇怪：“难道这就是目的地了？怎么却只有一间小屋？”

曼陀音吹了声口哨，小屋里走出一人，是个黑瘦矮小的中年汉子，身穿灰布粗衣，像是马夫打扮。中年汉子向曼陀四姐妹合十作礼，却不说话，四姐妹也合十回礼。众人下马，曼陀美将黑衣人从马上解了下来，提在手中。中年汉子将马牵到马厩中拴好，便进屋去了。

李义南心想：“这是什么名堂？她们要做什么？”忽然手背一暖，一只白嫩的纤手拉住了自己。

曼陀乐咯咯笑道：“大人请跟我来。”拉着李义南，向那块巨大的岩石走去。

李义南有心挣脱曼陀乐的手，又觉那样反而不好意思。

曼陀乐用幻术戏弄自己，李义南原本有些气恼，不过那幻中经历却令人回味难舍。又见曼陀乐总是未语先笑，天真可人，不似她姐姐曼陀音一般阴森狠毒，倒对她有几分喜爱。

六个人绕到岩石后面，李义南发现这里竟是一处断崖，崖下是个山谷，漆黑一片，也不知有多深。

曼陀乐拿出一条绳子，笑着对李义南说道：“得罪了，大人。”将绳子系在李义南腰间，牢牢地打了个结。曼陀妙俯身从一条长满野草的崖缝中提起一条粗绳，李义南这才看见原来绳子的一端穿过大岩石下面的石孔，绑在岩石上，顺着一条裂到大岩石底部的石缝伸到山谷中，若非亲见，万万也想不到。

四姐妹每人都取出一个双头铁钩，一头钩在自己的腰带上，一头钩在大绳上。曼陀美提了黑衣人，曼陀乐抓着李义南腰间的绳子，笑着说道：“大人莫怕，我们一会儿就到了。”说罢四姐妹鱼贯而下，竟然从断崖畔走了下去。每人都是身体与断崖壁垂直，走在崖壁上就如同走在平地一般，其疾如风，那绳索也只是保护她们不至于突然失足摔下，危急时便可抓住绳子。

李义南哪里练过这般功夫，两腿完全悬空，也跟黑衣人一样被提着下去。

估计下去一百多丈，才到得谷底。

李义南双脚着地，终于长出了一口气，身上已然出了层细汗，饶是自己轻功不弱，也绝不敢想象从这般高处下来，若不是自己被曼陀乐提着，便如同跌落下来一般，怎能不心生恐惧？不由得暗叫了声“惭愧”。

几个姑娘收起带钩，曼陀乐给李义南解开腰间的绳索，一行人向谷中走去。

先是穿过一片浓密的树林，沿途有几条山涧汇成的小溪，从树林出来竟见到一大片耕田，李义南忍不住问道：“谷里为何有田地，难道忍者自己种庄稼吗？”

曼陀乐回道：“这是忍者的传统，难道大人不知道吗？不论我们村子有多富足，必须要有足够全村人吃饱的庄稼，这样我们不想到外面去时才不会饿死啊，这田已经种了一百多年了，每年都要种，绝不可荒废的。”

“村子？你们这里不是曼陀山谷吗？”李义南奇道。

曼陀乐咯咯笑道：“山谷就不能是个村子吗？各邑忍者所住的地方有山谷、有孤岛，还有地洞、山洞、树窝，总之住哪里的都有，但是无论住在哪里，都是一个村子。”

李义南又问道：“住在洞里、树上又怎么种庄稼？”

曼陀乐笑得更加厉害，说道：“大人说这话倒像个书呆子，难道您没听说过变通之术吗？也不一定非要种庄稼，所谓靠山吃山，靠水吃水，总之攒足口粮就是了。”

李义南“哦”了一声，心道：“这些忍者行事当真精细诡秘，绝非头脑简单之辈。”又追问道：“你们曼陀忍者是属于哪一道呢？”

曼陀乐答道：“我们当然是……”

话刚说一半，曼陀音回身喝道：“小乐！你话太多了。”

曼陀乐吐了吐舌头，小声嘀咕道：“反正他也出不去了，怕什么？”声音虽小，李义南却吃了一惊，心想：“看来她们确实是要图谋不轨了。待会儿须得想个办法与她们周旋，看是否有机会逃出去。”

过了这片田地，便看见一排排高高低低的房舍，果然是一座村庄。穿过两条小巷，来到一座大宅门前，但见朱门高檐，倒像是个衙门。

几个人径直来到大厅等候，曼陀音独自进去内堂。不多时，出来两名青年男子，向曼陀美合十作礼后，便将黑衣人架了出去。随后曼陀音跟在一个中年妇人身后走了出来。

李义南见那妇人一身华贵绫罗，薄施脂粉，虽有三十八九岁的年纪，却是眼藏流莺，嘴角含笑，七分媚气，三分妖冶，向着李义南躬身合十道：“不知钦差大人驾到，有失远迎，还请大人恕罪则个。”

李义南拱手回礼道：“不敢当，请教夫人尊名。”

妇人微笑答道：“小女子曼陀容，是这谷里的主人。不知该如何称呼大人?”

李义南说道：“原来是曼陀邑长，失敬。在下李义南，不知贵邑是隶属于皇帝陛下四大忍者道中的哪一道呢?”李义南适才听曼陀乐所说，便猜想这里应是某一忍者道的十八忍者邑之一，是以称呼曼陀容作邑长。问她隶属于哪一忍者道时，李义南故意强调是“皇帝陛下的四大忍者道”，一来提醒她，忍者都应该听命于皇上、听命于朝廷，不可起作乱犯上之心。二来也暗示她，自己既然代表皇上而来，并未将其视为反叛者，而是皇帝的属下之臣，故而她也不应留难自己。

曼陀容笑着说道：“原来是李大人，我们都是目长老的手下。”言外之意是说自己只向目焱效命，却不在乎是不是皇上的属下。

李义南闻言甚感意外，他原以为曼陀族忍者必隶属于东、南二道之一，不料却是北方俱卢道长老目焱的属下。当年西、南二道忍者密报说目焱为篡长老之位谋害了北道长老光波勇，却并未说他要造反，可如果目焱未反，他属下怎会对钦差如此无礼，竟将我绑架了来？且看看再说。随即哼笑了一声，说道：“不知尊驾手下为何将我带来这里呀?”

曼陀容说道：“她们既然知道您是钦差大人，当然要盛情迎请，也好让小女子和敝村上下一睹大人尊容啊。”

李义南讪笑道：“我这副尊容不值一看，曼陀邑长既然已经看过了，可否让她们将忍者令还给我，送我出谷?”

曼陀容也轻笑了一声道：“大人何必心急，我们这些人哪，这么多年都不曾蒙皇上念起，好容易盼到您来了，还不得好好恭敬恭敬。明儿一早我就差人把令牌送去给目长老，他见了令牌定会亲自前来拜见您。您就暂且在寒舍逗留几日，我肯定不敢怠慢了大人。”

李义南心道：“原来她是不敢擅自处置我，要去请示目焱。看来我只好暂且忍耐几日，先探探她们底细。”当下说道：“也好，不过我能否跟曼陀邑长要个人，让她每日陪我说话解闷？”

曼陀容问道：“大人想要谁？”

李义南回头看了看曼陀乐，说道：“我看这位曼陀乐姑娘爱说爱笑，每日有她陪着说话一定不会憋闷。”李义南挑选曼陀乐实是看中她胸无城府，希望能从她口中多探听些底细。

曼陀容微微一笑，道：“原来大人喜欢乐儿这丫头，那就让她陪伴大人吧。”说罢转过身去，柔声吩咐道：“咿——乐儿，你要好生陪伴李大人，莫令大人失望。”

李义南听着她的声音，突然头昏眼黑，心想怎么感觉又像是中了幻术一样。定睛一看，眼前事物并未有变，这才放下心来，那奇怪感觉也很快消失，自忖可能是一路太过疲劳所致。

曼陀乐得了吩咐，答应一声，便高高兴兴地挽着李义南的胳膊，笑说道：“李大人，咱们去歇息吧。”

李义南被曼陀乐挽着走出大厅，穿过两进院子，来到后花园中。只见这里草木繁茂，百花争妍，假山叠错，池水清泠，回廊宛转，亭榭别致，竟比御花园还美。

二人来到花园西面的一座二层木楼前，曼陀乐推门掌灯，扶李义南进门。李义南环顾四周，见屋内陈设富丽堂皇，比之皇宫犹有过之。二人上楼，乃是里外套间的卧房，布置极尽温馨舒适。

曼陀乐扶李义南坐在一把黄花梨木绣垫软椅上，斟了盏茶给他，说道：“大人请先吃杯茶，我去为大人准备洗澡水。”

李义南忙起身道：“不敢烦劳姑娘，请姑娘这就回去安歇吧，我也要睡下了。”

曼陀乐咯咯笑道：“大人要我到哪里去？我帮大人沐浴后，再服侍大人安歇。”说罢将李义南按回椅子，转身下楼去了。

李义南心中颇为矛盾，自己虽然富贵无缺，但非好色之徒，与妻子刘氏相敬如宾，并无三妻四妾，也从不寻花问柳，今日同曼陀乐在一起，怎的心中蠢蠢欲动起来？

过了半顿饭工夫，曼陀乐唤李义南来到卧房外间，地上一个大木桶热气腾腾，水面上撒着五色花瓣，在热气熏蒸下散发出阵阵香气。

曼陀乐笑吟吟地帮李义南除去衣裤，李义南此时已无他想，只盯着曼陀乐的俏脸看，眼睛也不舍得眨一下。曼陀乐被他看得害羞，脸上红晕顿生，愈发显得娇美。

曼陀乐将李义南的衣裤叠好，便转过身去，缓缓地脱去自己的衣衫，李义南更加目不转睛。曼陀乐罗衫飘落，肌肤如雪，兰指轻捏，红绡当胸，回眸一笑，娇中带羞，李义南但觉口舌干燥，身如火燃。

正如诗云：

酥凝背胛玉搓肩，轻薄红绡覆白莲。此夜分明来入梦，当时惆怅不成眠。眼波向我无端艳，心火因君特地燃。莫道人生难际会，秦楼鸾凤有神仙。

（按：唐代韩偓诗）

这一夜缠绵，二人闻不见更漏，忆不得家乡，羞走了月老，羡煞了鸳鸯。

次日天光大亮，日上三竿，二人犹睡未起。

接近正午，李义南方被曼陀乐唤醒，已为他备好了酒菜，荤素细碟、精致小点、陈年佳酿、新鲜果品，一应摆放桌上。二人入座，交杯换盏，爱语温存，有说有笑，好不惬意。

吃罢二人又去花园赏花观鱼，戏蝶听鸟，乐说故往，笑谈今朝，直如一对甜蜜的爱侣。

二人朝夕欢聚，并无一人前来打扰，李义南乐在其中，竟然忘了向曼陀乐探听曼陀忍者和目焱的底细。

不知不觉，李义南在这温柔乡中已过了五六日。

这日李义南正和曼陀乐吃午饭，李义南端起酒杯，搂住曼陀乐的蛮腰道：“乐儿，这几日我跟你在一起比神仙还快活，只盼能与你长相厮守，永远住在这里才好。”

曼陀乐咯咯笑道：“那你就永远住在这里好了，我也愿意一直守着大人。”

李义南将酒杯送到曼陀乐的嘴边，说道：“乐儿，把这杯酒吃了吧。”

曼陀乐害羞地将脸一扭，道：“不，过会儿你又该欺负人家了。”

李义南笑道：“我那么疼爱你，怎么舍得欺负你呢？乖，快些吃了。”

曼陀乐笑着接过酒杯，正要放到嘴边，突然脸色一变，重重地打了李义南一记耳光，压低嗓音，粗声说道：“喂！喂！”

李义南惊道："乐儿，你做什么？"

曼陀乐将这杯酒一下泼到李义南脸上，用力掐住李义南的人中，低声叫道："大人！大人！快醒来！"

李义南被掐得疼痛，一把抓住曼陀乐的手腕，腾地站了起来，突然感到一阵眩晕，身上无力，挤了挤眼，再一看，眼前的人竟变成了一个蒙面的黑衣汉子，自己正抓着他的手腕。

黑衣人见李义南睁开眼，喜道："大人，你终于醒了！"

李义南放开手，晃晃头，向周围看看，却见自己躺在一间低矮小屋的小木床上，屋子不过两搯见方，没有窗子，只有一扇弯腰才可通过的小门，屋内陈设也只有这张离地不过半尺的小木床而已。

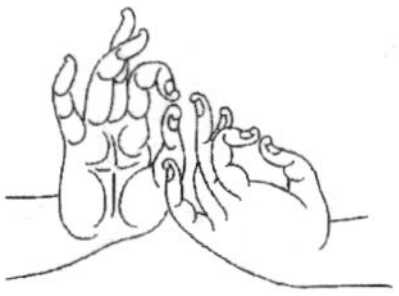

第五回

曼陀谷老妪相助
三兄弟各述奇能

李义南大吃一惊，说道：“糟糕，我又中了曼陀乐的幻术。这小丫头，定是怕我纠缠她，故而又以幻术来捉弄我。”他只顾自言自语，却不理会眼前的黑衣人。黑衣人皱眉看着李义南，显得很是担心。

李义南突然又抓住黑衣人，笑道：“我知道了，你便是乐儿，适才我中你的幻术之前便是抓着你的，现在你虽然变了模样，却骗不了我。乖乐儿，不要闹了，快将我弄醒吧。”

黑衣人说道：“大人，您定是身陷幻术太久，一时间还难以完全清醒，此地不宜久留，请先跟我走，出去后再慢慢跟您解释。”

李义南上下打量黑衣人，见他身材极为肥胖，一张脸蒙在黑布下，两条眉毛长在一起，连成一条直线，甚是滑稽，双眼又细又小，却煞是有神，被他盯着时，仿佛要看穿自己的五脏六腑一般。李义南恼道：“我不走，你不将我弄醒，我不会走的。乐儿，你干吗又要捉弄我，变成这副怪模样？”

黑衣人急道：“大人，我不是什么星儿、月儿的，我是来救你的，再不走，恐怕咱们都要落入曼陀容那贼婆娘手里了。”

此言一出，李义南腾地坐起身，自言自语道：“星儿、月儿？看来你不是乐儿。你骂那曼陀容作贼婆娘，难道我当真是中了幻术？难道我当真醒了？我到底是中了幻术，还是醒了？”

黑衣人见他语无伦次，摇头叹道：“看来曼陀乐那小妖妇将大人迷惑得不轻。”

这句话比冷水洒面还管用，李义南心中登时清醒过来：“对呀，我怎么会称呼那个曼陀乐作'乐儿'呢？这几日跟她缠绵不休，怎是我李义南的行事作为？看来我当真是中了幻术，在梦中与她度过了几日。"虽然有些细节尚未想通，却没时间在这里耽搁，李义南当即站起身来，拱手说道："多谢壮士相救，我这便随你走。"

黑衣人见他清醒过来，这才放心，说道："请大人跟紧我，莫要出声。"说罢转身出门。李义南紧随其后，却觉腰酸背紧，手脚乏力，暗忖自从遭绑架之后，多日来一直躺卧不起，必是时日太久所致。

出得门来，是一个长长的走廊，四下全部用大石砌成，走廊的一侧墙上全是一样的小门，大概有二十几扇，每两个小门之间便有一扇铁栅栏门横在走廊上，粗大的铁锁却均已被打开。另一侧墙上连一扇窗子也没有，只插着两盏昏暗的小油灯。原来李义南被关在走廊最里头的房间内。

走廊的尽头是扇大铁门，门锁也是打开的。出了铁门却是一间石屋子，屋子中央有张小方桌，一名身着墨绿衣裤的年轻男子正坐在桌旁，两眼直瞪着李义南。李义南吃了一惊，暗叫"不好"。却不见那绿衣人动弹，走近细看，只见他不知被施了什么法术，定在那里，眼睛睁得大大的，眼珠一动不动，想必是营救自己的黑衣胖子所为。胖子经过他时，合十一礼，说道："得罪了。"李义南心中奇道："这胖子怎的对敌人如此客气？"

李义南随那胖子走出石屋，来到一个小院里，发现此时竟是深夜。借着月光，李义南见院子里面有一口大石碾子，两边各是两间瓦房，墙上挂着大蒜辫儿，回头再看身后的石屋，从外面看来不过是一间破旧仓房，明显像个农家院子，外人绝不会想到这里竟是一座秘密森严的牢房。

出了院子，只见另外一个黑衣人正在院门口守着，也是黑布蒙面，身材甚为矮小，恰似个十二三岁的孩童。三人走过这条小巷，转到一条大一点的巷子，李义南又见到那个像衙门似的朱红大门，知道这是曼陀容居住的那条巷子。

矮个子黑衣人在前面探了探路，招手让二人跟上，三个人迅速穿过这条巷子。正欲再穿过最后两条小巷，突然一户人家的大门"吱扭"一声打开，三人忙伏身躲在巷口房子的山墙后面，见那户门里出来一位驼背老妇人，踱步向三人这边走来。三人屏息凝视，两个黑衣人都从腰间摸出星状飞镖，捏在手中，随时待发。

那老妇人走到一半，却转身进了一间房子，矮个子黑衣人探头看了看，招手让二人跟着他飞快穿了过去。李义南经过巷口时扭头看了一眼，发现那老妇人原来是进了一间茅房。

穿过最后一条小巷，便来到田头。过了田地、树林，终于到了山崖下面。

胖子让李义南先坐下休息片刻，再想办法上崖。

不多时，又从树林里奔出来一名高大蒙面的黑衣人，背上还负着一人。高个子黑衣人来到三人面前，将背后那人放下，却是那名和李义南一同被带进谷中的断腕黑衣人，只是他现在衣衫褴褛，浑身伤痕累累，像是被拷打折磨过，犹自昏迷未醒。

五个人聚齐，一时却不知怎样上崖才好。断腕的黑衣人需人背负自不必说，李义南中幻术昏睡太久，身手也是虚弱无力，仗着武功底子厚，现下走路尚可，攀崖却无可能。当日曼陀乐和曼陀美从崖上提着李义南和黑衣人下来，因为是从高处向下走，可借助重力，所以即使提着一个人或背着一个人均不觉困难。但是若要背着一个成年男子，抓着绳子攀上一百多丈高的山崖，确实难度不小，尤其李义南身材魁伟，分量不轻。

三个黑衣人商量了一下，决定分两次将李义南和断腕人带上崖去。他们要在李义南的腰间系上一条长绳，绳子的两头从腰部两侧伸出，一长一短，再分别系于两个黑衣人的腰间，两个黑衣人一上一下先后顺着绳子向崖上攀爬，便可将李义南拖带上去。然后再下来依法将断腕人带上去。

商量妥当，大家便开始动手在腰间系绳子，忽听背后一声冷笑：“哼哼，什么人如此大胆，竟敢夜闯曼陀谷!”

众人一惊，回头看时，竟是那个上茅房的老妇人。不知她何时来到近前，居然谁也没有发觉。

胖子当即双手当胸，做了一个奇怪的手势，继而右手向老妇人一指，老妇人立时便定在那里，一动不动了。

胖子眯起双眼，向老妇人合十说道：“前辈，得罪了。几个时辰后您就可以活动了。”

众人虚惊一场，正欲转身，老妇人突然冷笑一声，伸手向李义南抓来。不待李义南做出反应，三个黑衣人已同时发出手中暗器，向老妇人射去。三人所发暗器并非射向老妇要害，只想将她逼退而已。

只见那老妇人从容淡定，身形左右微晃，六七枚飞镖竟然擦着老妇人的身体，叮叮当当地全都射到她身后的大树上。

大家未曾料到老妇人居然是个厉害人物，当下不敢怠慢。高个子黑衣人不待叮当声止，随手一劈，将身旁一棵直径尺余粗的大树轻松砍断，随即抱起大树横着向老妇人掷了过去。矮个子见机也甚快，又迅速射出几枚飞镖，封住老妇人头顶上方左、中、右三路。胖子则紧跟着射出飞镖封住老妇人下盘三路。

李义南见高个子露了这手功夫，心下大为佩服，暗想："此人动作虽不如断腕人那般迅捷，手上力道却着实惊人，恐怕我十个李义南也及他不上。"

眼见老妇人无处躲避，只听她哼了一声，身子纹丝不动，大树拦腰砸在她身上，竟从她的身体里穿了过去，砸倒了她身后的几棵大树，老妇人却依然稳稳地站在原处。

"是幻影！"高个子叫了一声，声音又沙又哑。

老妇人又冷笑道："使摧手的小子力气还不小，毁了我谷中好几棵大树。"

三个黑衣人顿时紧张地左顾右盼，高个子疾步冲过去，抡起两棵大树，向四周横扫，希望能找出老妇人的真身所在。

"哈哈哈哈！你们几个娃娃不要乱找了，老身的真身还在茅房呢。"

众人闻言又是一惊，心道："原来这老妇人在巷子中就已经看到我们了。"

李义南见那老妇莫辨人鬼，着实是个极难对付的厉害角色，纵然她敌不过三个黑衣人，可只要她呼唤同伴，不消片刻，便会有大批曼陀族忍者赶来，那时恐怕大家都以难脱身了。当下向前一步，抱拳说道："这位前辈，在下应贵谷主曼陀夫人之邀来这里做客，已叨扰多日，理当告辞。这几位都是在下的朋友，来接在下出谷而已，并无恶意。如果前辈盛情留客不放，在下随你回去便是，请不要为难我的朋友，咱们何必两败俱伤？"

老妇人笑道："做客？我曼陀谷哪有什么客人？深更半夜，鬼鬼祟祟，又会是什么好人？小子，报上姓名。"

李义南昂首说道："在下李义南。"

"李义南？"老妇人略显惊讶，"你就是那位钦差大人吗？"

李义南答道："正是。"心中却道："这老妇人如何得知？"

老妇人说道："钦差大人要走，老身怎敢强留？只是这山崖高过百丈，像你们这般上法，到天亮也上不去。不如你们三个娃娃自己上去，老身送钦差大人和这位受伤的朋友上去如何？"

高个子说道："我们为何要信你？"

老妇人嘿嘿笑道："老身要拿住你们几个也不是什么难事，何必设什么局？你倒动一动看看。”

高个子哼了一声，双手扬起，便欲向老妇人欺近，矮个子叫道：“且慢！”话音未落，高个子突然惊慌喝道：“你……你施了什么邪法？”身体已然动弹不得。他本来高高瘦瘦，一身黑衣，如今架着两条手臂，张着蒲扇般的大手定在那里，活脱脱像个赶鸟的稻草人。

老妇人并不理睬他，淡淡说道：“钦差大人住的那个院子，每两个时辰换一次人，再过一会儿，恐怕就有人追来了。”

李义南心想：“事已至此，横竖无所谓了。”当下说道：“如此便有劳前辈了。”

老妇人一挥手，说道：“你们三个先上去，在崖顶耐心等候。”

高个子随即便恢复了活动，涨着个大红脸，不再吭声。三个黑衣人依次抓着大绳飞身走上山崖，不多时便消失了踪影。

老妇人对李义南说道：“大人看上去身子有点弱，还能背起你这位朋友走路吗？”

李义南回道：“这位朋友受伤，在下也难辞其咎，背他走几步路算什么？我不过是躺得久些，一时手脚还未活动开，不妨事。”

老妇人点点头，说道：“你蒙上眼睛，再背起他，我牵着你走。”

李义南答应一声，便从颈上解下汗巾，蒙住双眼，又蹲下身背起断腕的黑衣人。老妇人牵着李义南刚才被三个黑衣人系在腰间的绳子，转回身向树林走去。

走了一阵，李义南听见开门声，跟着进了一间屋子，李义南问道：“前辈，我们这是在哪里？”

老妇人说道：“不要多问，跟着走便是。”

李义南只得闭嘴，又过了几道门，听老妇人说道：“注意台阶。”随即便走上石阶。

这石阶曲曲折折，时陡时缓，似乎是在一个山洞之中，走了许久，李义南已经气喘吁吁。老妇人道：“看来大人的武功确实不弱，若换作常人，只怕早已支持不住了。”

李义南回道：“让前辈见笑了，在下原也不至于上这几步台阶便如此气喘，今日不知为何体力如此不济，想必是躺得太久了。”

老妇人道：“大人哪里是因为躺得久了，是因为曼陀容那丫头的幻术最能耗人精气，你虽是躺在床上几日不动，却比连续几日不吃不睡还要疲惫，如今大人能有这般体力，已经很不容易了。”

李义南道了声“原来如此”，这才明白自己为何如此身软无力。

再走得片刻，听老妇人说道：“停一下。”接着便听到“轰隆隆、轰隆隆”的声音，好像是老妇人推开了什么石门机关之类。老妇人一拉绳子，李义南又跟着走去，发现只上了几步石阶便到了平地。老妇人又让他停下，接着又听到“轰隆隆”的声响，想必是老妇人关闭了机关石门。

又走了一段路，老妇人停下来，让李义南放下断腕的黑衣人，并摘下蒙眼的汗巾。李义南环顾四周，发现已然是在山上，却不见那断崖。

老妇人说道：“大人顺着这条路再走不到一里便是断崖石了，老身有几句话想在这里对大人说说。”

李义南喘着气说道：“承蒙前辈相助，在下恭聆赐教。”

老妇人说道：“大人，我曼陀一族从肃宗皇帝时便为朝廷效命，一百年来忠心耿耿，大小功劳也不知立过多少，可惜风云变幻，人事难料，唉！”老妇人叹口气，又接道：“世上万物本来都是无常，谁也无法改变。老身行将入木，不中用了，说话也没人爱听了。唉！老身只是不愿眼睁睁看着儿孙们断送了大好前程。此番大人被囚禁在曼陀谷中，老身深知我曼陀族罪孽深重，但还是斗胆请求大人海量，不计前嫌，将来若是我族人没落遭难之时，请大人代向皇上求情，格外开恩，莫将曼陀一族赶尽杀绝，老身感激不尽。”说完竟跪在李义南面前。

李义南赶紧将老妇人双手扶起，说道：“老前辈言重了，快快请起。”

老妇人并不起身，说道：“大人不答应老身，老身便不起来。”

李义南心道：“看来这曼陀族和目焱一伙确有反心，若是谋反作乱，罪诛九族，我却如何能救？不过这老妇人直言坦诚，看来对朝廷倒是忠心，何况又于我有恩，怎好拂她的意？”稍作思量，说道：“前辈在这谷中可有至亲之人？”

老妇人答道：“族中小辈多与我有亲，曼陀容便是我大媳妇，不过老身最担心的却是我的二孙女曼陀乐。这孩子虽然顽皮胡闹，但是本性善良，从不愿下毒手害人，人家算计她，她也不记仇。她爹娘死得早，是老身一手把她带大，只盼大人将来无论如何要保全我这孙女的性命。”

李义南心道：“原来曼陀乐是这位前辈的孙女，我本来也觉得她不是个坏人。”忽又想起自己这几日在幻梦中与曼陀乐恩爱缠绵，不觉脸一红，说道：“在下答应前辈就是，如有那时，我定当奏请皇上开恩，如不蒙许，在下也至少会竭力保全曼陀乐的性命。”

老妇人这才起身道谢。

李义南又问道：“曼陀音、曼陀乐、曼陀美、曼陀妙四人不是亲姐妹吗？”

老妇人答道：“曼陀音是我大媳妇曼陀容的女儿，曼陀美和曼陀妙是我二媳妇所生，乐儿是我三媳妇所生。我的三儿子和儿媳在乐儿两岁那年便死了，所以老身也特别怜惜这孩子。”

李义南又道：“曼陀不像是我唐人姓氏，况且前辈的大儿媳也姓曼陀，在下冒昧请问前辈，曼陀族莫非是外族？”

老妇人道：“大人有所不知，我曼陀族祖先原姓马，乃是玄宗皇帝的一位嫔妃，‘安史之乱’时随非空大师学法成为忍者。后来武宗皇帝崇道毁佛，各族忍者因与佛教渊源颇深，亦为朝廷所弃，为避祸难，全都隐居于山林荒岛，从此以所习之忍术为姓，故而多不像是唐人姓氏。因我祖先忍者是女子，是故我族一向以女子为尊，所有的媳妇也都改姓曼陀。”

李义南心道：“原来忍者是被武宗皇帝逼迫得改姓更踪，田令孜这老宦官却没同我们说过这一节。”又追问道：“在下此前多次中过令孙女和儿媳的幻术，莫非这幻术叫作曼陀？”

老妇人摇摇头，说道：“这幻术叫作‘眼见为实’之术，受之于天竺的非空大师，而天竺有一种花叫作‘曼陀罗花’，因为从这种花中提炼的汁液可令人产生幻觉，所以我们便以曼陀作为姓氏。”

李义南点点头，又摇摇头说道：“这幻术的名字取得真怪，幻术明明是假，为何却叫‘眼见为实’呢？”

老妇人笑道：“当年非空大师传下此术，虽为助国平乱，却也是入道方便一门，旨在令人参透‘凡所有相，皆是虚妄’，破除人们的‘眼见为实’之想，故而取名‘眼见为实’。据说当年敝祖先便是因修习此术而悟道。只可惜我们这些不争气的后人，功利心盛，向道心薄，辜负了先人，当真不肖啊！”

李义南拱手说道：“想不到曼陀一族的忍术原来如此高妙，实在令人敬佩。”

老妇人摇摇头道：“各族的忍术都是一样，本没有什么高下，分别只在习术之人而已。大人已经被老身耽误了许久，大人的几位朋友想必也等得急了，请大人快些过去吧，恕老身不远送了。”

李义南向老妇人躬身一揖，道：“前辈请多保重，在下告辞了。”背起断腕的黑衣人，正要动身，又停下问道：“不知可否请教前辈的尊号？”

老妇人笑道：“曼陀臻的贱名不值一提啊，哈哈哈……”老妇人蓦地从李义南眼前消失，那几声笑声也如射出的箭矢一般，迅速远去，落下谷中去了。

李义南背着断腕人沿路走了不足一里，果然看见那块断崖石。到得近前，三名黑衣人已经等急，生怕李义南再出事，今见李义南从后面走出来，又惊又喜。几个人赶紧扶李义南上马，断腕人昏迷未醒，与矮个子共乘一马，五人四马即刻动身下山。路过山顶的小木屋时，李义南见屋门未关，向内一瞥，只见那个看马的中年汉子被堵住嘴巴，像个粽子似的被反绑在床上。

下山时快，不消半个时辰，几匹马已经疾驰在大路上。又跑了一个多时辰，天际开始泛白。大家不敢稍息，鞭影频扬，大道绝尘，一口气奔出三四百里，直到天近正午，方来到一座小镇。

众人寻了间客栈，先为断腕人清洗包扎好伤口，安顿他在客房休息。矮个子出去买回来几套衣衫让大家换了，又叫店家送了酒菜到房里来。大家这才围坐一起，吃饭说话。

李义南端起酒杯率先向众人敬酒，说道：“李义南承蒙各位相救，不胜感激。还没有请教各位壮士大名。”

高个子起身哑嗓说道：“大人太客气了，属下等皆是西牛货道风子婴长老手下七手邑的忍者，在下名叫摧尘，这位接应大人出来的是我二弟定天乾，这是我三弟工倪（指着矮个子忍者说道），那位断腕受伤的是我四弟，名叫巽涛。”

李义南边听摧尘介绍，边与诸人一一对视点头，随又说道：“李某被施幻术困在曼陀谷中五六日，多亏各位兄弟冒险相救，方得脱身，我先敬各位一杯。”说罢一饮而尽，三人也随之干杯。

定天乾笑眯眯地说道：“其实大人被困在曼陀谷中不过两日两夜而已，并非有五六日之久。”

李义南奇道：“我在幻境中明明是经历了五六个日夜，定兄如何却说是两日两夜？”

定天乾说道：“这是大人的错觉，中了幻术之人常常会把一日当作数日甚至数十日，也有人将很多日当成一日的，总之幻境中的时日全都是错觉。不知大人当时是怎样中的幻术?”

李义南便把当时曼陀容转过身去柔声说话，吩咐手下招待自己，自己突感头昏眼黑，随之却恢复正常，不知如何便中了幻术之事说了。

定天乾微笑说道：“大人是中了曼陀容的‘一如既往’之术。这幻术乃是‘眼见为实’幻术中的一支，厉害之处便是让人在身中幻术之后并不觉得有任何异样。初中幻术时，见闻感觉与中招前一模一样，故名‘一如既往’。她当时之所以转过身去，便是怕大人看见她施术时结手印的样子。”

李义南叹道：“竟有如此厉害的幻术！定兄说的结手印便是她们每次都做的那个奇怪手势吗？这是她们施展幻术时必须做的?”

定天乾答道：“正是。不止是施展幻术需结手印，很多种忍术要施展出来都需要结不同的手印，还要配合念诵不同的真言才行。”

李义南说道：“难怪每次我都听到她们发出‘咿——’的一声，这便是她们在念诵真言吗?”

定天乾笑道：“不错，不过这只是她们真言中的最后一个字音，不同忍术的真言，念诵方法也各有不同，有的需要大声念出全部真言，有的需要小声念诵，有的需要全部在心中默念，有的真言需要前面的部分出声念、后面的默念，有的真言需要前面的默念、后面的出声念，有的需要前后默念、中间部分出声念，有的需要前后出声念、中间默念。”

李义南说道：“原来忍术中有这么多关窍。”

定天乾道：“还不止是真言的念诵方法如此繁杂，很多忍术所结的手印也不止一种，常常要结很多种手印才能施展出一种忍术来。”

李义南叹了口气，说道：“我出宫之前还不相信忍术有何厉害之处，今日看来，忍术当真是神秘莫测，并非寻常武功可比。我听说忍者多以所习忍术为姓氏，但不知几位兄弟的姓氏是否也同所习忍术有关?”

摧尘答道：“我们的村子叫作‘七手邑’，便是因为我们这一族忍者所擅长的忍术共有七种，一是‘摧手’，可徒手碎石断金；二是‘定手’，可止住人身的心风脉气，令人无法动弹，如同入定一般；三是‘工手’，可巧设、破解各种机关；四是‘巽手’，其疾如风，可后发先至，超过对手的速度；五是‘鬼手’，探囊取物，易如反掌；六是‘山手’，出手重如山，拍地成沟壑；七是‘飞手’，可抛物远至百里之外。这七种忍术，我族中人各承一术，继承何术便以何术为姓，却省去‘手’字，大人据此便可知我兄弟各人所长之术了。”

李义南听摧尘说完，忽然想起曼陀谷牢房中那一扇扇被打开的铁门，遂问道：“在曼陀谷牢房中，是否便是工倪兄打开的那些铁门上的大锁呢?”

工倪颔首，微微一笑，并不搭话。

李义南又问：“看守牢房的那个忍者像假人木偶一般，一动不动，想必是定兄的杰作吧。”

定天乾合十说道：“让大人见笑了。”

李义南说道：“定兄这门忍术颇有些像武术中的点穴功夫，只是被点穴的人或全身瘫软，或肢体麻木，不似定兄的忍术这般，竟像神话中的定身法一样。”三人听了都哈哈一笑。

李义南又道：“那日我在成纪楼与巽涛兄交手时，见他眼神奇异，似呆似傻，又好似睹物不见，闲淡中又透着深思模样，不知是何原因?”

摧尘笑道：“我四弟这门巽手之术关键在于一个‘快’字，若要任何时候动作都能快过对手，首先便须看清对手的一举一动，丝毫不能错过。然而常人的眼睛有一个共同的缺陷，那便是时刻都会集中在一点上，无论你向哪里看，目光总会停留在那里，如此便会失去对周围其他事物的观察。所以巽手忍者的眼睛必须像镜子一样，见任何事物，犹如不见，其实却无任何不见之物，眼前的一切方能明明朗朗地显现，如镜照物。故而我四弟的眼睛看上去呆而无神。”

李义南啧啧称奇，起身道：“李某能结识诸位兄弟，何其幸哉！我再敬各位兄弟一杯。”

众人一齐举杯仰饮。

李义南放下酒杯说道：“不知各位兄弟如何得知我与巽涛兄弟被关在曼陀谷中?”

工倪说道：“大人有所不知，我们最近探明那成纪楼是北道目焱手下的一个信站，专门负责替目焱传递消息，成纪楼的掌柜便是北方河洛邑的色位忍者徐丙丁。”工倪身材虽然矮小，声音却异常浑厚，举手投足也显得相当老成持重，这是李义南第一次听到他开口说话。

“河洛邑的色位忍者?”李义南反问了一句。

定天乾知道李义南对忍者了解不多，便耐心解释道：“我们忍者按修为深浅和身份高下分为五等，从低到高依次叫作‘色忍、受忍、想忍、行忍、识忍’，能修到识忍之人寥寥无几，当世除了被封为国忍的四大长老之外，也不过有五人而已。据说识忍之上还有一层叫作‘圣忍’，乃超凡入圣的悟道忍者，不过几十年来我们从未见过。”

李义南点点头，工倪接道：“这河洛邑并不是从非空大师传下的正宗忍者一脉，而是目焱继承北俱卢道长老之位后收买的民间术士。河洛邑的忍者擅长奇门遁甲、五行八卦之术，目焱又传授他们一些基本的忍术本领，所以他们尊伏羲为祖师爷，各用自己本来的宗族姓氏。大人想必也已见到徐丙丁在房中供有羲皇的画像牌位。”

李义南“嗯”了一声，工倪又道：“曼陀族忍者会定期与成纪楼联络，将徐丙丁他们收集的消息带去给目焱。那日我与四弟巽涛奉命去成纪楼，一来是探得徐丙丁有一封重要的信函要交给目焱，我们想去把它截下来；二来如果可能也可以趁机将这个信站捣毁。我和四弟在那徐丙丁的房中搜索信函时正巧被他撞见，他甫一进门便掷出一支‘空无常’想要取我四弟性命，当时他距离四弟不过四尺之遥，四弟不及多想便将他的空无常拨回，谁料他竟被空无常刺死。”

李义南插问道：“‘空无常’便是那个像枪头样的兵器吗？”

工倪点点头。定天乾从腰间取出两样东西递给李义南，李义南接过一看，一样正是空无常，一尺来长，刃、柄各半，通体纯钢打就，兵刃形如扎枪头，只是两刃锋利似刀。另一样却是件暗器，直径如铜钱大小，中间有圆孔，四周有六个突起的尖齿，仿如闪亮的星星一般。

定天乾说道：“最初忍者所用兵器乃是‘金刚橛’，原是佛门法器。后因使用金刚橛须专修一法，并非所有忍者皆能修习，加之携带金刚橛须得恭敬，不便随意藏于身上各处，况且一旦亮出金刚橛，世人多有识得乃佛门法器者，不利于忍者隐藏身份，故而便将这金刚橛做了改动，去掉手柄上的各式形象图纹，只做成朴素样式，又改橛头的三棱三刃为双棱双刃，好似短剑一般，如此既便于所有忍者使用，又便于随意藏秘携带。我们将这新兵器唤作‘空无常’。”

李义南边把玩着那柄空无常边说道：“空无常，这名字取得倒有趣。”

定天乾道：“诸法本空，世事无常。这名字意在提醒我辈勿执着生死、胜负，真正的胜利并非是斩断敌人的头颅，而是斩断自心的烦恼；并非是断除敌人的性命，而是断除生死轮回。”

李义南点点头，道：“这些佛理我便不大懂得，不过如此看来，这空无常仍不失为一件法器喽。”

定天乾笑了笑，又指着那枚铜钱大的暗器说道：“这件暗器便是忍者常用的‘星镖’，各族忍者所用星镖略有不同，有三齿、四齿、六齿和八齿等多种，又有空心和实心之分，另外其形状也颇有变化、不同之处。”

李义南将空无常和星镖还给定天乾，工倪接着讲道：“我们将徐丙丁的房间翻遍也没找到那封信，碰巧这时曼陀谷的忍者瞿云来与徐丙丁碰头，我便抢先跃出成纪楼藏在暗处，四弟自与那瞿云周旋。此时徐丙丁已死，我们便想从瞿云身上找出信的线索，不想大人此时也来到徐丙丁的房中，瞿云想必是要借大人之力脱身，故而假意喊了句‘还我哥哥命来’，令大人误以为是她哥哥遭了奸人毒手。大人果然出手助她，让她侥幸逃脱，四弟便一路在后追赶，岂料大人也紧追不放。”

李义南插问道：“工兄为何要藏身起来，却不出手帮助巽兄共同截住那瞿云？”

工倪答道：“自然是为安全起见，因为瞿云不可能是一人前来，我二人若同时现身，一旦中了对方埋伏，则无人营救，更无人报信。况且以我四弟的巽手之术，一般的色、受、想位忍者在武功上绝不是他对手，故而我藏在暗中观察，以兹策应。”

李义南点头表示明白，心道：“那巽涛身手的确厉害，没想到连中等的想位忍者在武功上都不是他对手，而这位工倪却如此心思缜密，隐忍不露，看来皆非等闲之辈啊！”

工倪接着说道：“我一直悄悄跟在后面，追到山中，我见大人被那队官兵挡住去路，还以为就此可以摆脱大人了，没想到大人后来居然又抄近路赶上了。后来四弟中招被斩断右手，大人拿出忍者令表明身份却被幻术所迷，我都看在眼里，只是苦于斗不过她们五人，只能一直在暗中尾随，一路跟踪到曼陀族的老巢。我不敢跟得太近，便守在曼陀容家的大门外，见四弟和大人进去不多时便先后被人抬着出来，送到那个小院里去了。我这才出了曼陀谷，来寻大哥摧尘和二哥定天乾共同去营救大人和四弟。”

李义南道：“我还有一事不明，瞿云既然是曼陀谷的忍者，为何却不姓曼陀呢？”

定天乾回道：“想来这瞿云本不是曼陀族人，多半是从小被曼陀族收养的孩子。一般如果是被忍者收养而非族人亲生之人则不会使用忍者的姓氏，这是为了明白区分她的血统。因为有些忍术只有本族的血统才能修炼，外人无论如何努力也练不成。”

李义南叹道：“忍术当真匪夷所思。今次工兄报信相救，我理应敬工兄一杯，只是巽兄却因我之误，断了一只手，李义南当真羞愧难当。”

定天乾却笑眯眯地说道：“大人不必自责，不知者不怪，何况此次意外寻到曼陀族的巢穴所在，也是另有收获。至于我四弟的断手，我三弟已经在那山上拾了回来，回头送四弟去东胜神道的药师村，找药师族忍者帮忙，或许可以为四弟接上断手。”

李义南奇道：“世上竟有这般医术？况且此地乃大唐之西，东去寻医，路途遥远，只怕到了那里这只断手也早已腐烂。”

定天乾说道：“大人不需担心，我们有一种药粉，可保证断手不腐。当年一伙倭奴流寇侵扰福州、广州一带，南瞻部道的坚地长老率人将其剿灭，并将匪首的首级传送京师，当时正值盛夏，便是用这药粉撒在首级之上，虽经多日也不曾腐烂。药师一族向来以神奇的医道忍术著称，传说当年有位识忍药师叶，曾经施展‘起死回生’之术，将咽气不久的死人救活。如今纵然没有药师叶这般高明的医道忍者，想来接只断手应该还不成问题。”

李义南微微颔首道：“但愿他们能将巽兄的手接好，也可聊慰李某愧疚之心。”

摧尘说道：“大人请放宽心，饭后我和二弟便即刻启程送老四去东道的药师村，我三弟工倪陪大人去收一件大礼。”

“什么大礼？”李义南感到奇怪。

工倪微微一笑，道：“到时大人自然会知晓。”

李义南心道：“这兄弟三人，忍术不同，性情也大异。老大摧尘是个直爽汉子，性情急躁；老二定天乾待人和气，耐心沉稳；老三工倪却是深藏不露，心思缜密。细想来，倒是与他们所习忍术相称得很。”

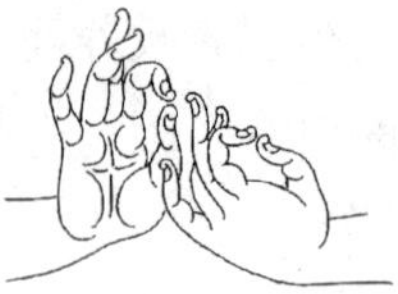

第六回

天降金牌逢故友
国手囊空闯三关

吃过饭，摧尘与定天乾兄弟二人辞别李义南和工倪，驾了一辆马车，载着巽涛向东而去，李义南则随工倪转向北行。

李义南知工倪不喜言谈，一路无话，只是心中惦记着孙位。那成纪酒楼既是目焱手下据点，自己离开这几日，只怕孙位已遭人算计。两人身负皇上重托，并辔西来，虽相交日浅，却已意气相投，情同手足。因自己贸然出手，中套被俘，丢失了号令天下忍者的金牌，眼下这金牌恐怕已落入目焱之手，事关天下忍者归统，干系极大，倘若再害得孙位有些许闪失，自己有何面目再回京城？想到此处，李义南不禁气结。

工倪见李义南一路长吁短叹，似乎深知他的烦恼，却微笑不语，只是不断加鞭，催马快行。

两人走到黄昏时分，来到一座山脚下。此地四下并无村落，但见清泉绕山，鸟声渲渲，野趣十足，风景甚好。

李义南心中盘算："天色将晚，这里并无市集人家，难道要在此露宿不成？"正要相问，却见工倪躬身说道："请大人随我上山，那件礼物便在山顶。"

李义南心下大奇，转念一想："莫不是他们已将孙位兄弟救出，约好在此会合？"念及于此，立时精神大振，说道："有劳工兄，你我快些上山便是。"工倪点头带路。只见他脚下似乎并未发力，身形便已飘忽前行，李义南心中啧啧称奇，当下施展轻功，跟在工倪身后。

一顿饭工夫，两人已来到山顶。那山虽险峻，山顶却有一大片开阔平地，野花密布，芬芳宜人。李义南四下张望，并不见有人影。

工倪选了一小块平整无草的土地，从怀中取出一张圆形黄布铺在地上。黄布有斗笠大小，上面用朱砂画着方方圆圆的奇怪图形，图形的空隙间还写有密密麻麻的小字，却不是汉字。工倪找来八块巴掌大的扁石，每两块叠在一起，分别压放于黄布图形的东西南北四角，又取出一个蓝色小瓷瓶，将里面的褐色粉末倒在黄布的周边，成一个密闭的圆圈。工倪掏出火石，将粉末点燃。烟气冉冉，一股浓郁的香气扑鼻而来，原来是一种特制的末香。

工倪说道："请大人稍坐片刻，礼物很快就到。"李义南看不懂他在搞什么把戏，暗自忖道："难不成又是什么古怪的忍术？"便与工倪一起盘膝坐在黄布边上。

不出片刻，香烟突然在空中凝成一个螺旋形。工倪说道："来了。"

话音未落，只听见"嗖"的一声长响划破天际，由远及近，随即便有一物什从天而降，正落在黄布的中心。李义南惊讶地瞪大双眼，见落下的乃是一个青布小包。

工倪将包裹打开，里面又是一个布包，如此打开了三层，露出一块黄澄澄的牌子，李义南一见，大喜过望，这不正是被曼陀族忍者夺走的忍者令金牌吗！

李义南将金牌拿在手里仔细端详了一番，扭头看着工倪，大惑不解："工兄，这是……"

工倪微笑道："这是我五弟鬼苍、六弟山魁和七弟飞虹送给大人的礼物。"

李义南问道："他们是如何得来？还请工兄详细相告。"

工倪道："那夜我在曼陀谷探得大人被囚禁之地后，出谷时又路过曼陀容的住处，适逢曼陀美和曼陀妙姐妹二人出门来，曼陀美边走边向妹妹抱怨，说曼陀容有私心，不让她二人与曼陀音一起去给目长老送忍者令，分明是怕同她女儿争功，又数落了曼陀容从前种种偏私之处。曼陀妙劝她说，'我二人不是被派了别的差事吗'。曼陀美却道，'那八成是个完成不了的苦差，徐丙丁已被人杀了，鬼才知道他把信藏哪了，我看多半是寻不到，到头来还不是让我们跟瞿云那丫头一块儿挨骂！明日瞿云若是不回来，后日一早曼陀音就会出发去送令牌，她去领功邀赏，我们却要去收拾烂摊子，真是气死人了'。后来我又听见曼陀美骂了一通徐丙丁，说他对谁都不信任，自己藏了东西谁都不知道地方，结果害得她姐俩受连累，当真死得活该。"

工倪边说边将地上的黄布收好，放回怀中，又将那八块石头向四周扔掉，继续说道：“我出谷后便约齐我另外五位兄弟商量，由我和大哥、二哥来营救大人和四弟，五弟、六弟和七弟在路上拦截曼陀音一伙，盗回忍者令。我们算好时间和路程，让五弟他们动手不可太早或太晚，免得万一失手惊动了曼陀谷，便会连累我们营救大人和四弟。”

李义南心想：“这工倪平时不爱开口，一旦说起话来却叙事详细，头头是道，竟将那二人的对话记得清清楚楚，可见确是个有心计的人。”又问道：“那他们是今日才将忍者令取回的?”

工倪答道：“不错，应当就在刚才。从此向北百里之外有一村落，是曼陀音一伙必经的歇夜之处，进村前有一段山路甚是狭窄，我们计划让六弟山魁以山手之术将山路用巨石封住，待曼陀音她们下马清路时，再由五弟鬼苍出手盗取令牌，转而交与埋伏在暗处的七弟飞虹。之后，五弟和六弟会一直向北，引开曼陀音一伙，七弟则在暗中等我信号，将令牌以飞手之术传送过来，然后再动身离开，免得万一被发现，致使令牌再入贼手。”

李义南心下暗自佩服，这七手族几位忍者将行动步骤安排得如此精当，时间、地点不差分毫，竟似同敌人商量好一般。又想工倪的几个兄弟为帮自己夺回忍者令，不惜以身犯险，尤其是老七飞虹，万一他传送忍者令时被发现，则必然身陷重围，九死一生。当下心生感激，说道：“工兄的几位兄弟大义大勇，现下处境恐怕多有凶险，咱们这就前去助他们脱困。”

工倪却道：“不可，我们绝不能再让大人涉险。大人现在手握忍者令，关系天下安危，即便我兄弟七人肝脑涂地，也要保证大人和忍者令的安全。大人此番持令而来，定是要召见诸道忍者，我这便护送大人到西牛货道风子婴风长老那里去。”

李义南心头一热，不想这些人竟然如此忠君爱国、为义忘身，与曼陀族一伙有天壤之别。先前见三兄弟在曼陀谷与敌人交手时便不失分寸，出手留情，定天乾更是礼让有加。自己误中圈套，害得巽涛断手受刑，七兄弟不但不怪罪，反而安慰自己，现今更是舍命帮自己夺回令牌，其忠可鉴，其仁可表，其勇可敬。本想坚持前去相助飞虹等人，但觉工倪所言在理，自己虽一身盖世武功，在这些忍者面前却不值一提，只能成为七手族兄弟的负累。况且忍者令关系天下安危，确实不能因自己意气用事再次犯险。

反复思量，李义南向工倪抱拳道：“工兄，你说得确实不错，我李义南死不足惜，却不能让忍者令落入叛贼之手。然飞虹诸兄的安危也不可不顾，你现在便赶去助他们一臂之力，我自己先回秦州去看看我同来的朋友，我只怕他也遭了瞿云一伙的毒手。”

工倪怪道：“大人还有同伴在秦州?”

李义南一愣，他原以为工倪等人理应知道孙位与自己同行，仔细一想，自己确实从未向他们提起过，而工倪一路暗中追着自己和巽涛、瞿云，并未见过孙位，先前还以为工倪领着自己来同孙位相会，未免有些想当然了。

李义南便把孙位和自己同受皇上嘱托，奉命出访联络各道忍者之事说了。

工倪合十道：“属下等该死，不知还有一位钦差大人在秦州，没能前去照顾周全，诚感惶恐。”

李义南忙道：“这怎能怪各位兄弟，是我疏忽了。工兄这便按我说的，与我分头行动吧。”

工倪哪里肯依，坚持要陪李义南前去秦州，说秦州还有瞿云和曼陀美等人，万万不能让李义南只身犯险。李义南心中盘算，万一孙位落入瞿云等手，自己也确实无力相救，只好答应让工倪同去。二人于是在山顶宿了一夜，次日一早下山，向东北而去。

策马骎骎，翻山越岭，二人走了一整日，黄昏时分行到归母村，本想找个人家投宿，不想却意外碰到了孙位。

孙位听李义南讲完，一时感慨万千，也将自己的经历说与二人听，听得李义南时忧时喜。孙位讲到老院工为自己卜卦，所预言之事大半已经应验，眼下又应了“西南得朋”之谶，大家均觉神准。待听到孙位蒙高僧指点忍法本末，李义南先前许多疑问方才释然，不禁叹道：“原来忍法和佛家渊源如此之深，难怪忍者都像和尚一样双手合十行礼。照那位妙契大师所言，忍者差不多应该是拿刀的和尚了。”

孙位笑道：“这刀也不是杀人用的，是用来斩断自己的妄想烦恼的。忍者便是对阵杀敌时，也应当以菩萨心肠挥刀。”

工倪起身合十道：“二位大人所言甚是。我辈不肖，完全没有领会得忍法真谛。却不知那位妙契大师为何对忍法如此精通？可惜无缘亲近他老人家，当面聆听圣教!”言下甚为渴仰。

孙位说道：“有心即是有缘，将来工兄或许能与大师相见，也未可知。在下匆匆一见，已是神归座下，何尝不想常随大师左右啊!”

李义南拉着孙位手说道：“贤弟，这目焱谋反看来已确定无疑，可喜你已得到那封信，咱们应该赶紧打开来看看。”

孙位道了声“正是”，将信取出，拆开信封，却见一张黄绢，上面写满了弯弯曲曲的符号，竟无一个汉字。

孙位和工倪同时脱口说道：“是梵文!”

孙位常出入大小寺庙，亦常翻看经书佛典，认得这是梵文，却不谙其意。工倪因为所习忍术之中亦常用到梵文的种子字母，却只认得几句真言，会念诵少数几个字母的读音，并不通梵语。是以二人都认出这封信是用梵文写就，却都不识其意。

三人面面相觑，孙位和李义南均想，若要回到京师，请皇上找一个懂梵文的人翻译这封信并非难事，可是若只为这封信便返回长安，一来要耗费许多时日，二来二人还没有到过忍者各道各邑，尚未见过各道长老，于诸道情形也不曾了解，如何向皇上复命?

工倪见他二人不说话，便打破沉寂道：“属下知道有一人通晓梵文，或可解读此信。”

李义南忙问是谁。

工倪说道：“南瞻部道坚地长老手下有位识忍名叫海音慧，她的家族历代都有人通晓梵文，咱们可以去瞻部村找她帮忙。”

孙位抚掌说道：“如此甚好，我们也好顺便见到坚地长老，一举两得。”

商议妥当，大家早早睡下，多日疲惫奔波，总算暂得休息。

次日一早，三人改向南行。正午时候，便来到羌水岸边，孙位提议乘船南下，既可免去每日在马背上颠簸之苦，又可一路游山玩水，把酒闲话。

工倪便去雇了条大船，将三匹马也一并载了。三人每日在甲板上设席聚谈，沐风畅饮，好不快哉!

孙位和李义南向工倪询问各道忍者情状，工倪自是知无不言，言无不尽。

二人从工倪处得知，忍法分为地、水、火、风四部，分别以调动地、水、火、风四大元素进行忍术之修炼。每一部又含印、咒、事、大、空五类忍法。印类忍法施术时以结手印为主，咒类忍法施术时以念诵真言为主，事类忍法施术时以借助物品或仪轨为主，大类忍法施术时综合以上两种或多种而用，空类忍法则无需以上任何形式。

每一类忍法依修炼程度不同，又分为色、受、想、行、识五个阶次，称为“五运”。色运成就，可控制周围之物质元素，如摧山碎石、移动草木；受运成就，可转变人接触外物之时的感受，如转凉为热、化轻为重、变小为大；想运成就，可转化周围之物质元素为己所用，如脚下有土，即可化土为石；行运成就，则可突破一定空间所限，将百里乃至千里之外的物质、元素移至眼前，如在沙漠之中，可将千里之外的江河之水移至面前；识运成就，则物随心念，无论有无所需元素，皆可随意将任何元素转化成所需之物。

例如一人的忍术是以石头袭人，色运成时，可调动身旁之巨岩大石，移动飞舞；受运成时，便可以小石袭人，威力如同大石一般；想运成时，周围虽无大小石头，但有沙土便可聚之成石；行运成时，纵百千里内有沙土，即可聚成岩石于面前；识运成时，则无需岩石、沙土，心念即是土石，可将水、火、风诸大元素皆化为岩石，为我所用。

以上四部、五类、五运之忍法，总和成一百种。另在地、水、火、风四部忍法之外，尚有一杂部忍法，其忍术不为四种元素所摄，分为拟、御、分、化、心五种，常见的忍术有拟兽术、驱使虫鱼鸟兽之术、分身术、变化之术、幻术、通心术等。

除此之外，更有特别一部忍法称为“无上忍法”，总摄一切忍法，不为一切忍法所摄，随心所欲，任运自在，无有五类、五运之别，但分初、重、后三阶，据说自非空大师的亲炙弟子贤尊者之后，只有一位忍者得成此法，人称“阿尊者”，得法后不知所终。

以上所有忍法，总共一百零八种，故名“一百零八部忍法”。修炼忍法之忍者亦因其忍术所臻之境界不同，分为色、受、想、行、识五级阶位。

此是总说，若论具体忍术之别，则何止千百种。如七手族忍术均为风部忍术，摧手、巽手、鬼手、山手皆属于咒类忍术，定手属印类忍术，工手和飞手则属大类忍术。七手兄弟中除工倪一人为受忍外，其余六人均为色位忍者。

忍法之修炼，首重传承，若无师父之许可与传授，即使照着秘籍法本自行修炼，也断然修不成功，称为“师法传承”。更有特别之忍术，不但需要师法传承，还须具有特定家族的血统方可修炼，二者缺一不可，称为“血统传承”。据说修炼血统传承忍法的第一代忍者祖先，都依照非空大师所传的特别之法修炼而成，并发过一些特别的誓言，其后人才得以继承此种忍法的血统传承。

成为“识忍”是众多忍者一生之追求，然而各人资质千差万别，能臻较高境界之忍者寥寥无几，有许多忍者终其一生也只能做一名“色忍”，更有最差一等，连色忍也修不成，只能学些粗浅基础忍术，称为“童蒙忍者”，忍者村邑中大部人皆属此类。

四方忍者道长老皆是当世顶尖忍者，南方瞻部道坚地长老、西方牛货道风子婴长老、东方胜神道川洋长老、北方俱卢道光波勇长老，不但忍术修为已达识忍之境，更被懿宗皇帝封为国忍，各辖十八忍者邑，统率上千乃至数千名大小忍者。

欢谈多日，孙位和李义南对于忍者了解渐多，心中亦愈加叹服忍法之精妙高深。孙位慧根深厚，听了工倪这几日讲解，再参合妙契禅师所教，对于忍法与佛法之体会越发深入，不禁感叹：“忍法确实乃入道之方便法门，忍法修炼到极致，便能破妄显真了！”

这日船行至阆州境界，孙位让船家靠岸暂停，准备上岸采买些酒食，便让工倪留在船上，自己和李义南进城去逛。

二人进得城来，专往热闹地方寻去，忽觉一阵酒香扑鼻，循香气走了近百步，见到一家酒铺，店门口悬着“姚记”幌子。二人大喜，忙走进店来，只见不大的店面，却是热闹得紧，店掌柜忙着收钱称银子，店伙计则进进出出地帮客人搬运酒坛。

店掌柜送走前面几位客人，见到孙位二人忙笑脸招呼。

孙位笑道：“掌柜的生意好兴隆啊。”

店掌柜拱手堆笑道：“托福，托福。城里的街坊邻居们抬爱，吃惯了小号的曲酒，都来捧场。二位客官看样子不像本地人啊，也想来尝尝敝号的曲酒吗？惯常外来的客人尝了敝号的酒，总要带一些回去送给亲戚朋友呢。”

孙位说道：“我们正是慕酒香而来，呵呵，就请掌柜的给我们来上十坛，不知可否帮我们送到船上？”

店掌柜一听孙位要买十坛酒，当即喜笑颜开，忙说道：“当然当然，我这就差伙计给您老送去。十坛酒一共是十二两银子，请您老先把酒钱付了，我这就让伙计装车。”

孙位笑道：“好，没问题。”伸手入怀，突然笑容僵住。原来孙位那日去伏羲庙时，将行李和大部分盘缠留在成纪楼，后来被瞿云一伙追杀，未及取回，贴身所带的银两大部分都给了孙大贵和替他赎身，如今身上只剩下二三钱碎银，当日是工倪去雇的船，自己也并未留意于此。

孙位将李义南拉到一旁，耳语道："兄长，我身上的银子不够，兄长可带着银两?"

李义南苦笑着低声回道："都给那几个曼陀忍者搜去了。"

孙位无奈，只得转回身向店掌柜拱手说道："不好意思，掌柜的，我二人下船时匆忙，忘了带银两，这就回船去取。"

店掌柜也拱手笑道："不妨，客官只管去取，我这里酒多得是，随时来随时都有。"

二人好生尴尬，出得店门转向回走，孙位和李义南商量是否回船上向工倪借些银两来。李义南记得曼陀乐说过，这些忍者多在忍者村邑之中自给自足过活，尤其东、西、南三道的忍者，既不会干偷盗抢劫的勾当，又不会贩卖经商，想来手中也无多少钱财，只得劝孙位作罢。

孙位点头称是，向李义南道："兄长，我这里有一支画笔，笔杆乃河西羊脂白玉所雕，笔头为吐蕃雪山白狮的鬣鬃制成，也算得上一件宝贝，不妨寻一间质库将它押了，总能换得几百两银子供咱们这一路花销。"说着便从怀中取出一方精致的细长檀木盒，交与李义南。

（按：唐代当铺称为"质库"，又有僦柜、寄附铺、质舍等名称，为进行押物贷款收息的商铺。）

李义南见盒子上刻有山水盘桓，一人荷锄而行，画面下方是一丛菊花，似在微风中摇曳。再看盒子背面刻着东晋陶渊明的诗："结庐在人境，而无车马喧。问君何能尔？心远地自偏。采菊东篱下，悠然见南山。山气日夕佳，飞鸟相与还。此中有真意，欲辨已忘言。"

李义南将檀木盒打开，顿觉眼前一亮，盒中藏蓝色的锦缎衬托之下，一支纯白色的玉笔晶莹润泽，仿佛要滴出油来，实在是一块罕见的极品羊脂白玉所成。那笔杆顶端雕有九瓣莲花，细细的花茎沿笔杆宛转向下，中间两片莲叶高低错落，花茎延至笔头，那笔头因为浸过墨青而呈暗色，宛如莲花的根须一般。整支玉笔上的雕花只清浅的几笔，既显别致高雅，又不掩盖羊脂白玉的温婉质地，构思精巧，工艺绝伦，果然是件难得的宝贝。

把玩一番，李义南重又将盒子盖好，交与孙位道：“贤弟，此笔世所罕有，不知得自何处?”

孙位道：“此笔乃先师临终赐予，据先师说，他老人家是得自于一游方道人之手。此笔游于纸上如行云流水，无丝毫滞碍干涩之感，提顿勾转之间竟似有灵性一般，甚合于画者心意。”

李义南眉头轻蹙道：“贤弟，如此珍贵宝物理当好生收藏，怎可拿去押掉？只怕这世上再难找到第二支这样的笔了。”

孙位哈哈一笑道：“兄长不必多虑，世间万物本来无常，佛云：‘高者必堕，生者必死’，岂有万古不坏之宝物，我便再精贵它，也总有破坏之日。纵使此笔不坏，人命不过百年，死后终究还是带它不走。如今我兄弟二人正需拿它来换路费酒钱，怎可为了区区一个石头牲毛合成之物而缚手缚脚，失了大丈夫的胸襟?”

李义南道：“若是寻常宝物倒也罢了，只不过这玉笔乃贤弟先师所授，若将其押掉，恐怕有违师徒之义。”

孙位正色道：“先师所授，虽是丹青之术，然笔墨之下，唯德而已。先师曾云：‘欲工其画，当昭其德。其德不特，爱众而忘我。但能忘我，其德必昭。德昭而万事备，岂单工画耳!’先师又云：‘昭德在忘我，忘我在于舍。但能将我舍尽，德业成矣。’可见先师正是要我能够舍弃一切个人所爱，心中更无一切挂碍，所思所虑者唯他人福祉，如此方能成就德业，德业有成，则画术不学自成矣。小弟今日将此玉笔舍掉，正是遵先师之教，遵教即是尊师。若固守先师遗物，心中不舍，我爱不忘，则德业难成，虽百年守于师侧，亦非师之弟子。”

李义南也哈哈笑道：“贤弟说得有理，倒是为兄小家子气了，大丈夫就该像贤弟这般。”

说罢二人便向人打听得城里最大一间质库所在，径直寻去。

那质库店面颇为阔气，匾额上书“海福号”三字，对开的两扇大门上各有一斗大的“押”字。这质库的大门平时总是关着，来客须叩门三声，而后自行推门而入即可。这是质库的规矩，为的是里面的客人质押东西时不被外面人瞧见，一来顾全了客人的颜面，二来如果抵押的是贵重物品，关门交易也比较安全。

二人进门，取出玉笔交与质库掌柜过目。

那店掌柜五十岁上下，身材微胖，红面黑须，看上去颇为精明老成。他请二人坐下，让伙计奉上茶，自己则反复细看那玉笔，半晌才缓缓说道：“两位官人，这笔看上去还不错，不知两位想要多少钱？要死押还是要活押？”

孙位道：“请掌柜的给个价，活押怎么押，死押怎么押？”

店掌柜将笔小心收好，放在柜面上说道：“死押可押纹银五十两，东西归我；活押可押纹银二十五两，三十日内赎回，利息三分，过期则成死押。”

未等孙位搭话，李义南怒道：“掌柜的是不识货，还是欺人之危？这玉笔若拿去卖，少说也卖得三五千两银子，质库中杀价也不至于相差如此悬殊吧？”

店掌柜淡淡笑道：“若有这样好买家，官人何必还来找我？这玉笔所用白玉虽好，不过半尺之料，细如小指，又能值多少银子？”

话音未落，传来三声门响，只见一个书生模样的青年走进门来。

店掌柜请孙位二人稍候，迎上去招呼那位青年。原来这青年来押一枚金戒指，戒面上嵌着一块大拇指肚大小的祖母绿宝石，孙位和李义南二人一见均知价值不菲。

店掌柜把看一阵，要给那青年二十两银子，那青年唯唯诺诺，不知如何是好。李义南心中更气，忍不住插嘴说道：“这也未免忒狠心，这枚戒指少说也值三百两，这位兄台何不到别家质库看看，再不成去珠宝铺子里也可卖得上百两银子，何必一棵树上吊死？”

那青年听李义南如此说，心里便有了底，当下表示不押了。店掌柜忙对那青年说道：“你莫要听这位官人说笑，这一枚小小戒指哪值那么多银两？你若不信，我将它放在铺中售卖，有人来询看时，你自可与之论价，我权当帮忙，不收你分文。你看如何？”

孙位心想：“这店掌柜真是奸商小人，他定是想找个牵驴的托儿骗取这位书生的戒指。”当下说道：“这位兄台，我看你也不必麻烦掌柜了。待会儿我二人陪你一同到珠宝铺子里去看看，说不定很快就能卖出个好价钱呢。”

店掌柜见孙位坏他好事，心下恼恨，却不露声色，盘算着先把孙位二人打发了再跟那青年计较。便装作一副无所谓的样子，说道：“二位官人把物什都看得太过值钱了，这质库的生意本来就不好做，动辄赔本。这样吧，既然二位有缘来到敝号，我就卖个人情，将这玉笔的价钱翻倍，不过必须是死押，二位以为如何？”

孙位大笑道：“掌柜的倒真是好心，你可知道我这玉笔的妙处吗？用这玉笔作画，画人人能走，画水水能流。即便不用，拿在手中把玩亦可品出运笔之妙。”

那青年听了便插口道：“这位先生的玉笔若真有如此神妙，何不去南楼揭榜，可得千金之赏，胜过将这宝贝卖掉。”

孙位奇道：“揭什么榜？可否请兄台详示？”

青年说道：“阆州刺史杨大人酷爱绘画，去年不知从哪里得来一幅图画，据说画工高明精巧，气势非凡，可惜只画了一半。杨大人一心想窥图画全貌，便张榜征求丹青高手，有能将此画接续完整者，赠银千两。”

孙位闻言大喜道：“在下倒想去看看热闹，可否请兄台指路？”

那店掌柜在一旁冷笑道：“官人还真把自己这支笔当成神笔了，要揭榜容易，可到时如果画不出来，恐怕脑袋都难保，更别妄想什么千金万金了。”

孙位也不理睬他，拉着李义南与那青年一同走出门来。

三人一路向城西走，攀谈之下，得知这青年乃阆州的秀才，名叫邓孝谨，父亲本是吏部从六品奉议郎，壮年去世，家道中落，自己少年时便和母亲投靠娘舅到这阆州城定居。时过多年，家中一贫如洗，每日靠自己替人抄文写信度日，母亲也做些女红针黹贴补家计。近来母亲身患重疾，无钱医治，无奈之下，只得将父亲留下的祖传戒指拿来卖掉，为母亲医病。

边说边行，不觉已近南楼，这南楼乃阆苑十二楼之一。调露年间（679—680 年），唐高祖二十二子滕王李元婴任隆州刺史，不甘居于狭陋衙邸，便于城西大兴土木，建成瑰丽华美的“隆苑”。玄宗开元元年（713 年），避李隆基讳，“隆州”改称“阆州”，“隆苑”亦改称“阆苑”，竟与传说中西王母的宫阙“阆风之苑”不谋而合。

《墉城集仙录》云：（西王母）所居宫阙，在龟山之春山。昆仑玄圃，阆风之苑，有金城千重，玉楼十二，琼华之阙，光碧之堂，九层玄台，紫翠丹房，左带瑶池，右环翠水。其山之下，弱水九重，洪涛万丈，非飙车羽轮不可到也。所谓玉阙塈天，绿台承霄，青琳之宇，硃紫之房，连琳彩帐，明月四朗。戴华胜，佩灵章，左侍仙女，右侍羽童，宝盖沓映，羽旆荫庭。轩砌之下，植以白环之树，丹刚之林，空青万条，瑶干千寻，无风而神籁自韵，琅然皆奏八会之音也。

这滕王所建的阆苑虽没有金城千重，却也有楼阁十二座，竭尽当世之工巧奢华，错落于园林泉池之中，占地百顷，妙景无穷，外有高墙围护，复以流水环绕。滕王死后，无人再敢居此豪华宫阙，阆苑便做了皇帝的行宫，由阆州刺史负责照料管理。只是皇帝罕至，只怕一生也未必能来一次，这里倒成了历任刺史寻欢游乐的场所。

十二楼中唯独南楼居于阆苑城墙之外，当年为滕王的会客之所，远来贵客先至南楼，洗尘接风后再请入阆苑，若是平常客人，便不令入苑，仅在南楼接见。滕王之后，南楼渐渐成为寻常百姓游览之地，著名诗人杜甫、元稹、李商隐等均到过南楼饮酒赋诗，吴道子也曾在南楼作画。

此番阆州刺史杨行迁将南楼封禁起来，张榜招贤，为其续画。孙位素不喜权贵，从不与达官贵人往来，后被僖宗礼为丹青老师，在宫中往来尚不足一年，故而与诸道藩王、各州刺史均不相识。李义南从前倒是见过杨行迁，不过那时李义南既非高官，又非近臣，杨行迁自不会注意到他，李义南也与之不相识。

到得南楼门前，一群人正围住楼旁的一棵大树，人群中传来几声惨呼。三人忙挤上前去观看，只见树下两名军汉正将一个儒生模样的中年人按在地上，一名军汉手持军棍杖击中年儒生的屁股，另有两名军汉在一旁监看。只听那监军喊到五，便住手不打，中年儒生已是皮开肉绽，趴在地上呼号。

围观的众人议论纷纷，有人道："这叫自不量力，咎由自取。自己没那本事就别贪图赏银，何必自取其辱？"又有人道："既知不行，将他轰出来也便罢了，何必把人打成这样？人家又没犯什么王法。"又一人道："怎么不犯王法？官家的好恶就是王法。"

孙位向身边一人问道："老兄可知这人为何挨打？"

那人打量了孙位一眼道："你不知道？这是刺史杨大人定的规矩，若人揭榜，须先过三关，方可为杨大人续画。若揭榜而一关未过者，责打五大军棍；过一关者不奖不罚；过两关者赏银五十两；过三关者赏银百两，礼为舍宾；能续画者赏银千两。这人一关未过，故而被打了五军棍，今日他已是第二个挨打的了。到现在也没见一个人能过得两关的。"

孙位又问道："那三关须怎样过法？"

那人瞪眼道："我怎知道？我又不曾去闯关，你去问他看。"说着用手一指地上挨打的儒生。

此时五名军汉行杖完毕，已回去守在楼门边，人群中有两个好心者去搀扶地上的儒生起来。那儒生已无法行走，两人便架着他送回家去了。

邓孝谨扯了扯孙位的袖子道："兄台，我劝您还是不要去揭榜作画了，纵然您有宝贝玉笔，却不知这三关中有甚古怪，别要受那无妄之苦。家母尚卧病在床，恕在下不能多陪二位兄台，这就告辞了。"

孙位知他老实孝顺，笑道："也好，邓兄先回家去照看令堂大人，不必急于变卖祖传的戒指。在下认识一位郎中，稍后我去请他为令堂看病就是。"

邓孝谨喜道："此言当真？若能为家母医病，在下甘愿为兄台犬马，以报大恩。"说罢俯身下拜。

孙位忙将其扶起，问明他住处，与其别过。

李义南目送邓孝谨离去，问孙位道："贤弟怎会认得这里的郎中？"

孙位哈哈笑道："兄长到时便知。"说罢与李义南来到南楼门前，见招募画师的榜文刚刚被那几名军汉贴在墙上，孙位上前一把撕下，向身旁一名军汉道："在下也来碰碰运气，烦请军爷带路。"

那军汉盯着孙位道："你可想好了，现在后悔还来得及，军爷我今日已经打了两个屁股，不想再打了。你若反悔，我便原谅你一次，将榜文再贴回去。"

孙位微微一笑道："多谢军爷眷顾，在下既然揭榜，自然不会反悔。"

那军汉"嘿"的一声，道："不怕打的还真多。"当下引孙位上楼。

李义南正欲跟上，却被一人拦住道："只许闯关者一人进去。"

孙位回头向李义南道："请兄长在此稍候，小弟自去领教杨大人的三关无妨。"

李义南道："若有变故，贤弟可招呼一声，为兄自会前去相助。"

孙位笑道："兄长不必担心，他们若想打我的屁股，也要拖出来再打。"

李义南也哈哈大笑，这才放心让孙位上楼。

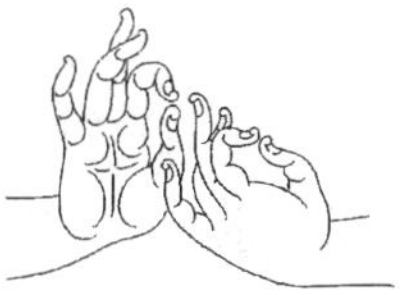

第七回

艺高服众小人忌
以德报怨君子行

这南楼本是跨街而建，是以楼阁基座乃一拱形门洞，须从侧面拾阶而上，方得到南楼的第一层楼。

那军汉引孙位来到一楼，让孙位进门，自己却站在门口等候。孙位见一花髯瘦削老者端坐在屋内正中卷云长案后面，身边立一十二三岁的书童，低眉垂目，案上一炉清香正自冉冉。

孙位上前作礼，老者起身酬答，态度颇为客气，请孙位坐于右首，随即令书童取过一锦盒，拿到孙位面前。书童将锦盒打开，里面有几十个小信封。老者请孙位随手抽取了一封，打开折好的信笺一看，上面书有：

> 野有蔓草，零露漙兮。有美一人，清扬婉兮。邂逅相遇，适我愿兮。
>
> 野有蔓草，零露瀼瀼。有美一人，婉如清扬。邂逅相遇，与子偕臧。

正是《诗经·郑风》中的一首诗。原来这第一关是命题作画，考官设题目数十个，由闯关者随机抽取一题，绝不重复，以免来过的人泄漏考题。

书童为孙位铺好纸砚笔墨，那老者捋须静观。

孙位不假思索，提笔便画。笔下很快现出郊野景象，远处山林隐隐，一娉婷少女立于画中，含羞带笑，一双雪眸灵动传神，身旁的背篓盛有花草。少女身侧有一年轻公子，凝视少女，目不暂舍，秀雅之中难藏喜悦之色，左手提起衣摆，似欲迈步上前与少女说话，右手按掌于胸，不失克制之礼。

老者在旁微微点头，心中暗自赞叹孙位构图精致，落笔不俗，虽只简单勾画几下，人与物皆栩栩如生，能动会说，如在目前，显出非凡功力。那公子和采花摘叶的少女于野外邂逅钟情，正合题意，只是不见“零露漙兮”。

老者正自寻思，突见孙位唰唰几下，在少女和公子中间以粗笔画了纵横数道，竟占了小半画面。

老者一惊，不明孙位何意。好好的一幅画，如此一来岂不毁了？

孙位不慌不忙，又略施淡墨，那几笔粗墨便成了杂生的野草。这野草固然画得韵美，却仍觉破坏了先前的构图。老者不由得叹了口气，心道：“这位先生原本画功深厚，远逾常人，想必要在构图上再出奇思，可惜却弄巧成拙，反倒不伦不类了。”

正想起身拿起画来作一点评，不料孙位并未画完，将笔在清水中涮净，又以笔锋正中的一跟毫毛轻轻蘸墨，对准野草，手腕一抖，不知道他是如何用的力，那笔端滴下一滴水，落到纸面时竟将笔尖上那一点墨散到水滴的四周，浓淡渐变相宜，刚好成了一滴露珠之形，何止神似，便如将那露水采来，施在这里一般。孙位又如法滴了几滴，老者不禁眼前大亮，面对画面，仿佛置身野外，正巧透过一簇野草上的露珠，见到一幅两情相悦的美景。那莹莹露珠，宛如少女的明眸，亦如公子含情的双目，当真是零露瀼瀼，美人清扬！

孙位放下笔，向老者作礼，请他点评。老者起身还礼道：“先生的画，老朽恐怕无置喙之地。老朽一生喜画，阅画无数，当今名家之作亦多有缘观瞻，今见先生下笔着墨，随心所欲，尽皆恰到好处，无一笔一墨欠在，构思之精巧更出乎意表。三年前老朽曾见过当今国手、会稽山人孙位先生的一幅高逸图，其功力似乎尚不及足下。”

孙位微笑道：“老先生过誉甚矣，区区在下，不过学得三二笔涂鸦的功夫，聊以自娱尚可，岂敢与国手大家相提并论？今日也不过因为囊中羞涩，见利而忘鄙，斗胆上来献丑，倒叫老先生取笑了。”

老者摇摇头道：“先生倒也率直，难得。不知该如何称呼先生？”

孙位答道：“在下姓孙，名遇。”

“孙遇？”老者叹道，“老朽郭慕孺见识浅少，竟未曾得闻孙先生大名。不过老朽斗胆预言，将来先生的大名必将响震寰宇，传美后世。”

孙位拱手道：“郭老先生错爱了。”

郭慕孺躬身揖手，请孙位上二楼。

楼高一层，气爽三分。二楼四面门窗洞开，江风习习拂面，孙位深吸一口气，顿觉神气怡然。

早有一书童恭敬地将孙位迎入门。只见阁内正中陈一四方书案，案上笔墨纸砚现成，案旁坐一中年汉子，方面虬髯，身穿布褂，脚踏芒鞋，手中摇着一把蒲扇，倒与八仙里的钟离权相似。

钟离权对孙位点点头，示意他坐下，并不见礼，举止颇为傲慢，眉宇间却气定神闲。孙位觉得此人奇怪，但并不计较他无礼，主动上前施礼道："在下孙遇，请教先生高名。"

钟离权道："大家都叫我三是先生，名字不说也罢。"

孙位更加好奇，问道："为何叫三是先生？"

三是先生道："我生平看不惯的人、事太多，这一街之上，半街是伪君子，半街是真小人，故而难得从我口中听到夸奖赞美之言，多为非否嫌恶之语。我只对三种人称'是'，有德者，有才者，有量者。所以大家叫我三是先生。"

孙位抚掌笑道："甚妙。就请三是先生出题。"

三是先生说道："提笔吧，我边说你边画。"口中果然无半句客气话。

孙位微微一笑，并不介意。

只听三是先生道："我欲见高山。"

孙位心想："他只说要我画高山，却不说接下来要画什么，这便如何落笔？我若满纸画作高山，他莫又要我画流水。难怪至今无人过关，此关实在太过刁难人。如今只好画在笔下留三分，见机而变了。"当下在右侧纸面画作高山。

又听三是先生道："我欲见流水。"

孙位暗笑一声："果然不出所料。"提笔再画。

"我欲见长路。"三是先生又出新题。

孙位已在山间水畔也留了余地，便不为难。

"我欲见云天。"孙位此时已然明白，这三是先生是要考校画师的临场应变之功，以及对画面构图的控制之力。

"我欲见房舍。"孙位应声在山脚添画房舍数间。

"我欲见感伤之士。"孙位闻言暗道："这位三是先生要的倒真齐全，山、水、云、天、舍，现在要画男，过会儿怕要再画女了。"提笔在房舍前画一男子，席地而坐，怀卧古琴，仰天而歌，其情悲怆。

三是先生也不看孙位作画，清了声嗓子说道："你且听仔细了，我欲见飞鸟。在此之后，许你加画一物，无论人、物皆可，裨成完整画作，更须配以古人的诗、辞、歌、赋一首，应和画中之境。"说罢摇了摇手中的蒲扇。

孙位心中叹道："想我恩师当年苛训严教，也不曾出过此等刁钻题目，现在知道为何竟无一人能过得这第二关了。"当下目视画面，凝神思索，正专注间，忽觉心中清朗，隐约竟似听到画中男子所吟之歌。

孙位再不犹豫，挥笔在男子对面画一女子，蹙眉哀恸，倚门悲啸，声动天宇。空中两只白鹤，盘旋回顾，唳鸣凄凄，直似被女子的哀哭声所撼。

末后一笔完成，整幅画浑然一体，人境相托，主次有序，远近高下全无阻滞之感，决计看不出是一样一样凑成的画面。孙位又提笔书道："将乖比翼兮隔天端，山川悠远兮路漫漫，揽衣不寐兮食忘餐。"正是商代陵牧子所作的《别鹤操》（引自晋·崔豹《古今注》）。

陵牧子娶妻五年而无子，父兄将为之改娶。其妻闻之，夜半而起，倚户悲啸。陵牧子闻之，怆然而悲，乃援琴而歌。《琴谱》曰："琴曲有四大曲，《别鹤操》其一也。"

孙位此画正与《别鹤操》意境相合，而无半点牵强。

三是先生先看题诗，又将画作上下细看，越看越惊，越看越奇，不住摇头叹气。

孙位见状，心下暗忖："怎么，难道此画不入三是先生的眼吗？"

三是先生看罢回身，向孙位深揖一礼道："先生乃不世高才，我三是先生现下连这个'是'字都不敢对先生说出，实在惶恐之至。今日得睹先生当面作画，何止三生有幸。"

孙位见他突然对自己如此礼敬，倒觉不惯。拱手回礼道："先生不必多礼过誉，在下孙遇承蒙三是先生青眼垂爱，才是三生有幸。"说罢哈哈大笑。

三是先生见孙位性情如此爽快，也哈哈笑道："当世丹青名家，我从前只佩服孙位和张南本二位，今日得见先生，却更胜二人。幸哉！快哉！今后我三是先生品画，终于能说三个是了，哈哈哈！"

孙位与之同笑，心道："不想我孙位的虚名还被这许多人瞧得起。"然不能告知三是先生自己便是孙位，心中不免歉然。

王之涣诗云："欲穷千里目，更上一层楼。"孙位甫上三楼，便觉视野开阔，四下无遮，嘉陵江水滚滚奔腾，不见头尾。目之所极，水天一色，更无分际。孙位心中感慨道："所谓天渊之别，当是局限其中，目视短浅所致。若能置身远处，放长眼光，天渊何曾有别？"

进得门来，两位官吏模样的中年人快步迎上，满面堆笑，齐向孙位拱手作礼，一人说道："恭喜，恭喜先生连过两关。我二人奉命在此设关近一月，先生是第一位上到这三楼的，必是丹青圣手，笔墨高士。在下杨一忠，是刺史大人府上的总管。这位刘漱刘大人，是刺史府中的丹青舍人，乃当今翰林供奉常重胤常大人的门生。"

孙位心想："看来这位刺史杨大人果真好画，居然设了'丹青舍人'一职，想必是专门为这位刘漱所设。我在京城时见过常重胤，此人善画人物，工笔精妙，这位刘漱既然是他的学生，想来也是工于人物了。"当下施礼道："多谢杨总管和刘大人，在下孙遇，粗通墨彩，前面侥幸过得两关，尚有余悸，岂敢自居高明。常翰林妙工写貌，刘大人列其门墙，必定是高徒出于名师了。"

刘漱淡淡一笑，说道："不敢。不知孙先生师出何方高人？"

孙位笑道："在下鄙陋，不敢辱没恩师清名。况且他老人家既非权宦，亦非名士，不提也罢。"

刘漱哼了一声，不再搭话。

杨一忠伸手侧身道："孙先生请就座。"随即啪啪击掌两次，四面的门窗一时全被关上，只留下北面窗子。孙位这才发现，原来屋外四面四角有八名军汉，一直站在屋外的环廊之上，适才因门窗大开，各人身处门窗之后，是以自己只见到站在正门旁边的两人。

孙位被引至书案后坐下，杨一忠笑着说道："此关并不似前两关一般刁难先生，只让孙先生临摹一幅图画而已。"说罢从袖中取出一卷画轴，小心展开于案上。

孙位心中正自寻思："怎的只要临摹一幅图画吗？为何却将门窗紧闭，又有军士把守在外，搞得神神秘秘？"待见到案上的画卷，不禁眼前一亮。

卷中所画正是阆苑美景，但见金城玉楼，华阙碧堂，玄台重重，翠池环绕。四面更有绵山叠翠，江水回曲。此画骨法清奇，笔力遒劲，连绵相属，气脉不断，显是一气呵成之作。可惜只画了大半，画作并未完成，阆苑十二楼只画了七座，除此南楼之外，尚有四楼未画。奇怪的是，画中七楼有六座楼是自西向东依次而画，第七座楼却是画在阆苑的东南角，画面中间一片空白。第七座楼的比例也全然不对，比其他六楼大出许多，用笔似乎异常匆忙潦草，然细看仍是出自一人之手。更为特别之处，画者还在这第七座楼的匾额上书有“凤凰楼”三字，竟以草书一笔写就，全不似牌匾写法。

孙位细细端详此画，但觉画功可与当世名家相媲美，已臻一流之境。若要临摹此画，确实不易。功力不及此人者固然无法揣摩其运笔着墨，便是同为丹青名手，因笔法风格各异，笔势劲道、始终曲折、勾画行散均不相同，所以往往不能互相模仿。世有名家画作的赝品流传，也只能蒙骗不谙真道的浅外之人。除非临摹者画功尚高出原作者许多，方可仿画得惟妙惟肖，然若如此，仿者亦不屑于临摹仿画了。

刘漱见孙位专注看画，半晌无语，冷笑道：“此画笔法出格，且多诡异之处，孙先生若觉为难亦不必勉强。”言下大有不屑之意。

孙位微微一笑道：“在下不才，却想一试。”

杨一忠说道：“孙先生请来这里观看。”伸手请孙位到北面窗前。

凭窗望去，阆苑全景尽收眼底，原来那画正是在此处画成。

孙位眺望片刻，转身回到案前，提笔欲画。杨一忠在旁为孙位研墨，孙位道了句“有劳了”，并不推辞。

孙位屏气凝神，注视原画片刻，自己便画一阵，再看片刻，再画一阵，看画时间越来越短，自行作画的时间越来越长，笔锋流畅，无半分凝滞迟疑。或轻或重，或顿或转，或皴或染，或行或散，运腕如行云流水，落笔似成竹在胸，不消一个时辰，已然将画完成。

杨一忠和刘漱二人将两幅画反复比较细看，直似出自一人之手。再者，便是临摹自己的画，也很难画得一模一样，而孙位画得竟和原画几无二致，足见孙位的画功又远在原画者之上。

刘漱铁青着脸，一言不发站在那里，杨一忠却道：“孙先生真神笔也！竟能在如此短时内摹成此画，若不是先生空下这凤凰楼不画，便再难分出哪一幅是原画了。只不知先生为何不画这凤凰楼呢？”

孙位反问道：“请问杨总管，学画者为何要临摹他人画作？”

杨一忠道："那自然是因为别人画得好，想要学习人家的长处喽。"

孙位点头道："总管所说极是，所谓见善思齐，闻恶自警。若是他人画得好处，自然可以临摹，若是欠佳之处，不画也罢。"

杨一忠道："孙先生说得有道理，在下也觉原画中的凤凰楼画得大为怪异，似与其他部分格格不入，只因这画并未画完，故不知原画者究竟有何意想。"

刘漱在旁冷冷说道："此画乃仙人所作，岂是凡夫俗子所能窥其真意。"语气颇酸。

孙位也不与他计较，只是好奇地问道："刘大人此话怎讲？怎知是仙人所作？"

杨一忠接口说道："十五年前，当时的阆州刺史张大人夜宿滕王旧时寝宫'中天楼'，次日一早在床头案上发现此画，遍询侍卫、仆婢，均不知此画从何而来。后来有一道士名叫楚飞白，素与张大人往来，见此画后称为仙人所作，并说仙人遗下此画，意在看中凤凰楼有仙家风范，故而建议张大人应将凤凰楼献给仙人使用。这凤凰楼乃是歌舞伎乐之所，平时本就少用，张大人又喜好道术，对楚飞白所言深信不疑，便将此画供于凤凰楼上，从此紧锁楼门，不令任何人踏进一步。"

孙位又问道："此画既供在凤凰楼，如何又流传出来？"

杨一忠说道："后来杨大人继任阆州刺史，听闻此事颇觉好奇，去年命人打开凤凰楼，取出此画。杨大人好画众所周知，大人一见此画，爱不释手，便命人重新锁上凤凰楼，却将此画留在身边，日日玩赏，每每感叹此画未全，不免可惜。直至上月，杨大人命在下等张榜设关，欲求绝世高人续成此画，以慰杨大人殷殷之情。"

孙位听罢，笑道："此画来历倒有几分奇特，不过却也未必是仙人所遗。"

刘漱哼道："学得几手照猫画虎的本事，也敢妄议仙家妙笔！"

孙位微笑不理，杨一忠忙打圆场道："孙先生连过三关，照规矩当礼为上宾，这就请先生移步到阆苑'会仙楼'，杨大人必当亲自为先生接风。"

孙位说道："不忙，杨总管，我还有两位同伴，可否与他们一同前往？"

杨一忠道："这个自然。"

孙位又道："我听说过得三关者，纵然不能续成此画，也当赏银百两，此事确否？"

杨一忠笑道："不错，先生不必担心，我这便让人奉上白银。"说罢让人取来百两纹银给孙位，孙位也不客气，收下后请杨一忠派人去将楼下的李义南和船上的工倪找来，低声吩咐工倪去请一位好大夫，并带上这一百两银子，送去给邓孝谨，再到会仙楼与自己和李义南会合。吩咐妥当，自己便和李义南一同随杨一忠等人赴阆苑会仙楼而去。

早有人将孙位连闯三关之事报与刺史杨行迁，杨行迁大喜，忙命人安排酒宴，在会仙楼宴请孙位。

席上杨行迁坐主位，孙位和李义南坐客位，三关的考官郭慕孺、三是先生、刘潄和杨一忠作陪。

杨行迁将孙位所画的半幅阆苑图反复玩赏，赞不绝口。众人除刘潄外均与孙位交谈甚欢，大感相见恨晚。杨行迁向孙位敬酒道："杨某乃一画痴，平生对画家最为敬慕。孙先生适才说与友人四处游历，并无功名在身，如蒙不嫌，何不在这阆苑常住，如刘大人一般做个丹青舍人，杨某也好朝夕向先生请教。"

孙位推辞道："在下乃一山野村夫，闲散惯了，受不得拘束，大人的美意在下感激不尽，请恕不从之罪。"

杨行迁见孙位不接受自己所封官职，颇感失望，又说道："既然孙先生不愿意，杨某也不勉强，不过总要请先生在此多住些日子，既可慢慢揣摩如何将这半幅画续全，也好为杨某多讲授些丹青之道。"

孙位说道："大人盛情，在下本当遵命，不过在下还有些事情要办，待忙完这一着，定当回来向大人请罪。至于这续画之事，大人不必担心，趁现在宴席初开，在下这就为大人续画，以助酒兴。"

此言一出，满座皆惊。在座者均知这续画比之临摹还要困难百倍，临摹尚有参照可循，续画之时，却属全新创作，况且下笔用墨须与原作一致，格局风韵更要无二无别。这便等于要续作者将自己从前的作画风格统统摒弃，而完全变成与原作者相同的风格。须知一流画家的风格养成往往需要十几年甚至数十年之久，朝夕之间怎能突然改变？更何况是要变成指定的一种风格！是以杨行迁邀请孙位多住些时日，虽是爱惜人才，想与之多些亲近，也是留给孙位充足时间，好让他慢慢揣摩原作，以便能够一点一点将画接续完整。不想孙位现在就要即席续画，实在令人难以置信！

孙位将自己画的那半幅阆苑图铺在案上，从怀中取出那支白玉笔，凝神静气，吐纳数次，然后双目微合，片刻睁眼，提笔便画，一时间笔似游龙，墨彩如雨，不到两盏茶的工夫，孙位已经收笔入怀。

众人忙凑过来围看，只见一幅完整的阆苑图宛然目前，笔势色彩、形象格局皆与原作一般无二。郭慕孺和三是先生皆是大行家，见此画非但骨法肤肉与原作相同，神气风韵更是如出一人！二人深知孙位的画功高出原作者何止数倍，加之孙位仅在南楼过关时一睹阆苑全貌，现今竟凭记忆画成全图，过目不忘之功更非凡人，不禁暗自拜服，五体投地。

杨行迁不住口地“哎呀”赞叹，简直不敢相信自己这一双肉眼。

唯独刘漱静静观看片刻，说道：“孙先生的画虽然画得不错，却与原画不同。原作奇特之处正在于凤凰楼的比例比其他诸楼大三倍许，故而续画原作之关窍便在于体解此处之精妙深意，方能画出绝世惊奇之佳作。如今孙先生却是老老实实地画了一幅阆苑写真图，这怎能算是续画，分明成了改画。”

杨行迁此时也点头同意，说道：“刘大人说得不错，不知孙先生为何将原作的凤凰楼改画？”

孙位黠然笑问道：“杨大人觉得原作中的凤凰楼画得美吗？”

杨行迁被他这一问，愣了半晌，说道：“此乃仙人所画，虽然我辈凡夫俗子不识其妙，想必另有深意。”

刘漱在旁应和道：“杨大人所言极是！”

孙位哈哈笑道：“依在下之见，此画并非神仙所画。作画之人技艺虽高，亦不过是位一流的画师，然画至一半，却突然中断，凤凰楼更是草草画成，这里面有没有深意却不好说。”

刘漱冷笑道：“孙先生莫不是自知难成其作，故意找托辞为自己开罪吧？”

孙位并不理会他，向杨行迁说道：“凡观画作之佳劣，当依据六法，一曰气韵，二曰骨法，三曰形象，四曰赋彩，五曰格局，六曰转折。六法精论，万古不易。且以六法观此‘仙家之作’的凤凰楼，骨格苍脆，形象潦草，色彩全无，格局错乱，转折失章，气韵更是僵化待死。作此画者本是一位风情高雅、胸怀坦荡的君子，也是一位侠骨柔肠、忠肝义胆的英雄豪杰。作画之初，画者气定神闲，画至一半，借酒助兴，逸趣正浓，谁知后来突遭变故，气息闭结，竟似临终将死一般，不知为何还要草草将凤凰楼画成，全失原画体统。在下猜想，当年或有人偷偷将此画放在中天楼，或为道士弄玄，或有其他隐情，不得而知，但神仙遗画之说却万不可信。”

刘漱哈哈大笑道："孙先生所说，竟似识得作画之人，当年亲眼见他作画一般，还说什么道士弄玄，我看孙先生自己才是故弄玄虚吧！"

未及孙位答话，三是先生却道："此言差矣！你道孙先生为何能在少时之内，将此上乘之作临摹补画得如此完美？当年孔子向师襄子学琴，学得一曲，不知其名，待孔子艺成之后说道：'我已了知作曲者矣。此人默然黝黑，身材高大，目光深远如视羊群，俨然是心系万民、统领天下的王者，若非周文王，谁又能谱成此曲？'师襄子闻言大惊，赶紧起身向孔子跪拜两次，原来此曲正是周文王所作的《文王操》。可见善乐者闻声而能知人，已得其神髓之故。今孙先生观画知人，亦同此理。正因为孙先生能得画之神髓，故而能与原画者同笔同墨，在行锋运笔之时，便已感同身受原画者当时之处境心思。孙先生真画神墨仙，丹青之圣也！"说罢向孙位躬身长揖到地，郭慕孺也起身向孙位深深行礼。

孙位忙鞠躬还礼道："二位先生折杀在下了，孙某这点微末功夫如何敢同圣人相比？孔子与文王二圣乃心交神感，在下却只不过是嗅到了原画者的一点气氛罢了，实实不足称道。"

杨行迁此时方知孙位深不可测，再细看孙位完成的阆苑图，虽然与原画极似，但因少了那座莫名其妙的高大凤凰楼，加之全画完成之后，结构紧凑，笔法连贯，气韵流畅，清雅自然，其怡神悦目实在原画之上，便更加确信孙位所说不差。当下拱手说道："孙先生和三是先生的一席话令杨某茅塞顿开，自知从前见识不免井蛙窥天，今日得见高贤，有幸之极，一定请孙先生多多指教。"

孙位谦道："大人过奖，孙某岂敢？只盼在下这几笔涂鸦侥幸逃过大人和诸位先生法眼，勉强算得续上这半幅佳作，在下便已知足了。"

杨行迁大笑道："当然续得上，先生若续不上，便没人能续上了。"说罢拍手叫道："来人，奉上彩金。"

只见两名仆人从后面端出一只小木箱来，打开后捧于孙位眼前。

杨行迁说道："这里是千两纹银，请孙先生笑纳。"

孙位拱手道："多谢大人。"

李义南不欲显露身份，故而席间一直无语，此时心中暗道："没想到我贤弟之妙笔竟臻如此极境。从前但闻其鼎盛之名，今日方知真乃实至名归！"几人把盏欢饮。

不多时，有军士来报，说有一位叫工倪的，自称是孙先生的朋友，前来求见，杨行迁问过孙位后，请他上楼一同入席。

杨行迁见工倪身材甚为矮小，觉得好奇，不免多看他几眼。刘漱一直嫉妒孙位之才，刚才见众人和杨行迁对孙位推崇备至，心中大为不快，今见杨行迁对工倪好奇，登时有了主意，举杯向孙位三人敬酒，说道：“孙先生才华出众，所交之友亦特于常人，刘某见这位工先生相貌非凡，想为工先生画像一幅，不知可否？”

杨行迁闻言拍手赞同道：“甚好甚好，刘大人专攻人物，笔下出神，正好为工先生写貌。”

孙位和工倪均不好推辞，只得让刘漱画像。

刘漱有意卖弄画技，展纸于案，行笔如飞，很快画成。他既想取悦杨行迁，又欲嘲弄孙位等人，竟将工倪画成游戏于假山旁的孩童一般，意在讽刺孙位之能不过是糊弄小儿罢了。

杨行迁看画之后甚觉好笑，却不便当众显示轻侮工倪，只微笑道：“刘大人下笔生动，情趣活泼，不愧是善画人物的高手。”

其他众人看后均觉刘漱过分，却不好出言指责。

孙位见工倪神色尴尬，心中大感歉意，知道都是因为自己，连累朋友受辱。当下说道：“刘大人画功扎实，可惜白璧微瑕，未能尽善。”

刘漱不以为然，挑衅道：“怎么？孙先生对于画人写貌，也能得其神髓吗？”

孙位微笑道：“不敢说已得神髓，不过还略知一二法则。”

杨行迁最喜听人评画，马上说道：“便请孙先生点评此画得失如何？”三是先生和郭慕孺也欲听孙位高论，同声应和赞同。

孙位缓缓说道：“画人物者，必分贵贱气貌、朝代衣冠。释门则有善功方便之颜，道像必具修真度世之范，帝王当崇上圣大日之表，儒贤即见忠信礼义之风，女子有淑秀之态，田家有朴野之真。画衣纹者，用笔类于书法，有重大而调畅者，有缜细而劲健者。纵横之间、勾转之下，必循实际，又须彰显衣纹高侧、深斜、卷折、飘举之势。”

三是先生和郭慕孺点头称是，刘漱说道：“这些规矩，人人皆知。”

孙位续道：“写貌者又名写真，须得所绘之人的神韵。这位工兄身材虽矮，却是持重老成，举止娴雅，进退有节，全无半点孩童气息。刘大人所画，除了五官形状之外，恐怕无一与工兄相似。况且刘大人笔下亦未免三病。”

杨行迁“哦”了一声，问道：“是哪三病？请道其详。”

孙位说道：“所谓三病者，一曰版，二曰刻，三曰结。版者，腕弱笔痴，物状平扁，不能混圆；刻者，运笔中疑，心手相戾，勾画之际，妄生圭角；结者，欲行不行，当散不散，似物凝碍，不能流畅也。此画初看尚可，细观不耐久玩。”

众人闻言看画，均觉孙位所说丝毫不差，都频频点头，却不便出声相赞。

刘湫满面通红，愤然说道：“孙先生伶牙俐齿，只怕口中的功夫胜过笔下，何不也画画这位工先生给我们看看。”

众人皆应和叫好，倒不是替刘湫起哄，而是确实想见识孙位如何画人。

孙位将杯中酒一饮而尽，起身走到案前，饱墨挥毫，只数笔便已画成。大家争相上前观看，但见寥寥几道墨痕，一个活脱脱的工倪跃然纸上，形神兼备，果然见画如见其人。众人齐声喊好，更是对孙位佩服得无以复加。刘湫却脸色发紫，不再开口说话。

大家重新入席，轮番向孙位敬酒，工倪心下也对孙位好生感激，冷眼一瞥刘湫，见他盯着孙位，满脸怨毒，眼中似欲喷出火来。

众人豪饮，日暮方休。杨行迁留孙位等人在会仙楼过夜。

众人散去，工倪向孙位和李义南说道：“我见刘湫此人不善，咱们须加小心才是。”李义南点头称是，孙位却一笑置之。

睡到后半夜，孙位突然被工倪和李义南叫醒，但觉满屋浓烟呛人。三人住在会仙楼二层，李义南和工倪携起孙位，纵身从窗子跃出，稍后闻听有人大叫失火，随后便有大批军士赶到会仙楼来救火。

好在火势不大，很快便被扑灭。两个军士从楼中拖出来一人，已被浓烟熏得晕死过去，正是刘湫。原来他白日里席间蒙羞，气愤不过，自觉颜面尽失，从今无法再在刺史府中立足，竟想火烧会仙楼，与孙位等人同归于尽。

此时杨行迁也已被吵醒，问明情况后让人将孙位三人和刘湫带到中天楼来。

刘湫被人用冷水泼醒，杨行迁大怒道：“我一向待你不薄，不想你心胸狭隘，不过被孙先生批评几句，竟要放火烧楼，杀人报复，却将置我于何地？这会仙楼若被你烧了，我如何向朝廷交代？你当真是死有余辜！来人，拖下去乱棍打死。”杨行迁因私住阆苑，不敢将此事公开处理，只得私下处死刘湫。

孙位忙道：“且慢！大人，刘先生虽然一时糊涂，终究并未酿成大祸，何况此事毕竟因我而起，在下斗胆为刘先生求情，免他一死。”

杨行迁道：“此等卑鄙小人，留他何用？不如杀之，以绝后患。”

孙位向杨行迁拜道：“大人酷爱丹青，乃清洁高雅之流。身虽为刺史之官，心却为仁德之士，何必同这等人斤斤计较？但凡书画，诸法皆轻，气韵独重，诸法可学，气韵天成。大人生来好画，足见天赋丹青之气。气韵高者，人品自高，人品高者，气韵不得不高。大人何必为了此人，染污了清高之气？大人若能宽恕此人，在下愿多留两日，为大人多作几幅画。”

杨行迁听孙位不住地夸奖自己仁义高雅，似乎不得不宽饶刘漱，便顺台阶而下，笑道：“孙先生肯赐画，再好不过，姑且看在先生面上，留他一条狗命。”遂命人将刘漱责打五十军棍，贬出府去。

三人便又在阆苑逗留两日，孙位应杨行迁之请，画了一幅山水长卷，一幅松石，两幅鬼神、人物，两日后方向杨行迁辞行，与李义南、工倪乘船而去。

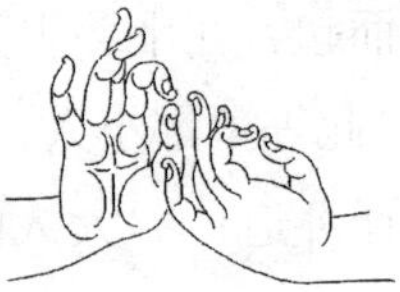

第八回

九曲水路多妖孽
五位忍者显神通

重新回到船上，三人心情大好，这回也备足了美酒佳肴，自可以畅饮江上，间或听听渔歌船号，看看两岸风光，尽得江人之乐。

三人谈起阆州之行，犹尚津津乐道，李、工二人对孙位画功人品大为钦佩，李义南赞道："贤弟作画固然神乎其技，然而能为刘漱那起小人求情免死，这等宽怀雅量更是难得的君子所为。"工倪和道："正是。孙大人勘得忍者之道。"

孙位大笑自谦。

李义南也笑道："只不过杨刺史的画上署的是孙遇之名，日后他们若知晓孙遇便是孙位的化名，怕是惊喜得三天合不上嘴。"

孙位却道："小弟并非化名孙遇，而是确已改名为孙遇。"

李、工二人同时"啊"的一声，深表诧异。

孙遇说道："小弟自从得蒙妙契禅师指点，于心、于物、于画、于世间诸法颇多感悟。此番在阆州作画，自觉画功大胜从前，便是得益于禅师的指教。小弟与禅师之遇，实乃毕生之幸事，故而愿改名为'遇'，以志禅师之恩。"

李义南颔首道："好，贤弟既然改名为'遇'，愚兄便再送你一个表字'异之'，如何？"

孙遇作了一个长揖道："多谢兄长赐字。"

工倪叹道："我辈自幼习练忍法，于其中奥义之领受，只怕还不及孙大人在妙契禅师处两日之学。老禅师佛法固然高深，孙大人根器却是非凡。"

孙遇忙道："工兄这样说真是羞煞小弟了。工兄今后切莫再叫大人长、大人短，咱们以兄弟相称岂不最好？”

李义南也和道：“正是，大家日后都以兄弟相称便是，不必拘礼。”

工倪却坚持不从，二人劝说几番无果，只得由他。

游江十余日，已过合州，再行二三日便可到渝州登岸乘马。

三人正在船板上吃茶，工倪突然道了句“奇怪”。孙、李二人不解，顺着工倪的手指见一艘小船在他们船后不远处随行。工倪说道：“这艘船已经跟了咱们两天，行船歇宿的时间都和咱们一样，颇有些奇怪。”

李义南望了一阵说道：“工兄可看得仔细？莫不是同样的别家船只？”

孙遇也望着小船说道：“工兄说得不错，到合州之前，这艘船就跟在咱们身后，看来咱们须要小心些。”李义南点了点头。

又行出二三十里水路，船只驶入一段曲折水域，当地人称为“五九滩”，意为此段水流有五个大弯、九个小弯，水湍弯急，船危难行。工倪租的这条船颇大，由蒋姓兄弟俩经营，哥俩轮番摇橹休息。蒋大见船入急流，便请三人进到舱内，免有危险，又嘱咐弟弟蒋二小心掌船，自己却在船头观察水路。

转过第二个弯道，蒋大“哎哟”叫了起来，三人闻声忙出舱查看究竟。赶到船头，见蒋大张目结舌，吃惊地望着前方水面。三人看去，只见水面上黑压压的一大片，不知何物，正迅速迎面扑来，不多时便到近前。

“鱼，是鲤鱼！”蒋大话音未落，成千上万条鲤鱼似乌云一般聚集在左侧船舷，越集越多，不断拱动，竟渐渐将船向右侧顶起。

船上诸人皆大惊失色，工倪和李义南几乎同时叫道：“小心抓紧了！”齐步抢过去将孙遇推入船舱。二人反身出来抄起船上的竹篙不停地拨刺挑打鱼群，却哪里管用，但见船身越发倾斜。

眼见右侧船舷将要进水，突然一股激流从船尾射来，其疾如箭，将左舷的鱼群立时冲散，大船“嘭”地落回水面，摇晃了一阵又恢复了平稳，数十尾鲤鱼散落在船板上，兀自活蹦乱跳。众人惊魂未定，回头向船尾看去，只见跟在他们身后的那只小船不知何时已经迫近，船上二男一女，皆作渔人打扮，船尾的男子还在奋力划桨。

“当心！鱼群又回来了！”工倪大声叫道。

小船上立于船首的男子呼地纵身跃起，竟飞出两丈多远，直跳到大船上来，双手当胸结印，喝一声“吽”，左舷处立时卷起三尺高的浪花，不停向外翻滚，形成一道厚厚的水墙，将鱼群挡在外面。那鱼群反复冲击不动，忽然分出一群，绕过船尾，转而攻击右舷。那男子将两臂平伸，又喝声“吽”，大船右舷也卷起水墙，将鱼群挡住。鱼群围追着大船游出里许远，待转过第三个大弯道，便倏地一下散去，消失得无影无踪。

大家这才舒了口气，那男子也收了忍术，过来与众人相见。原来此人叫娑揭梁，是南瞻部道擅长水系忍术的娑揭族忍者，小船上的女子名叫娑揭冰，是他的妹妹。那划桨的男子名叫谷子平，也是坚地长老手下的海音族忍者，海音族长于声音忍术，族人以谷为姓，取“诸法不实，犹如谷响”之意。

当日工倪雇船与孙、李二人南下时，曾在周围留下暗号讯息，七手族的老七飞虹脱险后来寻工倪，见到讯息便即追来，路上碰到海音族忍者谷凡，将情形告之，谷凡遂用“白螺传音术”传信给合州的谷子平，谷子平知道渝州一带常有目焱的手下出没，便约上同在合州的娑揭梁兄妹，在合州北面江上接应工倪等三人，一路尾随而来。适才危急之下，娑揭梁先以激流冲散鱼群，又以两道水墙护住船身，皆是娑揭族的“波即水”之术。

李义南邀谷子平与娑揭冰同上大船，二人于是将小船系于大船尾部，纵身跃来。

孙遇等见娑揭梁兄妹俩像是南方人相貌，个头不高，皮肤黝黑，显然是常在水面活动，风吹日晒所致。那谷子平中等身材，头戴大斗笠，颈上戴着一只拳头大小的白色海螺，大家均想这必是白螺传音术所用的白螺了。

众人互相见过礼后，李义南向娑揭梁询问刚才的鱼群是怎么回事。

娑揭梁答道：“这是目焱手下的西江三坞忍者所为，他们擅长水中作战，可潜伏于水下，或驱逐水中鱼鳖虾蟹等类，或以水草萍藻为武器，或直接以水攻敌，诡秘难测。据说其首领龙潜还可以驾驭江龙作战。”

李义南和孙遇对望了一眼，心中均道：“看来目焱已经知晓我二人南下，此番派人袭击，无非想要抢夺忍者令牌和那封梵文书信。”

李义南又问娑揭梁、谷子平二人的姓氏含义和“波即水”忍术之义，二人轮番作答。

娑揭姓氏取义自《妙法莲花经》中的故事，经中有一位娑揭罗龙王之女，年始八岁，智慧利根，将一枚价值三千大千世界的宝珠献给佛陀后，自己也立地成佛。娑揭忍法本意便是学龙王之女，能具大信心、大智慧，放下执着，立地成佛。

“波即水”之术乃是以心意控制水流之忍术，水随心动，其名含义是要习此术者明白，无论水流波浪有何形貌，有何动荡，其本质只是水而已，波动之水与平静之水无有纤毫差别。正如人有种种心思、情绪、烦恼，然无论喜怒哀乐、无论邪正善恶、无论烦恼觉悟，其本质皆是清净本心而已，皆由自心中显现，并非他物。能达此义者，便可解脱成佛。

而“海音”之姓亦取自《妙法莲花经》，经中《观世音菩萨普门品》云：“妙音观世音，梵音海潮音，胜彼世间音，是故须常念。”然此义颇深，谷子平也不大懂得，只知道族中唯有取得识忍资格者才可姓“海音”，其他忍者均须姓谷，意为先要明白万法如幻不实，犹如谷中回响之声。海音与娑揭二族渊源颇深，非但姓氏皆取自《法华经》，二族忍术也多有相通之处，海音族忍术之中最高明者即是“龙女献珠”，然族中尚无人练成此术。

听完二人讲述，孙遇叹道：“妙契禅师所言诚不虚也！非空大师所传忍法，的确处处引导学人悟道解脱，可怜了那些不肖子弟！”

工倪以外那三名忍者虽不知妙契禅师为何人，然听孙遇此说，皆恭敬合十道：“实乃如此。”

接下的几个弯道都是急弯，水流也更快，蒋二小心翼翼地控制着船身，蒋大也拿着竹篙，帮弟弟调整船行方向。刚转过第一个急弯，忽然“咚”的一声响，船身似被什么东西撞到，开始左右摇晃起来。

“又来了！”娑揭梁话音甫落，又是“咚”的一声，紧接着一个庞然大物“哗”地冲出水面，高出船舷四五尺。众人定睛看去，尽皆失色，那怪物竟然是一条水桶粗的黑斑巨蟒，蟒头竟如牛头般大小。蒋大哪里见过如此怪兽，大惊之下，脚底踉跄，险些掉入水中。娑揭梁忙将孙遇、李义南和蒋氏兄弟推入船舱，由谷子平摇橹，工倪守在船头，娑揭梁和娑揭冰分把左右船舷。

此时巨蟒频频用尾巴抽打船身，娑揭梁结印念咒，以激流大浪击打巨蟒，那蟒吃痛，却不肯罢休，距大船时远时近。

大船又转过一弯，蟒头探出水面老高，又“扑通”一声扎入水中。片刻宁静之后，只听“哗哗哗哗”数声水响，大船前后左右竟忽然冒出十余条巨蟒，同时袭向大船。但见蟒身攒动，洞开一张张血盆大口，利牙如剑，直欲窜上船来。

工倪和谷子平不停挥舞空无常，拦截众蟒。哪料巨蟒皮坚肉厚，即使偶被空无常刺中，也毫不在意，仍继续进攻，将二人逼得步步后退。娑揭梁忙不迭地摧动巨浪，将群蟒一次次击退。娑揭冰则运起“盛日寒冰”之术，将江水化为冰箭，射向蟒群，巨蟒躲闪灵活，很难射中，但一中冰箭便立即退入水中，半晌才又重新进攻。

李义南在船舱中看得清楚，高声叫道：“姑娘，那些大蟒怕冷，你快多放些冰箭。”

一句话提醒了娑揭冰，她竟自收起冰箭，双目微合，结印念咒。片刻，众人便感到一丝寒意，继而寒气越来越重，船板上开始结霜，蟒群果然攻势渐弱，行动变缓。到得后来，左右船舷都开始结冰，众蟒再也不敢靠近，只在一两丈远处游弋盘桓。众人大喜，谷子平奋力摇橹，大船急速前行。

蓦地船身一顿，船速遽降。众人四下察看，原来有一条巨蟒缠住了后面的小船，正在尽力向后拉扯。娑揭梁忙以猛浪激射过去，那蟒机灵，竟从容躲入水中，尾巴兀自缠住小船不放。谷子平见状，取出空无常，一剑将系船的绳子斩断，小船倏地被那巨蟒拖出数丈开外。

群蟒再也无奈，远远围着大船，又追随着转了两个弯道，悉皆没回到水中去了。

船上众人此时方松了一口气。孙遇和李义南相视无语，心中均想：“这传说中的西江忍者委实诡异之极，只怕难以就此罢休，不知接下来又待怎的。”

大家从舱中走出，只见蒋大、蒋二兄弟两人“扑通”一声跪倒在地，向着娑揭梁兄妹不住磕头，嘴里不停说道：“请大仙收录小人做弟子吧。”

娑揭梁忙扶兄弟二人起身，向二人解说自己并非神仙。那二人如何肯信，非要坚持拜师学习仙术不可，娑揭梁兄妹俩哭笑不得。

娑揭梁只得问道：“你二人当真想做神仙?”二人忙点头称是。

娑揭梁又问：“你二人家中还有什么人吗?”

兄弟二人答说尚有一老母健在。

娑揭梁点点头，肃然道：“你二人若想成仙也非不可，今日与我等相见也是有缘。只不过你二人今生的根骨稍差，须得再磨炼一世，来世方可成就，不知你二人可有恒心毅力?”

二人连连点头。

娑揭梁说道：“如此，你二人须答应我三件事。第一件，回去好生孝养老母，当尽心竭力奉侍老母欢喜，不得有半点违逆。第二件，以后或耕种或摆渡，不得做捕鱼等杀生害命的生计，终生茹素断肉，并尽力放生。第三件，争取日行一善，每日检点自己，若有过错，以善行抵过，一善抵一过，一生至少积满三千善行。以上三件，你二人若办得到，我保你来生求富贵得富贵，求成仙得成仙。你二人依得依不得？”

二人异口同声道：“依得，依得！”

娑揭梁点头道：“如此甚好，你们起来吧。”

二人又叩头数拜，方才起身，恭恭敬敬退到一边。

众人不禁暗自好笑。孙遇心想：“蒋氏兄弟若果真按照娑揭梁的话去做，今生积善，来世便确实可以生为天人，这倒不是妄语。”

正谈话间，船又转过一弯，大家均为眼前景象所惊呆，只见这段水道又细又长，水面竟密密实实地长满了芦苇，足足高出水面五尺有余，大船只得停止不前。

娑揭冰试着发出几支冰刀，将面前的芦苇斩断，谁知那芦苇断后立即重生，娑揭冰连发冰刀，但终究芦苇太多，来不及开出一条水路，便又被芦苇所覆。

娑揭梁皱眉道：“这西江三坞还真是难缠。”

工倪在船头伫立片刻，回身向众人道：“我来试试看，请借诸位的空无常一用。”

众人不明其意，娑揭兄妹和谷子平将空无常悉皆取出，交与工倪，每人三支，加上工倪的空无常，一共是十二支。工倪又向蒋大要了船上所有的竹篙，一共有五根，工倪挑选了三根，将剩下的两根交还蒋大，嘱咐道：“待会儿你兄弟二人将橹收起，只用这竹篙撑船。”二人诺诺答应。

未及众人向工倪问明用意，只听“啪”的一声，一条又粗又长的水草从水中窜出，重重地打在船板上，随之向水中一拉，钩住船舷的边沿，大船竟被拉得晃动起来。紧接着又有第二条、第三条水草纷纷从水中窜出，来拉扯大船。

娑揭兄妹忙以水刀冰剑迎战，将水草一一斩断，水草却仍不断窜出。这边随斩随窜，那边随窜随斩，船上大为热闹。

工倪却不理会这些，转身走进船舱，不多时出来，手里提着六根齐长的竹竿，正是用那三根竹篙截成，每根竹竿的一端都有一个榫头，结实地嵌着两支空无常，剑柄相对，剑尖向外。竹竿的另一端插进一根二尺长短竿端头的圆孔中，圆孔内外则均有一小截挡头固定住长竿，又能使之自由旋转。短竿的另一头圆孔里同样插着另一根长竿。如此六长三短，九根竹竿与十二支空无常组成三组奇怪的机关。每根短竿的中央又各有一圆孔。

工倪来到船头，以三根长绳系住三根短竿中央的圆孔，将长绳分左中右从船头放下到水中，另一端绳头则系在船头中央的铁环上，然后从怀中取出一张黄布，黄布中间画着那三组机关系于船头的图形，图形周围还写有一些梵文字母。接着，工倪又掏出一面小铜镜，双腿盘坐在船头，口中念动真言，用铜镜照向面前的黄布，然后再照向系在铁环上的三根长绳，只见那三根长绳蓦地被拉直，三组机关斜斜地刺进水面，好像有人在水中拉扯一般，继而空无常开始随着长竿的自转飞快地旋转，每对长竿又随着短竿的旋转而转成螺旋，如此便形成了三大六小的螺旋。旋转的空无常轻易便将船头的芦苇从水中成片斩断，形成一段丈二宽的水道。芦苇再生得虽快，却哪里及得上割苇机关旋转之速！六对空无常嗡嗡飞转，几乎看不见形影。

众人见状大喜，蒋氏兄弟更是看得发呆，谷子平喝了句："还不快撑船！"二人方如梦初醒，忙使出吃奶的力气，拼命将船撑得飞快。

船既行起来，娑揭兄妹也更能从容应付那些水草的纠缠，不到一顿饭的工夫，船已转过又一弯道，那些芦苇、水草也自不见了。

工倪收起忍术，将空无常还给各人，说道："我等还要加倍小心，想那西江三坞的人定然不会就此罢手。"另外几人都道："正是。"

大家严阵以待，连续过了二慢二急四个弯道，却不见任何动静。接下的一段水道暗礁颇多，娑揭梁提醒蒋氏兄弟小心掌船。

忽听"轰隆"一声巨响，一股粗大的激浪自水底射出，正打在船头，将船头掀起一人多高，随即又"嘭"地落回水面。孙遇幸而被李义南及时抓住，没有从船舱中跌出来。蒋二在船尾摇橹，倾斜并不甚巨，只是系在船尾的三匹马打滑受惊，险些踢到守在船尾的谷子平。其余诸人都在船首甲板，遽遭突变，工倪和娑揭兄妹俱凌空跃起，只蒋大一人滚落到舱口，好在并未受伤。

甫一落回甲板，娑揭兄妹同时以激流和冰箭射向水中，却哪里射得到什么，船身兀自摇晃不停。

稍停片刻，又是一声巨响，这回大浪打在船身中部，大船失去平衡，横着撞向水面一块大礁石，眼见撞到，娑揭梁呼地射出一道劲流，正打在礁石上，这一击力量极大，竟将礁石击得粉碎，大船也借着激流反冲之力弹了回来。

娑揭冰杏眼怒睁，向水中狂发冰刀冰箭，娑揭梁也调动水流，在船底和四周冲来荡去，试图将藏身水下的西江忍者逼迫出来。

半晌过后，并未见人浮出水面，却也收到一定成效，水底的忍者被激流逼得无法再使出大浪来打掀船身，便改了策略，看准空隙，转用极细之水流射向船底各处。这水流既细且劲，射到船底，竟能穿出小指大小的破洞来，船身开始进水。

工倪见状，忙取出一张黄布，将大船的形状画在黄布中央，又在周围画上很多梵文字母，铺于甲板上，然后拿出一只小银碗，双手结印，口中诵咒，再以银碗扣在图中大船破洞之处，说也奇怪，那洞口竟然立时合上。

这边娑揭兄妹忙着同水中看不见的敌人交战，却如何能取胜？船上不断被穿出小洞，工倪只得不停地补洞。眼见相持久了，船上一方必然吃亏。

只听谷子平怒喝道："欺人太甚！"随即取下颈上所戴白海螺，念了几句咒语后便吹响起来。螺声呜呜咽咽，似从极远处飘来，闻者有些醺醺之感。谷子平边吹边以右手食指指向水中，不多时，水下射出的水流渐止，再过片刻，水面上忽地浮出两个人来。只见这两人赤裸上身，下面穿着贴身水裤，头上光光的无一根毛发，耳孔还在殷殷地流着鲜血，此时已然晕死过去，这一路正是他二人在水底驱御鱼、蟒、水草作怪。

众人将两个西江忍者捞上船，以绳索缚于船尾甲板上，孙、李二人好奇，在其身旁端详良久。蒋二在船尾摇橹，却对这两个忍者颇感惧怕，不时回头看看水中有何动静。

此时天色已近黄昏，谷子平说道："这两个家伙虽然被咱们擒获，只怕他们还有同伙会赶来作祟，咱们不妨连夜行船赶路，但愿别被西江忍者追上。"大家点头称是。

于是众人在船上草草吃了晚饭，并决定由工、谷、娑揭兄妹四位忍者轮番值夜，蒋氏兄弟换班划船、睡觉。

一夜无事，过了五更天，娑揭梁正要进舱叫妹妹来与自己轮换，突然船身一晃，江心水面飞速划过一道浪痕，超过大船后消失不见了。

娑揭梁顿时警觉，快步走到船头察看，并不见任何异样。娑揭梁仍不放心，站在船头眺望。再行里许，忽见江心一个黑影簌簌摇曳，定睛一看，竟然是一个人叉腿站在水面上！

娑揭梁大惊，厉声喝道："前方何人？"船舱中诸人皆被惊醒，忙赶出来察看。孙遇与李义南见一人立于江面之上，不禁张目结舌，面面相觑，均不敢相信自己的眼睛。

只听水面上那人嘿嘿冷笑一声，道："几个毛头小鬼，想带我西江三坞的人到哪里去呀?"嗓音凄厉阴森，令人不寒而栗。

娑揭梁沉声道："哦，原来是西江的龙老大来了。你这两个手下恐有微恙在身，我们见他二人在水中折腾得老大不舒服，便请他们上船来歇息歇息，怎么，龙老大也不舒服吗?"说罢双手结印，做好了迎敌的准备。娑揭冰和谷子平也均各自结印持螺，神色凝重，显然是颇为忌惮面前之人。

工倪见状，忙将孙、李二人推入船舱，自己则守在舱口。孙遇和李义南却想看看这个龙老大究竟是何等样人，便从舱口探头向外张望。

龙潜哈哈大笑道："小子，想不到你还挺好客啊。"笑声未断，一股巨浪从他身前蓦地掀起，迎头袭向娑揭梁等人，娑揭梁也连忙摧起一股大浪，与之相迎。两浪相击，声如巨钹，水花四射，如暴雨般泼落在江面和两岸。

谁知两浪撞击势头未尽，又有一浪从龙潜身前激发，此浪竟能绕过两浪，从大船左侧袭向船头诸人，如有眼目一般。

娑揭冰立时祭出一面巨大冰盾，护住大船左翼，阻挡袭来的大浪。谁知那浪撞到冰盾的瞬间，忽然分成两股，一左一右欲绕过冰盾。娑揭冰长啸一声，平展双臂，只见那冰盾竟呼地向两侧伸长开来，江水亦不断涌上冰盾，甫一接触便融入冰盾，以资助冰盾不停地长大。

龙潜见左右两浪冲不进去，便用拳头向那浪头一指，随即五指张开，那两个浪头倏尔各化作五个浪头，大小、势力却不减分毫，分从各个方向袭去。

娑揭冰全力迎战，那冰盾也迅速向四面长大，很快便结成一个巨大的冰罩，将大船整个罩住，船上诸人好似置身于水晶宫中。

龙潜哼了一声道："原来是娑揭族的'执水为冰'术。"

孙遇心道："原来娑揭冰的忍术叫作'执水为冰'，此名取得甚好，自在流动之水，因为寒气而凝结成冰，正如我人清净自在的佛性，因为妄想执着而成了烦恼众生一般。然而冰终将化为水，众生也必定成佛，其实只需去掉寒气和执着罢了。"

这边谷子平已念动咒语，继而手指龙潜，吹响白螺，呜咽的螺声透过冰罩飘向龙潜。龙潜长啸一声，立即在身前升起一道两人高的水幕，长有数丈，呈圆弧形环住大船，船上众人顿时感到头痛欲裂，原来龙潜利用水幕将螺声折射了回来。谷子平见状忙收了忍术，暗叹龙潜应变之快。

娑揭梁再次摧起一道激浪，欲冲破龙潜的水幕，岂料激浪撞上水幕后立时便被化去势力，融入水幕之中，不见踪影了。

大家正无计可施，只见龙潜已将那十股浪头收为一股，却比之原来似乎还要细小些，那浪头直冲上天，升起约有十余丈高，折而下冲，并飞速旋转，好似一条长长的水钻，钻向冰罩上方。

那冰罩并不甚厚，如何经得起这一钻，只一转身的工夫，便被钻开一个大洞，江水顺洞潮灌进来，大船顿时成了一只巨大的水晶瓶，顷刻间水面便已没膝，船上众人顿时乱作一团。娑揭冰只得收起忍术，泄掉江水。

龙潜见状更不怠慢，冰罩一撤，左、右、上三股激浪立时分作九头，从头顶上空和四周同时袭来，娑揭兄妹慌忙抵挡，却已不济，兄妹二人和谷子平均被击中。那三股浪击中目标后便如大蛇一般盘绕住三人的身体，兀自旋转不停，仿佛三个水陀螺，将三人囚在其中。

此时天已放亮，龙潜收了水幕，向前飘行了一段，行至大船左舷，距大船不过丈余。孙遇和李义南在舱口见那龙潜原来是个四十多岁的瘦高汉子，眉眼倒也平常，只是一张嘴大得出奇，几乎横贯整张脸，加之嘴唇极薄，便好似在脸上横切了一刀，留下一道长长的细缝。

龙潜尖声说道："船舱中可是钦差大人？"

李义南应道："你待怎样？"

龙潜嘿嘿笑道："我们长老要见你，让我来请你过去。"

工倪怫然道："龙潜，你也算是个有本事的，何必跟着目焱反贼一起作乱叛国？"

龙潜浑未将工倪看在眼里，冷笑道："小矮子，爷爷本来不想欺负你，可别惹得爷爷我不高兴。"伸手一抓，一股激浪径直扑向李义南。

工倪右手急指龙潜，手中不知何时握了一只两寸粗的竹筒，长约一尺，拇指握处有一关棙，工倪拇指轻按关棙，竹筒中嗖地射出数十枚钢针，直指龙潜面门而去。

龙潜急忙调起一水柱阻挡，然而针细且疾，距离又近，倒有半数钢针穿过水柱而至，饶是龙潜躲闪得快，还是有两枚钢针紧贴着他右脸飞过，刺穿耳根。

龙潜哼了一声，此时工倪已前跨两步，躲过水柱，发出第二拨钢针，紧接着又后退三步发出第三拨钢针。龙潜不敢稍息，一边调动水柱抵挡，一边左右腾身闪避，勘勘躲过钢针，却是狼狈不堪。这几个回合兔起鹘落，那股袭向李义南的浪头早已半途退去。

龙潜大怒，双手齐向江面虚抓，拔起两股巨浪宛如两只大手，夹着浓浓的血腥味，一前一后同时袭向工倪，显然是要痛下杀手。

眼看工倪将被血浪击到，众人失声惊呼。突见工倪身体一缩，犹如离弦之箭，倒退着从右舷飞离大船，速度比血浪更快上数倍。工倪身体飞起六七丈后在空中划了一个弧形，又轻飘飘地落回到船上。

这一跃非但令孙遇和李义南大开眼界，龙潜也是大吃一惊。

工倪刚一落地，一个黑影随之飘来，如片树叶般轻落在船上。工倪大喜，脱口叫道："黑绳兄!"龙潜也出声叫道："黑绳三?"声音微颤，显带惊恐。

孙遇见工倪的腰间游动着一根黑色细线，其细如丝，倏然游回到黑绳三的袖中。原来刚才正是此人以黑线将工倪卷走，难怪工倪飞起的身法看上去如此怪异。

再看那黑绳三，二十四五岁年纪，着一身黑色长衫，长袖飘然过膝，身材修长，面目秀美，眼神清澈峻冷，脸皮儿甚是白嫩，在黑衣相衬之下，竟似白瓷儿一般。更有两缕鬓发飘垂于胸，煞是风流洒脱。

黑绳三右手微抬，从大袖中射出九道黑线，分别射进困住娑揭兄妹和谷子平的水陀螺中，九根黑线抖动，三个水陀螺应时瓦解，"哗"地化成三摊水，溅落在船板上。

三人得救，忙过来向黑绳三施礼道谢，黑绳三平静地回礼道："几位受惊了。"转而瞥了一眼龙潜，淡然说道："带着你的手下去吧。"

龙潜紧盯着黑绳三，半晌才道："听说你年纪轻轻便已位列行忍，我倒想领教一二，看看阁下是否徒有虚名。"

黑绳三漠然看着龙潜，既不答话，也无表情，仿佛没听见他说话一般。

龙潜心中气恼，喝一声："臭小子，让你知道爷爷的厉害!"双手连抓，八股巨大血浪汹涌而起，从四面一时袭向船头诸人，腥味扑鼻。

黑绳三两袖齐挥，左手从身后发出数条黑线，瞬间便将诸人全部裹入船舱中，右手举起，袖中射出一条拇指粗的黑绳，黑绳在空中分出无数细线，四下张开如一顶大黑伞，飞速旋转不停，将黑绳三罩在当中。八股血浪打在黑伞之上，竟被旋成一股庞然巨浪，悬在半空如海中巨涡一般，声势骇人。

众人在舱中均为这巨浪的气势所撼，孙遇怪道："为何这大浪如此腥臭?"

娑揭梁蹙眉答道：“这是‘血池地狱’之术，水中的血腥味乃以忍术所成，原是要威吓对手，令对手思及血池地狱之苦而悔过自新、弃恶从善，若仍旧顽固不化者，一旦被血浪吞噬，则会筋挛骨化、脉气散尽而死，所以此术多为佯攻恫敌之用，不想这龙潜竟然频频以此术痛下杀手!”

说话间，黑绳三右手已然挥出，将血浪掷向龙潜，然速度并不很快，刚好掷在龙潜身前半尺之处，那血浪砸到江面，将江水激起三四丈高，龙潜惊得后退了五余丈远。

孙遇在舱口看得明白，知道黑绳三手下留情，正是以此欲令龙潜悔过自新，心中赞叹黑绳三仁义大度，不禁又向他看去，但见他仍旧一副平淡态度，垂袖立于船板之上，恍如闲思于江岸的书生一般。

龙潜见自己的杀招被黑绳三轻易化去，不禁恼羞成怒，仰天长啸，其声凄厉怨毒，众人闻之，皆屏息皱眉，仿佛空中充满了毒雾一般。

啸声未止，只见龙潜“轰隆”一声升到半空中，高出江面二三丈，足下赫然踏着一物，身体浑圆暗黄，粗如牛腰，头部与蛇蟒仿佛，血口殷殷，利牙森森，颈上系着三道粗大的绳索，头顶一个锅大的肉瘤，中央略凹，龙潜便是站在肉瘤的凹陷中间。

众人这才明白龙潜何以能够站立并漂行于水面，原来脚下一直踏着这个怪物。

孙遇和李义南均想：“传说此人能驾驭江龙，应当就是指这条大蟒吧，如此巨蟒，若非亲见，万难想象，难怪被传说成龙。”

巨蟒扭动身躯，“唰”地从水中甩出粗大的尾巴，呼呼带风地砸向大船。

黑绳三左袖急扬，射出三道黑绳，缠住巨蟒的尾巴，向旁一带，蟒尾落下时砸在大船左后方的江面上，大船被漾起的江水冲击得左摇右晃。

巨蟒一击不中，又甩起尾巴，横扫大船。黑绳三又缚住蟒尾向上挥带，蟒尾再次落空，从大船上方扫过。如此数次，皆被黑绳三一一化解。

巨蟒数击不中，张口龇牙径向黑绳三冲过来，龙潜顺势从蟒头滑下，骑跨在蟒颈的下两道绳子之间，双手则抓着上面一道绳子，原来这三道绳索便是龙潜专为骑坐巨蟒所缚。

黑绳三待巨蟒靠近，倏地射出一道小指粗的黑绳，缠住巨蟒的一颗利牙，随之手臂旋抖，将黑绳绕过巨蟒的上下两颚数周，收力一拉，竟将那巨蟒的一张大口生生合上，继而向右转腰一带，巨蟒一头扎进船头江水中，浪花高溅四散。

“好！”众人在船上大声喝彩。

黑绳三长袖微抖，将绳收回。过了半晌仍不见巨蟒动静，大船也悠悠地停止了摇摆，众人屏息以待，不知龙潜又要耍何花样。

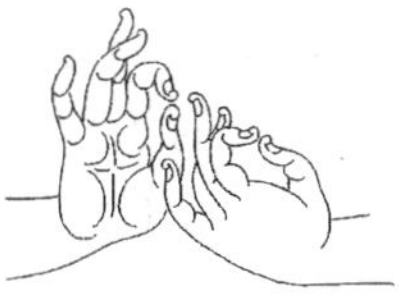

第九回

黑绳诛蟒救少女
孙遇听琴剖圣心

忽听娑揭冰叫道："后面有船来了。"众人依言望去，见北方远处江面上驶来一艘大船，众人均感不妙，恐怕一会儿再与巨蟒交战会殃及无辜。

那船越来越近，众人齐声高喊，不让那船靠近，无奈那船上的人根本听不见，丝毫不加理会，仍继续前行，不多时两船相距已不过三十余丈。

"我去拦住他们。"黑绳三淡淡说道。众人顿时鸦雀无声，不知他要如何去拦阻。

黑绳三足尖轻点，纵身跃离船板，轻轻飘落在水面，快步向那大船奔去。只见他两袖斜垂，迎风飘扬，身姿宛如一只黑鹤起舞般优雅。众人均在心中暗自喝彩。工倪等几位忍者自然知道只有对脉气、风息的控制、调御能力达到相当火候的上乘忍者方能有此踏水如地的本事，孙遇和李义南则第一次见到这般功夫，不禁为之瞠目结舌。

黑绳三刚跑开几步，忽然那巨蟒腾地从那大船的右舷处挺出水面，一时惊呼声人作，此时欲往施救却是来不及了。只见巨蟒俯身下冲，将大船拦腰砸断，继而盘转身躯，捕噬落水之人，号哭惨叫声不绝于耳。

黑绳三纵身起落数次，飞快跃至近前，见那巨蟒两目通红，头上的肉瘤比前大为凸起，竟似一只独角，背上却不见了龙潜的踪影。

巨蟒已经吞噬了数人，正张大血口，要袭击一名落水的少女。黑绳三更无怠慢，扬手射出两道黑绳，左手绳索缚住少女，将其疾拉入怀，右手绳索缠住蟒颈。巨蟒被缚，对着黑绳三张口便喷出一股红雾。

黑绳三右手拉紧绳索，借着巨蟒反抗之力，腾空跃过红雾，甫一落回水面，将少女从左肩抛起至后背，左手拉住少女左臂，那少女向左上方翻身旋转了一周后刚好伏在黑绳三的背上，黑绳三的左右肋间应时伸出两道黑绳，交叉绕过少女后背和自己前胸数周，牢牢地将少女缚在身上。

巨蟒喷毒不中，大尾拍江甩起，竟掀起一排七八丈长、五六丈高的巨大血浪，翻滚滔天，直向黑绳三迎面卷压过来。

黑绳三此刻无处可躲，想要跃开已来不及，这边船上众人望见，尽皆大惊失色，黑绳三背上的少女惊呼一声，紧紧搂住了黑绳三的脖子，再不敢睁开眼睛。

忽见黑绳三两腿微屈，身体腾地向后弹射飞空，速度之快，竟似被强弩射出的弹丸一般，脚底伸出两道黑绳绷得笔直，绳头张开如雨伞大小，兀自撑住江面。原来黑绳三竟是借助脚底射出的黑绳撑离了水面。

黑绳三直飞起十来丈高，“嘶”地收回脚底的两道黑绳，落在十丈外的江面上，距离孙遇等人所在的大船已然不远，踏在巨浪涌起的余波上随之起伏。船上众人这才松了口气。

未及稍息，黑绳三脚下忽然起了一个漩涡，倏尔旋转得又大又快，黑绳三甫及跃起，漩涡已在江面形成巨大的黑洞。黑绳三刚刚跃至半空，那条巨蟒轰然冲出江面，螺旋盘升于漩涡上空，将黑绳三围在当中，低头张口，呼地喷出一股浓浓的红雾，随即身体盘缩，欲将黑绳三缠在中间。

巨蟒这一击，当真是将黑绳三置于死地。上有毒雾，下有巨涡，四周俱是蟒身围绕，黑绳三此劫插翅难飞。

却见黑绳三趁蟒身未及收紧之际，看准蟒尾所在，左袖中向下射出一道黑绳，缠住蟒尾，右袖中向上射出一道黑绳，散成大伞，遮住毒雾，伞心却有一条黑绳径直向上伸出，缠住蟒头。黑绳三左手挥绳向外急抖，巨蟒尾部被一股大力向外牵扯，身体失去平衡，盘绕之势顿失，身形大散。黑绳三趁机以右足点蹬蟒身，横向跃出漩涡之外。

巨蟒随即一头扎进水中，想把黑绳三带入江底。黑绳三右臂微屈，向上提拉绳索，巨蟒竟然下潜不得，只能向前游走，拖着黑绳三在江面滑行。

滑出十余丈，黑绳三右臂上带，蟒头被猛拉出水面，转身便欲撞击黑绳三，黑绳三两臂突然举收于头顶，整条巨蟒竟被甩出江面，抛向空中。此时方看清这条巨蟒的全貌，足足有十余丈长，扭曲着飞在半空，当真像一条无足的独角龙。

黑绳三轻叹一口气，双腕一抖，两臂陡然大开，巨蟒在空中“嘭”地被拉直，身体断为两截。

巨蟒落入江中时已然断气，蟒血染红了大片江水，蟒头的独角又变回肉瘤，龙潜的尸体也漂浮在一旁。

大船距此已近，众人在船上看得真切，适才这一幕，岂止惊心动魄所能形容！

孙遇和李义南却不解，为何龙潜的尸体会突然出现？工倪说道：“这是‘人兽合体’之术，乃是御兽术的一种。适才那巨蟒头上的肉瘤变作了独角，两目通红，便是因为龙潜已与巨蟒合为一体。合体之后，合体兽便具有人兽两者的力量，甚至是数倍于原来两者的力量，只是合体之时，命根也合二为一，故而巨蟒一死，龙潜也即死去。”

说话时黑绳三已纵身回到船上，放下背上的少女，见她惊吓过度，已然晕死过去。娑揭冰忙抱她进入船舱，却见蒋氏兄弟还在船舱中蹲抱一团，面色铁青，余悸犹存，便好生安慰二人一番，兄弟俩这才战战兢兢地走出船舱。

工倪为大家引见黑绳三，黑绳三说话很少，却对每个人均很客气。孙遇提议在船首摆上酒肴，让蒋氏兄弟也在船尾先吃喝饱足再行船，大家便在船上庆祝一番。

孙遇见黑绳三神色凝重，问其缘故，黑绳三回道：“那大船上共有一十七人，我却只救得那姑娘一人回来，是我连累了这许多无辜之人，害得他们尸骨无存。”说罢闭目合十，喃喃念起真言，工倪等人见状，也一同合十诵咒。半晌，众忍者祈祷完毕，方睁开双眼。

孙遇问工倪等人所念何咒。工倪答道：“我等所念叫作‘六道金刚神咒’，诵作‘阿啊夏沙嘛哈’，此咒可除灭无量罪障，超度六道众生，功德极大。忍法所制，但见有人死亡，不论善恶贤愚，都至少要为其念诵此咒七遍，愿其消灭众罪，往生极乐净土。”

李义南问道：“连那龙潜和巨蟒，你们也要一并为其念咒祈祷吗?”

工倪点头答道：“正是。”

孙遇和李义南不禁心中暗自感叹。经此一战，二人均对忍者和忍法更加敬畏。

（按：《诺那呼图克图法语开示录》云：“‘六道金刚咒’可译为‘带成佛咒’，即佩带身上，亦可成佛。此咒普度众生，有无量无边功德。凡耳闻此咒声，或目睹此咒字，或身手触着此咒，均消灭三世业障，将来均得成佛。又此咒对于超度死亡众生，功德尤大。死亡众生虽已堕恶道，亦可出离，往生净土。生前如多念此咒，则死后焚身，即得舍利。

此咒因缘是阿达尔妈佛传于毗卢遮那佛。在毗卢遮那佛时，有某修道人，心甚慈悲。彼时有一大河与某湖相连，因天旱水涸，致河水与湖水，亦因之干断。湖内之鱼，天天被干死者甚多。某人乃天天将湖内之鱼捞起来，一担一担送到河里去。但天旱甚剧，将此一担鱼送到河去，待回到湖时，又见有许多鱼都干死了。某人叹气说：'得救的众生少，不得救的众生多，众生真难度！'彼时毗卢遮那佛化身对他说：'众生度众生，当然得度的众生甚少；如以佛法度众生，则众生自能普度。'某闻此言，即求毗卢遮那佛传授普度众生之法。毗卢遮那佛乃授以此咒。某念咒七遍后，所有已死之鱼均往生西方净土；未死之鱼，均消灭无量业障，随后均得往生成佛。此'六道金刚心咒'具有不可思议功德之大概情形。"

《莲花生大士应化因缘经》中即有此咒。)

席间众人先互敬过几杯酒，孙遇和李义南对黑绳三的本领大感兴趣，便向其请教。

原来这黑绳三是西牛货道风子婴长老的得力手下，自幼修习家传"黑绳术"，此术纯用绳索，可从身中任何地方随意收发黑绳，忍术高明者更可从体内发出黑绳。其变化多端，流畅无滞，应念即发，如水之流通无碍，故取水之五行属色黑色为绳。此术成后，黑绳如身体之一部分，曲折宛转尽随心念，脉气流注于绳间，故绳端散成伞形后可以阻挡大浪、毒雾，亦可在水面撑起身体。

李义南提出可否看看黑绳三将绳索藏于何处，黑绳三微微一笑，说道："我身上并无绳索。"

李义南和孙遇均大感奇怪，黑绳三续道："我身上的袍、裤、鞋袜，无不是绳索。"

二人闻言，想起工倪所说，忍法修炼的第三阶段"想运"修成，即可转化周围之物质元素为己所用，何况黑绳三位登行忍，已修成"行运"，自然可将身上衣帽诸物转化成绳索，甚至可将千百里之外的绸、布、丝、麻等物调来，化作绳索之用。

李义南想明白这一遭，笑说道："难怪黑绳兄穿一身黑衫，想是为了能化出黑色的绳索吧。"

黑绳三却道："无论我穿何种颜色之衣服，所出之绳必为黑绳，此乃忍术所成，非关服色。黑绳是禀四大中水大之精气而成，其色为黑，故而名曰黑绳术。”

二人听得微微点头，又询问黑绳三何以能突然出现，解救众人。

黑绳三告曰，因风子婴长老接到鬼苍和山魁之报，得知钦差大人持忍者令出现，特命黑绳三前来暗中保护钦差。黑绳三一路寻来，直过了合州才赶上诸人，便沿岸跟随。先前娑揭梁等人与龙潜手下交战时，黑绳三亦在岸上留意观察，待见到龙潜以水牢术困住三人，便踏江过来，正好将工倪救下。

正说到这里，船舱中传来一阵嘤嘤的哭声，众人进去察看，见那被救少女已经醒转，正自掩面哭泣。娑揭冰坐到她身旁，揽着她肩头，好言安慰。那少女半晌才止住啼哭，方同娑揭冰讲话。

少女自称姓陆，名叫燕儿，今年十九岁，兰州人士，是个独生女，父亲在兰州以教琴为生，去年突然病故，剩下她和母亲无依无靠，勉强支撑着为父亲守孝半年，实在难以维生，便只好同母亲南下去投靠远在钦州的舅父。母女行至兴州，结识了一位好心的绸缎商人，正好要往渝州办货，便让母女俩免费搭船同行，不想将至渝州却遇上蟒妖，母亲与其他同船之人尽皆罹难，唯有自己被救下。言及于此，少女不禁又掩面恸哭。

众人见少女身世孤苦，亦皆代之难过。娑揭冰向孙遇和李义南道：“两位大人此番南下正好可以路过钦州，可否带这位姑娘同行，也好送她去投靠亲人?”

孙遇应道：“巨蟒兴害，亦是因我等而起，我们理当照顾这位姑娘。”李义南也点头称是。说罢二人又征询黑绳三意见。

黑绳三垂首道：“全凭两位大人安排。”

娑揭冰见孙、李二人同意携少女同行，很是欢喜，又复转身抚慰少女，少女亦起身向众人施礼道谢。

黑绳三转向工倪说道：“我临来前，风长老嘱咐，如见到工兄便请您即回洮州与鬼兄等会合，另有要紧任务，由在下陪同两位大人南下瞻部。前面不远即到渝州，工兄可仍搭乘此船回转。”

工倪合十道：“属下遵命，那就劳烦黑绳兄照顾两位大人了。”

黑绳三微微点了点头。

谷子平在一旁说道：“黑绳兄此来正好，我们三人还有事情在合州未完，有黑绳兄护送两位大人南下最是放心不过了，我们三人到渝州也和工兄一同转回去。请两位大人恕属下等不能继续跟随护送了。”说罢向孙、李二人合十施礼。

二人也回礼道：“一路多亏诸位鼎力照顾周全，不胜感激，各位尚有要务在身，请各自保重，唯盼得与诸君早日再见。”

不久船至渝州，工倪、谷子平、娄揭兄妹四人向孙、李等人道别，孙遇赠给工倪二百两银子，供他路上使用，工倪不收，孙遇再三与之，工倪方同意收下一百两。众人惜惜别过，工倪等仍乘船转回，孙遇等四人三马，步入渝州城去。

渝州天气已热，四人进城，先给陆燕儿买了两身衣裳，孙、李二人也置买了凉薄的夏服，黑绳三自己已带了换洗衣物，又应陆燕儿请求，为她母亲买了些灯烛、纸钱和果品，以备祭奠之用。四人寻了家干净客栈住下，各自回房洗漱，换了衣裳出来吃饭。

陆燕儿走出房门，见大家已在等候自己，不禁害羞脸红，向三人侧揖施礼。

三人一见陆燕儿，均不禁眼前一亮。只见她梳洗一新，打扮齐整，乌油油的秀发挽成松散发髻，湿漉漉未干；左右对插两只桃木花簪，花柄斜挑；粉团般的鹅蛋脸，眉似细柳，水灵灵一双杏核眼，滢如秋泓；鼻若净瓶，樱唇涂丹，玉颈无瑕，俏颏微尖；纱衣隐约婀娜多姿，娇躯婉转风韵翩然；虽未施片脂末粉，却已胜过万千梳妆。全然不似那个衣衫狼狈、号哭涕泣的可怜少女，竟成了一位美艳照人的大家闺秀。

四人来到客栈附近一家颇大的酒楼，唤作“渝月楼”。孙遇要了二楼的雅间，唤小二点菜。当地人饮食喜辛辣，孙遇等人吃不惯，特意嘱咐小二菜中少放辣味。待头两道菜端上来，那盘中竟是红彤彤一片。李义南问小二为何不听吩咐，又放了许多艾油在菜中，那小二却道：“客官，这已经少放了好多，只有原来的三成不到，再少的话，菜就没得吃喽。”众人苦笑不已，只得吩咐他，剩下的菜统统不许再放一滴艾油，小二摇摇头，只得再去叮嘱厨房一番。

（按：艾油即食茱萸制成的调味料。在辣椒传入中国前，食茱萸是川菜辣味香料的主要来源之一，古四川人称其为“艾子”。《本草纲目》记，食茱萸“味辛而苦，土人八月采，捣滤取汁，入石灰搅成，名曰艾油，亦曰辣米油，味辛辣，入食物中用”。）

酒菜上齐，大家举杯互敬。孙遇和李义南均怕冷落陆燕儿，令她难过，不时与她说话，却发现陆燕儿谈吐得体，落落大方，显然是读书识理，受过良好教养，不觉对她更增好感。

陆燕儿先向三人敬酒以谢照顾之义，又独向黑绳三敬酒谢他救命之恩，黑绳三心中记念着被巨蟒所害那十六人，却不愿说出令陆燕儿伤心，故而勉强应酬。陆燕儿看在眼里，柔声说道："恩公不必始终耿耿于怀，生死在于天命，劫数来时，任是何人也无法改变，恩公今日已经尽力了。小女子蒙恩公舍命相救，铭念于心，终生莫忘。"说罢起身向黑绳三款款而拜，黑绳三忙起身还礼。

入座后陆燕儿又道："小女子浅薄无知，有一事冒昧相问。恩公来去如飞，踏水如地，不知是哪座名岳的神仙？抑或是得道的世外高人？两位大人又不知是何仙官大驾？"

李义南朗声笑道："我们哪里是什么神仙、仙官，黑绳兄自幼习武，蒙高人指点，功夫出神入化。这位孙先生是个画家，曾做过弘文馆校书郎，我做过陪戎校尉，都是从九品的小官，如今虽然都已卸任，朋友们还是习惯称一声'大人'，以示抬爱，倒让陆姑娘笑话了。黑绳兄和陆姑娘以后千万莫要再称呼大人，大家兄弟相称最是亲切不过，何必见外。"

孙遇也连声附和，让黑绳三和陆燕儿改掉称呼。

黑绳三倒不像工倪那般坚持，当下改口称呼二人为"孙兄和李兄"，陆燕儿也只好称呼二人作"先生"，却称呼黑绳三作"黑绳大哥"。

气氛方谐，门口走进一位红衣少女，怀抱古琴，向四人施礼问道："几位尊客，可愿听小女子鼓琴歌咏？"

孙遇抚掌道："正好，但不知姑娘会弹奏哪些曲目？"

少女递上一册琴曲名目，请孙遇点选，孙遇便点了一曲《猗兰操》。

少女又施一礼，坐于门旁小几前，展琴拨指，众人皆掷箸息声，只听那少女鼓琴歌道：

兰之猗猗，扬扬其香。不采而佩，于兰何伤？今天之旋，其曷为然？我行四方，以日以年。雪霜贸贸，荠麦之茂。子如不伤，我不尔觏。荠麦之茂，荠麦之有。君子之伤，君子之守。

声音甜美，轻柔温婉，歌、琴一如少女般可人。

孙遇却暗自摇头苦笑，心道："这哪里是《猗兰操》？分明成了娱乐酒客的《猗兰小曲》。"

少女歌罢，孙遇向少女微笑道："姑娘弹唱得虽好，却非孔子的《猗兰操》，词是韩昌黎所作，曲子也必为后人谱改，全无夫子原味，姑娘可会弹奏孔圣人的《猗兰操》?"

（按：《琴操》曰："《猗兰操》，孔子所作。孔子历聘诸侯，诸侯莫能任。自卫反鲁，隐谷之中，见香兰独茂，喟然叹曰：'兰当为王者香，今乃独茂，与众草为伍。'乃止车，援琴鼓之，自伤不逢时，托辞于香兰云。"）

（又按：韩昌黎即韩愈。）

少女起身回道："小女子所学的《猗兰操》只这一首，不知还有其他的，请客官恕罪。"

孙遇摆手轻笑道："那也罢了。"

陆燕儿见孙遇颇为失望，起身说道："燕儿倒是学过孔夫子的《猗兰操》，如孙先生不嫌，我愿借这位姑娘的琴，为先生鼓唱。"

孙遇大喜，忙向陆燕儿称谢。

陆燕儿离座向红衣少女告谢，请她坐在一旁，自己款款坐于几前，抚琴吟唱道：

习习谷风，以阴以雨。之子于归，远送于野。何彼苍天，不得其所？逍遥九州，无所定处。时人暗蔽，不知贤者。年纪逝迈，一身将老。伤不逢时，寄兰作操。

曲调悱恻哀雅，歌声怆然忧愤，正是孔子所作。

曲毕，众人抚掌称好。黑绳三喟然说道："燕儿姑娘是否还在怪我未能及时救下令堂大人呢?"

孙遇和李义南闻言一怔，不明黑绳三为何忽出此言。

陆燕儿忙起身拜道："黑绳大哥何出此言？陆燕儿的命是黑绳大哥所救，燕儿思恩图报尚自不及，又怎敢怪罪大哥?"言下甚是惶恐。

黑绳三也起身还礼道："燕儿姑娘切莫再提什么救命之恩，黑绳三本来愧对令堂等人，姑娘再如此说更令我无地自容了。适才我只是听姑娘的歌、曲中大有怨恨之意，是以相问。孔圣的《猗兰操》忧则忧矣，却何出此怨恨韵调?”

陆燕儿听黑绳三如此说，方松了口气道：“不想黑绳大哥如此精通乐律，竟能听出曲中心意。燕儿是从先父的一位故交——方老伯处学得此曲。燕儿听方老伯说，时人多谓韩昌黎的《猗兰操》作得比孔子还好，说什么更加豁达无争，当真是狗……是无稽之谈。”

大家都猜到那位方老伯的原话定是“当真是狗屁不通”，陆燕儿却不好意思引用，故而改口，不禁莞尔。

只听陆燕儿继续说道：“方老伯还说，孔夫子有才学，便该当被认可，被重用。无能小人当道，致使自己的抱负不得实现，自然要怨、要恨，何必学个酸儒，惺惺作态！故而方老伯便要燕儿鼓奏此曲时，心中亦须怀着怨恨之意，方合《猗兰操》的本旨。”

孙遇噱然笑道：“这位方老伯想必是个志不得舒的才子喽，不过他却只说对了一件事。”

陆燕儿好奇地看着孙遇问道：“是哪一件?”

孙遇微微一笑，说道：“韩昌黎的《猗兰操》并未胜过孔夫子。”

陆燕儿向孙遇施一礼道：“请孙先生教诲。”

孙遇缓缓说道：“时人称赞韩昌黎这首词豁达，殊不知豁达者焉有过于孔子？子曰：‘人不知而不愠’，可见孔子虽不仕于诸国，却并无怨恨之情。《猗兰操》之忧，乃是忧于天下不得圣人之治，忧于万民不得圣人之教，而非忧于孔子自身。若论其自身之所求，孔子明明已经说过，唯愿如曾子之志，恬然自在，无世俗之扰，沐浴郊野，拂风而歌，无欲无求，怡然自得。韩昌黎‘不采而佩，于兰何伤’所思在己，孔夫子‘何彼苍天，不得其所’所虑在人，是以昌黎之辞，其志、其怀不及孔圣人远矣!”

〔按：《论语·先进篇》：(曾点)曰：“莫春者，春服既成，冠者五六人，童子六七人，浴乎沂，风乎舞雩，咏而归。”夫子喟然叹曰：“吾与点也!”〕

黑绳三和李义南俱抚掌赞道：“说得好，如此方合圣人之意!”

陆燕儿谢道：“孙先生学识高广，燕儿受教了。然有一事未明，还请先生指教。若人人均如孔夫子一般，虽有才能而不能大展于世，却要‘人不知而不愠’，亦不抗争，岂非都成了埋土的珍珠、没沙的美玉？与那些无德无能的凡夫俗子又有何异？”

孙遇答道：“君子行事，相时而动，以顺天命。若因缘成熟，不求自得；若时运不济，强求无功，反遭其殃。所谓争者，百姓之争，为谩骂殴斗；文人之争，为诤辩诋毁；官员之争，为谄媚陷害；武人之争，为屠戮残杀；帝王邦国之争，则万民流血，生灵涂炭。小争者，钩心斗角；大争者，天地浩劫。可见争之一字，百害之由，君子仁心，何能争也？但凡为一己之私而争者，无论有何冠冕堂皇之借口，雄图也好，抱负也罢，不过是趋利的小人，与争肉抢骨的痴狗无异。而无争的君子便如你所说，虽是埋土的珍珠、没沙的美玉，却能令见者赏其珠光，享其玉容，同染其善。逆境则独善其身，顺时则兼达天下，这才是君子所为。”

在座诸人均自颔首。陆燕儿又问道：“孙先生所说确有道理，但方老伯还说过，若君子不争，武王伐纣却作何解？”

孙遇正色道：“纣王荒淫无道，残害百姓，天怒人怨，故而伐纣之举乃万民仰企，众望所归。武王则是顺乎天命民意，救民于水火的圣人，故而应时运而生，更有大贤辅佐其成事。此为‘顺’，非为‘争’，其中关键在于行事之动机，为自利还是为利他，为自利即是争，为利他则非争，此中不可不辨。”

陆燕儿此时方再拜谢道：“燕儿今日承孙先生教诲，当真有幸于此生！燕儿多谢孙先生。”此后一路上陆燕儿常向孙遇讨教，孙遇亦详为解答，自不必提。

黑绳三端起酒杯说道：“闻孙兄一言，胜学十载，我敬孙兄一杯。”孙遇自谦，邀李义南和陆燕儿同饮了一杯，又问陆燕儿：“听燕儿姑娘说，令尊乃琴师，可曾教过姑娘琴曲？”

陆燕儿回道：“燕儿自幼便随先父学琴，如两位先生和黑绳大哥有兴致，燕儿愿再献上一曲。”

李义南随即应和：“如此甚好，那就请奏一曲燕儿姑娘拿手的吧。”

陆燕儿回到小几前坐下，铿然起调，唱道：

陟彼历山兮进嵬，有鸟翔兮高飞，瞻彼鸠兮徘徊。河水洋洋兮青泠，深谷鸟鸣兮莺莺，设罥张罝兮思我父母力耕。日与月兮往如驰，父母远兮吾当安归？

（按：《古今乐录》曰："舜游历山，见乌飞，思亲而作此歌。"谢希逸《琴论》曰："舜作《思亲操》，孝之至也。"）

其曲悲怆哀恸，几番转折间忧思忽起，加之陆燕儿歌声凄婉苍凉，直听得众人悲从中来，肝肠寸断，却是古圣舜帝因思念父母所作的《思亲操》。

陆燕儿歌毕，早已泣不成声，显是念及自己双亲亡故，悲难自禁。众人忙上前劝住，孙遇赶紧打赏了那位红衣少女，让她携琴离去。

许久，陆燕儿方自平复，起身向众人施礼谢罪，大家又宽慰她一番，不敢再惹她伤心，尽讲说些趣闻乐事哄她。天黑席散，众人方回到客栈歇息，黑绳三则陪陆燕儿到江边祭奠她母亲。

次日一早，陆燕儿又去江边给母亲磕了几个头，回来时黑绳三已经备好了一辆轻便小车，套在一匹马上。吃过早饭，陆燕儿坐车，黑绳三驾车，孙遇和李义南乘马，四人南下而去。

路途迢遥，行走不计其日。陆燕儿忧伤之情渐淡，孙遇便为其购得一琴。陆燕儿常在车中鼓奏，黑绳三每能听出琴中心意，燕儿亦将其视为知音，常以琴声向其倾吐心事，黑绳三知道陆燕儿少女情窦初开，亦不好拒她，只得常常装作呆子。

这一日总算来到钦州地界。众人早听陆燕儿说其舅父名叫马焘，乃陇州人士，年轻时因与人争执，失手伤了那人性命，故而更名换姓逃到南方，后来得知所伤之人未死，命案就此了结。只因其已在钦州落稳脚，便索性不再北归，在当地开了家小酒坊过活。众人一路走，一路向人打听马焘的消息，至晚未得眉目，只好先寻家客栈歇脚，明日再继续访寻。

次日近午，四人寻至城东，见有一小馆，门前挂着酒旗，却无招牌字号，便进店去打探，也顺便吃顿午饭。

孙遇点了桌酒菜，与小二攀谈起来，得知店主姓潘，是本地人，在此开店已有十来年了，孙遇便让小二去请店主出来说话。

那潘掌柜笑吟吟地从后堂出来向孙遇等唱喏打揖，孙遇还礼，请他入座说话。闲谈几句之后，孙遇便向其打听马焘其人，不料潘掌柜笑容忽僵，讪笑两声，推说不知，众人均觉可疑。潘掌柜又若无其事地询问孙遇等何故找寻此人。孙遇便将陆燕儿父母双亡，千里投亲之事大略说了，并假称自己是陆燕儿父亲生前好友，此番南下办事，正好陪同陆燕儿找寻舅父。

潘掌柜听孙遇如此说，仔细看了看陆燕儿，方叹口气说道："只可惜你们来晚一步。马兄弟已经……已经归西了。"说罢竟流下几滴眼泪。

众人见状甚感奇怪，忙问其原委。

潘掌柜拭去眼角的泪水，向众人娓娓道来。原来马焘当年化名薛百田，在钦州城东门外开了一家小酒坊，经营颇善。潘掌柜那时家住东门旁，在城中挑担子卖糕饼为生，每日卖完糕饼，常去马焘的酒坊买酒吃，时间既久，二人渐渐成了朋友。后来潘掌柜有了些积蓄，便在马焘帮助下开了这间小酒馆，二人关系也更加亲密。马焘这才将自己的身世说给潘掌柜听，并告诉他自己的真名叫作马焘。不想二十多日前，马焘家中忽然来了一伙强盗，将他一家三口尽数杀害，随后又一把火将酒坊烧个精光。官府怀疑是仇家报复，却苦于无线索可查。适才孙遇忽然问出马焘的名字，潘掌柜怕是仇家要将马焘的亲友赶尽杀绝，特来察访试探，故而未敢遽然说出实情。

未及潘掌柜说完，陆燕儿早已哽咽，孙遇等劝解一番，又向潘掌柜询问了小酒馆和马焘的坟茔所在，四人即告辞出来，买了纸、烛、果品，径向城东门外寻去。

出城不到里许，果见路边有一片烧焦的废墟，原是一处独立的房舍，周围并无其他人家。从此往东行出百余步，北面是一条上山的小路，众人沿路上去，大约一顿饭工夫，来到一片缓坡，缓坡上赫然排立着三座新坟，中间一座，墓牌上只简单写着"薛百田之墓"，右首墓牌写着"薛白氏之墓"，左首墓牌写着"薛富之墓"，正是马焘一家三口的坟墓。

陆燕儿跪在坟前，少不了又是一场哭拜祭奠，黑绳三亦为墓中人念咒回向。

事毕众人下山回城，陆燕儿一路无语，只暗自啜泣不已，诸人皆怜她孤苦，却也无从再劝，只得由她。

回到客栈，陆燕儿推说身体不适，将自己锁在房中不出。将晚，孙遇等好说歹说才拉她出来一同吃饭。前半席无话，吃到一半，孙遇开口道："燕儿，既然事已至此，你也不必太过悲伤。人生失意者多，得意者鲜，得失之间，祸福亦难料知。我们已经商量过，你先暂且在钦州略住一段时间，短则十日，最多不过一个月，待我们办完事，便来接你一同回长安，或住在我家，或住李先生家，随你意愿。我二人家中皆有内子女眷，你尽可放心与之同处，我等自会待你如亲人无异，你看可好？”

陆燕儿起身向三人拜道：“燕儿本是薄命之人，既蒙黑绳大哥冒险相救，又得两位先生尽心呵护，燕儿粉身难报诸位大恩。如今三位不远数千里，已将燕儿送至钦州，如何再敢烦劳诸位携燕儿北归？”

陆燕儿停下看了看黑绳三，继续说道：“况复燕儿若随两位先生去了，难不成要常年在先生家吃白饭？那燕儿岂不成了黏手的累赘？前番在渝州，燕儿见那位红衣姑娘以琴咏谋生，如今燕儿也想效仿那位姑娘，便在此地做个女琴师罢了。”

孙遇忙说：“万万不可！燕儿姑娘人淑质雅，岂能做那讨笑卖唱的营生？咱们既然有缘相遇，自当勉力帮你，哪有袖手旁观的道理？你切莫再胡思乱想，待我等事情一了，你便随我等一同回京，并无什么麻烦不便之处。”

陆燕儿闻言又看了看黑绳三，黑绳三与之目光相接，便即移开，说道：“孙先生所言甚是，燕儿姑娘无须再多虑了。”陆燕儿听黑绳三如此说，便不再推辞，只淡淡说道：“如此，燕儿感激不尽。”三人这才略为宽心，又说些无关紧要的闲话冲冲气氛。

当晚大家议定将陆燕儿安置在城东一家较大的客栈，也好托潘掌柜时常照应些。

次日依此行事，潘掌柜自是满口应承。孙遇留给陆燕儿五十两银子，为免贼人惦记，也不敢留得太多，又嘱咐她许多话，陆燕儿一一答应，神情却有些落寞恍惚。三人见状总有些不大放心，又打点了客栈的掌柜和伙计，再三交代他们好生看顾陆燕儿。

一切安排妥当，三人这才向陆燕儿辞行，走出客栈不远，忽闻琴声响起，三人驻足，隐隐听陆燕儿唱道：

> 常思君兮意蹉跎，魂不归兮寄江波，曲一尽兮知音绝，忆绿绮兮在山阿。

曲调怆然悲切，歌声呜咽断肠，却是陆燕儿增改《别鹤操》琴曲，自作的词。孙遇和李义南闻歌均不禁向黑绳三望去，黑绳三垂目无语。

（按：“绿绮”是司马相如之琴名，此处代指陆燕儿其人、其琴。）

歌毕琴声铿然而止，黑绳三惊呼一声“不妙”，转身便奔回客栈，孙遇和李义南也急匆匆跟随而来。

黑绳三奔到陆燕儿门口，却见房门已从里面插紧。黑绳三不及多想，掌下微一用力，便将门闩震断，甫一进门，但见陆燕儿泪挂双颊，手捧丝带，站在梁下一张小桌上，正欲寻短见。黑绳三抢上一步，将陆燕儿抱下，口中说道：“燕儿，你何苦如此心窄?”

此时孙遇和李义南也已进门，见陆燕儿只是在黑绳三怀中不停哭泣，加之刚才听她鼓琴所歌，心下已明白八九分。孙遇当下劝道：“燕儿姑娘，我们昨日不是已经向你言明？我等此去不过月旬便可回来接你，到了长安自会待你如亲妹子一般，将来我和李先生再为你觅个称心的姻缘。你若自已有了意中人，我二人也必当尽心助你成其好事，你却何苦自戕其命?”

陆燕儿俏脸一红，转头不语。

黑绳三缓缓放下陆燕儿，说道：“燕儿，你既呼我为兄，便当听我一劝。你父母亡故，舅亲亦殁，你若再这般轻生而去，日后你父母舅亲连个祭拜之人都没有，你又有何颜面去见他们？况且你年少质高，又得遇两位先生眷顾垂爱，将来前程自不必担忧。你须好自珍重，今后切莫再起轻生之念。待我得闲时，也自会常去京城看望你。”

孙遇和李义南也应和道：“正是，正是。”

陆燕儿渐渐止住哭泣，向三人施礼道：“燕儿对不住大家。”秀美的脸颊上犹尚泪珠儿簌簌。

三人见状，尚不确定她究竟作何打算，又劝了几句，也不见她表态。孙遇便将黑绳三和李义南拉过一旁商议，陆燕儿如此这般，怎能放心离她而去？如要带她一同前往瞻部村，又觉不甚合宜。可是事到如今，救人要紧，也顾不得许多。三人于是决定携陆燕儿同去瞻部村。

陆燕儿此时方略得平复，简单梳洗一番，打点行装，随三人一同上路。

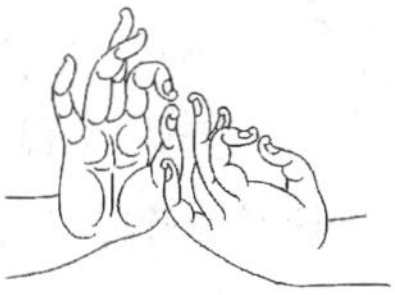

第十回

异之海上破迷雾
光波林中御花粉

四人出了钦州城东，来到钦江岸边。黑绳三雇了一艘渔船，送四人前往钦州湾中的一个小岛“三里岛”，该岛因距离北、西、南三面海岸均约三里远而得名。

（按：三里岛位于大茅墩东南海域。）

船行江中，不多时转了两个回头弯，继而入海。

黑绳三和陆燕儿两人无话，目光偶一相遇，陆燕儿便转头避开，颇为忸怩，大不似先前南下时亲切自在，黑绳三却始终面色如常，神情似湖水般宁静，不知到底在想些什么。孙遇和李义南均知陆燕儿女孩心事，又见他二人郎才女貌，倒是十分般配，便不时逗二人说说话，将一团子尴尬融洽些个。

行了大概五十里水路，便到了三里岛。

打发了船家，孙遇向陆燕儿施礼说道：“燕儿姑娘，我等既然携姑娘同行，便已不将姑娘视为外人。孙某今有一事须向姑娘说明，还请姑娘宽宥。”

陆燕儿忙还礼道：“孙先生怎的如此说？燕儿不但承蒙诸位相救，又蒙千里护送寻亲，现今又成了大家的拖累，感恩尚恐不及，何惶先生言此？”

孙遇道：“非是我等有意隐瞒姑娘，实乃路途长险，恐招是非。”于是便将自己与李义南奉旨办差，黑绳三等人实为忍者而非武侠之事极简略地说了，又告之忍者即为皇上秘密办差之人，身份皆极保密。末后又叮嘱陆燕儿，既然与三人同行，少不得共同经历许多人事，故而须得守口如瓶，不得对外人透露半分。

陆燕儿闻言不免大感意外，向三人屈膝施礼道：“燕儿本是蒙难之人，如今孤零一身，既承几位再生大恩，早将两位先生和黑绳大哥视为亲人。虽然燕儿不大懂得孙先生所说之事，却已明白先生之意。请先生放心，燕儿自当誓死守密，绝不向旁人提起一字。”

李义南在旁道：“燕儿姑娘言重了。”

交代完毕，黑绳三引众人来到距岸边数十丈远处的一间石屋子前。只见这间小屋四四方方，屋顶却是正圆形的尖顶，像个斗笠扣在上面。孙遇和李义南均说这屋子造得奇怪，黑绳三向二人解释道：“此屋长、广、高均为八尺，为正方形，屋顶纯圆，直径九尺，乃取天圆地方之意，以做修行之用。”

说话间，黑绳三叩门七下，小木门“吱扭”打开，从里面走出一位皓首银须的耄耋老者，孙遇一见，大吃一惊，忙上前施礼道：“老人家，不想与您在此重会，不知您老何以在此？”原来此人竟是孙遇在秦州伏羲庙中所遇的老院工。其他三人均好奇地站在一旁，不知孙遇为何与这老者相识。

那老者上下打量了孙遇一番，见黑绳三也在，便向众人拱手施了一礼，却道：“想必这位便是钦差大人吧？”又向黑绳三说道：“三小子，一向可好？风子婴那个老小孩还好吗？”

黑绳三亦向老者施礼道：“三太公别来无恙，看您老越来越有精神了。风长老很好，他也让我代为问候您老呢。这位孙遇孙兄，这位李义南李兄，二位正是咱们的贵客，这位陆燕儿陆姑娘是二位尊兄的同行。”又向孙遇说道：“孙兄恐怕是认错人了吧？冯三太公久居此地，怎会与孙兄相识？”

孙遇怪道：“若是如此，也真奇怪，冯三太公与在下此前在秦州所见之人甚为相像，直似一人。”

冯三太公“哦”了一声，问道：“孙大人在秦州何处见之啊？”

孙遇便将在伏羲庙遇见老院工，并蒙其惠卦之事略微说了。

冯三太公朗声笑道：“看来孙大人与老朽等委实有缘哪。那老院工不是别人，正是老朽的二哥冯远山。”黑绳三也微微含笑颔首。

原来冯三太公兄弟一共四人，乃是一母孪生，自幼失离父母，被一位当时极负盛名的忍者，称作“木讷”的，拾于塞北龙山脚下，并抚养长大。木讷为四人取姓为冯，取“有缘相逢”之义。木讷忍者所学极广且深，四兄弟各从其专学一门。长兄冯远天学射，相传技如纪昌。二弟冯远山学易，于易理星相、卜筮占谶极为精通。三弟冯远海学驾，擅长驾驭各种车马舟船，能于惊涛骇浪之下悠然行船，如处静水。四弟冯远坤学商，极善经营贸易之术，在江南坐拥良田万顷，巨铺百号，却从不抛头露面，外人均对其一无所知，皆以为这些豪资乃明面上的张三李四诸位富翁所有。四兄弟随木讷忍者学至二十几岁，遂分别被安排居于通往北、西、南、东四忍者道的要塞之处，专门负责沟通联络四道忍者之事。后来木讷忍者得法悟道，即是后人仰止的“阿尊者”，悟道后不久即不知所终。四兄弟虽不是忍者，却因是阿尊者的弟子，故而为众人所钦重，随着年纪渐老，须发皆白，被尊称为“龙山四皓”。

（按：纪昌，春秋时赵国人，从神箭手飞卫学习射箭，成为神乎其技的著名射手。）

冯远海将众人让进石屋中。但见八尺见方的小屋内陈设极简，地上一席一矮桌，桌上一只水壶几只水碗，席上一被一褥、一套叠好的衣裤而已。

言谈之下，孙遇得知冯远海无事时，每日只是参禅打坐，虽不曾修炼忍法，见识却极高明，每每能于诸般事理通达融会，故而但凡路过此地的忍者多要向其请教，以助益修行。孙遇叹服其不愧为尊者门生，与之相谈甚欢，不多时竟成了忘年之交，大家称呼也亲切起来。

用过晚饭，天已黑透，冯远海带着众人来到海边，让大家登上一艘五丈来长的舲舟。冯远海请众人进舱中坐下，说道：“诸位今夜便委屈些，在这船上歇息吧，被褥现成，好在船舱还不算太小，比我那间小屋宽敞。”大家忙点头称诺。

冯远海又让黑绳三去舱外船头生火烧茶给大家喝，陆燕儿忙抢着去了，仍让黑绳三坐在船舱中同大家说话，孙遇和李义南相视而笑，黑绳三却不甚在意。

冯远海安排妥当，转身欲出，孙遇忙起身相送，说道：“三太公这便要回去歇息了吗？”

冯远海回头说道：“回哪里去？我这便要起航出发了。”

孙遇和李义南闻言均吃一惊，忙问道：“三太公要夜里行船吗？这南海浩瀚无边，纵是白昼里也不易辨识方向，况夜间风紧浪大，不也忒危险些吗？”

冯远海只呵呵笑道：“不妨事，不妨事。”

黑绳三在旁说道：“二位兄长放心，三太公驾车行船之术已入化境，无论有浪无浪、顺风逆风、白昼黑夜、晴日雨雪，均不会对太公有纤毫影响，而且太公连指南针都不曾用过。咱们趁夜行船，为的是不让外人窥知这条水路。”

孙遇大感惊奇，要随冯远海出去看他如何行船，冯远海点头应允，二人一同步出船舱。

冯远海解开缆绳，“呼”地升起一张漆黑的大帆，那大帆的桅杆后面，另有两根长杆，与桅杆成三角形鼎立，桅杆前面又立有一根长杆，与之同处一条直线上。孙遇不明其用，向冯远海请教，得知这桅杆前面的那一根长杆叫作“挡杆”，如遇逆风时，可在挡杆上升起“挡帆”，那是一种夹成锐角形状的两面挡板，挡在船帆前，可化解逆风阻力。后面两杆名叫“助杆”，升起挡帆同时，在两根助杆上升起两面“助帆”，将逆风转而向前，吹向船帆。这些装置都是冯远海从前所设，如今已弃之不用近二十年了。

孙遇追问道：“既不用之，若遇逆风如何行船？”

冯远海道：“所谓逆风者，是风与船逆？还是风与水逆？若言风与船逆，东风来时，船向东说为逆，向西则又成顺。若言风与水逆，东风时水向西，西风时水向东，何为顺逆？”

孙遇略一沉吟道：“如太公言，风亦无顺逆，所逆者，行船人之心也。”

冯远海抚掌笑道：“着啊！异之小兄弟实乃深具慧根之人，竟能出此一语。既然风无有顺逆，行船之方向亦是船家心中所定，南北西东本是假名，故而船家所需驾驭者唯独自心而已。”

孙遇仍不甚明了，又问道：“虽然四方之名可变可易，然四方之向实存，况水上行者乃船也，非是船家本人，纵然他心中无风无向，何关船事？”

冯远海答道：“若心中无此分别，岂止名字是假，便是方向亦无；岂止无方无向，所行之船亦无；岂止无船，行船之人亦无，即是无我无船无风无水，唯有一心而已。如此行船，岂有不能自在之理？”

孙遇凝思半晌不语，见舲舟在黑暗中悠悠穿行，又向冯远海道：“三太公，您老所言‘唯有一心而已’，此一心又何异于风、水、船、方呢？若除去此心之假名，竟有何物？”问完话待在那里。

冯远海刹那间神色异常严肃，缓缓在孙遇耳边答道：“孙——异——之。”

孙遇闻言一震，当下豁然开明，犹如大梦初醒，喟然说道：

幻海泛虚舟，举楫到码头，不识真方向，茫然趣两头。

冯远海拊膺大笑道：“好好好！你这小子，好自珍重吧！”

黑绳三和李义南在船舱中听得外面热闹，出来笑问道：“何事如此高兴啊？”

冯远海呵呵笑道：“我们在说我二哥给异之小兄弟卜算得神准啊，哈哈哈。”

孙遇心中暗道：“是啊，二太公说我‘先迷后得主’，今日方应验了。”

（按：上述孙遇开悟故事及所说诗偈皆为作者虚构。）

四人在船板上说笑一会儿，陆燕儿出来招呼大家吃茶，冯远海看准方向，定住船舵，也随诸人进舱吃茶，谈笑一阵，仍出去掌舵使帆，余人又说了一气儿话各自睡下。

孙遇半夜起来出舱探望冯远海。深夜海风习习，寒凉刺面，却见冯远海童颜鹤发，在寒风中悠然自得，浑不在意。孙遇上前俯身拜倒，说道：“三太公大恩，适才在众人面前不便称谢，现下请受弟子孙遇叩拜。”

冯远海忙扶起孙遇道：“异之兄弟不必如此，今日既得如是，便须努力珍重，百尺竿头更进一步，莫要辜负了此生啊。”

孙遇再拜道：“弟子谨记。”

冯远海拉住孙遇手道：“你我忘年相交，今后莫要再如此称呼。我见异之兄弟似乎夙有所学，不知曾师从何人？”

孙遇便将自己遭“眼见为实”幻术之后误闯无心寺，遇见妙契禅师之事说了。

冯远海闻说叹道：“那妙契禅师真乃不世高人，让老朽不禁思念起先师来了。”

孙遇从冯远海口中得知，阿尊者得道后，曾与冯氏四兄弟团聚过数月时间，对于四人所学分别予以点拨，教导四人均可藉由各自所学入道。大哥冯远天和二哥冯远山均于二十多年前悟道归隐，不再过问世事。冯远山每隔数年便去秦州伏羲庙小住月旬，前番竟与孙遇偶遇，实属有缘。冯远海十九年前在一次航海时遭遇龙卷风，不想竟因此奇劫忽明心法，从此对于驾驭之术亦得通达自在，却仍在海上往返，载渡忍者，不改以往所行。四弟冯远坤常年忙于经济，兄弟多年不见，如今不知进益如何。

二人一直谈说到身后海面泛起鱼肚白，孙遇这才知道船一直在向西行驶。冯远海转舵向北，不多时望见岸边，舲舟沿岸行驶，不久即转入一条通海的河道。

此时舱中诸人已醒，一齐出来说话观景。只见船行八九里，便进入群山之间，两岸峰峦叠起，水道曲折蜿蜒，鸟鸣猿啼不时入耳，晨曦泛波，波光粼粼，船上诸人一时心旷神怡。

大概又行五里水程，眼前豁然开阔，舲舟进入一片众山环绕的大湖之中，因此湖形状似飞鹰，故名“飞鹰湖”。穿湖北行三里之遥，便是飞鹰的背部所在，乃两山相夹的另一湖口——“鹰背口”。出了鹰背口，船头转向西北，诸人不禁嗟讶不已，但见一湖之中小岛密布，不知几百座，湖周群山叠复，不知几千重。冯远海告诉诸人，此湖西面是山间密林，密林之外峻峰突起，鸟兽绝迹；湖东山水重叠百里，无路可通；北面尤其特别，峰峦连绵相属，峰头数之不尽，号称十万大山，故而唯有南面一路可通。

舲舟又行出将近三里远，便折而向南，进了一个山谷，两岸漫山遍野一片紫色，如披霞衣，香馥随风袭来，沁心醉脾，暗销鼻魂。

冯远海向诸人介绍，这座山谷环绕一湖，湖面南北狭长约有一里，宽约十八九丈，只有北面一个开口。山谷中长满二月兰，每年春夏之季，漫山开遍紫色的兰花，芳香怡人。湖周四面山丘乃一脉连绵，环成东西南北四个花瓣形山谷，分别称作东瓣谷、西瓣谷、南瓣谷和北瓣谷，又刚好连成一朵二月兰花的形状，故而将此谷统称为“幽兰谷”。四谷中西瓣谷最大，有众多瞻部忍者居住于此，南面与东面山谷次之，也住有许多忍者村民，北瓣谷最小，只有少量忍者居之。

正说话间，船已驶过北瓣谷，果见山坡上星点分布着几座房舍。过了北瓣谷是座小小的湖心岛，南北长十八丈，东西阔十二丈，有小路与东瓣谷相连，乃是这朵四瓣兰花谷的花心，故名“兰心岛”。

（按：上述故事中，从三里岛至幽兰谷沿途诸处，及下文的翠蝶谷，皆确有其地，乃至地形、广狭、远近，皆与书中所述相差无几。唯地名乃作者虚构。幽兰谷位于今广西壮族自治区东兴市东北十公里处。幽兰谷东北五公里为翠蝶谷。）

过了兰心岛向西进入西瓣谷，竟早有人在岸上迎接，原来自从舲舟驶入山间，便有负责侦察的哨子忍者将消息传回幽兰谷了。

弃舟登岸，只见数十人在岸上肃然而立，为首一位老者，中等身材，着一件暗黄色布袍，羊须染霜，两鬓斑白，双目炯炯，精神矍铄，正是瞻部道的长老坚地。黑绳三忙上前施礼，为双方引见，李义南从怀中取出忍者令金牌，递与坚地查看，坚地双手恭敬接过，验明无疑，交还李义南后，遂率众人一齐跪倒，恭迎钦差驾临。李义南和孙遇忙将坚地扶起，向大家还礼问候。坚地又上前拜见了冯三太公，冯远海同众人打过招呼，并不在此逗留，当下告辞，掉转船头回三里岛去了。坚地这才与众人将两位钦差大人迎入村中长老舍，全村忍者多在路旁注目观看，其中多半人均穿白衣，黑绳三告诉李义南和孙遇，着白衣者均为童蒙忍者。

进到长老舍，宾主入座，李义南和孙遇将来意向坚地等说明，一者请识忍海音慧翻译梵文书信，二者同众人商议对付目焱谋反之事，三者详细了解诸道忍者之情状。坚地闻说，向二人禀道："海音先生现下不在这里，正在'翠蝶谷'闭关，我这便差人前去请她过来。西部牛货道的风子婴长老三日前传信过来，说他要亲自前来拜见钦差大人，算来今日便该到了，到时候我们正好可以和风长老共同商议对付目焱之事。"

李义南和孙遇吃惊问道："风长老三日前传信来，怎么今日便会到了？风长老又如何传信过来？"

坚地微笑答道："海音先生的手下为谷姓忍者一族，想必二位大人已经知晓，此族忍者被分派诸道各地，专司以千里传音的白螺术传递消息。风长老忍术精妙，他的风行术可日行三千里，我这里虽然三面群山峻峰阻挡，风长老却也只需三日便可到达。不止风长老忍术如此，一路护送二位大人前来的黑绳兄弟，如自身前来，也只需五、七日便可到达。"

二人闻言向黑绳三望去，黑绳三只微笑不语。李义南叹道："想不到风长老的忍术这般厉害，竟有如此神速！"

坚地却道："风长老的速度并非最快，只可惜光波长老不在了，否则他不消一个时辰便可前来。"

李义南忙问道："长老所说的，可是传说当年以一人之力挫败吐蕃骑兵的光波勇吗？"

坚地叹道："正是此人，只可惜他英年早逝！"继而说道："两位大人不是想要详细了解诸道情形吗？我便差一个人，专门陪同两位参观瞻部道各处，大人但有不明之处，尽管问他便是。此人不是别人，正是光波勇之子，也是在下的义子，光波翼。"

黑绳三在旁说道："光波贤弟在哪里？我也正想见他。"

微风徐动，枝叶婆娑。隐珩将手下几名哨子忍者布置妥当，自己也轻轻纵上一棵枫香树，藏身于浓密的树冠之中。

前几日有情报传来，发现北道目焱手下，曾多次出现在南海附近，只怕与钦差来访有关。数十年来，长安钦差首次莅临瞻部道，故而作为哨子黑带，隐珩此番当值倍加警戒。

（按：忍者执行差事常以三至五人为一小队，其头领腰带为黑色，故以“黑带”名之。此处黑字音hè，即音为“贺带”。）

枫香树林东面，溪流涓涓，光波翼一如既往在修习忍术，十五年来晨修暮炼，风雨无间。

他随手摘下一片树叶，运气到手腕处，“哧”的一声将树叶掷出，那树叶飞快划出一条直线，飞向百米外的一棵枫香树，正中一片树叶的叶柄，将这片树叶齐齐地斩了下来。两片树叶尚未落下，光波翼已然纵身飞起，蓦地掷出一支空无常，疾如闪电，几乎看不清飞行路线，精准地将两片树叶的叶柄穿在一起，深深钉在枫香树干上。

“嘶——嘶”，光波翼敏锐地察觉到传自数里外的两声轻微声响，那是空无常划破皮肉的声音。未有纤毫迟疑，光波翼飞身向声响来处奔跃而去，身影迅速消失在树丛之中。

身为哨子忍者，隐珩久经实战，却从未如此惊慌。劲手强敌也曾见过，但至少可以和对手迎面相峙。而此时，他却连对手的方位都无法弄清，这对于经验丰富的哨忍来说，既感到耻辱，更感到恐惧。他跳下地面，藏身于一棵大树之后，伏下身，将耳朵贴在地面听了听。

“为何如此?”隐珩知道自己已然失去两位同伴，然而他们却连半点声响也未发出。作为哨子忍者，纵然以身殉职，亦会想尽办法为同伴报信，至少能暴露敌人的方位，让自己的同伴做好应敌之备。可如今，两位同伴竟然如此悄无声息地死去！隐珩乃是凭借护腕上的脉气石方才得知。

隐珩的护腕上，镶嵌有七颗蓝色宝石——脉气石，那并非普通宝石，而是以一种特殊忍术炼制而成。当差时，他会与每位同伴以脉气交流一次，宝石便会发出淡蓝色光芒。虽然维持宝石发光会消耗脉气，却可藉此知晓同伴是否尚存。这亦是隐珩作为哨子忍者引以为豪之处。然而眼下，原本发光的四颗宝石，已黯淡了两颗，显然已经失去两位同伴。

更令隐珩感到迷惑的是，这两位同伴的埋伏地点，一个在东南方，另一个在西南方，而自己则刚好处于两者之间，这表明敌人是从两侧外围包抄进来。绝无可能！因为东南和西南都是与其他哨子小队相接之处，如果敌人能从这两处包围过来，则说明其他哨子小队都已经全军覆没了。

而此次当差的几个哨子小队，乃是根据山势和树林的地形，排成一个开口向南的口袋阵形。因为幽兰谷西、北两面是十万大山，山陡林密，中间又有八百小岛，水路繁复难辨，不是当世顶尖高手，极难从那里进来。村东是一座小山，山外有飞鹰湖，敌人若从此来，必须走水路，而沿途有十数个哨子，船只一旦进入河道，便会暴露无遗。敌人若想避过众多哨卡，唯有从村南十五里外的海岸登陆，翻越数座山岭，然后穿越这片树林，最后再越过树林北部的山脊方能进入幽兰谷。

“为何如此?”隐珩百思不得其解。自己的正南方，才是唯一留下的入口，两位同伴隐蔽其中，可是那里并无丝毫动静，脉气石散发的蓝光闪烁依旧。

慢慢地，隐珩感到自己好像放松下来，愈来愈松弛，心情已然不再紧张，反而开始感到愉悦。似乎闻到一阵芳香，幽幽淡雅，几难觉察，舒缓温柔，沁入心脾。

“哪里有些不对?”这个念头一闪即逝，隐珩似乎已经无法控制自己，无法阻止自己继续松弛下去。香气越来越浓，隐珩慢慢感到脑中一片空白，但他仍想努力令自己清醒过来。

“你累了。”隐珩听到一个极其甜美的声音，温柔而又妩媚，“我来陪你说说话儿吧。”

此时隐珩看到一位妙龄少女出现在自己面前，只见她面似春桃，身如夏柳，白颈无瑕，乌发流光，一双含情脉脉眼，两片娇红滴滴唇，朱淡纱衣彩莺舞，绿浓翡翠玉蝶飞。

隐珩此刻已如木鸡，呆立在那里一动不动。

“公子在这里做什么?”少女开口问道。

“盯守村口。”隐珩毫无抗拒地答道。

“为何盯守村口?”

“防止北道忍者进村。”

“呵呵呵！”少女一声娇笑，“嗯，很好。我再问你，钦差大人何时到来？”

“不清楚，或许已经到了。”

“风长老可曾来了？”

“还没到。”

“嗯？”少女眼中露出一丝怯意，“光波家如何走？”

“从此向东北，穿过小溪后……”隐珩尚未说完，随着轻轻“噗”的一声响，他竟睡倒在地。

少女大吃一惊，喝了声“呜啦”，飞身向南便逃。

未及走远，几枚星镖已然飞到，少女并未停下躲闪，她身后的几棵大树竟然“呼”地移动过来，挡住了星镖。

少女此时却停下脚步，飞身跃上一棵大树，咯咯大笑道：“险些被你骗到了！”话音未落，几棵移动的大树也如戏法般回到了原位，树中现出四名绿衣忍者，围住了少女对面一簇草丛。

草丛忽然发出“哈哈”一笑，现出一位少年。

那少年一身黑色劲束，宽肩细腰，身形伟岸，长发随意束起，略显不羁之态，双手背于身后，颇有英雄之风；剑眉凤目，薄唇皓齿，神光犀利，气度不凡。正可谓“萧萧龙章，撤去东女之梯；肃肃凤姿，空却檀郎之车”。好一位美貌少年！直将少女看得呆了，一时竟忘了说话。

（按：东女，指楚国美男子宋玉的邻居，东家之女。《登徒子好色赋》中说，宋玉貌美，东家之女也是一位绝色美人，却迷恋宋玉之美，而登墙偷看宋玉三年。）

（又按：檀郎，指潘岳，即潘安，西晋人，表字安仁，小字檀奴。传说他“姿容既好，神情亦佳”，每次乘车出门，则有众多少女以水果投到他车中，以示爱慕，往往满载水果而归，于是便有“掷果盈车”之说。后来“檀奴”或“檀郎”也成了俊美情郎的代名词。）

一名绿衣忍者说道：“小子，看不出你年纪轻轻，伪装术竟有如此造化。”

少女问道：“你来了多久？”

少年并未答话，而是反问道：“几位来此，有何贵干？”

少女也不答他，向少年叫道：“喂！你叫什么？报上名来。”

少年笑道：“你适才不是想要找我吗？”

少女大感意外：“你便是光波勇之子？”

“光波翼有礼。”光波翼略施一礼道。

少女微微一笑道："得来全不费工夫，你乖乖束手就擒吧。"

光波翼哂笑道："你?"

少女不再搭话，面露微笑，身上飘出黄闪闪的花粉，携着浓浓香气，迅速向光波翼弥漫过来。

那四名绿衣忍者也蓦地消失，几棵大树挥舞着粗大树枝，一时向光波翼袭来。

光波翼忙纵向一旁，不料那花粉变势甚疾，刹那间便追上光波翼。黄色的花粉一触其身，光波翼动作立时便迟缓下来，无法再逃，几条粗大树枝也趁机缚住他两脚、腰部和脖颈。

少女笑着走到他近前，却见光波翼忽然拔出一支空无常，刺向少女。眼见便要刺到，那几名绿衣忍者不及多想，缚住光波翼的几条粗枝登时向四方拉去，少女急忙叫道："住手!"却已来不及，只听光波翼惨叫一声，身体被撕成了碎片。

四位绿衣忍者从周围树上现出身来。

少女见杀了光波翼，不由得呆住，半晌才指着那几名绿衣人跺脚说道："你们……你们怎么把他给杀了?"言下又是惋惜又是气恼。

那几名绿衣忍者本是好意相救，此时见那少女发怒，也只得垂首恭立，不敢回应。

少女双手合十，向光波翼的残肢碎体施了一礼，含泪说道："对不起，我不是有意害死你的。"说罢，便念诵六道金刚神咒为他超度一番，又叹口气，自言自语道："师父，弟子对不住您老人家。"说罢竟呜呜哭了起来。

几名绿衣忍者面面相觑，不明所以。

突然几声"噗噗"声响，光波翼破碎的身体竟然化成一节节断裂的树枝和木块。

"替身术!"少女惊惧之余，竟有些喜出望外，忙飞身跃上树杈，几名绿衣忍者也如临大敌，准备应战。

光波翼随即现身，少女娇恼道："你……你竟敢戏弄我!"

光波翼并不答话，神情却颇为慌乱。

此番少女再不敢大意，双手结印，从胸口处喷出一道深黄色花粉风，呼啸而来，刮向光波翼。几名手下亦皆双手结印，身后大树纷纷飞转起来，便似一个陀螺般旋转的大木桶，将光波翼围抱在中间。

此时光波翼也双手结印，似乎想说什么，却说不出口，两目圆睁，口中默默念动咒语。突然从他脚下长出几棵大树，飞速旋转，也形成一只大桶，将自己护在中间。

少女和几名绿衣忍者都不禁“咦”的一声惊叹。

“小子，居然会用我们的忍术！”一名绿衣忍者忍不住说道。

光波翼没有作声，只是急于以大树护住自己，似乎颇为惊恐。

少女因适才被他作弄，心中气恼，发起狠来，专注持咒，花粉风变得愈加猛烈，眼看便要吹开光波翼身前的木桶。

几名手下也纷纷变换了手印，周围大树都挥动起粗大树枝，狠狠向光波翼抽去。一时间，狂风声、树木的抽击声大作，飞沙走石，天昏地暗。

眼见光波翼不支，他身体周围的木桶刹那间便被花粉风撕开一个大口子，深黄色的花粉呼地将他整个人包住。光波翼顿时不能再动弹，身体只略微抽动了一下，便僵倒在地。

少女冷笑一声道：“是你自讨苦吃，可怪不得我了。”

突然，一名绿衣忍者发出两只空无常，迅疾射向身边的两位同伴，正中那二人右肩云门穴。此刻大家正全意注视倒地的光波翼，万没料到有此突变，两名绿衣忍者应声倒下。

未及大家回过神来，发射空无常的绿衣忍者已倏然变成了光波翼，而被花粉风缚住的光波翼也同时化作一名绿衣忍者。

眼前巨变令少女花容失色，厉声说道：“你，你果然是风长老！”

光波翼看着少女，凝笑不答。

少女接道：“起初我便怀疑，一位少年，如何便能有这般高明忍术？居然能悄无声息地藏身在我们身边，而我们竟毫无觉察。更能隔空点穴，还有极少人才能练就的换身术。”

光波翼嘴角露出一丝狡黠的微笑，仍未作声。

少女又道：“只是我有一事不明，想请教风长老。”

光波翼微微点了点头。

少女问道：“据我所知，几位国忍皆早已弃星镖和空无常而不再用。本来我也猜到您是风长老，不过您在追赶我和方才出手时，为何还要使用星镖和空无常呢？”

光波翼侧目看了一眼剩下那名绿衣忍者，绿衣忍者紧张地后退了两步。

光波翼微微一笑，向少女说道："若我告诉你，我不是风长老呢？"

"莫非您是川长老？"少女讶道。

光波翼阔声大笑道："不管我是谁，都不会让你们跨进幽兰谷一步。"

少女眉头一皱，喟然叹道："看来我等此番行事难成了，不过以您老的身份，应该也不会为难我这个晚辈吧？"

光波翼施礼笑道："哪里话，姑娘适才为在下求情，虽未免一死，却要多谢姑娘超度之恩。"

光波翼见少女并不搭话，与她对视了一回，见她一张俏脸又羞又恼，眼神却是十分落寞，不禁心生同情，遂不再说笑，正色道："你去吧，休要再来这里了。"

闻听光波翼如此说，那绿衣忍者上前扶起两名受伤倒地的同伴，又背起中了花粉风昏死那人，结个手印，腾地消失了。受伤那二人亦勉强结了手印，同时隐去。

少女双手合十，作揖道："多谢国忍大人。"正要离去，又转回身道："前辈可否让小女子一睹真容呢？"

光波翼将双手背到身后，黠尔一笑道："我也想看看自己的真容呢。"

少女见光波翼不肯正面作答，只得悻悻地转身跃开，待跃出数丈开外，又回头喊道："我叫花粉！"

光波翼见那少女神情异样，却不明就里，只觉脸上微微发热，不好意思再与她对视。

"哈哈哈哈！"

光波翼正盯着少女消失的地方发呆，忽被一阵大笑惊醒。

循着笑声，一位中年汉子手里提着个偌大包袱走了过来。

光波翼上下打量这名汉子，见他一身短衣短裤，好似童子打扮，头上扎个马尾，一脸络腮胡须，脚拖一双草鞋，眼睛瞪得恰似铜铃一般。再看他手里提的，哪里是个包袱，分明是个忍者打扮之人，浑身被捆得如个粽子相似。

"请问足下是……"

"哈哈哈哈！小子，你刚才不是冒充我吗？怎的还问我是谁？"

"您便是风长老？"

风子婴颔首而笑。

光波翼立即双手合十，恭恭敬敬地揖了一礼，道："晚辈光波翼，多有冒犯，请您老勿怪。您老人家怎会在此？"

风子婴笑道："我从牛货赶来，见这里居然只有一些色忍小子把守，便知坚地那老头儿必定是算计好了，要占我的便宜，让我替他打扫打扫门口。我便在这附近打了个盹儿，准备先看看热闹再说，没想到还真看了出好戏。哈哈哈哈！"

光波翼拱手道："早知如此，晚辈岂敢献丑。"

"欸！不能这么说。你小子真不赖，真是青出于蓝而胜于蓝哪！不过，也是那个小妮子年纪小，经验不足，才被你骗到。你方才用的哪里是什么隔空点穴，那是将脉气传到那个哨子黑带的护腕上，再利用几颗宝石上的脉气共振，将脉气之力增强，把那个迷糊黑带给震晕了。只是那小妮子阅历浅，不会分辨这两种声音。不过她能利用脉气石迷惑那个黑带小子，将树林南面的两个哨子放毒迷倒，却不取其性命，也还算是机灵。"

光波翼钦佩道："都瞒不过您老法眼。"

风子婴又道："你那个把戏也不是什么换身术，而是合用了替身术和变身术，好在那个绿衣小子并不高明，被你强施了替身术后，因急于保命，只忙着用忍术护住自己，没工夫解除你的替身术。你那时将自己和对手一并施了两种忍术，也已无力再施展其他忍术了，只不过一般人只能将替身术用于草木土石等物，你却能将其用于他人身上，着实不易，也正因如此，他们才未识破，否则也凶险得很哪。"

光波翼应道："前辈所言甚是。"

风子婴又道："只是有件事我也没弄明白，你用了什么法子让那绿衣小子说不出话来？"

光波翼笑道："前辈如何忘了，他们是木族忍者。我先前收集了一些那位姑娘的花粉，然后以脉气将其注入那名木忍身后大树的太阴脉中。身为木忍，临阵紧迫时，必定会与自己最近的树木合体，那花粉之毒便也随之注入他的太阴脉中，自然便说不出话来了。"

风子婴抚掌大笑道："好好好！后生可畏！没想到你竟有这般急智，将来不可限量啊！光波勇，你该放心了。"

听到父亲名字，光波翼霎时凝重起来。

风子婴见状，忙拉着光波翼的手说道：“走吧，孩子，咱们回村去见坚地长老，我也很多年未见他了，得找他叙叙旧。”

光波翼问道：“您老抓的是何人?”

风子婴答道：“你以为目焱只会派来那么几个人吗？这是另外一股探子的黑带，抓回去应该有些用处。”

光波翼“哦”了一声，又问道：“那位被我震晕的隐黑带呢?”

风子婴哈哈一笑道：“那小子，我早就打发他回去向坚地老头儿报信儿，给我准备好酒去了!”

光波翼这才破颜一笑，又向风子婴作了一揖。

两人便提着俘虏回村去了。

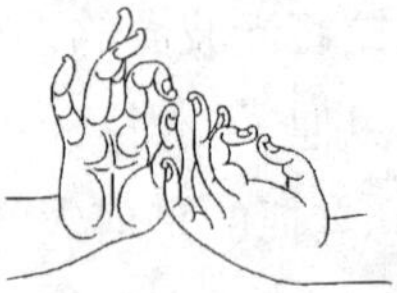

第十一回

国忍府中观奇画
飴风阁上闻海音

风习习，花摇枝曳，雨蒙蒙，红润绿湿。芳心似有纤丝缚，步欲归家却迟疑。

花粉冒雨返回罗刹谷，时近黄昏。她未及换下湿衣，便径直前往目猋房内复命。只见房中门窗洞开，灯烛方秉，案头一炉熏香袅袅缭绕。那目猋背对房门端坐在一把胡椅上，身着灰色素袍，正自品着一盏香茗，虽不见面貌如何，但观其背影安详，举止舒缓，俨然一位儒雅之士。

（按：古时中国人习惯席地跪坐，从南北朝时期高形坐具开始逐渐推广，至于唐代，特别是盛唐之后，人们已经普遍惯于“垂足而坐”。胡椅正是当时比较流行的具有靠背的椅子。）

花粉款款跪在目猋身后，轻声唤句“师父”，便低头不语，待目猋发话。

目猋擂鼻深吸，嗅了嗅茶香，举盏小啜一口，让香茗自舌尖沿两侧滑到喉咙，轻轻咽下。

“好茶！”目猋放下茶杯，微笑道：“这是南边儿送来的新茶，你房里也有一罐儿。”

花粉俯首道：“多谢师父记挂，弟子……未能截住那封信。”

“不打紧。”目猋蔼声说道。

“可弟子……连村口都未能进去……我真没用！”花粉竟自呜咽起来。

“不必难过。百姓蒙难，天道垂怜，艰险纵多，天必佑之。自古成大事者，皆须历经重重磨难而后成，区区一点挫折，何足挂齿。”目焱安慰她道。

花粉哽咽道：“那……那封信……”

目焱微微一笑，道：“你看，他们送来好茶，还带来一封好信。那封信，他们想看，就让他们看吧。快起来，跟师父说说，你都碰上谁了。”

花粉这才以袖拭泪，缓缓起身，将此番经过细述一番。

目焱半晌无语，良久方道：“光波翼，颇有乃父之风。”

花粉讶道：“他当真是光波翼？”

目焱“嗯”了一声，随即将光波翼的招数一一拆讲给花粉，一如风子婴所述无异，尤胜一筹，他竟连光波翼以花粉毒注入大树太阴脉一节也剖析得明明白白。

花粉叹道：“师父，我这亲眼见的还不如您听故事的看得明白。依我看，风、地、川三位国忍合起来也及不上您。”

目焱只淡淡说道：“旅途劳顿，你去歇息吧。”

花粉辞别目焱，转身出来，心里默道：“原来他当真便是光波翼。”却听目焱在房内自言自语道：“青青子衿，悠悠我心。”

幽兰谷，兰心岛

孙遇等人由光波翼陪同，在瞻部各处游历了大半日，傍晚更有坚地、风子婴两位长老在兰心岛豁风阁设宴款待，菜肴丰盛，却无半点荤腥。

坚地长老向孙遇、李义南二人拱手道：“我等忍者一向茹素，谷中并无荤腥，款待不周之处，还望两位大人见谅。”

孙遇笑道：“不妨！想是忍者师从佛门，是以历来食素。”

李义南也笑道：“正所谓入乡随俗，长老不必见外。”

坚地长老微笑道：“食肉气浊，茹素气清，浊则滞，清则虚，修习忍术，戒荤茹素乃是入门之必须。”

李义南一拍大腿道：“怪道我自忖再练武三十年，也及不上黑绳兄一根毫毛，人家愈练愈清，我愈练愈浊。也罢，从今日起便吃素了！”众人哈哈大笑。席间彼此相谈甚欢，颇感相见恨晚。

兴致既起，酒意便浓。风子婴也是好酒之人，今日遇到李义南与孙遇，正是酒逢对手。大盏相酬，推杯不休，不出片刻，彼此已然呼兄唤弟。

坚地滴酒不沾，黑绳三也只浅啜轻尝，不时告罪推辞，陆燕儿更是略一致意而已。不想光波翼年纪虽轻，却是海量，人亦极为豪爽，与那三人对饮，毫不逊色，替坚地长老连敬孙遇、李义南和风子婴每人三大杯，又替黑绳三挡了数杯，竟自不醉。孙遇和李义南心中暗自喜欢，又闻风子婴向众人说了光波翼晨间御敌的故事，更加钦佩这位少年豪杰，与之相交愈契。

光波翼对孙遇善画尤有兴趣，不时向其讨教丹青之道，孙遇便询问他何以钟情墨色。

光波翼道："先父在时，亦好丹青，家中尚存先父手卷十余幅。我每每思念先父，便展观其画，久之亦觉乐矣。"

孙遇闻言喜道："不想令尊亦是同道中人，我也很想瞻仰令尊大作，不如今晚我便到贤弟府上叨扰一夜，我二人可赏画品茗，促膝长谈。不知贤弟意下如何?"

光波翼喜道："如此甚好!"

酒酣意畅，宴席将毕。奉上茶点，坚地长老命人洞开四窗，谷中兰气随风盈室，嗅之酒意顿消三分。

孙遇道："此楼不愧唤作醅风阁，兰香随风，萦鼻不散，直令人飘飘欲仙。"

李义南附道："不错。若能再闻得一二佳曲，便似身在瑶台了。"说罢侧目向陆燕儿望去。

陆燕儿略一低头，赧然起身道："如诸位先生不嫌小女子琴艺鄙陋，我愿献上一曲为大家助兴。"

风子婴拍手笑道："好啊！姑娘若会抚琴，正好可以同黑绳兄弟琴箫璧合。"

李义南"咦"道："原来黑绳兄弟会吹箫?"

风子婴哈哈笑道："何止会吹，黑绳兄弟的箫声乃是一绝!"

孙遇和李义南同时抚掌道："甚妙！今日正好大饱耳福。"

黑绳三见状，只得合十四方道："既然如此，今日只好献丑了。"

陆燕儿飞霞染面，取出琴，坐于北面窗前，向黑绳三望了一眼。

黑绳三亦取出长箫，向陆燕儿略施一礼道："燕儿姑娘请。"

陆燕儿微微颔首回礼，玉指轻拨，琴声遽起。但闻其音寥寥，沉转低回，如夜之寂寞，似月之皎皎，静谧安宁，恬然和雅。

一声长音未绝之处，箫声忽起，悠扬飘遥，似断似续，忽而若近，倏尔去远，如云变幻，如风莫测，翩翩兮霓裳飞舞，蹁蹁兮羽衣旋翔。

二人所奏，正是《霓裳羽衣曲》。

众人心中暗自喝彩。

琴鸣箫和，引凤呼龙，若非回眸四相望，直把此处作瑶台。

一曲终了，余音袅袅，不绝如缕。

良久，众人才回过神来，抚掌喝彩。

陆燕儿起身向黑绳三深施一礼道："难怪黑绳大哥听琴知音，却原来是引凤之人。"

（按：《列仙传》记载，秦穆公之女弄玉喜吹箫，其夫萧史，更能以箫吹出鸾凤之音。二人居于高台之上。一日，弄玉乘凤，萧史乘龙，二人忽然升天而去。）

黑绳三忙回礼道："不敢，让燕儿姑娘笑话了。"

众人亦对二人大加赞赏一番，茶话一气儿，夜深席散。李义南、黑绳三和陆燕儿便宿在兰心岛客房，孙遇同光波翼归家赏画，风子婴也拉着坚地通宵夜话去了。

孙遇随光波翼到得家中正堂，却见并无其他家眷，遂问道："怎么，家中只贤弟一人吗?"

光波翼回道："我四岁那年，先父从北方回瞻部途中失踪，先母忧思成疾，不久便病故。是以坚地长老收我为义子，将我留在身边教养，直至前年方许我归家独居。"

（按：古人皆以出生为一岁，即今人所谓虚岁。光波翼所说四岁，即三周岁。本书中人物年龄皆指虚岁。）

孙遇叹道："不想贤弟身世如此，愚兄罪过，引得贤弟伤心了。"

光波翼哂然笑道："兄长说哪里话，事隔多年，愚弟早已淡然了。"随即合十道："倒是我怠慢了兄长，只顾说话，忘记给兄长烧茶了，请兄长稍坐。"转身便欲出去烧水煎茶。

孙遇忙拉住光波翼道："不忙，刚在酴风阁已经吃足了，贤弟还是先将令尊大人的画作请出，让愚兄一饱眼福吧。"

光波翼道："也好，不过先父的画，恐远不能与兄长大作相比，只怕会令兄长失望。”

孙遇忙道：“欸！贤弟如此说岂不折杀孙某了。”

光波翼一笑，道：“请兄长随我来。”

孙遇边走边想：“不知这当年最强忍者所作之画究竟如何？”

二人来到书房，但见房间不大，陈设简朴清雅，南面置一书架，东窗前一案一椅，北面墙上却是一幅白描图画，画中一女子，端丽贤淑，双手当胸而握，兰指轻舒，手心中握有一物，唯露出一条细链，似为一件首饰。

光波翼道：“画中先母，乃是先父在我刚满周岁时所画。”

孙遇颔首道：“令尊果然画功不俗，用笔饱满流畅，行散自然有度，人物形神皆备。只是令堂手中所握之物并不画明，却有些奇怪。”

光波翼问道：“兄长此话怎讲？”

孙遇道：“通常画人写貌，或佩饰件，或持物什，多为托衬其人。或明其志，或咏其情，或寓其境，或陈其事。今令堂手中所持之物似为首饰之类，然其并未佩戴，而以手握之，此有两种，一为受馈于人，二为欲以馈人。手中之物藏握不显，亦有两种，一为心爱珍重，二为不欲人知。然其却露一端细链在外，又似乎欲留端倪。不知令尊作此画时究是何意。”

光波翼道：“兄长此说亦有道理，只是我从未留意于此，亦不明所以。”

孙遇问道：“令尊所长者，工画人物吗？”

光波翼道：“其实家中所遗先父之作，唯此一幅人像，其他皆为山水。”说罢从书架上取下一卷画轴，展于案上。

孙遇近前一看，大惊！半晌道：“这是令尊的画吗？”

光波翼颇感纳闷，应道：“不错。”

孙遇忙请光波翼再展开几幅画卷观看，看罢，自言自语道：“原来是令尊所画。”

光波翼更感奇怪，问道：“怎么，兄长见过先父的画？”

孙遇凝视光波翼片刻，说道：“此中似有蹊跷。”便将自己在阆州的经历详细说与光波翼，并告之，自己为阆州刺史杨行迁所续之画，正是光波勇所作。

光波翼闻言亦大惊道：“异之兄所言当真？可确定那阆苑图乃先父所画？”

孙遇点头说道：“千真万确！”

光波翼双眉微蹙道：“阆州正是先父回幽兰谷的必经之地。兄长可曾记得那幅画的细节?”

孙遇拉住光波翼的手道：“贤弟莫急，愚兄不但记得，还可为贤弟复画一幅。”

光波翼忙拜倒谢道：“兄长厚恩，光波翼感激不尽!”

孙遇忙不迭将光波翼搀起，道：“贤弟切莫如此，你我一见如故，兄弟相与，区区小事，何足言谢？只是这回却要烦劳贤弟为我烹一炉好茶了。”

光波翼喜道：“这个自然。”

是夜，孙遇秉烛达旦，凝神挥毫，将光波勇在阆州所作之画重又画出。这回却是全然按照原画，一笔不差画成。置笔案上，已近黎明。

二人草草洗漱，简单用了些茶点，便携画来到坚地府上。

坚地听罢二人所述，再细观其画，半晌叹道：“睹画思人！想当年光波贤弟独好山水，每至一地，常常卷留美景。此画确似出自光波贤弟之手，只是画上并无提款，不知是何时所画?”

风子婴也道：“不错，画上无字，如何辨别?”

孙遇问道：“二位长老看此画可有特别之处?”

坚地沉吟道：“此画尚未完成，而凤凰楼又是草草画就，似乎画至一半，突生变故。”

孙遇道：“不错，这只是其一。另外，此画虽无提款，却已画明时日。”

众人闻言均不禁“哦”了一声。

孙遇指着画中阆苑北面一座楼宇道：“此楼唤作‘碧玉楼’，几位请看这楼顶的鸱尾。”

（按：鸱尾为古代宫殿屋脊正脊两端的装饰性构件。外形略如鸱尾，因称。鸱尾又名鸱吻、脊吻、正吻等。其形状唐代以前多用鸱尾，为内弯形的鱼尾状，并附有鳍；宋代鸱尾、兽头并用，但鸱尾已出现吞脊龙首，并减去鳍；明清改鸱尾为吞脊吻，吻尾外弯，仍保留兽头。）

三人依言看去，但见碧玉楼位于画面中上部，与后面连绵的群山叠映，楼顶正脊，只有东侧一个鸱尾，西侧却无。若非孙遇指明，并不容易看出。三人转头望向孙遇，待他进一步言明。

孙遇接道：“我当时在阆州临摹此画时便注意到此一细节，然我亲见碧玉楼楼顶两个鸱尾实为完好。后来曾以此询问刺史杨行迁府上的总管杨一忠，得知此碧玉楼的楼顶鸱尾确实曾经损毁，便是十五年前，此画出现在阆苑中天楼之前的半月。其后很快便被修复。据此可知，此画便是画于之前的半月之内无疑。”

坚地长叹一口气道：“如此便是了。算来十五年前正是咸通四年，光波贤弟助龟兹挫败吐蕃骑兵后便向朝廷进了奏章，之后来信说他七月间将回瞻部，顺便去涪州办件事，谁知后来竟没了消息。莫非是在阆州出了岔子？”

孙遇道：“我和李将军在长安时，听说当年二位长老曾上奏朝廷，疑为目焱加害了光波长老，可有此事？”

风子婴答道：“不错，正是我二人联名写的奏章。当年我们听说光波贤弟失踪，便立即派人四处查访。后来从光波贤弟手下一名信子处得知，是目焱、淳海二人随着光波贤弟一同南下，谁知目焱却矢口否认。我便约淳海在洮州一见，意欲从他口中探知实情。”

“结果呢？”孙遇急于知道后情。

“唉！”风子婴一拍大腿道，“谁曾想，那晚等我到了约定的地点，却见淳海已经被人毒死。我正待将他的尸首带走，目焱却带了淳海的弟弟淳江等人赶过来。刚一见面，那淳江便怒吼着向我出手，想要拼命。我知他误以为是我杀害了其兄，便不与他正面交锋，只一边化去他的进攻，一边向其说明。谁知如此一来，他更加怀疑我是做贼心虚，不敢还手。加之目焱在旁煽风点火，诬蔑我杀人灭口，我一时百口莫辩，又不想伤及无辜，只得抛下淳海的尸首，独自回来了。嗐——”说罢又是一声长叹。

“如此看来，那目焱果然嫌疑最大。”孙遇说道。

“不错，我二人也是如此想法，故而奏请圣上明鉴。”坚地接道。

光波翼一直在旁细听，此时开口道：“看来弄明此事的关键系在一人身上。”

孙遇与光波翼对视道：“不错，那名信子！”

坚地轻轻摇头道：“从那以后，那信子便失踪了。据报，那信子一家老小五口，还有一个未满周岁的孩子，一夜之间忽然消失，不知去向。”

孙遇蹙眉道：“我有一事不明，为何只有那信子一人知道光波长老携何人南下？”

坚地答道：“孙大人有所不知，忍者办差出行一向秘密，不使人知，纵是自己的亲眷亦不清楚。因那信子奉光波贤弟之命，前去传唤目焱和淳海二人，是以得知此事。”

“原来如此。”

孙遇话音甫落，有人来报，邑长海音慧求见。

坚地忙令光波翼先收起画卷，请海音慧进来相见。

孙遇向门口望去，见一女子款步而入，一身素装，外披一件青白色带帽斗篷，样貌清秀慈祥，似乎三十四五岁年纪。

坚地和风子婴忙上前与之见礼，只听风子婴叫道：“海音师兄，一向可好?”

孙遇不禁低声自语道：“海音师兄?”

声音虽极低，坚地早已听见，向其释道：“风长老与海音先生幼时曾同在一处习学忍法，故而以师兄弟相称。”

孙遇呵呵笑道：“海音先生如此面少，委实不像风长老的师兄。”

风子婴扭头向孙遇笑道：“怎么？我看上去恁么老吗？我不过才五十六岁而已。”

孙遇闻言怪道：“风长老已然五十六了？却像是四十几岁的人。”

风子婴哈哈大笑道：“海音师兄还长我两岁呢!”

海音慧在旁笑骂道：“这老小孩。”

说笑间李义南等人也到了。坚地忙为海音慧引见诸人，大家互相见礼入座。

坚地将孙遇等人前来的目的向海音慧交代一番，说罢便请孙遇拿出那封梵文书信交与海音慧。

海音慧展信细看两遍，抬头道：“此信并无首尾，想是不欲写明收、授二者身份。我且译出与诸位看。”说罢走到案前。

陆燕儿忙起身为其展纸研墨，海音慧谢过，提笔书道：“吾已称王于东方，今以先生为征西大将军，随后将奉上黄金五千两，以为日用。将军端阳之策甚佳，届时将与将军呼应。”

书毕，孙遇等传看一回。李义南道：“莫非这是黄巢写给目焱的信?”

孙遇接道：“来此途中亦曾听闻黄巢于亳州称王，应为二月间事，距得此信时日不久。”

风子婴拍案骂道："目焱这厮，好不要脸，竟然要那反贼封官赏钱！"

坚地右手捻须，沉吟道："却不知他们端阳节有何举动。"

光波翼起身向大家作礼道："既然他们定下端阳节之约，想必是欲借此日与往常不同之处做文章。"

风子婴问道："此日与往常有何不同之处？"

光波翼回道："一时亦难尽知。不过寻常此日总有两大热闹，一为赛龙舟，一为赶庙会。不同地方抑或有特别习俗亦未可知。"

孙遇点头称道："光波贤弟言之有理。不过当务之急，总须在端阳节之前赶回京城，向圣上禀明此事。"

众人均表赞同。

海音慧此时向坚地合十道："长老，我此番还带来一个好消息。"

"哦？"众人和坚地一时均看向海音慧。

海音慧接道："我昨日出关后，收到川长老传来的消息，说是在杭州发现了百典族的人。"

孙遇瞥了一眼坚地，见他眼神熠熠，似乎很是兴奋，便问道："这百典族有何来历？"

坚地娓娓说道："百典族乃是忍者中特别一支，此族忍者掌握百八种忍术之全部传承，故曰百典族。当年非空大师特将全部忍术修炼之法传于一人，便为防止万一某种忍术意外中断传承，可由此族忍者为其接续，而不至失传。此族忍者人丁稀少，罕预事端，曾经数代一脉单传，更于二十年前失去踪迹。"

孙遇奇道："如此说来，该族忍者岂非精通全部忍术，厉害之极？"

坚地摇头笑道："非空大师还为此族忍者定下一条铁律，除'遁术'之外，不得修习任何忍术！"

"遁术？"孙遇和李义南异口同声问道。

"便是遇敌时脱身之术，此族之遁术乃非空大师独传，无人可及。"坚地又解释道。

风子婴插道："不错，否则若有人想抓住百典族忍者，套取忍术秘密，岂非不妙？"

李义南追问道："那怎能保证百典族忍者自己不会偷偷修炼其他忍术？"

坚地答道："该族忍者皆有誓言在身，若有违反，必获惩处。再者，为防后代子孙人多心杂，难以约束，该族忍者一向人丁不旺，常常一脉单传。"

李义南又问道：“那誓言果真灵验吗？”

坚地微笑道：“忍者誓言皆有不可思议之秘密力量守护，验如桴鼓。”

孙遇起身作礼道：“多谢坚地长老。我和义南兄此行，本想往各道皆游历一回，不想却生出这件巧事。虽然打乱了行程，却也澄清一件大事。如此我们今日便想启程回京，向圣上复命。”

坚地回礼道：“时日颇紧，二位大人要务在身，我也不便多留，今晚我自会差人护送两位回京。晌午我们还在醠风阁设宴为两位大人送行。”

孙、李二人同时道声“多谢长老”。

坚地请风子婴和海音慧送孙遇等人先回醠风阁略事休整，却独自留下光波翼，说道：“翼儿，你可知道，这些年来，我为何让人四处查访百典一族的下落？”

光波翼右膝跪下道：“义父养我教我，待我恩重如山。”

坚地拍拍光波翼的肩膀，将其拉起道：“你果然是个聪明的孩子。以你的血统和资质，若得光波族忍法传承，将来成就定不在你父亲之下。只可惜光波贤弟英年早逝，不能亲自传法于你。”坚地顿了顿，又接道：“如今你已长大成人，也该出去历练一番了。今夜你便护送两位钦差大人一同回京，顺便去办两件事。一是去杭州寻访百典族忍者，但愿能够寻到，向其求法。待此事办成，可折向西行，前往阆州查探一番，看看能否寻到些那件往事的线索。”

近午，宾主已在醠风阁坐定。

坚地以茶代酒，举杯敬道：“我等与两位大人一见如故，谁知言未尽欢却要匆匆别过了。不知何时再得相会。”

孙遇道：“我与义南兄何尝不想与诸位多亲近几日？此番出行未能全复圣命，圣上或可再命我二人往诣诸道，亦未可知。但愿早与诸位重逢欢叙，也好同风长老一醉方休啊！”

风子婴开怀笑道：“不错！不错！我们今日便一醉方休！”

诸人畅饮一气，孙遇闻说光波翼和黑绳三将随同回京，心中更加高兴。却见海音慧非但不饮酒，甚或连筷子都少动，不免相询。

风子婴抢道：“异之老弟莫见怪，我这位师兄隔日一餐，所食甚少，平日连水都不喝。”

孙遇不明就里。海音慧解释道："那是我以往修法时所行，此后便成了习惯。"

孙遇忽然忆起谷子平曾在船上说过，海音一姓乃取自《妙法莲花经——观世音菩萨普门品》中的偈子："妙音观世音，梵音海潮音，胜彼世间音，是故须常念。"便以此请问海音慧其中含义。

海音慧含笑答道："此偈乃是赞叹菩萨五种德行，妙音与乐，观音拔苦，梵音深净，潮音应时，胜音出世。我族姓正是取其'海潮音'之义。'海'言其广大，'潮'言其时节不差。我族忍术多以音声为用，临敌之时，但用此术，可有两种妙处。一者无论敌人多寡，一术以蔽之，此为广大如海义；二者此术迅捷，声到术成，分毫不差，此为应时如潮义。故简名曰海音。"

孙遇听得微微颔首，海音慧续道："然先师曾说，这只是浅近之义，若论其深者，须从心门入，当'反闻闻自性'，方可超越此术，成就道法。我辈愚鲁，尚未参透。"

孙遇闻言叹道："原来如此！我倒有一解。"

海音慧合十道："愿闻其详。"

孙遇道："即此音声可在心外？"

海音慧道："万法皆不出一心，岂在心外？"

孙遇又道："正是。此声发时，并无实质，亦非虚无，非空非有，故曰妙音；当发声时，声即是空，即空即有，故曰世音；无论空有，皆不出此清净本心，故曰梵音；声音起灭，如潮之涨退，潮起于海，复归于海，声起于心，复归于心，潮即是海，声即是心，故曰海潮音；若达此义，超世解脱，故曰胜彼世间音。"

海音慧闻孙遇此说，忽如临渊跃下，闭关时心中一点挂碍竟一时得脱，登时身心豁然，脱口说道：

潮起潮落两茫茫，入海方知是家乡。今日得闻无生曲，笑看波水一处亡。

孙遇微笑点头，海音慧起身欲拜，早被孙遇止住，道："慧先生，珍重。"

（按：海音慧开悟偈乃作者虚撰。）

席间众人见此情景，顿时寂然。坚地和风子婴肃然起敬，黑绳三和光波翼若有所思，唯独李义南茫然不解，四顾讶然。

风子婴举杯道："没想到先生怀珠不露，失敬！失敬！我敬先生和海音师兄一杯。"说罢先自一饮而尽。

风子婴原本已称呼孙遇作异之老弟，现下又改口称先生，可见心中敬意顿生。

海音慧举起茶杯道："我不饮酒，也以茶代酒敬先生一杯，永铭先生大恩。"

李义南见诸人说话莫名其妙，越发感到奇怪。

孙遇忙笑着打圆场道："大家情投意合，兄弟论交，不必敬来敬去，来，咱们大家共饮一杯。"

众人顺孙遇的意，纷纷举杯共饮。

气氛更融，诸人频与孙遇交谈，多关忍法精义、禅家心要。

孙遇怕冷落了李义南，便提议请黑绳三和陆燕儿再合奏一曲助兴，黑绳三此番慨然应允，陆燕儿更是乐得与黑绳三相和。

箫声先起，羽调高扬，琴声随至，徵音低回。高低之间，山气霭霭，潮声隐隐，岩击白浪，沙沉青波。

陆燕儿之和，甚得黑绳三之意，黑绳三不禁与陆燕儿相视而笑。

曲罢复饮，酒酣人未醉，席终有散时，坚地又邀众人到府中用茶，大家直畅谈到天色将暮，这才让人备好船只，送孙遇等人离去，众人均是依依不舍。

山影峭长，红日沉江。船行过鹰背口，陆燕儿在舱内置好坚地所送的果蔬茶点，大家围坐慢吃闲聊。

陆燕儿将一盏茶递与光波翼，道了句"光波大哥请"。

孙遇在旁笑说道："我见燕儿姑娘与光波贤弟年纪相仿，还不知你们两人谁更大些，燕儿姑娘别是叫错了大哥。"

光波翼接口道："在下是咸通元年五月十七生，不知燕儿姑娘生日是哪天？"

陆燕儿讶道："这可真巧，我与光波大哥同年同月生，却只晚了几日，是五月二十三的生日。看来这大哥没叫冤枉。"众人皆为之一笑。

孙遇问光波翼道："贤弟自幼在坚地长老身边长大，不知所学是何忍术？"

光波翼回道："义父视我如亲生，尽将地部诸法传授与我，其中尤以空类为主修，兼有杂部的化类忍术。"光波翼本对孙遇为自己复画先父遗作心存感激，在酴风阁又见其点拨海音慧发明心地，更是倾心相交，是以对孙遇所问坦诚直答。

孙遇又问道："不知贤弟所修忍术现今已臻何境？"

光波翼道："愚弟年轻学浅，不过是色忍而已。"

黑绳三在旁插话道："光波贤弟过谦了，虽然贤弟名为色忍，恐怕一般想忍也非贤弟对手。"

光波翼笑道："兄长取笑小弟了，我哪里有这般本领。"

孙遇哈哈笑道："贤弟果然少年英雄，我们再吃几杯如何？"

光波翼和李义南齐声赞同。

大家又吃了一起儿酒，天已黑透。不多时，船只驶进一个海湾。又行了半个时辰，但觉船身稍稍晃动两回，竟然停下。

孙遇和李义南正自奇怪，光波翼说道："几位兄长，请换船。"

出舱一看，大船已停靠在一处断崖下，旁边有几艘柳叶小舟悠悠荡荡，每舟均有一名舟子，持桨等候。

李义南问道："怎的和来时走的不是一条路？"

光波翼回道："咱们走的是条小路，不过前面水道狭窄，只能换乘小舟过去。"

那柳叶舟确如其名，舟宽只容一人，每舟除了舟子也仅能载一人。

五个人分别登上五艘小舟，另有一舟载了行李，绕过断崖，驶入一条河道。那河道本已不宽，行出里许更是愈走愈窄，渐渐竟只能勉强通过一条小舟。再走一段，转了个急弯，又是一座断崖突然挡在面前。却见小舟并不减速，直奔断崖冲过去，行至崖下，方才看清原来是两座并立的断崖夹着一条河道。河道极窄，舟子掌船极为娴熟，纤毫不差便进入两崖之间，却已无法用桨，便以双手攀着两侧山崖前行。

穿过断崖，又行出大半个时辰，河道稍宽，六艘小舟转过一个慢弯，便停靠在岸边，早有一人提灯等候。

弃舟登岸，便听光波翼叫道："铁幕兄！"话音显得颇为惊喜。

那人也叫了声"光波贤弟"，又说道："此处不便见礼，请诸位恕罪。咱们进屋再说话。"

众人随那人向山上走去，大约一盏茶的工夫，来至几间木屋前。进得正中一间大屋内，见四周已点燃灯烛，颇为明亮，那人方与孙遇等人见礼。

原来此人亦是瞻部忍者，名叫铁幕志，奉坚地之命，一同护送钦差大人回京。想来光波翼此番首次远行，又逢国事纷乱，坚地怕有些许闪失。虽有黑绳三同行，但黑绳三乃牛货道忍者，奉风子婴之命，只随同诸人到京城而已，光波翼尚须前往杭州、阆州等地，故而坚地派出铁幕志同行。铁幕志亦是坚地收养的孤儿，年长光波翼几岁，自幼便与光波翼一同学修忍术，故而两人感情甚好。铁幕志的其他忍术倒也罢了，却以得自坚地真传的防守忍术——铜墙铁壁术而位列想忍。

孙遇一边见礼一边端详铁幕志，但见此人身体结实强壮，相貌忠厚老实，暗红色脸庞微挂笑容，待人接物略显腼腆，却是位令人放心的人物。

铁幕志安排诸人在各个房间睡下，歇息一宿再走。

因只陆燕儿是女子，又非忍者，故而铁幕志将其安排在正中的房间，并交与她一个铜铃，若有事端，可摇铃报信。

陆燕儿自是感激，款款向铁幕志拜谢。铁幕志见陆燕儿美丽婀娜，况复温柔娴雅，一时竟不知如何酬答，不禁脸色更红，忙低下头，不敢与之对视。

次日清晨，大家起身梳洗，匆匆用过茶点。铁幕志早已备好马匹，请众人上马。陆燕儿不会骑马，孙遇和李义南便让黑绳三与之共乘一骑。黑绳三亦不在意，欣然扶陆燕儿上马。陆燕儿却是羞中带喜，上马时忽见铁幕志正望向自己，不觉脸红，赧然一笑，更显娇羞。

铁幕志当先带路，黑绳三与陆燕儿紧随其后，孙遇、李义南次后，光波翼断后。马骋山中，尽是羊肠小路，更多有坡地密林，根本无路可走，只得在草石树木中穿行，若非有人带路，早已不知迷失几多回矣！

他人不提，陆燕儿靠在黑绳三怀中，颠簸起伏之际却甚感温馨，时而羞面含笑，时而低眉遐思。孙遇虽是文人，马骑得却好，上下提按，闪转腾挪，竟毫无凝滞。

李义南跟在孙遇马后，不禁赞道：“不想贤弟的骑术如此之精，不输圣上的龙雀。”

孙遇朗声笑道：“兄长过奖了。”

光波翼在后问道：“龙雀是何人？”

李义南高声回道：“龙雀并非人名，乃是圣上的马球队。此名乃圣上亲赐。传说古时有神鸟名龙雀，后来大夏出了一把宝刀，亦以龙雀为名。刀身有铭文：‘古之利器，吴楚湛卢，大夏龙雀，名冠神都。’故而圣上取龙雀为名，其义有二，一者言此队人马迅疾敏捷如神鸟飞空；二者言其所向披靡如宝刀出鞘。”

（按：《晋书》赫连勃勃载记：“又造百炼钢刀，为龙雀大环，号曰大夏龙雀。铭其背曰：‘古之利器，吴楚湛卢，大夏龙雀，名冠神都。’”）

正说话间，铁幕志已经驻马在一片坡间平地。大家纷纷下马休息，也让那马儿歇脚吃草。

光波翼向李义南和孙遇二人道：“如此看来，圣上颇为喜爱马球之戏。”

李义南道：“岂止喜爱，圣上所好，无过于此。平日常亲自率队操练马术球艺，亦常邀王公大臣同场竞技。每年端阳、中秋两节，更邀远近各道节度使，遣队至京师会赛，热闹非凡。圣上年少气盛，自不肯在臣子面前输球，故而从十万禁军中精挑能射善骑之士，纳入龙雀操练，志在必赢。”

言及于此，光波翼和孙遇同声叫道：“端阳节！”

孙遇叹道：“此前怎的忘却，那目焱莫不是要在马球会上动手脚？”

李义南也道：“这端阳节的马球会赛确是如光波贤弟所说的‘特别之处’。”

黑绳三闻言，也自微微点头。只有铁幕志并不清楚梵文书信之事，听众人说聊，也不相询，转向陆燕儿看去。只见陆燕儿坐在一方小石上，凝神远方，仿佛并未在听大家说话，而是独自想着心事。

光波翼却主动上前，将此事前后大略向铁幕志叙述一回。铁幕志腼然一笑道：“那咱们这便上路吧。”

李义南道：“不错，咱们得加紧赶路，早些赶回京城为好。”

第十二回

泰宁阁美人斗酒
汉水岸少年赋诗

几人日夜兼程，只五六日便已渡过都泥江，又行一日，眼见便到矩州。

（按：矩州即今贵阳。）

光波翼向孙遇和李义南说道：“咱们这几日一向拣的山野小路行走，算来已经节省了四五日路程，前面到了矩州，便可换马，改走大路了。”

李义南点头说道：“看来咱们端午之前一定赶得及到长安。”

话落未久，五匹马便已冲下一座山坡，踏上通往矩州城的官道，此处距城已不过二三十里。方行不远，忽见路旁一群人聚在一处。

只见这群人背包负重，牵马推车，男女老幼，风尘仆仆，一行三四十人，显然是远途赶路的旅客。众人正围住一对中年夫妇，七嘴八舌地说话，或有无奈叹气，或有气愤激昂，那对夫妇却只顾一味掩面哭泣。

李义南紧跟在铁幕志后面，见此情景，忙喊铁幕志止步下马，上前相询。

原来此一行人本是邕州城郊的村民，因南诏与大唐连年交战，邕州又是西南重地，踬戈不绝，百姓根本无法耕织过活，只得往北方逃难去了。去年闻知南诏与大唐息兵缔和，邕州守军已去大半，故而数十村里相约一同返乡复家。谁知刚过矩州，竟然遇上一伙蛮人飞骑，见农姓夫妇的女儿生得美丽，便强掳了去。众人正议论纷纷，不知如何是好。

〔按：蛮人，是唐人对南诏人的称呼。南诏王酋龙嗣立以来，在唐西南边陲为患二十余年，争战双方都耗费了大量人力物力。酋龙死，谥曰“景庄皇帝”，子“法”继位，改元“贞明承智大同”，国号“鹤拓”，又号“大封人”。乾符四年（877 年）闰二月，法遣使于

岭南西道节度使辛谠，向唐朝请和。唐廷下诏许和。辛谠亦遣使往南诏，戍卫邕州（今广西南宁南）的诸道军队减去十分之七。〕

李义南听罢怒目圆睁，愤然道：“自文宗皇帝以来，南蛮屡犯我大唐，掳杀我唐人无数。今虽求和，仍贼性不改。今日既然碰上，少不得要讨个公道！”忽觉有人轻按自己右肩，回身看时，却是光波翼。

光波翼朗声说道：“兄长所言甚是！”当下向那群人问明，蛮人约有五六十骑，衣着整齐，显是官家装扮，尚有一车财物随行，掳了农姑娘后，径向矩州城去了。

那农姓夫妇见光波翼等人欲为自己出头，虽不知能否救回女儿，此时却也如溺人扼草一般，跪在李义南和光波翼面前拼命叩头。

二人忙将农姓夫妇搀起。光波翼向众人道：“诸位且向南行，过二三里外有一村子，请诸位便在村中歇息等候，眼下巳时将尽，申时之前，我自会带农姑娘回来。”

众人闻光波翼如此说，不禁窃窃私语，虽不敢遽信眼前这几人当真能救回农姑娘，不过既无别法可施，只得姑且一试，便纷纷向几人施礼道谢，拥着农姓夫妇向南而去。

李义南目送众人离去，问光波翼道：“贤弟是否已有主张？”

光波翼哈哈一笑道：“此番便请兄长做个人贩。”

“哦？”李义南不觉奇怪。

光波翼转身看了看陆燕儿，笑着施礼说道：“只是要委屈陆姑娘了。”

诸人皆不明其意，茫然望着光波翼。

“泰宁阁”是矩州城最大的饭庄，虽然世道既非康泰，又不安宁，这泰宁阁的生意倒还红火，晌午时分热闹非常，后院中熙熙攘攘，挤满了马匹车辎，饭庄楼下也已经坐满了客人。

小二正忙着端酒上菜，忽见门口进来一位高壮的方脸客人，身后跟着一位如花似玉的妙龄少女，二人进门后径直向楼梯走去。小二忙迎上前，笑脸招呼道：“两位客官，今日这楼上已经被人包了，楼下那边有桌客人马上就结账，两位不妨稍等片刻。”

方脸客人道：“我们在贵号楼上约了人。”

小二满脸怀疑道：“客官莫不是说笑吧，楼上坐的可都是蛮人。”末后一句却是附耳低声而说。

方脸客人哈哈笑道：“那又何妨？我正是要和他们做笔买卖。”说罢抬步上楼，那少女也紧随其后。

小二扭头望着二人背影，暗自嘀咕道：“要和蛮人做买卖？啐！”面露鄙夷之色。

二人上得楼来，但见一群南诏武人，三五一围，正在喝酒行拳、胡吃海塞。牛皮甲胄随处丢在地上，吆五喝六之声不绝于耳。

当中一桌五人，皆是军官模样，首席一人黑面牛鼻，络腮胡子编成数十条麻花小辫儿，见二人上楼，“啪”地一拍桌子，屋内立时安静，众人齐向二人望过来。

方脸客拱手施礼道：“给将军请安。”

黑面蛮人似笑非笑地盯着少女问道：“找我何干？”

方脸客道：“在下李义南，想和将军做笔买卖。”

“你这唐狗，找死！蒙刊落将军从来不跟人做买卖。”黑面蛮人身边一个军官吼道。

“原来是蒙刊落将军，失敬。将军且听我把话说完，再作定夺不迟。”李义南微微笑道。

蒙刊落将手中匕首插入盘中一大块牛肉内，喝道：“说！”

李义南回身拉过少女道：“这姑娘是我在渝州所买的歌妓鹿儿，身价三千金，本想带她回邕州老家。谁知路上遇见我那堂兄，说将军刚刚在城外带走了他的女儿，拜托我将她赎回来。一来我身上并未带许多银两，二来我想将军也必定不会在意那点银子，是以便将鹿儿带来，想同将军做个交换，不知将军意下如何？”说罢将陆燕儿向身前一推。

蒙刊落冷冷说道：“我若喜欢这小婆娘，只管将她留下便是，何必同你交换？”

李义南哈哈笑道：“这里毕竟是我大唐辖界，将军想必也不会轻易以身犯险吧。”

“放屁！蒙刊落将军是我南诏特使，谁敢留难？”蒙刊落身边那个军官喝道。

“哼！”蒙刊落侧目瞪了那个军官一眼，显然是嫌他多嘴，那个军官便不敢再作声。

李义南闻言笑道："在下与矩州的折冲都尉刘将军倒有些交情，不过这点小事也不想麻烦刘将军出面。况且蒙刊落将军是何等样人，岂会看上区区一个村里的丫头？这鹿儿模样自不必说，又复能歌善舞，乃渝州的名妓，必能讨得将军喜欢。这笔买卖有赚无赔，将军岂有不做之理？"

陆燕儿一直半低着头，此时抬眼望向蒙刊落，莞尔一笑，娇艳无比，直把蒙刊落和众蛮兵将看得两眼发直，舌燥口干。

半晌，蒙刊落发话道："去把屋里那个小婆娘带来。"

一个蛮兵应声到后面客房内，带出一位姑娘，十五六岁年纪，双手缚在身后，口里塞着布团，一张俏脸早已哭得一塌糊涂。

蒙刊落向李义南嘿嘿笑道："好，我和你做这笔买卖。"

李义南拱拱手道："多谢将军。"上前将农姑娘拉过来，先除去她口里的布团，说道："莫怕，我这便带你去见爹娘。"

农姑娘此时如受惊小鸟，浑身瑟瑟发抖，也不敢出声哭泣，只拼命点头。

李义南双手暗自用力，"嘭"地将绳索扯断，拉起农姑娘转身下楼，并不理睬陆燕儿。

那些蛮人见李义南露了这一手功夫，悉皆暗自吃惊，不知他是何来头。

陆燕儿见李义南带农姑娘离去，咯咯笑了起来。

蒙刊落问道："小婆娘，你笑什么？"

"当然笑你们啦，适才还冒充什么'南盗'特使。"陆燕儿故意将"南诏"说成"南盗"。

"放肆！蒙刊落将军本来便是南诏特使，岂是冒充？"蒙刊落身边的军官喝道，"臭婆娘，快些过来陪将军吃酒，哄得将军开心便罢，否则要你小命难保。"

陆燕儿也喝道："闭嘴！你这狗东西。你们若哄我开心，我便哄你们开心，你们若骂我，我便骂你们。大不了一刀杀了我，赔上一条贱命，有何可惧？"

"哈哈哈哈！这小婆娘有趣得紧。"蒙刊落大笑道。

那军官被陆燕儿喝骂，正欲发怒，见蒙刊落发笑，只得忍下。

陆燕儿又道："你们若想跟我吃酒也无不可，但不知你们是不是汉子，会不会吃酒？”

那军官此时更被激怒，骂道：“臭婆娘！莫要得寸进尺，当心老子把你剁成八块煮了吃。”其他蛮人也对陆燕儿此话甚感不满。

陆燕儿笑道：“好，既然如此，我便定条规矩，咱们使大碗，我吃一碗，你们便每人吃一碗，看看谁先醉倒。若是我先醉了，今晚我便听凭诸位大爷发落。若是你们先醉了，便听凭我发落，如何？”

“好，就按小婆娘说的办。”蒙刊落拍案道。

一时间桌上摆满了大海碗，地上堆了数十坛烈酒。店小二和两个伙计呆站在一边，面面相觑，不知道这些蛮人要闹什么乱子。

“你们下去，没有招呼不许上楼来！”一个蛮兵吩咐道。

小二和两个伙计应了一声，转身下楼。小二临走又偷瞄了陆燕儿一眼，眼神中颇露出担忧之色。

陆燕儿双手捧起大碗道：“我先干了这一碗，便当饶你们的，免得一会儿说我欺负你们不会吃酒。”

“放屁！”

“谁让你饶！”

“我们哪个不会吃酒？”

“这臭婆娘！”

“一会儿让你知道爷爷的厉害！”

“咱们一起干！”

陆燕儿这句话激得蛮人叫骂不绝，大家都端起碗一饮而尽。

“好！这还有点汉子样儿。那咱们就连干三大碗。”陆燕儿说罢接连捧起三大碗烈酒，仰面而饮，滴酒不剩。

众蛮人一见登时傻眼，未曾想这个娇美柔弱的小姑娘竟然连饮了四大碗烈酒。那些蛮人平日在南诏多饮米酒，酒性并不甚烈。适才干了这一大碗烈酒，已经有人醺醺然，如今若要再饮三碗，只怕非得烂醉不可。但若不饮，岂非输给面前这个小婆娘了？那南诏武士的脸面岂不丢尽了？箭在弦上，不得不发。众人硬着头皮，也都连干了三大碗。

陆燕儿又是咯咯笑道：“好好好！这样吃酒才有意趣。不过只这样空吃也有些无聊，不如每人在吃酒前都讲一段自己最得意之事。谁若不讲，便连吃两碗。”说罢又干了两大碗。

那些蛮人连饮了四碗烈酒，已经醉倒了十之七八，剩下十几个人开始语无伦次地讲述自己的英雄历史，无非是与大唐交战时的一些烧杀淫掠之事。陆燕儿听得怒火中烧，却不露声色，又接连带着大家吃了两碗酒。

此时满屋之中，尚能抬起头的人除了陆燕儿，便只剩下二三人而已。那蒙刊落倒是个厉害人物，虽然眼神已经迷离，竟然还能说些闲话调戏陆燕儿。

陆燕儿便笑着问道："将军，既然您是南诏特使，这是要去办什么差事呀？"

蒙刊落摆摆手道："嘘……嘘，这不能告……告诉你，这是秘……秘密。"

陆燕儿笑吟吟道："我便知道你在吹牛，怎么可能是特使呢。"

蒙刊落急道："谁……吹牛？我是奉命去成都，与赵……大人会合，想办法……把大唐的公主……给皇上娶回来。"

（按：公元859年，南诏国王酋龙自称皇帝，改国号为"大礼"。）

陆燕儿笑得更加厉害："将军还说不是吹牛，那大唐的公主怎会嫁给你们蛮人？"

蒙刊落嘿嘿笑道："有钱能使鬼……鬼推磨，大唐皇帝不要钱，不过他的……大臣要。我们带了很多钱，都是……从大唐抢的！哈哈哈，哈哈哈哈！"

陆燕儿靠近蒙刊落问道："你们蛮人的皇帝为何非要娶大唐的公主呢？"

"谁稀罕……什么公主，我们皇上……皇上有得是婆娘，不过，还是……得娶公主，要她的陪嫁……很多陪嫁……土地。"

陆燕儿此时心下已然明白，南诏国王是想派此人前往成都，同那赵某人一起，贿赂大唐的官员，劝说皇帝陛下与其联姻，并割让土地给南诏。唉！可怜西南百姓多年饱受南诏残害，如今好不容易盼到两国休战，若是那些无耻贪官当真收了南蛮的钱财，劝说皇上割地卖国，西南百姓将永为异族奴臣，苦痛无期！

念及于此，陆燕儿冷笑一声道："你们已经掠夺大唐太多了，尚嫌不足吗？"

蒙刊落已经有些不支，口齿越来越模糊，断续说道："那算……算什么，老子……杀人……无数，婆娘……也……也抢了无数，不过……不过像你……这么标致的……还……还……"话未说完，便醉倒在桌上。

陆燕儿愤然道："你们这些蛮狗！不知道杀掠淫掳了多少唐人！"

"那又怎样?"

陆燕儿一惊，却见喝骂自己的那个军官腾地站起身来，竟然没有半点醉意。

"你这臭婆娘！老子早看你不大对劲儿，果然不出所料，幸亏老子早有防备。"说罢向陆燕儿紧逼过来。

陆燕儿后退两步，厉声喝道："你待怎样?"

"怎样？让老子先痛快了再说。"那军官欺身便向陆燕儿扑来。

陆燕儿惊呼一声，转身便跑，刚跨出两步，忽然面前横住一人，却是另一个蛮兵。陆燕儿只得站住，但见又有七个蛮兵站起身，围拢了过来。

"哈哈哈哈！臭婆娘，看你往哪里逃，老子的手下都清醒得很哪。"那军官扬扬得意。

"折昆将军果然英明。"一个蛮兵拍马屁道。

陆燕儿怒视着折昆和身边的蛮兵道："真卑鄙！堂堂七尺汉子，和一个姑娘吃酒还要赖，全无半点信义。"

"狗屁信义！臭婆娘，老子现在就好好发落你。"折昆不怀好意地盯着陆燕儿，其他几个蛮兵也目露淫光。

"李大人救我！"陆燕儿向楼梯处喊道。

趁身边的蛮兵扭头之际，陆燕儿转身便向窗口跑去，未及跑到，早被折昆从身后死死抱住。

"嘿嘿，这小婆娘还想耍花招，待会儿看你有何花招跟老子耍。"折昆扛着陆燕儿踹开一间客房门。陆燕儿拼命喊叫挣扎，那几个蛮兵哈哈大笑。

房门关上未久，只见陆燕儿忽然从门里冲了出来，转身跑进另外一间客房。守在外面的两个蛮兵赶紧追将过去。却见陆燕儿很快又跑了出来，转身又进了另一房间，另两个蛮兵忙跟了进去。如此几番反复，不知道陆燕儿用了什么法子，连续跑出四次，分别跑进四间客房。

忽听客房中传出一声惊呼："啊！怎么是这小子?"

紧接着又传出："折昆将军，怎么是你?""妈的！怎么回事?""啊呀!"种种古怪声音不断从五个房间中传出。

只见这五个房间之中，包括折昆在内的四个军官，都各由两个蛮兵按在地上，精赤条条地被剥光了衣裤，那折昆犹在挣扎。蒙刊落也光着身子躺在第一间房内。

“那婆娘是个巫女！”有人喊道。

“咯咯咯咯……”一串姑娘的笑声传来，那八个蛮兵闻声都奔出房门，只见陆燕儿正站在窗边，手中握着一条长鞭，笑望着这些蛮人。

“臭巫婆，老子非宰了你不可！”随着一声怒吼，折昆手持弯刀，裸身从房内冲了出来，直奔陆燕儿杀去。

“哈哈哈哈！”陆燕儿忽然朗声大笑，众蛮兵一怔，只见陆燕儿竟“噗”地变成了一位翩翩美少年，正是瞻部道忍者光波翼！

光波翼见折昆冲过来，轻轻将手中长鞭一挥，鞭梢倏地绕在折昆的脖颈上。那折昆也是一位身经百战的南诏勇士，沙场对敌成千上万，立功无数，此时却连反应的时间都没有。

折昆恼羞成怒，狂吼一声“好你个臭巫婆”，便欲上前拼命，却发现那长鞭竟如铁棒一般又直又硬，将自已杵在那里动弹不得。

光波翼淡淡笑道：“我已在酒中施法，废去了他们的武功。既然你们不肯吃酒，我只好亲自动手了。”说罢手中长鞭一抖，那折昆便似遭了雷劈一般，发根直竖，浑身颤抖，痛苦万状，手中弯刀当啷落地。片刻，光波翼将其放开，折昆如堆烂泥般缓缓瘫倒。

那八个蛮兵见状大惊，掉头便欲向楼下逃命。光波翼横挥长鞭一个来回，八个人竟似被长鞭粘住，一齐被抛向空中，重重摔在地上。

有几个蛮兵仍不死心，抽出随身的短刀想要一齐攻向光波翼。

光波翼长鞭画弧，一击便将几人的短刀抽打得泥土四溅。那几个蛮兵见手中的短刀竟然变成了泥坯土块，尽皆骇然。

“大神饶命，大神饶命！”八个蛮兵面如土色，跪地叩头如捣蒜。

“饶命可以，武功却不得不废。不过暂且留着你们八个的力气还有点用。”光波翼冷冷说道。

又过了一顿饭工夫，李义南奔上楼，道了声：“贤弟，还不走吗？”却见以蒙刊落为首的几十个蛮人排列齐整地昏躺在地上，个个赤身裸体，身上鞭痕累累。八个蛮兵正裸身挥着马鞭互相抽打，看上去已然筋疲力尽。

光波翼见李义南上楼来，笑道：“兄长来得正好，咱们这便出发。”随即转身向几个蛮兵吩咐道：“够了。看在你们出力鞭挞蛮狗的份儿上，我亦不为难你们，这里尚有几碗好酒，你们几个将它吃了吧。”

那几个蛮兵闻言立刻丢掉手中马鞭，过去将酒吃了，随即瘫软在地。

光波翼和李义南并肩下楼，见楼下客人已离去大半，那小二正在楼梯口向上张望。

小二见二人下楼，忙点头招呼送客。心中却道："这少年何时来的，怎的未见他上楼?"

二人径往后院，挑了几匹好马，又驾了那辆满载珠宝的马车，正欲离去，一名店伙计急忙赶上前来阻拦，原来是帮那些蛮人看守车马的。

李义南道："这是我从蛮人手里买下的，不信你自可上楼去问。"

那伙计忙跑进去，却不敢上楼，将那小二拉在一旁相询。

小二道："我也不知，只听那客官来的时候说过要与蛮人做买卖，还带着一位美貌姑娘上楼，便不见下来了，不知是否已被卖给那些蛮人了。唉！可惜那位姑娘了!"

这二人正说着话，李义南和光波翼早已骑马驾车扬长而去。

这边铁幕志已将农姑娘接到城外，光波翼与李义南回来与诸人会合后，大家忙询问救人经过。光波翼便将扮作陆燕儿戏弄蛮人的经过细细说了，众人都不禁捧腹大笑，只陆燕儿羞红了一张俏脸。

李义南向诸人道："此番虽为救人，光波兄弟不但废了那些蛮狗的武功，又顺便劫了他们的财宝，只怕还碰巧破了南诏国的一件阴谋。"

孙遇笑道："正是，那南诏国的赵大人只怕等不到米下锅了，哈哈哈哈！不过咱们仍需尽早赶回长安向圣上禀明此事，免得以后又让那些蛮人伺机勾结我大唐败类，坏我社稷。"

众人皆点头称是。

光波翼便将农姑娘送去与父母团聚，厚赠了那一干人等不少银两。又与孙遇等人换了蛮人的骏马，并为陆燕儿置办一辆马车，处置好那车财宝，这才重新上路，直奔长安。

〔按：乾符五年（878 年）四月，南诏遣使赵宗政来请和亲，请为弟而不称臣。唐廷以为其骄慢无礼，中书不作答牒，而仅以地方官西川节度使崔安潜的名义致书回答。十二月，赵宗政还国。〕

一路之上，光波翼不失良机，常向孙遇讨教心法大意，亦学些丹青之术。

孙遇且喜光波翼年纪虽轻，却颇具慧根，于莫名难信之法，常能领会大意，虽非明悟，却通其理，是以也欢喜与他交谈。

陆燕儿坐于马车之中，仍不时以琴言情，慕以涩羞，思以淡愁。黑绳三驾车，闻得陆燕儿的琴声，只假作不知，一脸从容，非迎非拒。铁幕志却常常听琴出神，整日无语。

这一日已到安康城内，几人选了家城北的客栈住下。

午饭过后，大家聚在二楼客房内茶话。光波翼提议道："城北即是汉水，风光必佳，咱们便在此抚琴赏景，吟诗作画，岂不快哉！"

李义南笑道："光波贤弟怎说的呆话？江边风光虽好，然这客栈窗外便是城墙，如何赏景？"

光波翼却道："不妨。如今只请黑绳兄和陆姑娘吹箫抚琴，李兄舞剑，孙兄作画，我来赋诗，铁幕兄为我们做眼目。"

黑绳三听光波翼如此说，只微微一笑，显是明白他的意思。孙遇和李义南却不明就里，茫然望向铁幕志。铁幕志憨然一笑，向众人扫了一眼，见陆燕儿也正注视着自己，不禁脸上一热，忙将头扭开，说道："也好。"

但见他双手当胸结印，默念一句真言。众人忽觉眼前一亮，只见客栈北面的墙壁与窗子一时突然消失，眼前空空旷旷，那城墙也不知何故竟然开了一个数十丈宽的大口子，城北的汉江及两岸风光豁然便在目前。

李义南蹙眉问道："铁幕兄弟莫非也会幻术吗？"

光波翼哈哈大笑道："李兄此言差矣，铁幕兄使的并非幻术，这忍术的名字唤作'摩尼宝镜'，可令人眼光透山穿墙，明见幕后。铁幕兄擅长防护之术，然则以铜墙铁壁术御敌之时，总不能看不清敌人动向，是以便用这摩尼宝镜之术洞察敌情。"

孙遇接口道："想必这摩尼宝镜术修炼大成时，便可不动本地，彻见十方了。"

光波翼应道："正是，正是！兄长如何得知？"

铁幕志亦凝视孙遇，甚感惊讶。

孙遇释道："适才义南兄误以为此乃幻术，殊不知我辈为山林房屋阻碍眼光，不能见其背后，正是被这眼前的幻象所迷惑。那房屋也好、山林也罢，本是前尘幻影，由我等坚固执着之妄想而成，并非实有。如人以手指按目，目酸发翳，妄见空中有花。花非实有，乃是因手指按目而成。山林墙壁亦非实有，乃由妄想执着而成。”

孙遇顿了顿，续道：“世界本静，亦无障碍，由我人心想妄动而致旋转，如转一火把，因其旋转而妄见火轮之相，实乃火把，并无火轮。如能澄心静虑，动转则止，妄动停止，则幻象随灭，幻象若灭，真相立现前矣。我见铁幕贤弟此术当是以真言、手印之力，并及自身之定力，令心虑暂得澄清，故而得见屋墙之外。然能令众人皆见，应是真言与手印之力为主。若能修炼至深，妄想断尽，幻心则灭，如是一切幻象尽灭，则一切真实自然现前。如《圆觉经》云：‘当知身心皆为幻垢，垢相永灭，十方清静。’”

李义南上前拉住孙遇戏谑道：“贤弟何时也变成了忍者？”

孙遇哈哈大笑。

光波翼道：“异之兄虽非忍者，却着实深谙忍法之道。”

铁幕志收了忍术向孙遇道：“孙兄方才说世界本静，难道这风吹水流，人来车往皆是静止的吗？”

孙遇答道：“我说静，乃因妄动而说，动静本是相对立名，若除妄动，静亦不存。如今贤弟若欲知静，这风吹水流、人来车往之上便有真静在，贤弟可识得否？”

铁幕志望着孙遇，茫然无对。

孙遇见他不明，亦不再多说，只笑道：“既然铁幕贤弟有此异术，我等便依光波贤弟所说，在此一乐如何？”

众人尽皆称好。铁幕志便又施展起摩尼宝镜之术，诸人便如身处空阁，尽情将那汉水英姿、两岸美景收入眼底。

黑绳三和陆燕儿应邀以琴箫助兴，却是一首豪迈的曲子，如日月交轮，滚滚江水东流入海，滔滔不复回也。李义南也仗剑起舞，腕转银花，臂挥冰轮，步踏八方，锋夺四维，和着琴箫之声，更添了许多豪气。

孙遇本以画水闻名天下，此情此景，潇洒挥毫更不在话下。

盏茶成画，光波翼早为这琴、箫、剑、画、山河所动，向孙遇施一礼，提笔在画上书道：

汉水江边觅古踪，昔年纸醉墨痕浓。安康刺史今何在？不信男儿五马雄。

（按：“安康刺史”指金州刺史姚合，为中晚唐之交时的诗人。其有诗曰：“安康虽好郡，刺史是憨翁。买酒终朝饮，吟诗一室空。自知为政拙，众亦觉心公。亲事星河在，忧人骨肉同。簿书岚色里，鼓角水声中。井邑神州接，帆樯海路通。野亭晴带雾，竹寺夏多风。溉稻长洲白，烧林远岫红。旧山期已失，芳草思何穷。林下无相笑，男儿五马雄。”此处光波翼睹江水东逝，思古人，忆金州刺史姚合，感叹人生之无常，更叹人们无视于此，不知道以短暂有限之人生，思索生死之大事，却孜孜以求无谓的功名利禄，以为是英雄男儿色，最终不过是一抔黄土掩风流罢了。“五马”为太守的代称。）

孙遇赞道：“不想贤弟少年古心，竟有这般胸怀！好！”众人亦皆叫好。

陆燕儿在旁喃喃叹道：“若是人人都似光波大哥这般想，天下岂非太平无事了，那便多好。”

六人又复游戏欢乐一起儿，日暮方散。

晚饭后，各人回房歇下，来日一早好动身启程。

回房不久，黑绳三忽闻琴声响起，似从隔壁陆燕儿房内传来。

黑绳三侧耳细听，但觉琴声甚为古怪，似乎全不合音律。

少时琴止，未几又鸣，竟是重复那曲调。

黑绳三暗记工尺，心下揣摩，却是“四，六五，一四一四，凡五，一四上，合上四一，尺一四，五凡工乙凡，合上合，合四四，上六工，合工凡，一六合合，五凡”，实在曲不成调。

〔按：古时乐谱称为工尺（chě），计有：合、四、一、上、尺、工、凡、六、五、乙，相当于$\underset{\cdot}{5}$、$\underset{\cdot}{6}$、$\underset{\cdot}{7}$、1、2、3、4、5、6、7。上述乐谱即为：$\underset{\cdot}{6}$，5 6，$\underset{\cdot}{7}\underset{\cdot}{6}\underset{\cdot}{7}\underset{\cdot}{6}$，5 4，$\underset{\cdot}{7}\underset{\cdot}{6}1$，$\underset{\cdot}{5}1\underset{\cdot}{6}\underset{\cdot}{7}$，2 $\underset{\cdot}{7}\underset{\cdot}{6}$，6 4 3 7 4，$\underset{\cdot}{5}1\underset{\cdot}{5}$，$\underset{\cdot}{5}\underset{\cdot}{6}\underset{\cdot}{6}$，1 5 3，$\underset{\cdot}{5}3$ 4，$\underset{\cdot}{7}5\underset{\cdot}{5}\underset{\cdot}{5}$，6 4。〕

正自思忖，有人叩门，开门只见陆燕儿立于门外，叫了声“黑绳大哥”，似有话说，欲言又止。

黑绳三将陆燕儿请入房内，问道：“适才可是燕儿姑娘在弄琴？”

陆燕儿轻轻点头道：“家父在世时，曾得到一本琴谱，很是古怪，音韵既失高下，又未断出章节。家父时常把弄，却也琢磨不透。我适才因思念起双亲，故而随意拨弄了一段，实在难听得紧，便又放下了。”

“原来如此。”黑绳三请陆燕儿坐下，道，“燕儿姑娘找我何事？”

陆燕儿轻咬下唇，望了黑绳三一眼，旋又低下头，道：“再有二三日便可到京城了，黑绳大哥将孙先生他们送到之后，有何打算？”

黑绳三道：“风长老交代过，若过了端阳节无事，我便回西部去了。”

陆燕儿双手搓弄着手指，含羞说道：“那时便要与黑绳大哥分别了，不知何时再得相见。”

黑绳三淡淡笑道：“有缘自会相见。你在孙先生家中且自珍重，我向东来时总会去看望你。”

陆燕儿叹口气道：“其实我并不想留在长安……”话说一半却又停下，脉脉地看着黑绳三。黑绳三已知她心意，但一时也不知该如何应她，只默然无语。

自从将陆燕儿从蟒口救下，与之偕行数千里，一路朝夕相处，陆燕儿对自己情意渐深，黑绳三岂能不知？加之燕儿玉容纨质，聪慧解人，一向惹人怜爱，黑绳三也曾想过那琴箫之合。只是眼下国事纷乱，战争迭起，自己正是东西奔走、报国效力之时，哪有儿女欢爱之暇？故而也只能将燕儿对自己那一往深情暂埋心底。

陆燕儿见黑绳三不作声，未免黯然，旋又说道：“黑绳哥，我胸口有些憋闷，想去江边迎迎风，你能带我去吗？”

此时虽然城门已关，黑绳三却不忍拂她的意，点头应允。陆燕儿便携了瑶琴，由黑绳三将她负在身后，纵身跃出城去。

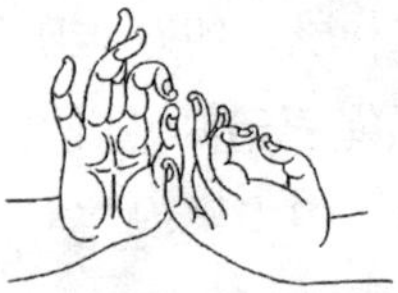

第十三回

月下起舞玉人悴
场上击鞠烈马雄

路深绝人迹，夜静唯水声。

江北丘上有座小亭，黑绳三负着陆燕儿踏水过江，径直来到小亭之中。

陆燕儿抱琴而坐，望见对岸城头火光点点、摇曳不定，再看那汉水粼粼，波涌月碎，不由得感伤平添，抚琴歌道：

> 双燕有雄雌，照日两差池。衔花落北户，逐蝶上南枝。桂栋本曾宿，虹梁早自窥。愿得长如此，无令双燕离。

乃是一曲《双燕离》，恸琴悲歌之下，泪珠儿早挂双颊。

直听得黑绳三锁紧了双眉，迎风背手，凝望着夜色中东逝的江水。

一曲歌罢，陆燕儿起身说道：“黑绳哥，我自幼善舞，却从未示人，今夜燕儿想为你而舞，可否请黑绳哥为燕儿吹箫？”

黑绳三回身望着陆燕儿说道：“风大夜寒，你的衣衫单薄，咱们还是早些回去吧。”

陆燕儿说道：“我不冷，似这般与黑绳哥独处的光景又能几何？就让燕儿跳这支舞吧。”眼中犹噙着泪水。

黑绳三见陆燕儿如此说，便不再推却，右腿踡拱坐于亭栏之上，长箫悠然响起，陆燕儿随之翩翩起舞，只见她：

> 罗衫云轻袖如风，纤纤柳腰桃花容，酥手遮面偷回眸，委婉不知

秀发松。摆莲足，扬玉臂，吁吁娇喘呵兰气。香肩斜倚旋千回，仰躯曼跳碧裙起。顾菟西移犹未歇，只盼与君长依依。

直至夜深人倦，陆燕儿方恋恋不舍地随黑绳三回城安歇。

翌日清晨，众人聚齐，独不见陆燕儿出来用早饭。大家敲了一回门，仍不见动静，因担心陆燕儿出事，便推开门进去，只见陆燕儿正仰卧在榻上，犹自昏睡未醒。

孙遇来到榻前，看她面色红赤，口唇泛白，以手背触她额头，炽然烫手，回身对众人说道："燕儿姑娘怎的忽然病得如此厉害？"

光波翼忙上前为她把脉，少顷说道："看来燕儿姑娘是受了风寒。"

孙遇道："原来贤弟精通医术，这便好了，贤弟快些为燕儿姑娘开个方子吧。"

光波翼摇头道："我不过是略通医理，谈不上精通，况且燕儿姑娘这病还有点奇怪，我只怕平日鲜少为人医病，不知这方子能否开得妥帖。"

孙遇问道："却是怎生奇怪法？"

光波翼道："燕儿姑娘的脉，太阴浮紧，显然受了很重的风寒，然而现时已是初夏，夜间并不甚寒凉，按理症候不应如此沉重。"

众人均点头，认为有理。李义南问道："如此当如何施治？"

光波翼道："察其脉象应是内有忧思之伤，郁而化火，加之外感风寒湿邪，寒热两胜，表里俱实。我想开两剂应急的方子，将寒热先解了，再治她的病根。"

正谈话间，只听陆燕儿喃喃叫道："水……"

铁幕志虽站得离床最远，却一直在关切地望着陆燕儿，听见她开口要水，忙倒了一杯水递与孙遇，孙遇半扶起陆燕儿的头，喂她喝下。

陆燕儿蒙眬睁开双眼，见大家围在自己床前，便想起身，无奈挣扎一下却无半点力气，孙遇忙扶她躺好。

黑绳三此时心中难过，暗想必是昨夜在江边太久，陆燕儿为自己歌舞半宿，身倦神疲之下又受了风寒，才致如此。

陆燕儿却似看出黑绳三的心思，低声说道："我昨夜稍觉气闷，便开了窗子睡下，想必是受了些风寒，不打紧，稍稍休息便好，大家不必为我担心。"

说罢一阵咳嗽，喉间大有痰声。

孙遇转头对光波翼道："请贤弟这便开方吧。"

光波翼点点头，走到桌前，提笔开出一方，乃是麻黄、石膏、防风、连翘、大黄等十六味药。随即又写一方，却是：柴胡、半夏、甘草、白术、炒栀子各一钱，当归、白芍各三钱，陈皮五分，茯苓二钱。

光波翼将两方递与孙遇，道："这第一个方子意在救急，第二个方子却是治本。"

"此话怎讲？"孙遇拿起方子端详道。

光波翼道："这麻黄等十六味虽能将寒热泻去大半，却不能尽解。因燕儿姑娘有肝气不舒之郁。肝木郁则生火，今有外风吹袭，风火相合，其热乃炽。肝木肆风火之威，反凌于肺，肺不甘，则两相争斗，肺惧火焚，呼救肾子，故生咳嗽。火刑肺，胃来援，津液上升，又为肝中风火所耗，变为痰涎。故这第二方解郁祛风为本，郁解风自难留，加半夏消痰，栀子退火，更能相助相资，风散火熄，必奏功如响。"

光波翼言毕，孙遇颔首道："贤弟体察入微，所言甚合医理，当是不错。"

光波翼说道："如此，我这便去为燕儿姑娘抓药，诸位在此稍候。"说罢转身出门。

下了二楼，光波翼叫来小二打听药铺所在，小二详细告之，顺口问道："客官莫不是要给那位姑娘抓药？"

光波翼奇道："你如何得知？"

小二回道："昨夜那位姑娘让我给她房里送了一大桶冷水，我看那位姑娘不知何故，衣衫都被汗水浸透了，想来是要沐浴，便问她要不要烧桶热汤给她，她却推说不用。您想，一个姑娘家，若真是出了一身汗，再用这冷水沐浴，哪有不生病的？唉，我也不好劝说，没想到还真……"

光波翼心道："原来如此。"向小二道了谢，出门买药去了。

孙遇见陆燕儿盖着棉被犹尚怕冷，便让铁幕志去向小二又要了床厚被给她盖上。回身对李义南等人说道："我见燕儿姑娘的病非一两日可好，今日已是四月二十九，若待燕儿痊愈出发，恐怕端阳节前赶不及回到京师。我看不如让她暂且留在此地养病，待彻底康复后再去长安寻咱们会合，只是需留下一人照看她。"

李义南道："只好如此。你我二人须面君复旨，不便耽搁，我看不如让黑绳兄弟留下来照看燕儿姑娘。"

孙遇和道："我也正有此意。"

陆燕儿在床上听二人如此说，正合心意，周身的酸痛仿佛顿时清爽了许多。

黑绳三正为陆燕儿生病自责，此时却道："两位兄长命我照看燕儿姑娘，本是责无旁贷，然我在幽兰谷奉了风长老之命，务必护送两位兄长安全抵达长安，并须过了端阳节才得离开。更何况咱们已猜测目焱要在端阳马球大会上动手脚，我怎可留在此地不去长安？其中轻重，还请两位兄长权衡。"

李义南点点头道："黑绳兄弟所言不差，这便为难了。"

陆燕儿见黑绳三不肯留下，但觉胸口一热，忍不住一阵剧烈咳嗽。

"唉！"孙遇叹了口气道，"看来光波贤弟这方子也治不了燕儿姑娘的病根啊。"

陆燕儿本就难过，听孙遇这般一说，眼角竟流下泪来。

"我留下照顾陆姑娘。"铁幕志忽然开口说道，"坚地长老只命我随行，并无其他特别吩咐。待陆姑娘身子痊愈了，我再带她去京城同大家会合。"

孙遇和李义南互相看了一眼，"这样也好。"孙遇点头同意。

待光波翼买药回来，孙遇与他说了一遍大家商议的结果，光波翼自是赞成，又将几服药的煎服法向铁幕志交代了一番。

大家各自安慰了陆燕儿一回，黑绳三却不知如何开口，呆站在床前。陆燕儿望着黑绳三，眼中甚是不舍与无奈，勉强微笑了一下，有气无力地说道："黑绳哥，好好保重，不用挂念我。"

黑绳三见燕儿反倒主动安慰自己，不觉心中一酸，轻声说道："好好养病，不要急着启程。待端阳节过后，我来接你去长安。"

陆燕儿应了一声，欲言又止，不觉又流下一滴泪来，说道："我等你。"

送走了众人，铁幕志便去煎了药，喂陆燕儿吃下。吃过药，陆燕儿昏昏睡下，醒来已是午后。铁幕志已备好一碗稠稠的米汤，给陆燕儿补养胃气。

陆燕儿不时昏睡一会儿，醒来时铁幕志不是喂药、喂米汤，便是喂她喝水。

陆燕儿再一觉醒来想要小解，便挣扎着要起身。铁幕志忙扶住她，不让她起来，问她有何需求，陆燕儿一时羞于启齿。

铁幕志见陆燕儿忸怩害羞，方才明白过来，对陆燕儿说道：“姑娘不必出门去，免得再受风寒，我已经为姑娘准备好了，我先扶姑娘下床，再到门外去等候。”说罢将陆燕儿搀扶下床。

陆燕儿见铁幕志不知何时弄来一把座椅样儿的木马子，想是趁自己熟睡时去外面买回来的。座椅木马子带扶手，纵然身子虚弱也不至摔倒。那木马子旁的小桌上还放着软木厕筹。陆燕儿心中暗想：“这铁幕志倒真是个有心人。”

（按：“木马子”即马桶，古时便器称为“虎子”，至唐朝，因李世民的叔叔名“李虎”，故避其讳，改为“兽子”或“马子”，木马子即木制的马桶。另，“厕筹”即古人的“手纸”，是以竹或木削成的薄片。）

晚上吃过药，陆燕儿对铁幕志说道：“铁幕大哥，你也劳累了一整日，请回房去好好歇息吧。”

铁幕志道：“不妨事，我一点也不累，姑娘好好睡吧，我守在这里，万一姑娘有什么需要，也好有个差使的人。”说罢便面向床头端坐在靠窗的椅子上。

陆燕儿知道拗不过他，也无力气多说，便自顾睡去。

次日醒来，铁幕志先喂陆燕儿吃了些小米粥，又将煎好的药喂她吃下。

陆燕儿已觉身体清爽不少，起身解过手，铁幕志将马桶和痰盂一并拿去倒掉，清洗干净。陆燕儿知他一夜未睡，又见他照顾自己，丝毫不嫌污秽，不觉心中感激，柔声说道：“铁幕大哥，我如此拖累你，好生过意不去。”

铁幕志憨然一笑道：“姑娘不必介意，赶快将病养好才是正经。”

陆燕儿心中却道：“若是黑绳哥能如此待我该有多好。”

又过了一日，陆燕儿已能下床活动，只是身体尚弱。

夜间，陆燕儿劝铁幕志回房歇息，铁幕志却仍想整夜守护。陆燕儿微微笑道：“光波大哥的药当真灵验，我想明日吃完最后一服药便能痊愈了。铁幕大哥辛苦了这几日，也该回去睡个好觉了。”

铁幕志不肯，陆燕儿故意努嘴道：“你若再不回去歇息我便生气了，明日就不吃药了。”

铁幕志是个老实人，听陆燕儿如此一说，竟有些不知如何是好，颇为尴尬。

陆燕儿见状，嘻嘻笑道：“那就请铁幕大哥再帮我做一件事，然后便回去睡觉。”

铁幕志忙问有何事，陆燕儿说道：“请铁幕大哥为我唱个儿谣，帮我入睡。”

铁幕志登时脸一红，结舌道：“我，我从不会唱歌。”

陆燕儿道：“小时候总听过儿谣吧，人人都会唱几首，铁幕大哥自然是会的。”

铁幕志涨红了脸，道：“我真的不会。”

陆燕儿本想同他开个玩笑，见他如此羞涩窘迫，不觉有些歉意，说道：“那好吧，那就不勉强铁幕大哥了。请铁幕大哥快些回去歇息吧。”

哪知铁幕志以为陆燕儿在说气话，忙道：“那好吧，我便给姑娘哼一首小时候听过的儿谣吧。”

陆燕儿拍手称好，只听铁幕志轻声哼唱道：

苗儿山，苗儿山，女儿纺纱郎种田，纺得一根千丈纱，日夜系在郎腰间。

苗儿山，苗儿山，女儿为郎做炊饭，炊烟升得百尺高，郎在田间可曾见？

苗儿山，苗儿山，女儿唱歌郎做伴，女儿歌声响不绝，梦中绕在郎枕畔。

苗儿山，苗儿山，女儿作舞给郎看，但愿郎心日月长，百年千年看不厌。

铁幕志唱完儿谣，抬眼却见陆燕儿泪流双颊，慌忙起身说道：“我就说不会唱歌，却惹得姑娘不高兴了，当真该罚。”

陆燕儿此时方缓过神来，连忙说道：“没有没有，铁幕大哥唱得真好，我是听入神了。”

铁幕志望着陆燕儿，半晌说道：“姑娘可是想……”他本想说“姑娘可是想念黑绳兄了”，话到嘴边却无法出口，旋又接道：“……早点歇息吧。”

陆燕儿微微点头道：“铁幕大哥也早点歇息吧。”铁幕志笑了一下，转身离去。

吃完了几服药，陆燕儿果然身体大好。铁幕志怕陆燕儿病后胃口不佳，每日都让客栈厨房变换口味，烹调不同的菜肴给陆燕儿吃。如是将养了两三日，陆燕儿已然康复如初。

二人在安康城过了端午节，铁幕志知道陆燕儿有意等黑绳三来接她，便又停留了三日，仍不见黑绳三回来。陆燕儿也等得着急，便同铁幕志商量启程之事。

次日一早，二人收拾好细软，铁幕志让陆燕儿坐了马车，自己驾车，直奔长安而去。

大明宫太液池，水清波粼，夕阳撒金，一艘龙舫悠悠地泊在池中央。

僖宗皇帝看着眼前两位青年，很难相信他们就是昨夜李义南和孙遇所说的厉害忍者，他转头看看阿父田令孜。

田令孜也正在端详黑绳三和光波翼二人，见僖宗意在询问自己，便开口说道："皇上，老奴以为光波翼所说不错，虽无十分把握那些反贼会来此滋事，但万万不可掉以轻心。为了皇上安危着想，不妨便依光波翼所说，总无大碍。"

僖宗见田令孜如此说，便点点头道："好，那就这么办吧，不过你们切不可坏了朕打球的兴致。"众人施礼诺了一声。

僖宗又看看李义南，说道："李爱卿，你和孙先生先各自回去与家人团聚几日，端阳大赛，爱卿与朕一同出场，必夺头筹。"

李义南和孙遇忙叩首谢恩。

此时最后一缕阳光蓦然隐去，天色昏暗下来。

僖宗站起身对黑绳三说道："朕听说你能在水面行走，可否从这太液池走回去给朕看看？"说罢又看了看光波翼。

光波翼明白僖宗也想看看自己的身手，便与黑绳三一同向僖宗告退。二人退出大舱，转身跃下龙舫，踏水而去，只看得僖宗瞠目结舌。

孙遇扭头瞟了一眼窗口的田令孜，见他双眼微眯，凝视着远方，似乎另有所思。

端阳节的长安城一大早便车水马龙，人群熙熙攘攘。

大明宫东南的东内苑中更是马嘶人欢，热闹非凡。

长安城共有皇宫三座，分别是太极宫、大明宫和兴庆宫。

太极宫建于隋代，旧称大兴宫，唐初的两位皇帝主要居住于此。大明宫初名永安宫，在太极宫之东，因此又叫东内，原是太极宫后苑，李渊死后，更名为大明宫，唐高宗后扩建成为唐帝王的主要居所。

大明宫的正殿含元殿，高于平地四丈，可俯视长安城。含元殿后的宣政殿，是皇帝日常朝政之所，其东西两廊分别有日华门、月华门，门外是六部和史馆、书院。含元殿之后的紫宸殿乃皇帝便殿。紫宸殿之后，为诸多散殿，供皇帝随意游乐、居住。大明宫中规模最大的建筑为麟德殿，宫中盛大宴会，多在此举行。大明宫中轴北部为太液池，池中有亭，周有回廊、殿宇。

兴庆宫原为唐玄宗即位前的邸宅，玄宗即位后扩建，其规模不大，但装饰极为华丽，安史之乱中惨遭重损。

三座宫城之外，又有三座大型苑囿，分别为西内苑、东内苑和禁苑。

三苑之中，禁苑的规模最大，其中园、亭散布，并在苑中重建了未央宫。禁苑中饲有多种珍禽异兽，供帝后赏玩。

西内苑在太极宫之北，苑内有宫殿若干，其中弘义宫是李世民为秦王时所居之处，即位后改名为大安宫。

东内苑在大明宫的东南角上。苑内有承晖殿、龙首殿、看乐殿、球场亭子殿，另有小儿坊、内教坊、御马坊等。并有一座灵符应圣院，日后唐僖宗即崩于此处。苑内还有一处龙首池，文宗宝历九年又将水池填平，改建为鞠场。

今日这东内苑中汇集了百余骑良骏，正是参加端阳节马球大赛的八支雄赳赳的马球队。来自凤州的“翱羽”，人人皆着大红短衣，岐州的“鸣喙”穿蓝色小袄，商州的“干将”着绿装，京兆府的“飞熊”“於菟”分别着白衣和青衣，神策军的“赤戈”衣紫，僖宗御用球队“龙雀”则穿黄色短戎，另有一支来自西川民间的“玉鼻骍”，通身皆为黑色。众人的幞头均与衣色相同，马尾均以彩带扎绑。这八支队伍，各秉一面大旗，整齐地列于苑南的延政门内，等候入场一较高下。

一眼望去，八支队伍尤以“龙雀”和“玉鼻骍”最为齐整夺目。“龙雀”座下皆为黑马，毛色乌溜发亮，个个神骏非常。“玉鼻骍”则正如其名，人人皆跨白鼻赤马，马儿高大且壮，身长均超八尺之上。

随着司仪宫监高喊一声“入场”，八队人马依次进入球场。

这球场南北长百丈，东西宽六十丈，地平如镜，极为整洁，四周围有半人多高的朱漆矮墙，上插无数红旗。整个球场宽广恢宏，尽显皇家气派。球场西面是两层高的球场亭子殿，专为观赏马球比赛而建。北面是看乐殿，楼高三层，立于顶层殿上，向北可望见龙首池鞠场和龙首殿，向西可遥望含元殿，向南则可观见马球场。

球场之中，人人皆须下马列队，待各队人马就位，司场宫监唱名，由各队的领队——“太月杖”出列抽签，以定初赛对手。比赛中每两队一组，称为“两棚”，捉对厮杀，三场两胜者晋级。复赛中四支队伍再抽签一次，两两一组，淘汰两队，最后留下的两队人马举行决赛，胜者可得皇帝御赐金樽一座，并得赏银万两、绢五百匹。第二名者亦可得赏银三千两。

僖宗此时正坐在东内苑北侧的龙首殿中休息，田令孜、李义南和孙遇俱陪在身边，屏退了一干宫监、宫女等人。君臣正说着闲话，从东厢侧室走出一人，着一件金丝绣龙黄短褂，缎裤绒靴，头束錾金双龙戏珠镶祖母绿宝石发盔，年纪轻轻，气度非凡。

那人径直来在僖宗面前，叩首行礼道：“臣光波翼叩见皇上。”

僖宗大吃一惊，但见下跪之人竟与自己一模一样。僖宗忙叫平身，自己也离座围着光波翼看了又看，见他竟如自己的分身一般。

田令孜亦自讶异非常，在旁不断打量光波翼，竟寻不到半点破绽。

李义南呵呵笑道：“陛下这回可以放心了，便是太后娘娘怕也认不出他是假冒的皇上。”

僖宗点点头，说道：“光波翼，你这妆化得当真惟妙惟肖啊。”

李义南接口道：“他这哪里是化妆……”

话刚说一半，光波翼抢道：“李大人所说不错，这并非普通的化妆术，而是秘传的易容之术。”

李义南本想说“他这哪里是化妆术，他这是忍术中的变身术”，不想光波翼却打断自己，将变身术说成是易容术。虽然不明就里，也只好闭口不再插话。

僖宗叹道：“你这易容术如此厉害，待会儿去到球场，他们必定以为是朕无疑。想那北道的忍者若当真前来，也必会被你骗过。”随即又转身问李义南道：“黑绳三现在何处？”

李义南躬身回道：“回皇上，黑绳三前往球场巡视，即刻便来龙首殿护驾。有黑绳三在身边，皇上更可安枕无忧了。”

几个人谈话间，哪里知道这一幕尽被一个人看在眼里，听入耳内，不是旁人，正是目焱的女弟子——花粉。

花粉此番来京城，早已知晓光波翼等人给皇上送信之事，也已得知他们对马球大赛有所防范。故而花粉早早便潜入东内苑，窥伺动静，慢慢享受猫儿捕鼠之趣。

此刻花粉藏身在龙首殿顶内的横梁上，注视着光波翼变身成僖宗的模样，心中却想着他在幽兰谷外林中的样子。正自出神，却见光波翼已经走出大殿，跨上一匹乌骓马，田令孜和李义南紧随其后，也各自上了一匹黑马，三人在侍卫的簇拥下，向南奔去。

球场中唱名抽签已毕，但听得场外由远及近几声“皇上驾到”，众人皆跪地叩首迎驾。

见过候在一楼的群臣，僖宗便上了球场亭子殿二楼，田令孜和几位宰相亲王也随之上楼。刚刚落座，皇太后驾到，僖宗忙起身给母亲请安，扶着太后坐在自己的上手位置。随即示意身边的宫监开赛。

皇太后徐氏，并非僖宗生母，乃是唐懿宗的贤妃。僖宗生母乃王贵妃，薨于咸通七年，当时僖宗年仅五岁，便由徐贤妃抚养照看。僖宗即位后，便追谥生母为惠安皇太后，同时也尊封养母徐贤妃为皇太后。

亭子殿旁的乐人得令，一时奏响《龟兹乐》。曲毕，一通鼓声响过，从南北两个球门右侧分别冲出一棚人马，来到球场正中，乃是岐州的“鸣喙”对京兆府的“飞熊”。每棚均为十骑，人人手持藤制球杖，长约四尺，以皮革包裹，杖头为偃月形状，绘以图画，称为“月杖”或“画杖”。

双方相向而对，各呈一字排开，等候争球。马球乃以柳木空心而成，坚固圆滑，如拳头大小，外绘彩画，故称“彩球”。

场中有“鞠官”三人，负责裁决胜负、犯规等事，均骑马，其中一名鞠官全场奔驰，随球裁判，为“主鞠官”，南北半场则各由一名鞠官守场裁决，为“副鞠官”。另外球门旁各有一名徒步的“司门官”，专司裁决进球与否。

场端球门阔两丈二尺，高一丈一尺，乃以方木为门柱，宽板为门楣，门楣高四尺，其下门洞高七尺，后面连有网状球囊。整个球门漆成明黄色。

“主鞠官”开球，只见那鞠官纵马从西向东疾驰，待奔过球场中点刹那，将彩球竖直高高抛起。

彩球甫一凌空，两棚人马早已变阵冲出。有的径向对方球门奔去，以资己方得球后策应进攻，为“先锋”。亦有转身回防者，以备不测，为“后军”。每棚中各有两骑“中军”直奔彩球而来，待那彩球下落离地一丈左右，四马错动，四支月杖同时挥向彩球。

飞熊中一人月杖稍快，“啪”的一声将彩球击向南面鸣喙半场。那厢早有一名同伴等待接应，将手中月杖先迎向飞来的彩球，待杖头触到彩球，便顺势后撤，卸了彩球的力道，那彩球便似粘在杖头一般。

见飞熊的中军得了球，鸣喙中一名后军策马来阻，不等飞熊那中军将彩球停住，挥杖便击。未及触到彩球，却见那中军陡然翻腕，月杖从他头顶挥出一个弧形，将彩球抛向十丈开外的一名飞熊先锋。

那先锋得球，晃过对方一名后军，将彩球轻轻向前击出，随即纵马跟上，再用力一击，将球传给前方西侧的另一位先锋。

眼见彩球已经传到距鸣喙球门二十余丈远处，鸣喙两名后军同时冲出，一骑径向持球的飞熊先锋马首冲去，令一人则策马奔到场中，封住了东西两路的传球路线。

飞熊先锋见对方后军将到，当即身子向右一沉，俯身探到马腹下，看准方向，奋力挥杖，将彩球从马腹下击出。那彩球贴着地面，“嗖”地穿过在场中阻截的对方后军马蹄，滚到东南侧一名飞熊先锋马下。这一击漂亮非常，因那飞熊先锋本在球场西侧向南进攻，他这招镫里藏身，恰好挡住了对方两名后军的目光，无法看到他挥杖的时机和击球的角度，以至于一击奏功。

同伴接球亦毫不含糊，俯身将球撮起，驱马向前。此时鸣喙后军只剩一骑防守在球门东侧，这名后军马首朝向西北，小步慢跑，以右前身侧对进攻的飞熊先锋。他这般不慌不忙地防守，反倒令对方抓不到破绽，不敢轻易挥杖射门。

那飞熊先锋将彩球带至距防守后军不足两丈远处，大喝一声，挥杖将彩球向球门西侧击出。此时那鸣喙后军再不迟疑，纵马前跃，挥杖拦球。

谁知飞熊先锋这一击竟是虚招，并未击到彩球。月杖从球顶擦边挥过，随即撤回，待彩球落地，倏地将其拨到马首左前侧，继而奋力一击射门。

那鸣喙后军已然纵马前冲，此时猝难回身再防，眼见彩球呼啸入门，落入囊中。

飞熊先中一球，场外登时欢呼雷动，战鼓咚咚助威。

球场亭子殿一层，坐着参赛州府的官员和朝中一些重臣。西川节度使高骈的亲信左莫邪军使张守一坐在京兆尹崔湝的左手旁，张守一见京兆府的飞熊进球，便向崔湝道贺。崔湝素知张守一本是市井无赖，唯擅妖幻诳惑之术，因高骈笃信神仙道术，重用术士吕用之，对他言听计从，吕用之的心腹张守一因此也得受重用。崔湝哪屑与这泼皮为伍，故而只淡淡应了一声，并不多看这位张大人一眼。

张守一原是心胸狭隘、嫉妒成性之人，见崔湝对自己颇为轻蔑，心中大为不快，阴阳怪气地说道："京兆府果然人才济济，这马上马下的功夫当真了得。"

崔湝知他在暗骂自己靠拍马屁升官，当即回诮道："这马上的功夫须凭真本事，骑着纸马是上不了真战场的。"意在讽刺张守一和吕用之等人不过靠草人纸马一类的江湖把戏蒙骗高骈，混进官场，其实并无真才实干。

张守一闻听此言，气得满面通红，愤愤说道："崔大人也不要得意太早，我西川来的这支玉鼻骍虽不敢同圣上的龙雀相比，不过踏杀两只病猫倒是绰绰有余。"言下甚为不恭。

崔湝哈哈大笑道："黔驴之技，谅能如何？"

飞熊即飞虎之意，於菟亦是虎的别称。京兆府两支球队皆以虎为名，张守一故意说踏杀两只病猫，以示轻蔑。玉鼻骍乃是一种白鼻赤色骏马，崔湝却将其贬称为驴，以为反讥。

二人正斗嘴间，飞熊又中一球。

每场马球赛以一炷香为期，此时香已燃半，飞熊越战越勇，鸣喙开始尚有几次反击，渐渐便只有招架之功，最后长香燃尽，飞熊共中五球，而鸣喙竟一球未中。

稍息片刻，两棚人马再战第二场。鸣喙换上两人，想来本是欲留待后面复赛之时所用的猛将，现下不得不提早换上。

新将上场，鸣喙果然有所起色，香快尽时，两棚各中三球，战成平手。

张守一见状靠在椅背上，摇首长叹道："唉，可怜这猫儿未及被骏马踏到，却先让麻雀啄了眼睛。"

崔湝闻言只哂笑不语。

只见飞熊此时也换上一人，此人黑壮高大，骑在马上如座铁塔般相似。尤为特别者，他手中的月杖又粗又长，杖头雪亮，竟是以纯钢打造，一看便知分量不轻。

正值飞熊开球，一名后军将彩球传给中军“铁塔”，鸣嗲的先锋正欲上前争抢，却发现不知何时飞熊的另外三名中军都已撤回到门前二三十丈以内，与三名后军共同排成一个扇面，将“铁塔”半围在中间。

几名鸣嗲的先锋正在扇面外盘桓，不明何意，只见那“铁塔”将彩球停在马腹右侧，一声大喝，在他身前的几名同伴应声向前急冲，立时与“铁塔”拉大了距离，腾开十丈远之地。“铁塔”随即抡圆了月杖，“砰”的一声将彩球高高击向空中。

这一击力道惊人，拳头大的彩球倏尔高远，飞入空中几乎不见。待彩球落下时，竟是直向鸣嗲的球门砸去。

鸣嗲的后军这才回过神来，欲待回身拦截彩球，已然来不及了。眼见那彩球呼啸而下，狠狠地射进球门囊中。

殿内观赛的皇亲、百官，场外围看的军士、宫监、宫女，悉皆哗然。

鼓声、人声一时大作，僖宗在楼上也兴奋不已，高声喝彩。

飞熊连胜两场，这第三场自然不用再比了。

接下来是神策军的“赤戈”对阵商州的“干将”。“赤戈”平日常与僖宗的“龙雀”对赛，球艺自非寻常，亦是连胜两场赢了“干将”。

初赛过半，司场宫监高唱休场，好让皇上、太后和王公大臣们休息一会子。

僖宗起身更衣，片刻回来，稍息后即复奏乐开赛，由西川的“玉鼻骍”居南，对北棚京兆府的“於菟”。

同为京兆府所训，於菟球技亦不在飞熊之下，是以场上“三军”气势特胜。

甫一开球，於菟两名中军率先发力，一骑抢在玉鼻骍两名中军马前，欲阻挡其争球，另一人则直奔彩球而去。

玉鼻骍那两名中军似乎在刹那间便已洞悉了於菟的战术，一人纵马直面前来的於菟中军，另一人则向西绕过对手，上前争球。然而玉鼻骍的中军终究晚到一步，於菟那名中军此时已然伸出月杖，顺着彩球下落之势，杖头粘住彩球向左下斜带。

玉鼻骍那中军见於菟已得球，迎面上前，挥杖便击，出手突然、迅捷异常，以至于於菟的中军未及反应躲避，彩球便被击出，径直飞向西北方的另一名玉鼻骍中军。

奇怪的是，玉鼻骍这名中军挥杖击球，与於菟中军两杆月杖相交，竟然相互未碰到分毫。那於菟中军杖头的彩球刹那间便被击飞，却未看清对方是如何得手，一时竟愣住。他身旁的伙伴和鞠官却看得清楚，原来那玉鼻骍中军挥杖时手腕翻转，竟是以杖头的侧面击球。

那杖头乃是六七寸长、两三指宽的弯月形木条，侧面厚不及寸，玉鼻骍那中军竟能在出手异常迅速之下，如此精准地击中彩球而不碰触对手的月杖，之后又能在击球后的刹那间将月杖收回，这般速度、反应、精准和力道确实前所未见。

随着场下一阵击鼓喝彩，只见那彩球已被玉鼻骍的另一名中军接住。中军得球，纵马向东北急奔，於菟中已有一名中军和一名后军分从左右迎面夹攻而来。

眼看对手两骑迫近，那玉鼻骍中军突然将球竖直抛击到空中，随即向右一带缰绳，胯下红马戛然止步，马首右转，马尾甩到左前，八尺多长的烈马蓦地横在於菟两骑面前。

於菟那二人正策马前冲，忽被对手横马拦住去路，匆忙之下急拉缰绳。随着“咴——咴——”两声嘶鸣，马首昂转，四蹄腾空，险将那二人摔下马去。

这边玉鼻骍的中军却不慌不忙，待那彩球落在头上四五尺高处，抡臂挥起月杖，将彩球抽击而出，传给东北方的一名玉鼻骍先锋。

这一抛、一横、一击，动作连贯，一气呵成，出手果断，急而不乱，立时赢得一片喝彩。

亭子殿楼上的僖宗也兴致高昂，拍案对身旁的李义南说道：“这玉鼻骍当真是个好对手，稍后朕要好好同他们较量一场。”

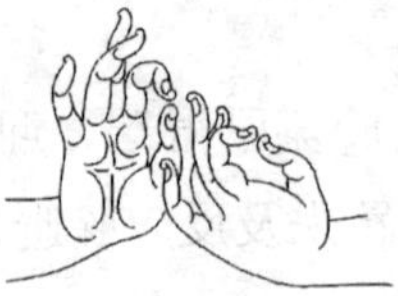

第十四回

东内苑天子扬名
九龙洞君臣蒙难

徐太后的贴身宫女才人扶月正为太后换下冷茶，命侍茶婢女射紫去换一盏杞菊苏合香茶上来。

扶月是徐太后初入宫时的贴身侍婢，后被懿宗宠幸封为采女，不久封宝林，徐太后的亲生女儿仁寿公主出生后她又被封为才人，只是她自己并未生下一儿半女。扶月与徐太后感情甚笃，始终留在太后身边照顾起居。因她心细，为人又懂得进退之道，徐太后也自离不开她。今日见球场上斗得热闹，扶月怕太后兴奋过度伤了身体，故而要为太后点一盏杞菊苏合香茶，既可舒缓心气，又能平肝滋阴。

射紫正望着僖宗背影出神，听得扶月招呼，忙应了一声，转身在茶篋中翻了一阵儿才将茶调好，点上水端来交与扶月。

扶月尝了一口，蹙眉道："苏合香放得太多，而且未加冰糖。"说罢盯着射紫，射紫忙垂首低声道："奴婢这就去重新调过。"

扶月淡淡说道："不用了，我自己来。"因当着僖宗和太后的面，扶月也不立即责骂射紫，心中却道："这小丫头今日怎的如此笨手笨脚，不知有何心事？回去后定当好好盘问盘问她。"

再看场上两棚人马，玉鼻骍两次传球后已将彩球传至东北角一名先锋手中。那先锋双腿一夹，战马疾向於菟球门东侧冲去。

於菟见玉鼻骍骁勇，几名中军也均已回到后场，以助后军防守。

玉鼻骍那名先锋冲到距球门二三十丈远处，於菟两名后军迎面来截。此番他们得了教训，并不同时迎敌，而是一前一后，互为呼应。

玉鼻骍先锋见对手近前，并不减速，眼见两马即将撞到，玉鼻骍先锋将彩球向前抛击，身体忽向右偏倒，那马儿竟与主人心有灵犀，左前蹄用力一踏，身体倏地向右侧倾，刹那间便绕过对手。

玉鼻骍先锋刚刚向左拨回马首，於菟第二名后军已然赶到，横马挡在玉鼻骍先锋马前。直欲以先前玉鼻骍那名中军的“横刀立马”之道，还报玉鼻骍之身。

此时彩球也刚好落在玉鼻骍先锋面前。只见那先锋并不犹豫，再次将彩球抛击而起，同时左手提缰，身体前俯，胯下骏马一声嘶鸣，竟然蓦地腾空跃起六尺多高，从於菟那名后军的马背上纵了过去。惊得於菟那名后军忙不迭地紧紧伏在马背上，生怕被马蹄踢到。

此一幕大出众人意料之外，顿时唏嘘一片，竟都忘了喝彩、击鼓。

无暇多思，玉鼻骍先锋已冲到门前十余丈开外。

於菟毕竟久经沙场，经验老到，此时先锋、中军已全部回防，三骑斜成一行，分左、中、右侧守在门前八九丈外，另有一骑在门前逡巡防守。

玉鼻骍一名中军也已到了西侧距於菟球门十二三丈远处，策应己方的先锋。

那先锋见西侧中军已就位，便放慢马速，将彩球轻敲至右侧身前，随即猛然发力抽击，将彩球斜向西侧传出。

於菟西侧球门前的后军见彩球传出，抢先发动，欲拦住那彩球的去路。谁知那彩球飞到半途却转而向北，直射球门而去，原来是一记弧形球。

於菟再欲调整阵形已来不及，只见那彩球穿过西、中两名於菟后军之间，距离门前守军不过三尺远处，“嗖”地射进网袋之中。

这一回场外欢声雷动，鼓乐齐鸣。张守一更是高声拍手叫好，满脸得意地斜睨崔湑。本来输赢在球场上乃是常事，崔湑也并不在意，只是被张守一这般挑衅，心中着实气恼。崔湑却不发作，表面上仍略带微笑，也随着众人一起拍手。

玉鼻骍马壮骑精，个个身手不凡，此时进得一球后，待於菟发球，又将彩球夺下。於菟那棚已渐露疲态，显然不敌对手，球门连连失守，玉鼻骍轻易拿下头场比赛，随后又不费吹灰之力，赢了第二场。

僖宗看得兴起，对李义南说道："前面三棚皆是连胜两场，咱们也须连胜两场才是。李爱卿，这就随朕更衣，准备下场。"

李义南忙起身称诺。

太后也起身为僖宗整理了一下衣装，稍微叮嘱一番，才让僖宗和李义南下场去了。

场上的"龙雀"和凤州的"翱羽"两棚人马均已就位，诸人均跪在马旁迎候僖宗。

鼓乐过后，开赛争球。

李义南作为中军，面南先夺一球，将彩球带出十五六丈开外，传与僖宗。

僖宗得球后，并不急于进攻，先是以月杖颠击彩球，一边左右观察敌己双方的阵形。待翱羽一名后军前来抢球，僖宗双腿一夹，乌骓马倏地窜出，眨眼便奔到翱羽后军的身后，果然是千里宝驹，脚力远胜别骑。

发力后僖宗再不停脚，仗着胯下宝马，一路左右突闪，绕过数人拦阻，手中月杖却不停颠球，待近到门前二十余丈远处，已颠击彩球百余次。

场外观战的群臣心中皆不免暗想："怪道皇上曾自诩为马球状元，今日一见并非自吹，果然球技精湛至此，确实胜人远矣。"

僖宗在球场东南按住马首，见翱羽的后军多被自己牵制过来，西线稍空。而李义南正策马冲向西南。

僖宗向左一拨缰绳，翱羽后防以为僖宗要强行从东线突破，甫一启动上前阻拦，僖宗右臂后挥，反手将彩球击出，传给中前场的一名龙雀先锋。

那先锋并不停球，直接将彩球斜传向西南。

此时李义南刚好赶到，转身于马上，凌空便是一记重击，彩球"咚"地射进球门西下角中。君臣三人这一配合，流畅如行云流水，默契非常。

龙雀进球，场外登时欢呼雷动，鼓乐连天。不管是出于真心还是假意，皇上的球队进球，众人的欢呼声自然高亢许多。

徐太后在亭子殿中正看得高兴，忽觉有些头晕，便拿起苏合香茶啜了一口，又轻轻捋了捋额头。扶月在旁看见，忙上前探视，低声询问太后是否要回宫休息。太后怕扫了僖宗的兴，摆摆手轻声道："不打紧，我只是有些困倦，待看完了这一场，再回去歇息吧。"

说话间，龙雀的后军断下了翱羽的彩球，传向中场。几经传转，李义南将彩球带至前场传与僖宗。

僖宗晃过一人，近到门前，被翱羽一名后军挡在面前，向西看时，另有一骑翱羽截断了僖宗的球路，可见是防备龙雀再如前次一般传球配合破门。

僖宗见无法传球，胯下一紧，马向前冲，同时挥杖击球，却是要挤出一条缝隙来射门。

观战诸人心中皆自暗叹，僖宗未免太过心急了。

果然那翱羽后军马首前探，月杖一伸，便要将彩球拦下。

忽见僖宗身体猛然后坐，乌骓马性灵通主，前蹄一蹬，戛然止步。僖宗手中的月杖击到彩球的刹那，腕部急旋，杖头竟粘住彩球，在僖宗的头上划了一圈，彩球并未飞出。

翱羽后军见拦击落空，便要转身，却哪里及得上僖宗马快，眼见僖宗身体左倾，那乌骓马竟似被僖宗带着走一般，也随之向左倾身窜出。

僖宗的月杖又在头上划了两圈，不让彩球落下，待绕过翱羽后军，更疾速划了一圈，竟将彩球抛了出去，正入门网之中。

僖宗这一番表演，连李义南都不得不佩服其球技和骑术之精湛。

场外少不得雀跃欢呼，只是许多大臣见识了僖宗的本事，却有些哭笑不得，望着场上意气风发的少年天子，不知是这位天才的马球状元错当了皇帝，还是这位大唐天子错爱了马球。

〔按：《资治通鉴》云：“上（僖宗）好骑射、剑槊、法算。至于音律、蒱博，无不精妙。好蹴鞠，斗鸡，与诸王赌鹅，鹅一头至五十缗。尤善击毬（指马球），尝谓优人石野猪曰：‘朕若应击毬进士举，须为状元。’对曰：‘若遇尧舜作礼部侍郎，恐陛下不免黜放。’上笑而已。”〕

众人正兴奋之际，徐太后却觉愈加困倦，眼皮似有千斤重，再难支撑下去，便招呼扶月回宫歇息。

扶月忙命人备车摆驾，搀起太后下楼。太后身子一着辇车，便兀自睡去。

扶月为太后放好车帘，嘱咐驾车的宫监，驭着马儿稳稳当当地慢走。

辇车刚刚向北走出几十步远，一名宫女便赶上来拦住了车子。坐在前面车里的扶月掀开帘子，见是射紫，蹙眉微嗔道：“你这丫头怎的如此大胆？竟敢擅自拦停太后的辇车。”

射紫满脸惶恐地禀道：“奴婢有要紧事向您禀告。”

扶月问道：“什么天大的事情，非要拦车说话？”

射紫向左右两旁看看，急道：“确是天大的事情，奴婢斗胆请求进车内说话。”

扶月见状，顿觉奇怪，不知到底发生了何事，便点头示意射紫上车。

到了车上，射紫放下门帘，低声向扶月说道：“咱们不回大明宫了，现在调转车头往南出延政门去。”

扶月轻喝到：“放肆！你疯了吗？为何不回大明宫？”

射紫淡淡一笑道：“你看了这个便知道了。”说罢拿出一面直径两寸左右的小铜镜，递与扶月。

扶月拿起镜子来看，这一看不打紧，甫一照见自己的面孔，顿觉眼前一黑，便昏昏然睡倒过去。

射紫“嗤”地一笑，收起小铜镜，竟倏地变了模样。原来她是花粉的手下思容，此番与姐姐想容随花粉一同潜入东内苑，伺机劫获了徐太后的随从宫女射紫和秋蝉，并以拓容术扮成二人的模样，混迹在太后身边。

思容明知球场亭子殿中的僖宗乃光波翼假扮，故而一直在他身后留心观察。但见这位“皇帝”观看球赛时全情投入，不时指手画脚、高声叫好，又跃跃欲试，声称要同玉鼻骍一战，心中不禁佩服光波翼的变身术形神俱备，可叹自己的拓容术只能变化面容，却无法变化身形，远远不及变身术精妙。适才她在亭子殿中望着“僖宗”的背影出神，正是想着：“好你个光波翼，扮小皇帝扮得还真像模像样！”

思容以右手抚在扶月的脸上，瞑目念动咒语，顷刻间便化作了扶月的模样，这正是她的看家本领之一——拓容术。她的另一件本事便是适才对扶月使出的小铜镜——眠术。以这小小的铜镜施咒照人，若照见其面，便立即昏睡不醒，若照其头，则顿觉昏沉困倦，渐渐昏睡过去。徐太后便是被思容从背后照了头部，方才困倦昏睡。

思容与扶月对换了衣装，将帘子掀开一条缝隙，吩咐驾车的宫监掉头转向南面延政门驶去。

待车队仪仗折回经过球场时，田令孜在亭子殿楼上看见，大感奇怪。按理太后的辇车应该向北从夹城穿过，回大明宫去，为何却转向南行？况且适才太后在亭子殿二楼忽称困倦，立时便要回宫歇息，已然是有些蹊跷了。

田令孜忙带了一队宫卫赶上，拦在车前。

田令孜下马，上前躬身施礼道：“请问太后娘娘，这是要去哪里？”

思容从车上下来，走到徐太后的车前道：“公公，今日是端午节，太后娘娘想去外面转转，看看城里的人情热闹。”

田令孜凝视了思容片刻，微微笑道：“扶月，太后娘娘莫不是想去你们娘家吃粽子吧？刘府的粽子可是太后娘娘最爱吃的。”

思容也盈盈笑道：“如果赶得及倒真想去呢，到时候也给公公带些回来。”

田令孜嘿嘿一乐，道：“不敢当。不过太后娘娘今日好像有些困乏，不如先回宫歇息，待明日再出去游逛也不迟。”

“什么时候出游太后娘娘自有主张，何须公公多言？”思容微微作色道。

“嘿嘿嘿，此番出游只怕也未必是太后娘娘的主张吧。”田令孜更不让步。

“公公不必阻拦。”徐太后此时掀开辇车的窗帘说道，“哀家知道公公是为我好，哀家只是坐了这半日，有些乏了，趁着今日端午，城中热闹，出去稍稍散些闷子便回。”

田令孜看了看徐太后，又问道：“太后娘娘今日真想去扶月的娘家刘府吗？”

徐太后道：“今日时候不早了，刘府自然不会去了，只在城中转转便回。”

田令孜点点头说道：“既然如此，老奴不敢阻拦。只是太后娘娘一向不喜张扬，每次出宫游玩都是轻车微服。老奴这便为太后娘娘另备一辆车，再派些随从护驾，请太后娘娘暂且移驾到前面的承晖殿稍事歇息，老奴会尽快办妥。”说罢叫过身边一个近从，耳语了几句，那人便骑上马向北飞驰而去。

徐太后说道：“不必如此麻烦，今日便这样出去了。些许小事，公公不要再费唇舌了。”说罢径自放下窗帘。

思容见状对田令孜说道：“公公请回吧，我们这便出发了。”

田令孜沉面冷笑道：“你们哪也去不了！”一挥手，命宫卫将思容和太后的马车团团围住。

“老阉官，你想造反吗？”思容怒道。

“你们到底是什么人？劫持皇太后可是诛灭九族的大罪，如果你们乖乖地将太后娘娘好生送出来，我还可以向皇上求情，留你们一条全尸。”田令孜冷冷说道。

思容闻言笑道：“笑话，适才说话的不正是太后娘娘吗？我看是你这个老阉官想要劫持太后娘娘吧。”

田令孜被思容连骂两次老阉官，早已怒从心生，却仍皮笑肉不笑地说道：

“好个伶牙俐齿的小妮子，不见棺材不落泪。实话告诉你，扶月的娘家根本不姓刘，更不住在这长安城内。你们两个一唱一和地做戏，还以为能瞒天过海吗?”

其实田令孜听思容和假太后一开口叫他“公公”，便已知道她们是假扮的扶月和太后，田令孜虽然身为宦官，却因深得皇上宠幸，又大权在握，宫中上下都曲意称呼他为“田大人”。只是田令孜忌讳提起宦官一节，故而也不说破。加之田令孜性紧多谋，便又故意编造了扶月娘家一事，诱使思容二人上当，以为确认。那假扮徐太后的正是思容的姐姐想容。

思容见事已败露，便不再隐藏，咯咯笑道：“好个狡猾的老阉官！不过太后娘娘在我们手上，你若乖乖放我们出去，我们也不会为难她。如果你想要留难我们，我可保不准能否给她老人家留个全尸。至于你说的这诛灭九族的大罪么，我自小连爹娘是谁都不知道，恐怕你这个老阉官也找不出我的九族来吧。”

田令孜哼了一声道：“小贱人敬酒不吃吃罚酒，给我拿下！”一挥手，数十名宫卫一拥而上。

思容并不慌张，脚步轻滑便躲过几名宫卫的进攻，随手掏出小铜镜，向近前的宫卫面前照来晃去，登时便有几人昏倒在地。思容一边应付身边的宫卫，还忙里偷闲地向田令孜望了一眼。田令孜不知她用了何样妖法，令那些宫卫猝然倒下，也不知那些人生死如何，故而被她这一看，紧张地倒退了几步，隐到几名侍从身后。

思容见状咯咯笑了起来，随之又有几名宫卫倒下。

田令孜见她厉害，便叫过两名军官耳语了几句。

思容正用小铜镜照得不亦乐乎，忽见那些宫卫停止攻击，退开一两丈远，一队弓箭手现在身前，将她半围在中间，个个箭在弦上。

田令孜站在众多宫卫身后嘿嘿一笑，正要发话让思容束手就擒，却见思容腾地转身跃起，如灵猫一般扑进太后的车内，应变神速，动作迅捷，毫无半点迟滞。

田令孜原想先以弓箭手逼住思容，再命一队宫卫偷袭太后的辇车，第二步尚未来得及施行，竟反被思容抢先躲进了辇车之中，不禁恼羞成怒，开口叫骂道：“小贱人，若不乖乖出来受降，我便将你乱箭射死。”

思容在车内咯咯笑道：“老阉官，量你也没这个胆子。你若想放箭，可得先把你的九族都藏好了，免得被小皇帝找到，非把他们一个个都五马分尸了，为他娘亲报仇不可。”

田令孜见威吓思容不成，反被她讥骂，虽是气急败坏，却也无可奈何。正暗自着恼，忽见一条长长的黑鞭从天而降，啪啪两声脆响，抽打在驾辇车的两匹骏马的臀部，两马吃痛，嘶鸣着撒蹄便跑。随即便见一团黑影倏地落在车上，驾车向东南的承晖殿方向奔去。

只听那黑影的声音传来：“田大人莫急，在下自会将太后带回。”

田令孜认得是黑绳三的声音。正是自己适才命人将黑绳三从龙首殿找来对付思容姐妹二人。田令孜见黑绳三驾车离去，心下明白黑绳三是想避开众多宫卫，到僻静处再动手救徐太后出来，免得泄漏了自己的身份和忍者的秘密。当下命众宫卫留在原地，不得擅离，自己则跨上马独自追着辇车去了。

承晖殿处于一座独院之中，院外多有假山竹林曲折环绕，乃是一处僻静所在。

黑绳三将辇车驾到承晖殿后，纵身跃下车，向车内说道：“两位姑娘，请将太后留在车上，我也不会为难二位，请自便吧。”

思容掀开车帘，含笑说道：“阁下定是黑绳先生吧，果然身手不凡。”此时她和想容二人都已恢复了自己的面貌。

黑绳三道了句“不敢当”，将手中两支空无常和几枚星镖掷还给思容，那是适才驾车时，想容和思容偷袭他的暗器。

思容望着黑绳三说道：“没想到大名鼎鼎的黑绳先生原来是位翩翩美男子。”说罢和想容两个人都咯咯地笑了起来。

黑绳三并不理睬二人说笑，身体向左微微撤后半步，做出让二人离开的姿势。

想容跳下车说道：“你怎知我二人定会离开，就算我们打不过你，也可以杀了这个皇太后。”

黑绳三淡然反问道：“你二人若为杀人而来，又何必如此大费周章？”

思容也跳下车，上前两步笑着说道：“算你聪明。”话音未落，突然回身发出三枚星镖，射向车内的徐太后。

只听“当”的一声响，一枚星镖掠过徐太后身旁，钉在距她左肩不足一寸远的椅背上。另两枚星镖却已被两条黑光一般迅疾的黑线卷了开去。

思容不禁大吃一惊，原来她故意发出三枚星镖试探黑绳三，其中一枚故意偏开徐太后的身体不足一寸，另外两枚则分别射向太后的右肩和左股，不想黑绳三瞬间便看清了三枚星镖的去路，并且轻易将两枚射向太后身体的星镖拦下。这一身手岂是寻常忍者所能拥有？

思容向黑绳三合十作礼道："佩服！如此我二人便告辞了。"

二人正欲离开，却听黑绳三说道："原来你们这是调虎离山之计。"

"黑绳先生何出此言？"思容讶异地看着黑绳三问道。

黑绳三回道："你二人若果真为劫持皇太后而来，便不会如此轻易下车，更不会如此轻易弃之而去。看来你们还另有同伙，另有所谋。"

思容笑望着黑绳三，既不承认，也不否认。

想容说道："但愿我们与黑绳先生后会有期。也请您代我二人问候亭子殿中的皇帝陛下，说我二人好生钦佩他的手段。"说罢拉着思容转身跃起，转眼便消失在竹林之中。

此时田令孜从一座假山后面走出，上前对黑绳三说道："黑绳三，你为何不将那两名反贼拿住？"

黑绳三施礼回道："田大人，这两个人不过是无足轻重的小卒，在下是怕将她们逼急了令太后蒙危，是以放她们离去，也好让太后早些脱险。"

田令孜"嗯"了一声道："适才我听见你说她们另有同伙，另有所谋，此是何意？"

黑绳三又施一礼道："田大人，烦请大人命人护送太后回去，在下须立即赶往龙首殿，只怕那里已生事端。"

"原来如此！"田令孜神色霎时紧张起来，说道，"你快些赶过去！咱家随后便去。"

此时球场上比赛已暂停，左神策军将球场亭子殿内外重重围住，僖宗坐在二楼，虎着脸对身旁的李义南说道："这个逆贼，今日果然来寻朕的晦气！坏了朕的大好兴致！"

原来玉鼻骍那十余骑人马，不知何故忽然冲出球场，奔向北面龙首殿方向去了。

楼下的群臣不明就里，纷纷窃窃私语，议论此事。

崔湝笑呵呵地向坐在身边的张守一揶揄道："张大人从西川带来的这匹骏马果然好生了得啊，野性十足，别说是病猫，恐怕连龙首也要踏上两脚喽。"

张守一早已坐立不安，闻听崔湑此言，更是面色惨白，连忙回道："崔大人千万不要开这般玩笑！玉鼻骍虽来自西川，却是一支民间球队，与我何干？在下不过是跟来看看热闹的，与这玉鼻骍实在毫无瓜葛。"

崔湑哈哈大笑道："张大人此言差矣。若是这玉鼻骍拔了头筹，张大人自然是要向皇上领赏邀功的，如今这野马脱缰，难说是张大人无意失控还是有意放手啊。"

张守一此时已是满头大汗，羞恼难当，却强忍怒火，站起身下气赔笑说道："崔大人言重了，适才下官和崔大人都是说笑解闷的，请大人万万不可当真。下官如有言辞不当之处，请崔大人千万担待则个，莫要与下官计较，改日下官定当登门谢罪。至于这玉鼻骍，的的确确是与下官无纤毫之干系，请大人口下留情啊。"说罢又深施一礼。

崔湑见张守一忽然服软，开口闭口自称下官，态度大为转变，可见心中惧意大生，不免觉得此人既可怜又可鄙，便哂笑了之，不再出言逗他。

顷刻间，黑绳三已赶到龙首殿外。但见玉鼻骍一十二骑，背靠东面的苑墙排成一个扇面，被神策军数百名弓弩手围在当中。玉鼻骍面前地上横七竖八地躺着十余具神策军兵士的尸体，可见适才已经过了一场打斗。

黑绳三暗自潜入龙首殿内查探了一番，见大殿上下内外皆空无一人，僖宗和孙遇均已不知所踪，莫非已被劫走了不成？

黑绳三出了龙首殿，悄然纵身跃上一株大树，见神策军中一名军官正向玉鼻骍喊话，意为劝其弃械投降，或可活命云云。

黑绳三止欲跃出东内苑，追寻僖宗下落，忽闻空中一声鹤唳，抬眼望去，只见十几只巨大的灰鹤一字排列而来，领头一只灰鹤背上竟骑坐着一人。

"御鹤族忍者怎会来此？"黑绳三大为不解。

原来这骑鹤之人乃是御鹤族忍者，该族忍者本来人丁并不兴旺，当年懿宗皇帝召集各部忍者，御鹤族族长鹤野天年事已高，历经诸多风雨，不愿再参与政事，便率着族人隐居去了，并未应召，是以御鹤一族并不在四道忍者之列。事隔近二十年，不想今日御鹤族忍者却突然现身在宫苑之上。

鹤群驻在离地二十几丈高的空中盘旋不去。又是一声长长的鹤唳，鹤群也随之长鸣。

地面的官兵纷纷仰头张望，不知是何方神圣降临，更有数人竟抛下手中兵器，向天跪拜。

忽见远处天空黑压压一片乌云迅速扑来，伴随着嘈杂的各种啾啾之声。待到近前方看清，哪里是什么乌云，却是一大群各色杂类鸟雀，铺天盖地地扑向地面的官兵，或抓或啄，疯狂攻击。

官兵们尚未回过味来，已有多人被抓伤啄伤，众人这才挥刀射箭，同鸟群战斗起来。

宫苑之内登时一片混乱，此时忽闻骑在鹤背上那人大喝一声："林将军还不快走!"

玉鼻骍中为首一人，闻言策马冲出，后面紧随着几骑一同冲了过来。神策军的弓弩手们此时正疲于同鸟群周旋，已顾不及玉鼻骍这些人，被这几骑一冲，顿时阵形大溃，乱作一团。

冲乱了神策军的队伍，玉鼻骍的首领拨转马头，反向苑墙奔去。

只见玉鼻骍中其余几人，已将几匹坐骑平行苑墙方向叠起了罗汉。其中三匹大马由远而近并立于距墙五六尺远处，两两马肩和马臀之间皆横搭着一块三尺多长、一尺多宽的木板，木板之上又站着两匹骏马，两马背上并排横搭着四块木板。

距这个罗汉阵六七尺远处，又有三匹马并排而立，背上亦两两横搭着四块木板。

那玉鼻骍首领策马提速，待到得三马面前一提缰绳，胯下神骏腾空跃起，踏上三匹马背，并不稍稍迟留，借势再次跃起，又踏上最高的两马背上，借势再跃，竟然越过了苑墙，撒蹄而去。随玉鼻骍首领冲阵的两骑近从也步其后尘，欲借罗汉阵跳出苑墙去，另外一骑却已被神策军的兵士砍杀在阵中。

这边神策军的将领已安下阵脚，命一队步兵以盾牌护住头上，同时以腰刀砍杀鸟雀，掩护蹲下的弓弩手；同时命一队强弩手射杀鹤群和大鸟，再命一队弓箭手拦击玉鼻骍，勿令其逃脱。

一时间箭弩如蝗，各类鸟雀纷纷或被射杀或被砍杀，落地死伤无数。鹤群高高在上，又复训练有素，箭弩并不能伤到其分毫，却也因躲避箭弩而乱了阵脚。鹤群一乱，那群鸟雀更是没了主张，开始纷纷四散逃去。

可怜那两名玉鼻骍的近从未及跃上罗汉阵的马背，便被身后如雨般的箭矢射成了刺猬，那几匹叠罗汉阵的骏马也纷纷被射倒在地。

剩下的几名玉鼻骍眼见势尽，却个个不为死惧，咆哮着冲过来要与神策军斷杀同尽，可惜未能走上五步便尽皆葬身箭雨之下。

黑绳三无心理会这场厮杀，见御鹤族的忍者居然出手相助救走了那位“林将军”，便纵身飞出东内苑，追着“林将军”而去。

东内苑内混乱之时，长安城内也并未安生，东、西两市周旁忽然多处起火，惹得城内军民一派慌张，忙不迭地运水救火。

正当闹得人仰马翻之际，早有数骑人马押着一辆轻快马车，悄然出了通化门，一路向东飞驰，车内坐的正是僖宗和孙遇二人，兀自昏睡未醒。

诗云：

车幕遮林翠，城远马不回。红日淹山没，西天望云黑。

孙遇醒来时已是人定时分，睁开眼，但见微弱的灯烛置于自己对面的墙洞中，豆粒大的火光轻跳摇曳，隐隐映出两旁的山崖石壁来。

〔按：中国古时将一日分为12个时辰，从夜里23时起算，每两个小时为一个时辰，分别以子、丑、寅、卯、辰、巳、午、未、申、酉、戌、亥来命名。同时这12个时辰又分别称为夜半、鸡鸣、平旦、日出、食时、隅中、日中、日昳、晡时（或日晡）、日入、黄昏、人定。人定即夜里21时—23时。〕

孙遇坐起身，纳闷了一阵子，只记得自己正在龙首殿中与僖宗饮茶，忽然闻到一阵浓浓的花香，便睡了过去，怎的醒来却到了这个奇怪所在？莫非君臣二人已然着了北方忍者的道，被劫持了不成？当下四处摸摸了一番，发现自己果然是在一个山洞之中。

孙遇在马车中颠簸了大半日，此时觉得周身有些倦乏，便站起来，想要伸展伸展腰身，谁知刚举手过头便触到了洞顶，原来这山洞将将有一人高。孙遇心道，若是兄长李义南在此便要低头站立了。

正自发呆，忽听有人说道：“孙先生醒了？请先生跟我来。”

孙遇循声看去，原来洞口旁站着一人，着一身深色衣服，只露出半个身子，若非他开口说话，当真不易看见此人。

孙遇也不多问，当下便跟着这人走去。出了这个小洞，仍旧是在洞中，想来这个小洞只是一个大山洞中的一间小屋而已。待转过两个弯，又穿过一个稍大点的洞室，头顶豁然高阔起来，到了一处宽敞的洞厅之中。洞厅内灯烛明亮，陈设有桌椅几案，便如寻常大宅中的正堂一般。

进到厅内，上手座上一位美丽的少女，见孙遇到来，便起身相迎，说道："孙先生请坐，一路上颠簸劳顿，想必先生也该饿了吧，咱们这就开饭。"旋即转身对旁边一个小厮吩咐道："去看看小皇帝醒来没有，如果醒了，把他也叫来一起吃饭。"言下甚为轻视。

孙遇见这姑娘对自己客气有礼，却对僖宗皇帝出言不逊，不禁有些纳闷，不过如此也可证明自己和僖宗确实是被这一干人等劫持而来。孙遇略施一礼，入座后问道："在下孙遇可否请教姑娘尊名？不知这里是何所在？"

少女呵呵笑道："孙先生倒是个直爽人，小女子名叫花粉。这里是卢氏县境内的伏牛山九龙洞。"

孙遇点点头，心下盘算，这里距离长安城总有四五百里之遥。七八年前自己曾来过卢氏县，是为一睹昔年夏禹凿山导洛的风采，其山断崖之上，尚有大禹帝亲手篆刻的"古雒"二字。只是并不知晓这卢氏县境内还有一处九龙洞，想必此处距离县城非近，当是一个僻静所在。

〔按：夏禹导洛处位于卢氏县范里镇山河口，距县城东北十五公里，为洛河在卢氏境内的一道险关。该处两岸山势峭拔如削，河口狭窄，水流湍急，滔滔洛水自西南蜿蜒而来，穿此而出县境，入洛宁。相传夏朝大禹治水时，在此处凿山导流。悬崖上的"古雒（音洛）"字样为大禹亲手篆刻，现已模糊难辨。另有唐、宋两代所刻的字迹。清人刻有"神禹导洛处"五字于石壁上，至今犹存。

九龙洞位于卢氏县西南二十六公里处，为一天然大型多层石灰岩溶洞，据说现在已成旅游景点。可见沧桑变幻，物是人非。〕

孙遇随又问道："花粉姑娘将我君臣二人劫到此处是何用意？"

花粉嫣然笑道："那个小皇帝确实是被我掳来的，不过孙先生却是我的客人，怎能与他相提并论？"

孙遇闻言愈加云雾缭绕，不明所以。

花粉见孙遇迷惑皱眉，咯咯笑道："实不相瞒，小女子是目长老他老人家的弟子。此次奉师命带小皇帝出宫，去做一件利益万民的大好事。至于是什么好事，现在还不能告诉先生。我把先生请来，所为却是半公半私。"

孙遇苦笑了一声道："半公半私，此话怎讲？"

花粉释道：“这半公吗，是要请先生回长安城带个信儿，这半私却是想请先生为我作一幅画。”

孙遇心下明白，带信回长安，不过是目焱等反贼要将僖宗作为人质，让自己传回他们开给朝廷的条件。便追问道：“姑娘要我画什么？”

“光波翼。”花粉说完，红晕飞上双颊。

“光波翼？”孙遇大感意外，随即问道：“为何画他？”

花粉将头扭到一旁道：“先生不必多问。”

孙遇说道：“你既不肯说出理由，我自不会为你作画。我怎知你拿了这画，会否做出伤害光波贤弟之事。”说罢也将头扭到一旁去了。

花粉见孙遇不肯作画，忙起身说道：“我并无恶意，自不会拿此画害他，请先生放心。”神色甚为急切。

孙遇看了看花粉，见她年纪轻轻却带着几分霸气，洞内除了三个小厮站在一旁伺候，另有两名中年男子也恭恭敬敬地站在花粉身后，青衫方巾，颇有几分儒雅之气。想来这位目焱的女弟子在此应该地位不低，平常是惯于吩咐人的，适才提到光波翼时却似乎有些羞涩。

孙遇有心再探探她的口风，便问道：“你可认识光波贤弟？”

花粉回道：“也算是相识。”

孙遇说道：“好，姑娘先说说，想让我画一幅何样的光波翼？”

花粉见孙遇似乎已经答应为她作画，遂转忧为喜，在洞厅中踱步道：“我想请先生画他身处林间，双眸远凝，不笑而脉脉含情，挺拔而若有所思。”

孙遇见这少女柔声婉转，神有所往，心下已然明白了七八分，只是这少女乃是目焱的弟子，不知何时与光波贤弟相识，且又情窦为开？

正说话间，那小厮已引了僖宗进来。孙遇忙起身施礼，请其入座，花粉却并不理睬。

孙遇说道：“陛下，这位姑娘想让臣为光波翼画像，不知陛下意下如何？”

未及僖宗答话，花粉抢先说道：“我请孙先生作画，与小皇帝何干？何必问他意下如何？”

僖宗闻言笑道：“既然这位姑娘是向孙先生求画，先生自己做主便是，不必问朕。”

花粉哼了一声，道：“既然小皇帝也来了，咱们先用饭吧。”说罢吩咐身旁的小厮摆置酒菜。

花粉请孙遇坐上首，孙遇哪里肯坐，恭请僖宗就上座。花粉却不依，径自坐了首席。孙遇无奈，只得请僖宗坐在右首客席，自己则在花粉对面就座。

大家坐定，花粉命人去请范先生一同入席。孙遇和僖宗均觉好奇，不知这位范先生是何许人也。

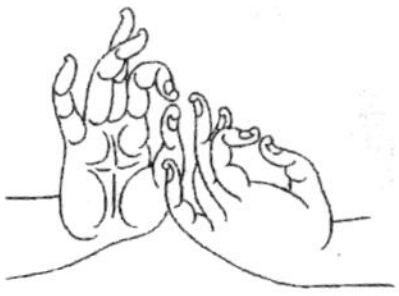

第十五回

闻谶语吉凶莫测
命悬丝爱恨难知

不多时，从洞厅旁的一个洞口进来两人，其中一人五六十岁年纪，身材中等，一身青布长袍，青布纶巾，须长半尺，两鬓银白，左手背在身后，举止严肃老成。老者身后紧随一名中年男子，身材微胖，厚唇平鼻，鼻下两撇髭须，孙遇一见，暗吃一惊。

花粉招呼老者坐在僖宗对面，中年男子坐在老者下首。

两人坐定，花粉向孙遇介绍老者道："这位是河洛邑的邑长范巨阳范老先生，这位是……"花粉正要介绍中年男子，孙遇却抢先道："这位我认识，是成纪楼的账房赵易才赵先生。"

赵易才哼了一声，道："孙先生，久违了。"

花粉呵呵笑道："孙先生与赵先生是不打不相识，今日既然孙先生到此，便是我们的客人，赵先生可要陪孙先生多吃几杯酒。"

孙遇冷冷说道："孙某今日不过是个阶下之囚，怎敢劳赵先生大驾，陪孙某吃酒？况且孙某也不想再让旁人受连累，被赵先生割了舌头。"孙遇忆起成纪楼的小二孙大贵被赵易才割了舌头，深恶赵易才心狠手辣，亦不屑与此人为伍。

此时范巨阳拱手施礼道："范某久慕孙先生高名，对先生所作的《说法太上像》尤为深爱，今日得以亲见先生尊面，当真三生有幸啊。"

孙遇还礼道："不敢当，不过《说法太上像》是我为长安的秦公子所画，范先生何时见过？"

范巨阳答道："范某正是从秦公子手中购得此画，现为范某珍藏。"

孙遇怪道："范先生不会是说笑吧，我与秦公子相识已近两年，常在一处谈经论道，因见他人品高雅，谈吐不俗，故而作此画相赠，他怎会将画卖与范先生？"

范巨阳说道："看来孙先生并不了解秦仲翰的为人哪。此人聪明多学，涉猎颇杂，尝与范某一起切磋《连山》《归藏》，其见解亦有可取之处。只是这位秦公子贪好女色，常常出入青楼花巷，数月前迷恋上长安的一位名妓柳莺莺，竟欲将她赎身做妾，只是柳莺莺身价不菲，需赎金一万八千两，秦公子拿不出这么多钱，便将这幅《说法太上像》作价八千两卖与范某，赎了柳莺莺回家。"

（按：《连山》《归藏》皆是古时易经名，《周礼·春官宗伯·大卜》云："掌三《易》之法：一曰《连山》，二曰《归藏》，三曰《周易》。其经卦皆八，其别皆六十有四。"可见古筮官以三种易进行占卜，今仅存《周易》一种。）

孙遇闻言叹道："英雄难过美人关，没想到秦公子亦不能免于斯也。"

范巨阳哈哈笑道："秦仲翰算什么英雄！孙先生是知人知面不知心。这位秦公子曾在洛阳城诱拐了一位良家少女，害这少女的父亲羞愤自尽，母亲守寡，无依无靠，好好的一家人，落得个家破人亡！"说到后来，范巨阳竟是咬牙切齿。

"范先生此话可有凭据？"孙遇难以相信。

"当时范某恰好也在洛阳，乃范某亲眼所见。"

"既然范先生知道秦仲翰的为人，为何还要与之相交？"孙遇问道。

范巨阳冷笑道："做出这般伤天害理之事，岂能任他逍遥法外？"

孙遇吃了一惊，道："莫非范先生有意……？"

未及孙遇说完，范巨阳接道："不错，范某正是要对他略施惩戒，故而有意亲近。柳莺莺今已被范某送到南方去了。"

孙遇讶道："原来柳莺莺是范先生故意设的诱饵。"

范巨阳摇头道："那倒不是。本来我也没想好要如何惩戒秦仲翰，谁曾想他淫性不改，自已送上门这个良机。我只是将计就计，知道他要赎人，便去买通了老鸨和柳莺莺，让老鸨骗秦仲翰说有人争赎柳莺莺，故而抬高柳莺莺的身价。再让柳莺莺骗他说自己有一笔不菲的私房钱，若得赎身，便将这笔钱拿出来与他共享富贵。秦仲翰财色迷心，深信不疑，便倾其所有赎了柳莺莺，当夜我便派人偷偷接走了柳莺莺，让秦仲翰倾家荡产，人财两空。”

孙遇叹口气道：“虽然范先生的手段未免阴狠了些，不过也是秦仲翰罪有应得。”

僖宗此时忽然开口说道：“天网恢恢，疏而不漏，那秦仲翰造孽之时怎会想到有今日之下场？”

花粉哂笑道：“秦仲翰再坏也不过害了一家之人，当皇帝的造孽可要害死一国百姓，又当有怎样下场？”

孙遇忙道：“圣上年纪尚轻，难免贪玩，将来自会专心国事，为民操劳。”

范巨阳道：“本朝太宗皇帝曾说过，为君之道，先存百姓，若肆意侵损压榨百姓，便如割自身股肉充饥，虽然暂得饱腹，难免断命之忧。欲定天下者，先端正自身，为万民表率，世上没有身正影斜、上治下乱的道理。国之外患，常起于内忧，一国之君若贪图享乐，沉湎于声色游戏，必置百姓于不顾，令奸臣弄权、腐败滋生，长此以往，则天怒民怨、众叛亲离，如此，亡国不远矣！”

范巨阳看了看僖宗，又看看孙遇道：“孙先生，这可是先王所说？为君之道？”

孙遇点头道：“范先生所言不错。”

范巨阳续道：“大唐开元之后，盛世难再，会昌年间，更是出了李炎这个混账皇帝，当今这位皇帝陛下也只知道吃喝玩乐，重用宦官，游戏无一不精，唯独不能治国。如今各藩拥兵自重，四边不安，战事频起，民不聊生，大唐气数不久将尽。先生乃是高逸有识之士，入世当择明主，佐之以成大业，遁世也可淡泊宁静，独善其身，何必跟在这个小皇帝身边，遗恨将来？”

孙遇正色道：“范先生此言差矣。为人根本者，无外乎一个孝字，此一孝字在父母曰孝，在兄弟曰悌，在夫妇曰睦，在人曰礼，在友曰义，在君曰忠。大唐气数如何孙某不得而知，然而既为人臣，便当尽臣子之节，皇帝有错，臣子谏之，国家有难，臣子当之，力图救之。既称臣子，便当视君如父，怎可见其有过、有难，便即相离相弃？如此行径，狼犬尚不屑为，何况人乎？”

范巨阳哈哈笑道：“本以为孙先生乃是开明豁达之人，如何也与一般愚忠的俗子同论？”

孙遇微微笑道：“天下所以有王，乃使万民一心，同奉一礼，共遵一法。如此方可令百姓言行有所依，举止有所循，强弱不相凌，贫富不相争，贵贱不相欺，高下不相夺，人各守其常，民尽安其位。王者，以一人之尊，教令天下，系万民祸福，所负者大矣。故而忠君者，实乃忠民也，忠天下也。若动辄叛君背国，则令民心动摇，不知礼之可敬，法之当尊，天下失信，祸乱由斯。”

孙遇顿了顿续道：“所谓忠者，中正无私之心也。若为天下苍生计，反与不反皆可谓忠，若为一己之私，则必属奸佞无疑。如昔年文王伐纣，乃应万民之请，顺人天之命，虽有杀伐，亦舍一救万之举。再观今日之枭雄，或弄权于朝廷，或握兵踞守一方，或揭竿游击上下，令黎民饿腹、百姓横尸，其所谋者无外乎金帛印玺而已，有几人为苍生福祉虑?”

范巨阳应道：“当今黄王起兵反唐，正是为救民于水火，为天下苍生谋盛世。”

孙遇说道：“子曰：‘观其言而察其行’，范先生此话言之尚早，我们且拭目以待。”

花粉笑着插嘴道：“好了，既然两位先生谁也不能说服对方，也不必再争论下去了，咱们用饭吧。”

范巨阳端起酒杯道：“好，范某就先敬孙先生一杯，以尽地主之谊。”

孙遇也端起酒杯道：“哦?原来此地便是河洛邑所在。范先生好意孙某心领了，不过圣上在此，孙某如何敢僭越，这杯酒先敬皇上。”说罢向僖宗举杯，然后一饮而尽。

僖宗见状笑了笑，也跟着吃了一杯酒。

范巨阳无趣，便不再说话。花粉心中暗想，这小皇帝被我劫持至此，一直还算沉稳安定，虽然他治国无能，其处变不惊之风倒颇有帝王气度。

大家草草吃过饭，花粉屏退了范巨阳和赵易才，便急着让孙遇为她作画。孙遇遂依照花粉所说，作了一幅光波翼身处林间的图画，形神备至，活跃面前。

花粉见画欢喜异常，连连向孙遇称谢。孙遇笑问道：“姑娘可要在画上题字?”

花粉略加思索道：“我曾听姐姐唱过一曲，虽然不解其意，不过觉得辞句很美，就请先生为我写上吧。”随即念到：

西北风以雪，鸾鸟飞低枝，顾盼无伴影，唯对白冰池。风急折我翼，雪重断我枝，何日得良琴?一曲报君知。

孙遇书罢，微微一笑，心道："这小姑娘明明以诗咏情，却口称不解诗意，到底是少女多羞。不过这诗中'风急折我翼'一句，寓意不祥，看来小姑娘难免要为情伤心了。"便提笔在落款处书上"镜花知返，水月见真"八个字。

花粉见字问是何意，孙遇说道："镜中花，水中月，皆美而不实，若强欲执之，必空悲一场。然于此不实之物，若能返观，却是成道助缘，所谓因祸得福，因妄见真。如佛经中言'知幻即离，离幻即觉'是也。"

花粉说道："我没读过佛经，也没想过什么成道，管他虚呀实呀的，只要美就好了，孙先生说话怎的像个老和尚一般？"

孙遇笑道："书此八字，留待姑娘日后慢慢玩味，也不枉我被姑娘劫持一回。"

花粉咯咯笑道："孙先生倒喜欢说笑，我是仰慕先生，诚心与先生相交，不过情势所逼，才让先生受了些委屈，请先生不要见怪。"说罢小心翼翼地将画像收好，转身见僖宗正看着自己，便故作严厉道："你看我做甚？明日便送孙先生回长安，你还不好好同他道个别，只怕你们君臣二人日后相见无期了。"

孙遇和僖宗二人依依不舍，互道珍重，倒多是僖宗劝慰孙遇，请他回长安转告太后等人不必为自己担心云云。

次日一早，花粉果然命人送孙遇到商州城，再让孙遇自行回长安去。

孙遇被蒙住双眼，上下几番，并十七八转，方出得山洞。随即便上了一辆马车，颠簸了大半日才被拿下蒙眼的黑布，已然到了前往商州的官道上。

送走了孙遇，花粉亦携着僖宗上了一辆东行的马车，范巨阳派赵易才一路随行护送。

拣择山野小路，走了两日多的路程，到得上蔡县境内，此地也是河洛邑的一处分部。一行人马被迎到"伏羲画卦亭"中歇脚，乃是赵易才一早派人赶在前面报了信，摆置好茶点，供给花粉吃用。

几人刚刚坐下吃茶，见林间小路上走出一人，身着青灰色道袍，大袖飘飘，发髻随意盘于头顶，横插一支竹簪，五六十岁年纪，双目炯炯，羊须乌亮，红光满面，神采奕奕，似是一位游方的道士。

道士径直来到亭外，上下看了看，便欲步入亭中，守在亭外的小厮忙上前拦住道："亭中有贵人，闲杂人等勿得相扰。"

道士一卷袍袖，双手背后道："请问小哥，此处是何衙门？还是哪位官家的府邸？”

小厮说道：“你这道士不识字吗？这亭子上的匾额不是明明写着‘伏羲画卦亭’吗？怎会是什么衙门、府邸？”

道士“哦”了一声道：“那请问小哥，这伏羲画卦亭是谁家的呀？”

小厮道：“这亭子谁家的都不是，你这道士怎的一点人事都不懂？”

道士点点头道：“既然这里既非衙门，又非府邸，更不是私家亭台，贫道为何不能进去一游啊？”

小厮不耐烦道：“你这道士好生无礼，我不是已经告诉你，亭中有贵人吗？待贵人离去，你再进去游玩。”

道士哈哈笑道：“真是笑话，这亭子既非私产，人人都可进去游览，凭何贵人便可独占，却要贫道在外等候？你们这才叫无礼之极。”

未及那小厮再开口，却听花粉咯咯笑道：“这位道长也是位有趣儿的人，何不请进来一同坐下吃杯茶，解解乏。”小厮闻言忙让在一旁。

道士也不推辞，径自进到亭中，坐在花粉对面，拿起一杯茶便吃，也不问是谁的杯子。吃罢说道：“几位既是贵人，怎的不懂待客之道？这茶勉强算得中上而已，并非佳品，用来招待贫道，忒也小气些吧。”

花粉看了看道士，说道：“我们也是赶路，暂过此地，没准备什么好东西，日后若有缘请道长到府上供养，定当奉上极品好茶。”

道士摆摆手道：“缘聚一面已是难得，哪有许多日后？我便将就些吧。”说罢拿起桌上的点心大吃大嚼起来，又自斟自饮了一杯茶。

赵易才看不惯道士的不羁之态，便故意说道：“道长仙风道骨，举止飘逸，想必是有修证的仙家，何以还食这人间烟火呀？”

道士呵呵笑道：“贫道哪里是什么仙家，不过能给人看看相，算算命，前后各知五百年而已。”

河洛邑本就是以易经八卦、相命风水、奇门遁甲等为日常研习之课，平常亦推卦相面，演算命理，赵易才虽于此未精，却也略谙一二，故而听那道士大话出口，心中更为不屑，于是说道：“原来道长会看相，便请道长为我等看看相如何？”

花粉亦抚掌称好，请道士看相。

那道士依次看了看花粉、赵易才与僖宗三人，捋须说道：“好，贫道就为几位看看相，权当作茶点钱。”

花粉抢先道："那就请道长先看看我。"

道士略一沉吟道："姑娘心地单纯，可惜身世孤伶，幼年便失父母，寄人篱下，备受艰苦。少年之时更免不了奔波辛劳，还要提防为人利用。虽然身经多险，却能死里逃生，终得贵人相助，万里得享太平。"

"万里得享太平是何意？"花粉不解。

"日后姑娘便知。"道士显然不肯明说。

"还有呢？"花粉追问道。

"贫道知道姑娘关心何事。"道士笑道，"贫道送姑娘一首诗偈。"遂吟道：

早春瞥见一点红，却是鹤顶飞云中，遥望天际正凄凄，茫茫海中有相依。

花粉道："道长说得我云里雾里，可否再明白些？"说罢为道士斟了一杯茶。

道士微微一笑道："好吧，看在姑娘为贫道斟茶的分上，贫道再多送姑娘一偈。"便又吟道：

姻缘前定，切莫强求。奈何桥后，恩人白头。

花粉还欲详询诗意，道士说道："留待日后慢慢品味吧。"

赵易才冷笑一声道："道长说的都是含混话，怎知道是不是有意欺蒙呢？"

道士也哈哈笑道："那贫道就为这位先生说得明白一些。先生一心建功显名，也是狠得心、下得手的。只是命自我立，上苍好德，望先生能体会古圣先贤立教之意，去恶怀仁，否则眼下先生便有断舌之灾，日后更有杀身之祸。"

赵易才闻言恼羞成怒道："你这道士，满口胡言乱语，还敢在这里骗吃骗喝，妄说祸福，看我不将你轰打出去！"

花粉忙微笑说道："赵先生何必介意？咱们不妨当是听道长解闷说笑，也不用太过认真了。"又向道士道："再请道长看看这位公子如何？"赵易才不敢违拗花粉，遂不再说话，却怒目瞪视那道士。

那道士却满不在乎，看了看信宗说道："这位公子的相貌却是奇特之极。"

"如何奇特？"花粉好奇道。

道士缓缓说道："这位公子的五官本是贵极之相，神气却是隐隐腾于尘世之外，聪明绝顶，才艺高明，可惜寿命短薄，难享天年，貌有丧家之色，神存天佑之气。总之似这位公子这般面相，贫道还是第一次看见，多有怪舛之处，难下断言。不过相家有句话叫作'看气不看相'，或许这位公子深修内养，神气先转，相貌不久随之而变，也未可知。贫道也送公子几句话吧。"说罢略一闭目，捋须吟道：

貌似权高实无权，相虽顽皮宅心宽。逢凶化吉历惊险，木龙吟时隐南山。

吟罢哈哈一笑，起身说道："贫道吃了你们的茶点，现已为各位看了相，算是扯平了，贫道这便告辞了。"说话便要离去。

僖宗一直未曾开口，此时说道："道长留步，可否请教道长，这天下气运如何？"

那道士并未停下脚步，边走边道：

潮起潮落，去日无多。沧海桑田，人生几何？休去！休去！

长袖飘飞，竟已走出数丈远。

花粉见状，忙起身大声喊道："还未请教道长仙号呢。"

道士哈哈笑道：

晨观东海日，暮看巫山云。曾戏曹孟德，今笑第二君。

笑声隐处，已然不见了踪影。

"曹孟德？"花粉坐下自言自语道。

"便是曹操。"僖宗说道。

"谁不知道是曹操？要你多嘴。"花粉撇嘴道，"什么叫曾戏曹孟德？"

僖宗应道："传说三国时，有位神仙道长叫左慈，曾经三次戏弄曹操。莫非适才这位道长便是左慈？"

"无稽之谈！"赵易才插道，"左慈若是活到现在也该有七八百岁了，那鬼道士不过是个骗人的江湖术士罢了，哪里是什么神仙？何况我听说左慈是个瞎了一只眼的老道，适才那道士明明不是两眼都好端端的？”

僖宗笑道：“若真是神仙，治好自己一只瞎眼岂是难事？不管他是不是左慈，相面倒是神准。”

花粉扭头问道：“何以见得？”

僖宗答道：“别的且不论，最后这句‘今笑第二君’，足见其眼力不凡。”

花粉追问道：“此句怎讲？”

僖宗吃了口茶，又拿起桌上的一块点心，淡然说道：“这位道长已然看出我是个假冒的君王。”

“你说什么？”花粉与赵易才闻言皆大吃一惊。话音未落，但见僖宗倏地变了模样，却非光波翼而谁？

原来花粉最初潜入皇宫之时，已被黑绳三和光波翼察觉，二人不动声色，装作不知，黑绳三却一直在暗中监视花粉。

端午节当日，花粉在龙首殿窥视僖宗和光波翼等人，并不知晓这正是光波翼为自己演出的一幕好戏。当时黑绳三并未前往球场巡视，而是一直在暗处观察花粉。黑绳三的忍术高出花粉等人太多，故而花粉等人始终没有觉察，不知不觉便中了光波翼这虚虚实实、偷梁换柱之计。

北道忍者哪里会料到，球场上那位马术高明、球技精湛的皇帝陛下竟然正是僖宗皇帝本人！

光波翼之所以任由花粉劫持，乃是为万全之见，意在尽快将花粉等人调离宫城，以防其潜伏余党再滋祸端，只是未曾想到，花粉竟将孙遇也一并劫走。光波翼心中盘算，如今只得见机行事，尽力保护孙遇安全，待远离京城之后再伺机救人。虽见花粉并无加害孙遇之意，但为稳妥起见，光波翼仍耗费气力，一路施展变身术，维持着僖宗的模样，直至今日，预计孙遇已然抵达长安，方收了变身术，现出真身来。

花粉见光波翼现身，不由得又羞又恼，没想到自己朝思暮想的意中人竟然就在眼前，却再次坏了自己的大事，当即红着脸咬牙喝道：“光波翼！”

赵易才虽未见过光波翼，却早闻他的厉害，此时听花粉叫出光波翼的名字，更不迟疑，随手便射出两枚星镖，向光波翼的咽喉和左眼射去。

三人本是围坐在圆桌旁，花粉居中，光波翼在其右手，与赵易才对面而坐，两人相距不过一步多远。那星镖迎面射来，隐隐散发出腥臭味，光波翼知道星镖上必定喂了剧毒，头微微向右一偏，躲过了射向左眼的星镖，同时投出手中的点心，那块点心接下了另一枚星镖，径直飞向赵易才的面门。赵易才哪有光波翼应变之神速，插有星镖的点心“嗖”地射进赵易才口中，赵易才大叫一声，向后便倒。

点心甫一出手，光波翼忽觉两道绿影夹着浓香向自己左脸袭来，但见暗器来得飘忽，千钧一发之际无暇多想，光波翼当即全力射出两枚星镖，迎击那两道绿影，同时身体迅速后仰，以防那两道暗器破镖而至。

只听“啊”的一声，花粉竟应声倒地。光波翼吃了一惊，上前看时，见花粉双目紧闭，已然昏死过去，右颈上破开一道口子，一枚星镖已深深射入颈子里。

再看花粉身前有两片树叶，上面粘着些许黄色的粉末，叶子中间已被星镖穿破。光波翼这才明白，花粉必是不愿伤害自己，故而将迷药粘在两片叶子上，意图将自己迷倒，没料到反被自己的星镖重伤。

光波翼心中歉意顿生，忙俯身将花粉揽在怀中，察看伤口。只见那枚星镖已完全没入肉中，伤口紧贴动脉。伸手探了探，花粉鼻息尚存，血流也不甚多，只怕是星镖插中了脉管。

光波翼双眉紧锁，眼见这枚星镖极难取出，即便取出，也会立时喷血不止，花粉必定丧命无疑。为今之计，恐怕只有药师族的高手方能救花粉一命。只是那药师邑远在一两千里之外的黄山，不知花粉能否挨到那里。情急之下，光波翼忽然想到，由此往南三四百里远处的光州是个信点，有海音族忍者驻守，不妨先到那里，请海音族忍者传信给药师邑，邀药师族忍者北上与自己会合。

主意既定，光波翼抱起花粉便走，全力施展起奔腾之术，片刻便消失得无影无踪。

（按：光州即今河南省潢川县。另：为方便读者理解，本书中所用长度计量单位皆是现代标准，实际唐代的长度单位是：一尺等于现在的二十四点五六厘米，五尺为一步，三百步为一里，每里折合三百六十八点四米。）

那几个小厮见光波翼顷刻间便打倒了赵易才和花粉，不禁愣在那里，不敢轻举妄动，待光波翼抱着花粉离去，才急忙上前扶起赵易才，将他抬回邑中救治。赵易才镖上的毒药猛烈，虽然河洛邑自有解药疗毒，却须割掉伤口附近的腐肉，可怜那赵易才竟然伤在舌头上，正应了那位道长“眼下便有断舌之灾”的谶语，从此成了哑巴。

花粉颈部伤重，光波翼怕牵扯伤口，只能怀抱着花粉赶路，饶是如此，速度竟比那骏马还要快上数倍，只一个多时辰便到了光州。

驻在光州信点的忍者名谷融，问明光波翼的来意，立即以白螺传音术联络药师邑，与之约好在多云山会合。

多云山距光州三百余里，距黄山五百余里，因光波翼带着花粉，故而此处当是能够最快相会之地。

（按：多云山即今安徽省金寨县境内的天堂寨，汉武帝时名衡山，唐改为多云山，南宋后称天堂寨。）

辞别谷融，光波翼又即启程南下。由于连续数日使用变身术，本已伤神耗力，抱着花粉狂奔又耗费了大量脉气，此番光波翼花了近两个时辰，方到得多云山脚下。

只见山口已候着一位青年，二十多岁年纪，直鼻薄唇，样貌俊雅，两条卧蚕眉下，一双凤目清澈流光，额束藏蓝缎带，一身白衣素裤，脚踏麻面矮靴，身后背着一个青布包袱，乃是药师族的想忍药师信。

药师信见光波翼到来，忙上前迎住，二人匆匆见过礼，药师信便接过花粉，让光波翼随着自己飞身上山。

二人七跃八纵，不多时便到了一处洞口，原来此洞是药师族忍者来多云山采药时的临时居处。

进得洞来，光波翼才发现这山洞颇深，越走越黑，待进到七八丈深处，忽又明亮起来，洞内尚有一些盆盆罐罐的器物。

药师信将花粉放在山洞尽头的一张石板上，那石板上方竟是露天的，难怪洞内反倒明亮。

药师信察看了花粉的伤口，便为光波翼指明山泉所在，请他打些水回来。

光波翼赶忙出去打水，回到山洞时，见药师信已在花粉头部的石板上燃了七盏油灯，药师信双手结印，正在念着咒语。

光波翼不敢打扰，轻轻将水放在药师信身边，自己则坐在一旁静观。

少时，药师信在头顶上散开手印，右手拇指和食指相向，在花粉的右颈上方凭空虚捏，再做了一个拿起的动作，只见那枚星镖竟然徐徐地钻出花粉的脖颈。待星镖完全取出，也未见有血流出。

药师信并不清理伤口，而是将伤口捏合，口中不停地念诵咒语，少顷松开手，那伤口已不再开裂。药师信又以右手轻按在伤口处，两眼直视伤口，诵咒声渐大，片刻，只听药师信高声诵道："吽！吽！"手掌离开，伤口已然愈合。

药师信这才将泉水倒入盆中，边为花粉擦洗血迹，边对光波翼道："光波兄请放心，这位姑娘已经没有大碍了，只是重伤后施治稍晚，伤了元气，要将养些时日方可痊愈。"

光波翼闻言长舒一口气道："多谢药师兄不辞辛劳，远来相救。"

药师信摇摇头道："微劳不足挂齿。不知这位姑娘是何人？怎会受此重伤？"

原来光波翼让谷融传信之时并未言明花粉身份，一来时间紧迫，二来也怕生出枝节。

光波翼笑了笑，说道："实不相瞒，这位姑娘是北道忍者，目焱的手下，也是他的弟子，名叫花粉。"于是便将端阳节东内苑马球赛劫君，以及上蔡御敌之事大略讲述一番，并说自己因见花粉心地单纯，并非邪佞之徒，不过是被奸人所用，不想因此害了她性命，故而全力相救。

药师信道："光波兄宅心仁厚，殊可敬佩。"

光波翼忙道："我失手伤了这姑娘，不过是略尽薄力，弥补过失而已，岂敢居功？"说罢忽觉一阵头晕，身体微晃。

药师信说道："光波兄，我看你连日消耗精气，劳累太过，不妨在此少留，好生调养几日，我这里有些丸药，可助你复原。"说罢，取出两粒黄豆大的药丸递与光波翼。

光波翼见那两粒药丸一红一黑，笑道："如此谢过了。"接过服下，少顷便觉脉气绵绵升腾，精神倍长。

翌日清晨，阳光从洞顶泼洒而下，花粉悠悠醒转，只记得自己向光波翼射出两片树叶后，便被一阵剧痛刺晕过去，不知现在是死是活。

花粉摸了摸右颈，丝毫不痛，也没有伤口，莫非自己已经死了吗？她挣扎着坐起身，浑身虚弱无力。再向四周看看，但见山石崖壁，不知是何所在，莫非是冥府？正自疑惑，忽见外面走进一位翩翩男子，笑吟吟地望着自己。

花粉开口问道："这是哪里？我已经死了吗？"

药师信笑道："这里是多云山，恭喜花粉姑娘死里逃生。"

花粉讶道："你怎么知道我的名字？是你救了我吗？"

药师信点点头，说道："不过多亏了光波兄不辞劳苦，抱着姑娘疾奔六七百里到这里来救你。"

"什么？"花粉简直不敢相信，"你说光波翼将我……带来这里的？"花粉羞于将"抱"字说出口，想到自己居然被光波翼抱着走了六七百里路，不禁脸颊绯红。

"不错，幸亏光波兄及时将姑娘带来，否则后果难料。现下姑娘已无大碍，只需将养几日便可痊愈了。"药师信说道。

"光波翼现在何处？"花粉急切问道，忽又觉害羞，便转口说道，"还没请教恩公大名。"

药师信笑了笑，说道："在下药师信。光波兄连日劳累，大耗元气，昨晚整夜都在洞口静坐调息，此时也该下座了。姑娘若想找他，先服了药再去。"说罢递与花粉一颗药丸。

花粉接过，望着药师信问道："你是药师族的人？"

药师信点点头。

"那你为何还要救我？"花粉不解。

药师信说道："既然到我这里，便是我的病人，况且光波兄说你心地单纯，并非邪佞之徒，不过是受了奸人利用罢了，我怎能见死不救？"

"受奸人利用的是你们！"花粉气道。话刚出口，便觉不妥，又说道，"我知道你和光波翼都是好人，只怕有些事你们也未必清楚。"

药师信说道："姑娘先服药吧，有话日后慢慢再讲不迟。"说罢倒了一碗水给花粉。

花粉接过水，将药吃了，见药师信开始捣碓新采来的草药，不知是否该上前帮忙。

药师信见她愣在那里，笑道："姑娘昏睡了一整日，去活动一下筋骨也好，只是不要太过劳累了。"

花粉此时竟似一个得了家长允可的孩子，高兴地应了一声，向洞外走去。

将到洞口，花粉果然看见光波翼正盘坐在一个凹进崖壁的石窝中，尚能看出一身的风尘。

光波翼觉察到花粉到来，慢慢张开眼睛。

念及光波翼对自己的好处，花粉心底柔情悄生，竟忘了自己是被光波翼所伤，反倒怜惜起他来，不禁轻轻叫了声“光波大哥”。叫声出口，花粉自己也羞得低下头，这一句，不知她在心底已偷偷叫过几多回了。

光波翼笑了笑，说道：“你好些了吗？”

花粉点点头，说道：“多亏了光波大哥出手相救。”这第二句“光波大哥”已然叫得自然多了。

光波翼起身说道：“是我无意中伤了你，你不怪我已是难得，怎的却来谢我？更何况我两次三番坏你大事，你不恨我吗？”

花粉摇摇头，走到洞口，望见山谷中草葱木翠，云雾缭绕，竟似仙境一般，不觉得痴痴说道：“若我与光波大哥自幼都是普通山民，在这山中相遇、相识、相伴，该有多好。”

听她如此呓语喃喃，光波翼一时竟不知如何作答。

花粉接道：“其实光波大哥是个可怜人，自幼被奸人蒙蔽，还……”末后一句却未说出口。

“还怎样？”光波翼追问道。

“我若说了，请光波大哥莫急莫怪。”花粉转身看着光波翼说道。

光波翼点点头。

花粉说道：“光波大哥自幼被坚地抚养长大，却不知他便是光波大哥的杀父仇人，还认他作义父，这岂非认贼作父吗？”

“此话怎讲？”光波翼走到花粉面前，淡定问道。

“我听师父讲过，他老人家是令尊的生前好友，二人无话不谈，甚为相知。”花粉说到这里，见光波翼漠然看着自己，接着说道，“我知道你一定对我师父误解颇深，他老人家说的话，你一时也未必肯信。”

光波翼缓缓说道：“目焱不是很想杀我吗？”

花粉摇了摇头，说道：“恰好相反！其实师父一直都很关心光波大哥。我上次去幽兰谷之前，师父嘱咐我一定要找到光波大哥。师父说，如果大哥当真是光波前辈的儿子，我必定是打不过的。如果光波大哥尚未修习过高明忍术，而败在我手里，那我正好趁机将大哥带回罗刹谷去，师父他老人家自会向你讲明真相，并亲自传授你忍术，将来好为光波前辈报仇。师父还特意嘱咐我万万不可伤害大哥，是以我与大哥初一交手时，以为误杀了大哥，便好生难过，既觉辜负了师父的嘱托，又……又对不起大哥。”

花粉顿了顿，又接着说道：“上次我向师父禀明与光波大哥交手之事，他老人家非常高兴，连说‘不愧是英雄之后’！”

光波翼哂笑一声道：“若真如目焱所说，当年他为何不将我收养在身边？”

花粉说道：“师父何尝不想？可惜当年师父身单力薄，坚地老贼忍术高超，所辖瞻部道忍者最为势众，又有东、西两道忍者帮他，是以师父他老人家无从将光波大哥接来身边，只得作罢。师父说，似这般也好，将来光波大哥知晓真相时，在坚地老贼身边，反倒易于下手复仇。”

光波翼冷笑一声道：“休要再对我义父无礼。目焱谋反，人人皆知，这些不过是他骗人的鬼话，岂可苟信？”

花粉叹口气道：“光波大哥，我知你为人豁达，知恩图报，无论忍术还是智谋都高过花粉太多，不过坚地老……”花粉刚欲再说“坚地老贼”，便觉失口，遂改口说道：“坚地长老确实为人狡诈老辣，善于收买人心。你有所不知，我师父现在的所作所为，其实正是光波前辈的遗愿。”

光波翼闻言锁眉斥道：“住口！目焱这厮怎敢污蔑先父的清名？我父亲一生忠心耿耿，岂会做出犯上作乱之事？目焱反贼欺你年幼无知，编造如此谎言，让你来做离间的说客，真真可恨之极！”

花粉见光波翼发怒，慌道：“光波大哥你莫生气，师父并未让我来做说客，他怎会知道你我能有今日这般对话？若不是……这都是天意，不然的话，也许我早已命赴黄泉了。”说到后来竟自黯然。

听她如此说，光波翼不觉歉意又生，怒气顿消，心中也觉花粉所说有理，便说道：“我并未怪你，不过目焱此说有何凭据？”

花粉回道：“当年南诏大军攻陷‘交趾城’后，光波前辈曾对师父说道：‘我辈先祖自安史之乱以来，出生入死，为国效力，虽历武宗之难，不改初衷。然今朝廷上下，昏聩无能，但图一己之乐，不问百姓死活，以至于边衅四起，内乱纷嚣，苍生罹难，天下不安。依目贤弟之见，我辈当如之何？’师父当时便说：‘芒夫兄胸怀天下，心系苍生，文韬武略皆称盖世，既是当世国忍，更为我辈旌麾，芒夫兄但有所谋，我等必当誓死追随，唯芒夫兄马首是瞻。’”芒夫正是光波勇的表字。

花粉说到这里，忽觉双腿绵软无力，一把抓住光波翼胳膊，险些站立不住。光波翼忙扶她在洞口坐下，说道："姑娘伤后初愈，不可过度劳累，还是多休息将养，这些话回头再说吧。"

花粉摇摇头道："不打紧，这里云海山色如此之美，我们便坐在这里，边欣赏这美景，边说会儿话吧。"

光波翼便坐在花粉身旁，听花粉继续说道："光波前辈听师父那般说，也很高兴，便说道：'当今懿宗皇帝虽然昏庸，但他将诸道忍者召回，毕竟于我辈有恩，加之大唐气运尚未全尽，咱们且待懿宗皇帝百年之后再图大业。'对了，光波前辈初闻交趾城破之时，还写过一首诗，诗中便有此意。"

"诗中如何说？"光波翼问道。

"前面我也记不大清楚，只记得大致是说城破之后，百姓纷纷逃难，外祸内乱，生计艰难。后两句我倒记得，'何当挥旌安天下，一效岐山恤苍生。'"

光波翼闻言默然不语，这两句诗分明是说要效仿武王伐纣，反叛之意昭然。莫非悉是目焱编造出来欺骗自己的？正要询问花粉诗稿现在何处，只听花粉又道："这诗稿现在师父手中，日后光波大哥自会见到，便知花粉所言非虚。而且听师父说，坚地手下的一名信子叫'谷逢道'的，也曾亲眼见过此诗，当时便是他将交趾城破之事报给光波前辈的。"

正说到此处，药师信从洞内走出，招呼二人道："我已煮好了一些药粥，两位进去用早饭吧。"

光波翼忙起身称谢，扶起花粉，随药师信进洞去了。

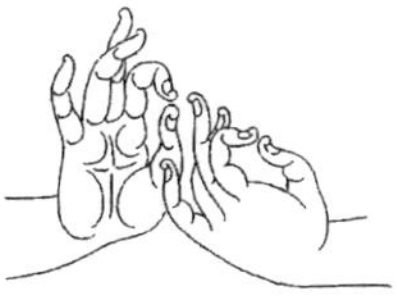

第十六回

多云山上传秘术
思政殿中授金书

来到洞内的石板旁，花粉身子向下一沉，竟瘫软在石板上。

药师信忙上前察看，见花粉面色及眼珠微微发黄，躺在石板上一动不动，问她感觉怎样，答说是浑身无力，心慌气短，又觉恶心欲呕，毫无食欲。

药师信摸了摸花粉的脉，说道：“花粉姑娘像是中了毒，适才可曾吃过什么东西？”

花粉轻轻摇了摇头。

光波翼说道：“适才花粉姑娘从洞内出来，便一直在同我说话，并未见她吃过、碰过什么。”

药师信想了想，问道：“光波兄的星镖上可曾喂过毒？”

光波翼回道：“当然不曾喂过，我怎会做这种事？”

药师信皱眉道：“这便奇怪了。”

光波翼忽然想起，刺伤花粉的那枚星镖曾击穿了一片树叶，而那片树叶上倒是沾了些黄色药粉，莫非因此星镖也沾上了有毒的药粉？

药师信听罢问道：“是何种药粉？”

花粉此时强打精神，从怀中取出一个小瓷瓶来，有气无力地说道：“这只是迷药，并无毒性。”

药师信接过瓷瓶，打开瓶塞，一股浓香顿时扑面而来，药师信忙屏住呼吸，还是觉得一阵轻微头晕，忙盖上瓶塞，暗叫“好烈的迷药”。遂又问道：“可知是何种树叶？”

光波翼说道：“似乎是桐树叶子，那伏羲画卦亭旁便有一棵老桐树，我想花粉姑娘定是顺手从树上摘的叶子。”

花粉“嗯”了一声。

药师信道：“从花粉姑娘中毒的情状来看，倒像是桐树叶子的毒。按说星镖上所沾毒汁极少，毒性不应有这般强烈，不过适才我看花粉姑娘的迷药药性极烈，似乎是混合了桐树叶的毒汁后，令树叶的毒性骤增。”

光波翼点头说道：“不错，花粉姑娘的迷药只需一点，便能令人迷幻麻木，任人摆布，想必是大大增强了树叶毒性。只是花粉姑娘昨日受伤，距今已有一日夜，何以毒性刚刚发作？”

“这也正是我不解之处。”药师信说道。

“是迷药。”花粉忽然插话道，“这迷药虽非毒药，却有一处特别，若是药粉沾了血，便会吸附血液，形成小血珠子，须经十二个时辰方能化开。所以若想致敌于死命，只需将这药粉涂在兵刃上，令敌人略受轻伤即可。常人会以为是中毒而死，其实是那血珠子行到敌人的心脑中，塞住其血脉而死，故而伤者多在半个时辰到一个时辰之后才会突然暴毙，须看伤在何处而定。”

“这便是了。”药师信恍然大悟道，“幸好那镖上所沾药粉极少，故而血珠子也极小，不至于害了花粉姑娘的性命，却将这桐树叶之毒裹在血珠子里，待过了十二个时辰，血珠子化开，毒性便发作起来。”

光波翼叹道：“原来如此。只是这桐树叶子的毒性当如何解？”

药师信微笑道：“这个不妨，既已察明病因，我自会为花粉姑娘解毒。”说罢取出一粒绿豆大的小药丸，默念了几句咒语，又向其吹了口气，给花粉服下。

不大工夫，花粉已觉不再恶心，面色也转好些，只是身上还有些乏力酸懒。

药师信让花粉再睡一阵子，端起粥罐儿与光波翼来到洞口处，二人边用早饭边聊。

二人互相问说了一些经历，原来药师信乃是号称医术天下第一的药师愚的传人。药师愚年已过百，近年常在黄山深处闭关不出。药师信虽然年轻，却是资质过人，颇得药师愚真传，两月前牛货道七手族的老四巽涛被曼陀族忍者斩断右手，便是被药师信接上复原的。

药师信也很钦佩光波翼的智勇义气，叹其不愧为名门之后，二人彼此颇相敬慕。

言谈之下，得知药师信年长光波翼两岁，光波翼遂居为弟，以兄长称呼药师信。

饭讫，药师信便要出去采药，光波翼见他双眉微皱，似有心事。

花粉醒来时天已近午，见光波翼正坐在洞中陪伴自己，不觉心头暗喜。

光波翼为花粉倒了碗水，将药师信留下的药丸给花粉服下，又盛了一碗新熬的药粥递与花粉。只见花粉痴痴地看着自己，浑没注意接那碗药粥，光波翼不禁脸一红，说道："药师兄去为你采药了，你可觉得好些了吗？"

花粉这才回过神来，接过粥碗说道："我好多了，谢谢光波大哥。"却并不吃粥，怅然问道："光波大哥，你我何时才能化敌为友呢？"

光波翼微笑道："我们不已经是朋友了吗？"

花粉站起身问道："日后咱们还会刀兵相见吗？"

光波翼略为沉吟道："我自会查明真相，无论如何，相信你我二人之中，总有一人会弃暗投明。"

花粉忽然扑到光波翼怀中哭道："我宁愿自己死了，也不想再与光波哥哥为敌了！"

花粉不住呜咽，光波翼心头一懔，慢慢扶起花粉双肩，说道："我知你心地单纯，是个好姑娘。你遵从师命行事，本无过错，只是目焱谋反，非我辈所许。且不论目焱所说是否属实，我也不愿见你为叛党所用，背上逆君的罪名。"

花粉渐渐止住哭泣道："可是师父说过，大丈夫当以天下为己任，愚忠不过是那些不敢承担的腐儒的托辞罢了。若为解民倒悬，纵然身首异处，背负骂名，也当在所不辞。大唐高祖皇帝不也是从前朝手里夺下的江山吗？又有哪一朝、哪一代不是取糜腐之国而代之呢？师父还说，他此生必定不惜代价推旧立新，让百姓过上安居乐业的日子，实现光波前辈的遗愿。"

光波翼放开花粉说道："人心难测。听目焱之言，此人若非大仁大义，便是大奸大恶，且拭目以待之。"

光波翼转身去舀了些水在盆中，投洗了一块手巾给花粉擦脸，然后让她把粥吃了。

用过饭，花粉要去洞外透气，光波翼怕她病后体弱，花粉笑道："光波哥哥扶着我不就好了？"说罢便挽起光波翼的手臂，光波翼只得由她。

来到洞外，二人择了一处背阴的大石上坐了。但见群峰叠翠，薄云叆叇，山间坡地漫布杂色野花，花香隐隐，山谷中时而传出一二声鸟鸣，愈显静谧。

光波翼双腿盘坐在石上，让花粉也如自己一般。

花粉戏谑道："哥哥是要传我忍术吗？那我要学哥哥的变身术，你不在我身边时，我就变成哥哥的模样陪自己说话。"

光波翼微微笑道："忍术当然不可妄传，不过我现在要教给你的却是习练变身术必修之功课。"

花粉喜道："好啊！好啊！"

光波翼问道："你可知道变身术为何极难练就？"

花粉想了想，说道："我只知道这变身术只有极少数忍者大师精通，就连我师父也不擅长，所以我也未曾听师父讲过其中的奥义。莫非是需要血统传承吗？"

光波翼摇头道："变身术虽非血统传承，实乃诸般忍术中罕传之秘。记得上次在瞻部林中你我对阵时，你说换身术乃极少人方能精通，其实换身术只是变身术之更深一层罢了。即便是这变身术，当今也只有我义父坚地长老一人得其真传，其他几位长老虽能识得此术，听说风长老好像也能变身少顷，却皆未得变身术之真妙。"

花粉点点头道："难怪连我师父也不甚谙于此术。"

光波翼继续说道："变身术本是杂部化类忍术，地、水、火、风四部忍法的印、咒类忍术中也有此术传承，却尽未道出其全貌。故而其他几位长老虽曾学得此术，但施术时或须结印，或须诵咒，变身之时限亦短，且变身时须全力保持，无法同时施展其他忍术，甚至无法随意行动，因此并无太大功用。"

花粉接话道："所以很多忍者宁愿不学此术，转学拓容术。"

"正是。"光波翼应道，"只是拓容术仅能变化面容，无法改变身形、声音，故而施用时只得拣择年龄、身形、声音悉皆相近之人，男女亦不能相易，其功用亦大为受限。"

花粉此时好奇心大盛，侧头问道："那变身术究竟有何奥妙？"

光波翼肃然说道："我今日教你的，你须守口如瓶，即便是你师父，也不得向他透露半句。花粉，你可能做到？"

花粉怪道："怎的这般严重？既然如此，哥哥何必要教我？"

"我失手害你重伤、中毒，虽然现在伤口已愈合，毒也已化去，却伤了元气，恐怕非月余不能痊愈，即便痊愈，也怕会留下遗症。”光波翼歉然说道。

“什么遗症？”花粉问道。

光波翼叹了口气，答道：“那桐树叶子的毒性本不甚巨，你的迷药也本无毒，谁想天下竟有这般巧事，这两样合在一处，却成了大害。药师兄说，余毒游存于肝肾二脏，药石难及，若不能尽快涤去，恐有散血之虞，迁延若久，更有性命之忧。花粉，你可曾感到腰痛吗？”

（按：散血，现代医学称为急性溶血性贫血。桐树中毒症状除书中描写之外，严重者还可出现心尖区有轻度收缩期吹风样杂音，肝脾轻度肿大，眼底视网膜出血，束壁试验阳性等。民间用桐树叶捣烂后热酒冲服或泡酒服，有止痛作用。）

花粉点点头道：“我还以为是在那硬石板上躺得久了，不想……那还好得了吗？”

光波翼答道：“除非以禅定力，引导真气运行，达于二脏，涤荡毒邪，方可完全复原。”

花粉说道：“哥哥是想教我禅定吗？自幼师父便教我静坐行气之法，我只要每日多加修习不就行了？”

光波翼轻轻摇了摇头道：“你所学只是寻常之法，但凡习之者，若非资质过人，且勤苦努力，不能遽然得定。又此法习之不当，颇多危患。你自幼便习静坐，现今能否随意入定、导气行于各脉？”

花粉茫然摇头。

光波翼接道：“我此一法，习练简而见功速，且能免去诸多过患，又有不可思议妙用，正是变身术之前行必修，也是非器不传之秘。只因今日情形特别，不得不教你速速习之，以去肝肾二脏之毒。所以你先须立誓，不将此法外传，我方能教你。”

花粉凝视着光波翼，说道：“光波哥哥，你为了我，当真要将这不传之秘说出来吗？”

光波翼见花粉眼神异样，忙避开她的目光，低眉说道：“我不只为你一人。”

“还有谁？”花粉讶道。

光波翼抬头望着远处山谷，说道：“药师兄见你体内余毒难去，便想施行‘地藏术’救你。”

“何谓‘地藏术’？我从未听说过。”花粉问道。

“地藏术乃药师族秘术，向来罕传，药师族中也极少有人精通，故而连名字也流传不广。此术乃是一种自他相换之术，浅言之，即是施术者能代人病苦、伤痛，而使患者痊愈。”光波翼答道。

“代人受苦？”花粉奇道，“那若是不治之症又当如何？”

“这正是地藏术伟大之处，施术者须如地藏菩萨一般，有代众生入地狱之慈悲与胸怀，故名地藏术。”光波翼肃然说道。

花粉沉默了片刻道：“我与药师信素不相识，他为何要代我受苦？”

光波翼叹道：“药师兄菩萨心肠，不忍见你年纪轻轻便……故而甘愿代你中毒，再图自行化解。”

“药师信有本事化去肝肾二脏的毒吗？”花粉问道。

光波翼点点头道：“药师兄乃族内的想忍，禅定修为应当不差，不过此法毕竟不是万全之策。何况施行地藏术后，纵然解了毒，也难免会令药师兄大伤元气，故而我想让你自行解毒。”

花粉笑了笑，说道：“既然如此，那我便向哥哥学习禅定好了。我保证不将此法教给我师父，嘻嘻。”

光波翼正色道：“花粉，不可将此视为儿戏。此法一向乃不传之秘，四道七十二邑忍者之中，只我义父一人得之。坚地长老因悯我既失双亲，又失家学，才将此法和变身术传我。你须珍视之，秘之，秘之！”

花粉努嘴道：“哥哥是不相信我吗？那好，我发誓，若将今日光波哥哥教我之法透露给他人，便让我……便让我永远再见不到光波哥哥。”说罢竟失声痛哭。

若是换了旁人如此说，哪里算作立誓。只是花粉这样说罢，竟如此委屈难过，可见她当真是将不能再见光波翼，看作天下最为伤心之事了，故而拿来立誓。

光波翼忙安慰她道：“我既然决定要传授你此法，便已对你不疑，只是要你珍重罢了，何必如此难过？”

花粉止住哭泣说道：“光波哥哥，若我被你抱来的路上，便死在你怀里，你日后会时常念着我吗？”

光波翼见这少女又发痴语，便不再和她纠缠，说道：“花粉，我现在便教你打坐之法，你可要学仔细了。”

花粉只得答应一声，双腿盘坐好，双目微合。

光波翼呵呵笑道："我这打坐的方法，最为特别之处便是要睁开双眼。"

"嗯?"花粉睁开眼睛。

光波翼继续说道："眼睛上有一细小之脉，若闭目打坐，便会闭塞脉气，既不利两眼，更妨碍入定！施展变身术时，先须澄空心思，气定神闲，忘乎己身，然后观想所欲变成之人的模样，才能明明朗朗，音容笑貌纤毫不差，故须有相当之定力方可施行。而寻常的变身术之所以变身时间短，变身后行动不便，乃是因为常人修定总需闭上两目，双手叠放，端坐不起，方能得定，如此变身后一旦起身睁眼，定力即失，虽有咒力护持，亦难持久，更无暇再做其他事了。故而这睁眼入定，乃是练成变身术的第一要诀。"

"原来如此！"花粉喜道，"那哥哥教我这方法也无须端坐叠手吗?"

光波翼说道："修习之初，当然也须端坐叠手，或者两手手指自然张开，轻轻置于两腿膝盖上，若是男子，须结金刚跏趺坐，若是女子，则半跏趺坐亦可。日久功深，身姿亦有变化，今日且不必说。"

花粉说道："这个坐姿我倒是知道，只是睁着眼睛必然心乱，如何入定?"

光波翼笑道："闭目打坐，只是常人怕生麻烦罢了，你若睁眼习坐日久，不但可习以为常，且可避免被定中所见之种种境象所惊吓，愈有境象时，愈要睁大眼睛看着他。上座之初，若觉心乱，可将目光放低，至于平视与垂视之间。待思虑澄静，再令两眼平视或望向面前虚空，此乃睁眼打坐之第二要诀，不可不知。"

光波翼见花粉听得全神贯注，继而说道："平常打坐皆须舌抵上腭，以鼻呼吸，我此坐法却要以口鼻同时呼吸，口唇微开，好似轻轻地低声念诵'阿'字，如此可避免心思散乱，干扰禅定。此乃第三要诀。"

花粉点点头，说道："哥哥教的这个坐法确实闻所未闻，如此打坐便可很快得定了吗?"

光波翼说道："我此坐法共有九大要诀、十八秘窍、三十六绝处，虽不能尽数传你，不过依我今日所教之法修习，足以化去你体内余毒。"说罢又传了花粉两大要诀、五种秘窍和六种绝处，详尽教授她引导真气之法，随后又带她一同静坐良久。

花粉随着光波翼的指导静坐，果然不久便得尝妙味，但觉真气冉冉蒸腾，导入肝肾二藏，酥麻温暖，浑身说不出的畅快。

下座时日已偏西，花粉却感觉只过得片刻。

二人起身回山洞，光波翼说道："你每日便这样坐，早晚各两座，七日之后，余毒自会除尽。"

花粉身心愉悦，兴致颇高，对光波翼说道："待会儿见了药师信，哥哥先不许告诉他我跟哥哥学习打坐之事。"

"为何？"光波翼转头看着花粉。

花粉却不回答，调皮地笑笑，拉起光波翼的胳膊，蹦蹦跳跳往回走。

药师信一进到山洞，便闻到香喷喷的米饭味道，见光波翼正将一个陶罐从火上端下来，遂笑道："正好我采回一些香蕈，可以烤熟了做菜肴。"

药师信放下身后的背篓，抬眼却见花粉呆坐在石板床上，神情落寞，便上前问道："花粉姑娘好些了吗？"

花粉黯然说道："光波哥哥说我体内余毒难去，药师大哥恐怕也没什么好法子。"

药师信转头看了看光波翼，光波翼无奈地摇摇头，说道："你们先说话，我来烤香蕈。"

药师信笑笑，坐到花粉身边，说道："我已经找到祛除余毒的法子了，姑娘不必担心，我这就为你治病。"

花粉问道："咱们不先用过晚饭再治病吗？"

药师信回道："我这个法子须空腹施行，待会儿我为姑娘施术之后，姑娘即可用饭，明日再休养一半日便可启程离开了。"说罢取出一个拇指大的小瓶，递与花粉道："自明日起，姑娘每日服用一粒，五、七日便可元气全复了。"

花粉接过小瓶问道："药师大哥也同我们一起离开吗？"

药师信答道："我好久未来多云山，想在此多盘桓几日。"

花粉盯着药师信的双眼，又问道："药师大哥要用什么法子为我治病？"

药师信淡然一笑，道："此乃专治疑难之症的忍术，姑娘放心，我定会治好你的。"

"药师大哥可是要用地藏术吗？"花粉追问道。

药师信微微一怔，说道："光波贤弟告诉你了？"

花粉努努嘴道："光波哥哥只告诉我地藏术的名字，却不肯说这是怎样的忍术。”

药师信“嗯”了一声，说道：“此术治病，术到病除，只是威力猛烈，故而甚少用之。”

“怎样猛烈？”花粉不依不饶。

药师信沉吟片刻道：“地藏术颇难驾驭，若施行不当，恐会多耗元气。”

“药师大哥，你为何要骗我？”花粉眼中泪光隐隐，“你不同我们一起走，便是要自己留在这山洞里解毒是不是？好一个威力猛烈的地藏术，我还从未见过像药师大哥这样的呆子！”

药师信愣在那里，半晌才说道：“原来光波贤弟都告诉你了。花粉，其实这地藏术，并非如你想的那般严重，只不过施术后需要调养几日罢了，大可不必担心。”

花粉摇摇头道：“不管药师大哥怎样说，我也不会答应让你为我施术的。”

药师信劝说再三，花粉只摇头不依。

药师信叹口气道：“好吧，那也只得如此了。”说罢双手齐伸，其疾如电，两食指同时点中花粉，花粉登时被定在那里，动弹不得。

花粉急得大叫道：“光波哥哥！快来救我！”

光波翼正在火炉旁烤香蕈，见状哈哈大笑道：“你这叫自作自受。”遂将自己教花粉禅修之事说与药师信。

药师信闻言喜道：“原来贤弟已将‘大雄坐法’传授给花粉姑娘，花粉姑娘当真是因祸得福啊。”说罢为花粉解开穴道。

花粉边活动身体边问道：“原来光波哥哥传授我的便是‘大雄坐法’，哥哥为何不对我讲明？”

光波翼苦笑一声道：“不想被药师兄说破了。这大雄坐法乃诸般禅修法中之最胜者，亦为修炼一些极秘忍术之必须功夫，向来为众多忍者所希冀，我先前未告知花粉姑娘这坐法的名字，便是怕你无意中说出，招惹麻烦。如今你既然知晓，更须小心守密，万万不可对旁人提及此法。”

花粉点头应道：“哥哥放心，我定会守口如瓶的。不想我此番受伤，竟然遇到两位世上最好的大哥，若能常与两位哥哥在一处该有多好。”

光波翼笑道：“你至少还须在此禅修七日，恐怕还要烦劳药师兄照应呢。”

花粉忙站起身，问道：“哥哥要走了吗？”

光波翼点点头道：“我还有些要紧事，明日便启程。”

花粉急道："那怎么行？"

"嗯？"光波翼望向花粉。

花粉涨红一张俏脸道："哥哥若是走了，谁来指导我禅修？若是座上遇到麻烦如何是好？"

光波翼转动着手上插满香蕈的树枝，说道："我已将禅修的关键要害都与你说明了，也已带着你禅修了一座，大雄坐法原本便比其他坐法安稳，应该不会再有麻烦。何况还有药师兄在身边，若果真出了偏差，药师兄自会帮你。"说罢转向药师信道："花粉姑娘就拜托兄长了。"

药师信点头应道："贤弟放心。"

花粉气得一跺脚道："我又不是小孩儿，谁要你们托来托去。"说罢拔腿跑出洞去。

鸿雁飞，胡不归？但愿几徘徊（此处读"回"）。望尽云山天际处，一双雁影两秋水。

鸿雁飞，难再归，可怜人憔悴。揉断杨枝千百节，不似妾心万分碎。

光波翼飞身出了多云山，似乎仍能感到花粉依依不舍的眼神。

出山之后，光波翼便放慢脚步，一路轻松而行，以调息养气，第四日才回到长安城中，便直奔孙遇府上。

得了门子禀报，孙遇忙将光波翼迎了进去。到得正堂，未及落座，却见李义南、黑绳三、铁幕志和陆燕儿一众人等一时现身笑迎，光波翼大喜，大家互相作礼问候一遍。

落座后，孙遇抢先问了光波翼别后情形，听后大家不免叹评一番，又将其他几人经历说与光波翼。

原来陆燕儿和铁幕志早几日便已到了京城，一直住在孙遇家中。黑绳三那日追了"林将军"出城，一路跟踪，竟一直追到宣州城外黄巢军队的大营之中。黑绳三暗中窥探，发现那林将军原来是黄巢的外甥林言。

黄巢攻和州不克，宣州又有宣歙观察使王凝固守，两军相持日久，故而黄巢对此次端阳节绑架僖宗之事寄予厚望，期待以此建功。若目焱和林言绑架僖宗不成，黄巢则打算转攻润州。今见林言回报功成，黄巢大为高兴，尚不知光波翼假扮僖宗之事。不过不用多久，黄巢便会接到河洛邑忍者的消息，看来润州战事在所难免。

黑绳三又顺便探明黄巢军中情形，连夜奔回长安，向僖宗禀明，大得褒奖。

京城这里，那欲图绑架皇上的马球队玉鼻骍，虽非西川节度使高骈亲自派遣，京兆尹崔湝也参了他一本失职之罪。高骈在西川刚愎自用，滥杀无辜，贪官污吏多依附高骈作乱，宰相郑畋早有意肃之，苦于高骈素有将才，手握重兵，又与同为宰相的卢携交好，故而一直无从下手。如今正好借机奏请僖宗，免去高骈西川节度使之职，以崔安潜代之，改任高骈为镇海节度使，以防黄巢攻打润州。

忠武军节度使崔安潜素有贤能之名，去年王仙芝率众进入河南，崔安潜便自行招募壮丁，整修城墙，从未向朝廷求援。其麾下忠武军号令严明，一向以精勇著称。王仙芝畏惧，不敢进入陈、许二州。及招讨使宋威兵败，宋州被围，崔安潜遂派遣手下大将张自勉，率兵七千往援，攻克南月城，大破王仙芝军，斩敌首二千级，王仙芝乘夜逃走。后宋威忌惮张自勉之功，欲杀张自勉而吞并其人马，幸得郑畋上表朝廷力争，只以忠武军四千人交付宋威，其余由张自勉带回。

郑畋虽调崔安潜入西川以代高骈，但恐高骈旧众势巨，对崔安潜不利，故而奏请僖宗，允许崔安潜率小部忠武军进川。身为高骈密友的卢携哪里肯依？以保全忠武军实力、以防黄巢北上为由，坚决反对。卢携向来投靠田令孜，不似郑畋一副清高面目，故而颇得田令孜提携之力。僖宗虽然年幼，却也略知贤愚利害，今见田令孜也反对崔安潜带兵入川，便灵机一动，命黑绳三暗中随崔安潜一同入川，以保护其安全。

不知不觉，几个人已经叙了个把时辰，孙遇这才想起大家何不畅饮一番，一来为光波翼接风，二来为黑绳三送行。

光波翼却道："我刚回京城，理应先去面君复命，回头再与大家吃酒。"

李义南点头道："理当如此，我陪光波贤弟进宫，晚上咱们再吃酒。"

大家均表赞同。

光波翼随李义南来到大明宫思政殿，守门的宫监告诉李义南，一早僖宗便和伶人石野猪出去了。

李义南心中暗自叹道："陛下定是又与人赌鹅去了。"

那石野猪年纪与僖宗相仿，戏唱得好，又精于各种游戏之术，故而僖宗常好与之一处玩耍。近来，僖宗更是沉溺于赌鹅，让石野猪到处为他搜罗善斗之雄鹅，与诸王赌斗，结果长安城内鹅价飞涨，一头上等好鹅竟能卖到五十缗钱。长安百姓传云：昔日洛阳纸贵，今日长安鹅贵。

（按：一缗钱为一千文，五十缗即为五万文钱。西晋太康年间左思作《三都赋》，洛阳城人竞相传抄，一时纸价高涨，原来每刀纸价千文，暴涨到两三千文，"洛阳纸贵"遂成美谈。）

二人只得在殿外等候，直至近午，僖宗才兴致勃勃地归来，想必是赌鹅获胜，心情大好。

僖宗见了光波翼欢喜异常，衣服也不及更换，便拉着光波翼进殿，邀二人共进午宴。

席间僖宗大赞光波翼智勇双全，忠心护驾。待问及光波翼这几日行踪经历，光波翼便将自己在上蔡伤敌脱险之事大略说了，却未提及前往多云山救治花粉一节。

僖宗听后甚为高兴，便要重重赏赐光波翼，光波翼连忙推辞不受，僖宗道："朕要赏你的东西，多少人想求也求不得，端阳节过后，朕便让人赶制出来了。"说罢命贴身的小宫监取来一个木匣。

只见那木匣乃是一尺见方的黑漆镂雕牡丹啼莺匣，嵌有金、银、玳瑁等宝物，做工精巧不俗，一看便知价值不菲。

光波翼和李义南均觉好奇，不知僖宗让人赶制了何物。

待僖宗将木匣打开，里面竟是一块长八寸、阔五寸的铁瓦，上有文字，以纯金镶嵌而成。

李义南不禁脱口说道："金书铁券！"

僖宗拿起金书铁券问道："光波爱卿，你可知道这金书铁券是何物？"

光波翼拱手回道："臣听说这金书铁券乃是皇帝陛下赐予盖世功臣之物，握此金券，可免杀头之罪。"

僖宗笑道："不错，有此金券在手，可免爱卿九次死罪。"

光波翼忙起身作礼道："陛下，这金书铁券乃是赐予建立盖世功勋的文武重臣之物，臣光波翼无德无能，不过略尽分内之职，岂敢领受陛下如此厚赐。

请陛下收回金券，赐给臣一杯酒足矣。”

僖宗哈哈大笑道：“好你个光波翼，难道朕的命便只值一杯酒吗？”

光波翼忙跪下道：“臣并无此意。”

僖宗伸手将他扶起道：“你救了朕的命，便是建了盖世之功，朕赐还给你九命，这才公平。爱卿不必再推辞了。”

光波翼只得接过金书铁券，叩首谢恩。

待重又入座后，僖宗先赐了二人一杯酒，说道：“黄巢作乱，搅得我大唐上下不安，如今目焱又与他沆瀣一气，给朕来个火上浇油。幸好有光波爱卿等人，对朕忠心耿耿，可替朕剿灭那些反贼。”

光波翼忙接道：“臣等定当尽心竭力，为陛下分忧。”

僖宗点头笑道：“光波爱卿年轻有为，智勇过人，颇有乃父之风。朕今日便封你为‘四忍者道侍御史’，专司巡察诸道忍者，举劾非法。当务之急，朕要你关注目焱的一举一动，阻止其相助巢贼，并设法尽快将目焱正法，收复北俱卢道。”

光波翼闻言暗吃一惊，忙起身施礼道：“陛下，光波翼不过是一介晚辈色忍，东、西、南诸道之中，德高望重的长老、忍者甚多，其德能均高出微臣太多，微臣岂敢忝居此位？”

僖宗说道：“朕看中的，是爱卿的耿耿忠心。何况那些长老或许忍术高明，智谋却未必在爱卿之上。那目焱篡取长老之位，隐秘多年，足见是只狡猾的老狐狸，你父亲也极有可能为其所害，光波爱卿足智多谋，当此一职最为妥当，不要再推辞了。”

正说话间，田令孜突然出现在门口，弯腰施礼，叫了声：“皇上。”

僖宗忙唤“阿父”，请他一同入座。

田令孜落座后，笑问僖宗在聊些什么高兴事，僖宗便大略说了。田令孜闻言，笑眼微眯，端起酒杯道：“哎哟！这可是大喜，幸好被咱家赶上了。来，咱家也敬侍御史大人一杯。”

光波翼无奈，只得举杯称谢，僖宗和李义南也举杯同饮。

放下酒杯，田令孜说道：“光波大人，这金书铁券可不是谁都能得着的，有这金书铁券在手，除了谋反大逆，一切刑罪皆免啊！”田令孜刻意将“谋反大逆”咬字特重。

光波翼微微笑道：“承蒙陛下错爱，惶恐无以为报。不过微臣忠心为国，安分守己，应当也用不上这金券。”

田令孜嘿嘿笑道：“那倒也是。不过这金书铁券不但可以大人自己用，也可以给旁人用。大人自用可免九死，给旁人用可免三死。人有旦夕祸福，这可是名副其实的救命金牌。皇上今日将这金券赐给大人，足见皇上对大人厚爱有加啊。”

光波翼当胸拱手道：“微臣只有鞠躬尽瘁，以报圣恩。”

几人边吃边说，席散后，僖宗又赐予光波翼印绶等物，嘱其半年后回京复命，光波翼和李义南方告退出宫。

回到孙遇府中，二人将面君情形说了。

孙遇听罢说道：“这金书铁券名为免死金牌，却似架在颈子上的尚方宝剑。”

光波翼点头称道：“异之兄所言极是，皇上赐我金券、官职，实则却是对诸道忍者生疑。我见皇上年轻贪玩，似乎未有太深城府，不过他身边的田大人机深莫测。此人既得皇上呼为‘阿父’，令人不得不防。”

李义南接话道：“正是。我常随在皇上身边，颇知皇上单纯，今日这赐书拜官之事，应当都是老宦官的主意。”

光波翼说道：“自从初见此人，便知此人不善，是以我在东内苑龙首殿中，假说变身术为易容术，便是怕他因此忌惮忍者，对诸道忍者不利。”

李义南这才明白，当时在龙首殿中，光波翼为何打断自己，抢先发话，不禁暗自佩服光波翼的见识机变。

黑绳三一直未语，此时开口道：“看来他们是想逐渐亲手掌控诸道忍者，难怪田令孜建议皇上封我为西忍者道左护军，起初我倒并未在意。”说罢，从怀中取出僖宗赐予的告身给众人看。

（按：告身即唐代委任状。）

光波翼摇头说道：“诸道忍者原本便效命于大唐皇帝陛下，我只怕目焱这一反，会给所有忍者招来大祸。”

大家默然片刻，孙遇打破沉寂道：“义南兄和光波贤弟这餐午饭，想来不会吃好，不如咱们早些去寻个好酒家，吃个畅快。”

大家悉皆称好，遂一同出门向城南去了。

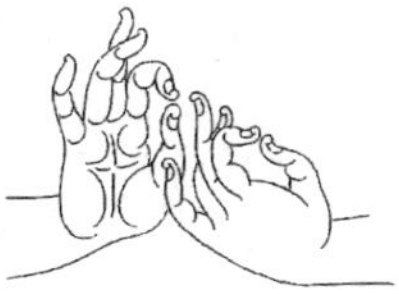

第十七回

谒玄英诗兴方酣 邂蓂荚酒意正浓

众人在长安城南青龙坊曲江畔上择了一处看水的酒家，畅饮欢谈，夜重方归。

次日，黑绳三先辞别众人，往许州去暗中随护节度使崔安潜入川。陆燕儿少不了一番离愁别恨，以琴代语，缠绵悱恻。

光波翼与铁幕志二人也向孙遇、李义南、陆燕儿道别，东去杭州。

二人到了杭州，先寻到信子谷骆清，打听百典族忍者的细情。原来数月前东道忍者在杭州寻到一位张姓老掌柜，十几年前，这位张掌柜在杭州西湖畔经营一间茶铺。有日，茶铺里早早便来了两位客人吃茶说话，后来一人起身离去，另一人送他到门外时道了句：“请师兄代百典阔问候大师，师兄一路保重。”当时适逢张掌柜从外面抱了一罐新茶进门，恰好听到此话，因“百典阔”这个名字十分罕见，故而印象极深。

那百典阔送走客人后又回到茶铺中，不多时，江南名士方干便到来与之相会。方干乃当朝才子，以诗闻名天下，家住会稽，离杭州不远，故常与杭州名士往来，亦常流连于西湖胜景，加之他唇上有疤，相貌丑陋，故而当地茶铺酒楼多识得他。

百典阔与方干闲话了半日后也各自散去，此后，这位张掌柜便再也未见过百典阔。看来欲觅百典族，唯有方干这一条线索可循了。

谢过谷骆清，二人无暇欣赏江南的繁华物貌，匆匆赶到杭州东南百余里外的会稽。

会稽因会稽山而得名。昔年大禹治水成功，大会诸侯于茅山，“大会计，爵有德，封有功”，即在此地会计诸侯之功，论功封赏。其后大禹病故并葬于此山，为感念大禹之功，诸侯“更名茅山曰会稽山，会稽者，会计也”。

会稽自古名流云集，英雄辈出。玄英先生方干本居桐江白云源。年轻时因偶得佳句，欢喜雀跃，不慎跌破嘴唇，人呼“缺唇先生”。后终因破相貌丑，虽才华横溢而应试不第，一生身无功名，遂隐居于会稽镜湖之滨。

天色向晚，二人来到会稽城南的镜湖之滨，但见一派水乡风光，入眼即画。镜湖之上，桥堤相属，渔舟时现，青山隐隐，绿水悠悠。湖岸上千株绿柳，万条碧绦，垂枝流瀑，倒影弄波。正有两位少女在湖畔浣洗衣裳，将衣袖扎在肩头，露出藕白的手臂，直如李白《越女词》中所云：“镜湖水如月，耶溪女如雪。”

二人问明了方干的住处所在，径直前往，少时便来到镜湖东岸的一处小院前。但见那院子不大，老旧的院门右手侧书有一幅上联，曰：

舟驶岸远，日落江山倦。

院门左手侧却无下联。

光波翼早听说这位玄英先生脾气古怪，喜讥讽，好凌侮，若是话不投机，定会被他赶出家门，遑论从他打听百典族人的消息了。然而老先生却嗜诗好才，若是文人才俊登门谈诗论道，或向其求学，则深得其欢心。此刻见其门上题联，心下便已猜知一二，当下对铁幕志耳语几句，令其在院外等候，自己独自上前叩门。

不多时，一名青衣小童将门拉开半扇，探出头来。听说光波翼要见玄英先生，便问道：“请问先生所对的下联是什么?”

光波翼笑问道：“这门联是道考题不成?”

小童道：“我家主人只会诗友，若要见他，须先对过门上这副上联才行。”

光波翼略一沉吟，说下联是：

鸟飞穹低，云开天地苏。

小童默念了两遍，请光波翼稍候，转身进门去向主人回禀。片刻，便又开门出来，请光波翼进院。

进到堂屋，只见一位古稀老者端坐在东首胡椅上，双目低垂，须发几近全白，五官倒也平常，只是嘴唇上一道深疤令人不喜多看，想来必是“缺唇先生”无疑。

光波翼长揖一礼道：“晚生独孤翼久慕玄英先生高名，特来向先生求教。”说罢从怀中取出一个红绸小包，双手奉上，那小童接过去，放在方干身边的几案上，打开却是两锭二十两的银子。

方干并未搭话，此时抬眼上下打量了光波翼几番，扭头对着那两锭银子说道：“两位远来辛苦，先吃盏茶解解渴吧。”说罢掀开几案上的茶杯盖子，竟将那两锭银子投入杯中。随即吟道：

一盏香茗，难涤满身铜臭。

光波翼见案上有一酒壶，便上前两步，取过另一茶杯，倒上半杯酒，奉过头顶道：

半杯浊酒，可鉴通体心清。

方干哈哈大笑，接过光波翼手中的酒，一饮而尽，说道：“好小子，你从何而来？是哪里人士？素习何业？”

光波翼躬身回道：“晚生祖籍幽州石城，自幼居于南海，此番乃是自长安专程拜访先生而来。晚生自幼父母早亡，由义父养大，不过读些寻常的经史罢了。因见先生的诗，清润脱俗，高逸不群，晚生常置案头，时时玩味，满口噙香。是以对先生仰慕已久，今日有幸得见，若蒙先生指教一二，晚生必获益丰矣!”

方干点点头道：“你这两副对子倒颇见功底。老朽新近为友人作了一首五律，其中一字尚未斟酌妥当，你来看看。”说罢从案头拈出一张纸递与光波翼，只见上面书道：

志业不得力，到今犹苦吟。吟成五字句，用□一生心。
世路屈声远，寒溪怨气深。前贤多晚达，莫怕鬓霜侵。

第四句果然空了一字。

光波翼寻思道："老先生怎会斟酌不出佳字，想必又是出题考我。"

再看诗中空出这一字，换作常人，或用"尽、毕"等字，不过如此则未免平庸。

光波翼沉思半晌，向方干深施一礼道："晚生斗胆补上一字，还望先生勿怪。"随即吟道："志业不得力，到今犹苦吟。吟成五字句，用破一生心。"

话音未落，方干一拍大腿，连声叫道："好！好！好！"说罢又取出一纸递与光波翼。

光波翼见那纸上仍是书写的这首诗，第四句赫然便是"用破一生心"。

（按：上面一诗即为方干晚年所作的《贻钱塘县路明府》，其中"吟成五字句，用破一生心"后成名句。）

方干哈哈大笑道："后生可畏啊！看你年纪轻轻，诗文造诣却是不浅，可喜可喜。"说罢起身拉过光波翼，让他坐在自己对面。

光波翼忙称惶恐，坚持要以师礼待之。

方干道："老朽设这三关，过得第一关者，可与之谈诗。过两关者，可令入室教之。如今你连过三关，当为老朽的忘年之交，独孤小友，何必谦辞？"

光波翼拗他不过，只得一笑置之，遂坐在方干对面。

方干让小童重新看茶，这才与光波翼开怀畅谈。

掌灯时分，方干留光波翼用晚餐，光波翼道了声"叨扰"，也不推辞。二人草草用了些粥饭，便继续谈诗论文，直至夜半，二人仍意犹未尽。光波翼见方干已露倦容，遂起身告辞。

方干亲自送光波翼出门，道："我与独孤小友一见如故，本想促膝达旦，无奈年迈体弱，力难从心。明早老朽照例要去镜湖垂钓，如小友得暇，可在湖畔一聚。"

光波翼喜道："如此甚好，晚生明日一定赴约。"

向北走出方干家百余步，铁幕志正在湖畔静坐等候。

原来光波翼进门前，悄悄安排铁幕志守在院外，以摩尼宝镜术察看方干家中是否有百典族人的踪迹。

光波翼近前笑道："有劳兄长久候。我与玄英先生以文论友，颇为投机，却未及问到百典族之事，不知兄长可有发现？”

铁幕志摇摇头道：“老先生家中，除他本人外，只有一个小童和一中年妇人，那妇人应是他家中的下人。”

光波翼道：“看来只有明日伺机向老先生打听了。兄长可曾用过晚饭了？”

铁幕志笑道：“我在你和玄英先生吃粥前便已用过了。”

光波翼也哈哈一笑，二人便去随意寻了家客栈住下。

次日一早，光波翼与铁幕志商量妥当，让铁幕志在城中四处打探消息，自己则去湖畔赴约。

光波翼沿堤而来，但见镜湖数百里，碧水清莹，湖面晨雾霭霭，周岸花木隐隐，方干头戴斗笠，坐在岸边垂钓，一只小鸟飞落在斗笠之上，旋又飞走，不由得即景成诗，张口吟道：

镜湖水如玉，烟霭遮翠堤。翁笠落青鸟，钓钩惊老鱼。

方干闻声笑道：“好一个‘翁笠落青鸟，钓钩惊老鱼’，静处如老僧入定，动处则愈彰其静，妙趣由生，大可玩味。”

光波翼上前施礼后坐在方干身边，二人便接着昨夜的话题，畅聊起来，时至近午，竟无一条鱼儿上钩。

方干叹道：

山翁抱篓愁待客。

光波翼脱口对道：

湖鱼听诗忘咬钩。

方干哈哈笑道：“老朽得此小友，幸哉，快哉！然虽可无鱼，却不可无酒，这会稽老酒冠绝天下，老朽今日定当请小友吃个痛快。”说罢收了鱼竿，要光波翼扶他起身，拉着光波翼沿湖畔向北岸走去。

北岸向西一二里外，是座小山，二人来到山下一处大宅院前，方干上前叩门。少时一名小童开门出来，见是方干，忙笑迎了进去。

这宅院乃是背山面水而建，院内几株古树，荫厚蔽日，眼下虽时值盛夏，院内却是凉爽可人。那院中的小景亦甚为别致，假山星陈，奇石间布，花木错杂，曲径通幽，亭台忽现，水榭巧藏，当真是一步一美景，一转一妙色。

光波翼边走边赏，边赏边赞，不知此处是何人的府邸，方干却含笑不语。

二人随小童穿过两进院子，径直来到书房，小童请二人稍坐，转身出去通禀主人。

光波翼见这书房宽大敞亮，陈设亦颇为考究，清一色花梨木的书架、书案和椅子，博古架上摆置各色宝物，南窗下有一张卧榻，想来是供主人读书倦怠时小憩之用。再看西面墙上一幅字，上书：

爱此栖心静，风尘路已赊。十余茎野竹，一两树山花。
绕石开泉细，穿罗引径斜。无人会幽意，来往在烟霞。

落款是“雄飞居詹碏山赠墨深兄”。

光波翼奇道：“这不是先生的诗吗？不知这位墨深先生却是何人？”

〔按：方干（809—888年），字雄飞，号玄英，睦州青溪（今淳安）人，及长，居家桐江白云源（今桐庐县芦茨乡），大中年间，流寓会稽镜湖。方干擅长律诗，一生无功名，后人赞他“身无一寸禄，名扬千万里”。文德元年（888年），方干客死会稽，归葬桐江。方干门人搜集他的遗诗三百七十余篇，编成《方干诗集》传世。《全唐诗》编有方干诗6卷348篇。〕

未及方干回答，门外传来一阵清脆笑声：“是玄英先生来了吗？”

光波翼望向书房门口，顿觉眼前一亮，只见进来一位十四五岁的少女，一身淡绿色衣裙，挽着双髻，头戴冰丝镶碎晶消暑抹额，左手腕金银双镯叮当碰响，水葱般的小指上带一枚翡翠指环，腰裹墨绿缠枝芙蓉纹丝带，裙摆随步飘舞，隐隐露出半开小荷的翠绿绣鞋，人未笑而眉目先喜，口微开则皓齿流光，肤白胜雪，唇赤涂朱，水灵灵眼含秋露，红扑扑面落桃花。

光波翼心中赞道：“江南果然出美人。”

方干呵呵笑道：“小南山，你高兴什么？我是带了朋友来吃你家的好酒。”

少女笑道：“先生来了当然高兴，好酒多得是，随先生吃个痛快。只是吃过酒，先生须教我作诗。”

方干笑着点头道：“好说，好说，那要看你给我做什么下酒菜喽。”

少女跑到方干身后，边为方干捶肩边说道：“当然是我亲自下厨，做先生最爱吃的醋鱼，还有臭干儿，可好？”

方干忙答道：“好！好！当然好。若是吃了南山姑娘烧的菜，恐怕连我这位小友也愿意教你作诗了。哎哟，你看，我这老糊涂，只惦记着你的酒菜，都忘了介绍我这位小友了，这位独孤公子，可是位才子啊。”

光波翼本来站在西墙下看字，听方干叫那少女作“南山”，此时上前两步施礼道：“在下独孤翼，冒昧叨扰南山姑娘了。”

“独孤翼？”南山进门后便一直在偷偷打量这位翩翩美少年，此时听到他的名字，似乎颇为诧异，从方干身后走出来，围着光波翼看了又看，说道：“嗯，应当是独孤公子不错。”

光波翼奇怪道：“姑娘此话怎讲？”

南山笑道：“公子风度翩翩，胜过前朝‘独孤郎’，玄英先生又说公子能诗，当有‘独孤常州’之才，若非是独孤公子，焉能如斯？”

〔按：“独孤郎”指独孤信（502—557年），本名如愿，北周时期云中（今大同）人。独孤信风度翩翩，雅有奇谋大略，史称“美容仪，善骑射”，少年时代有“独孤郎”之美称。他初投葛荣帐下为将，后投北魏，曾经匹马单枪生擒渔阳王袁肆周。隋文帝即位后，赠太师，封赵国公，邑一万户，谥曰景。

“独孤常州”指独孤及，字至之，因做过常州刺史，故也称之为“独孤常州”。独孤及七岁学《孝经》，只学一遍就能背诵全篇。二十岁时便有文名，陈廉、贾至、李白、高适、岑参、王季友、皇甫曾等人“见公皆色授心服，约子孙之契”。独孤及留有诗篇81首，收在《独孤及集》中。其门生梁肃盛赞他说“其茂学博文，不读非圣之书，非法之言不出诸口，非设教垂训之事不行于文字。而达言发辞，若山岳之峻极，江海之波澜，故天下谓之文伯”。〕

光波翼笑道：“不想南山姑娘如此博学，在下被姑娘取笑也不冤枉。”

方干也哈哈笑道：“这个小南山，一向顽皮机灵，读了些子书，便将来做讥讽打趣的口粮，倒真似老朽的弟子模样。”

南山忙跳到方干身边，蹲下拉住方干胳膊道：“这么说，先生是答应收下我这个学生喽？”

方干捋须笑道："哈哈哈哈，答应，答应。你还不快去给我们做醋鱼、臭干儿。"

南山站起身道："为先生做菜那自是应当，不过这位独孤公子若想吃我的菜，也须先作首诗来才行。"

光波翼谦道："在下才疏学浅，当着玄英先生和南山姑娘的面，怎敢献丑？"

南山咯咯笑道："小女子也才疏学浅，当着玄英先生和独孤公子的面，可不敢卖弄厨艺。"

方干笑道："这小姑娘，是个诗痴，逢人便令作诗，小友就随便作一首吧。"

光波翼一笑说道："恭敬不如从命。"遂走到书案前，展纸提笔，南山忙跟过去为他研墨。

只见光波翼书道：

凭湖已得意，入园更绝伦。俯仰天真貌，委婉鬼斧痕。
池小水清洌，山低石嶙峋。门开红楼香，风动翠竹吟。
听鸟须停步，看花忘转身。忽闻人语响，入目惟罗裙。
楚国有才子，吴地多美人。莫道山水异，天公也唯亲。

书罢，南山忙拿起吟诵，吟罢说道："公子诗中夸这纪园自是不错，只不过我可不配做这吴地美人，真正的美人公子尚未见过哩。"

光波翼闻言道："姑娘过谦了，原来这里唤作纪园。"

南山道："纪家的花园当然叫作纪园了。"

方干问道："南山，咱们闲话了大半日，怎么未见你姐姐呀？"

南山道："姐姐几日前去杭州察看账目了，算来这一半日便该回来了。既然独孤公子诗作得这么好，我这便下厨去了，请两位移驾到西园的'三月亭'中稍候，待会儿在亭中边赏湖景边吃老酒可好？"

方干点头笑道："如此甚好。"

光波翼向南山施一礼道："有劳姑娘。"

南山嫣然一笑，转身出去了。

光波翼随方干来到三月亭中，那亭子有石阶数十级，是这纪园中最高处，伫亭南眺，可见镜湖全貌。若逢月夜于亭中把盏，则可见天上一月，湖中一月，杯中一月，故名“三月亭”。

二人在亭中坐定，光波翼问道：“那位墨深先生可是这纪园的主人?”

方干道：“不错，墨深兄姓纪名宽，字墨深，乃是老朽多年至交好友，与我常在一处饮酒论诗，日常亦对老朽多有接济。书房中那首《詹碏山居》，便是昔年老朽借住在墨深兄山中别院时所作。只可惜天不假年，三年前，墨深兄过世时刚过知命之年。”

“南山姑娘可是墨深先生之女?”光波翼又问道。

方干摇摇头道：“墨深兄夫人早逝，只有一女唤作‘蓂荚’，年方十七岁，南山是她的贴身丫头，自幼与蓂荚一同长大。蓂荚这孩子自小身子便弱，在她七岁那年，小南山进了纪家，墨深兄为讨个吉瑞，便为小丫头取名南山，欲令爱女寿比南山。谁曾想墨深兄他自己……”

方干站起身，凭栏远眺，半晌续道：“蓂荚这孩子也当真命苦，幼年丧母，少年丧父，如今竟成了孤伶之人。墨深兄留下偌大家业，如今全靠蓂荚一人打理。我这老头子也帮不上什么忙，只有时而过来看看她罢了。幸好南山这丫头活泼顽皮，常能哄逗蓂荚开心，两人相依为命，姐妹相称，倒成了彼此唯一的亲人。”

光波翼叹道：“想不到蓂荚姑娘的身世倒与在下相仿。先生，晚生正好有一事相询。”

“哦?”方干转过身来，说道，“但问无妨。”

光波翼也站起身，走到方干身边，说道：“晚生曾对先生说过，我自幼父母双亡，却对自己身世不甚了了，只听义父说过，若要弄清晚生的身世，须得找到一户复姓百典的人家。十几年前，有人曾在杭州西湖畔见过一位名叫‘百典阔’的人，先生乃江南名士，结交颇广，不知先生可否识得此人?”

方干漠然摇了摇头，道：“百典?老朽孤陋，从未闻说有此一姓，遑论相识。小友除了知晓此人名字，可否知道他年纪、出身，家住何方，有何行业?老朽或可拜托官府友人代为查访。”

光波翼与方干交往两日，知他为人率真，此前也素闻方干有直名，今见方干如此说，知他必不会刻意隐瞒，便也摇摇头，又道：“晚生不知。那位见过百典阔的人，只说当时百典阔似乎是与先生一同在西湖畔上一处茶铺中吃茶，或许那位百典阔并未以真名示人，先生可曾记得当年与什么人一同在西湖畔吃茶吗？"

方干皱眉道："十几年前，老朽游于苏杭二州，曾与无数文人诗客在湖畔饮酒品茶，其中多是一面之缘而已，大多连姓名都记不得了，不过这百典一姓，必定不曾听说过。"

光波翼苦笑一声道："上苍弄人，晚生的身世之谜或许千古难解了，想来我还不如那位蓂荚姑娘。"

方干长叹一口气，笑道："嘿！不说这些个伤心事了，免得一会儿吃闷酒。"

光波翼应道："好，咱们便说些痛快的。"二人遂又落座，谈起诗中妙意、文外趣事，不觉相对开怀畅笑。

不大工夫，南山带着几个丫鬟、小童，将酒菜摆上亭中的圆桌。

南山见二人谈笑风生，凑过来道："两位先生说些什么趣事？怎么不等我一同听听？"

方干笑道："我们聊的这些，合在一处也不及小南山一个有趣，你还担心错过什么？"

南山努嘴道："那也不成，你们不等我，便要罚酒三杯。"说罢倒了三杯酒，让方干先吃。

方干故作畏惧状，叫道："哎哟！我这糟老头子，若是这般吃法，还下得去这三月亭吗？"

南山哼道："先生若是不吃也成，独孤公子便须吃六杯。"

光波翼笑道："好，在下便代先生，一并吃六杯。"说罢连干三杯，南山笑着又斟满三杯，光波翼复一一吃了，赞道："好酒！"

南山拍手笑道："没想到独孤公子酒量不逊诗兴！你们快尝尝我这醋鱼做得如何。"

方干忙拿起筷子，夹了一块儿鱼放进嘴里，不住点头赞道："美哉！妙哉！"

南山正自开心，却见光波翼夹了块臭干儿吃，便问道："独孤公子怎么不吃鱼？"

光波翼微微一笑，说道："在下自幼喜欢吃素，辜负了南山姑娘的美意，实在惶恐，在下甘愿被姑娘罚酒。不过姑娘这臭干儿做得果然好吃，在下可要多吃几块。"

南山嘟着嘴道："怎么和我姐姐一般？也罢，公子便尝尝这'桂花藕片'，还有这道'十里荷香'，都是姐姐最爱吃的，也是我们纪园的拿手菜哩。"

光波翼拱手道："多谢姑娘。"

几人吃喝说笑了一阵子，南山道："只这样吃酒忒无趣，咱们何不行些酒令取乐？"

方干道："也好，藉此看看小南山近日读书有否长进。"

南山喜道："那就请先生做明府，我做席纠，独孤公子为觥使。"

（按：唐人行酒令游戏时，设监令一人，观察依令行饮的次序，因当时县令称为"明府"，故此监令人亦被命名为"明府"。明府之下设二"录事"——"律录事"和"觥录事"，律录事司掌宣令和行酒，又称"席纠""酒纠"；觥录事司掌罚酒，又称"觥使"和"主罚录事"。）

方干笑道："咱们席中只三人，无须这般正经。我先提一个'将功补过令'，行令者当念一句诗，诗中须有意念错一字，此时行令者下首之人须找出错字，然后云：明明是某，云何为某？行令者则须再念出一句诗来，以明错字之故。"

南山道："就请先生先起令。"

方干点头道："好，我这令是：白日放歌须弃酒。"

光波翼坐在方干下首，接道："明明是纵，云何为弃？"

方干应道："朱门酒肉臭。"

光波翼道了声"好"，接令道："华表千年一雁归。"

南山忙说道："明明是鹤，云何为雁？"

光波翼应道："黄鹤一去不复返。"

南山笑道："该我了，我这令是：霜洒芦花明日中。"

方干问道："明明是月，云何为日？"

南山应道："月落乌啼霜满天。"

方干呵呵笑道："不错，不错。"

三人传令了十几巡，光波翼吃了一盏罚酒，南山吃了五盏，方干一盏未吃，南山遂叫道："这个令乏了，咱们须换个令。"

方干吃了一块臭干儿，问道："你要换个什么令？"

南山托腮道："须换个没玩过的才有趣。"

光波翼笑道："我倒有个令，是与朋友解闷时自创的，不知南山姑娘可有兴趣？"

"好啊，快说来听听。"南山甚为高兴。

光波翼道："此令名为'一字机关'，也叫'禁字令'，明府先出一字明示众人，为'令字'，然后每人各于掌中写下一字，秘不示人，为'禁字'。大家依次念诗一句，句中须有'令字'，却不许有'禁字'，违者受罚。罚酒后，所中之'禁字'须当改过。"

南山拍手喜道："这个好玩，咱们就行这'一字机关令'。"说罢，命小童取来笔墨。

方干出令，为一"酒"字。各人于掌中分别写就一字，方干先道："花间一壶酒。"

光波翼接道："呼儿将出换美酒。"

南山大笑道："恭喜独孤公子中了头名。"伸出左手，掌中乃是一"美"字。

光波翼满饮了一盏。

南山将掌中的禁字改了，接令道："兰陵美酒郁金香。"

光波翼笑道："多谢姑娘及时作陪。"其掌中乃是一"香"字。

南山只得饮了一盏，道："我只道这'美酒'已过，岂料醉在'香'处。"

方干待光波翼改过禁字后，说道："葡萄美酒夜光杯。"

不料光波翼拱手道："恭候先生久矣。"原来他将掌中的禁字改成了"杯"。

方干笑道："老朽也着了独孤公子的道，只道这第三盏'美酒'必然无恙，不想贪'杯'终成恨。"

这"一字机关令"隐蔽难测，几巡下来，三人都吃了不少酒，南山本来不胜酒力，此时已是醺醺半醉。

正是诗酣酒畅之时，忽闻一丫鬟叫道："小姐来了。"南山忙起身迎下亭去。

光波翼也站起身，见迎面款款走近一位少女，无暇看她穿的是何样衣裙，戴的是哪般首饰，只见她：

两目之澈，胜过春日朝露，双瞳之美，只道秋夜天狼。织女难绣厥发，巧工莫画其眉，玉鼻沉鱼生妒，樱唇落雁伤心，不必羞花闭月，总是人间绝伦。

（按：天狼，指天狼星，是天空中最为明亮耀眼的一颗星。另：古称四大美人，西施有沉鱼之色，昭君有落雁之容，貂蝉有闭月之姿，玉环有羞花之貌。）

光波翼竟自待在那里，忘记上前施礼。

南山咯咯笑道："独孤公子，真正的吴地美人来了，你却怎的呆站着？"

蓂荚低声斥道："南山不得无礼。"上前向方干施礼问候。

方干笑道："你回来得正好，我来为你们引见，这位独孤翼公子，是老朽新结识的小友，才情人品皆非凡类，与老朽甚为相投。"又转向光波翼道："这位便是纪家大小姐，蓂荚姑娘。"

光波翼忙躬身施礼，蓂荚亦还礼问候。

南山请大家落座，又叮嘱下人为蓂荚添上碗筷，再加几道素菜，这才问道："姐姐此行可还顺利？"

蓂荚轻轻"嗯"了一声，向方干道："这次正想从杭州回来便去拜望先生，可巧您就来了。有两个月未见您，南山这丫头经常念叨，只是最近一段日子，杭州几家商号有些琐碎事，常要去打理打理，也未能腾出工夫去看您，还望先生恕罪。"

方干摆手道："蓂荚，你不必客气，老朽无能，也帮不上什么忙，却常要被你们照顾，说来惭愧。"

蓂荚道："先生千万别这么说，我和南山也没什么亲朋，您是先父的至交，也算是我们姐妹唯一的亲人了，我们理当常去看望。"

南山在旁插嘴道："姐姐，先生今日答应收我做学生了，你要怎样给我贺喜？"

蓂荚笑道："先生今日定是又被你纠缠不过，胡乱答应的，作不得数。"

南山撇嘴道："才不是哩，我今日可是凭了自己的真实本领。不过还要感谢这位独孤公子，他今日若不来，我便英雄没了用武之地。"说罢捂嘴笑了起来。

光波翼也笑道："在下本是无用之人，既然得成南山姑娘之美，也不枉此纪园一游了。"

几人说笑了一会儿，南山提议再行酒令，蓂荚初时不肯参加，无奈南山撒娇打混地磨她，只得答应，遂笑道："这野丫头，平日定是憋闷坏了，下次送你去杭州的商号里做伙计。"

这回多了一人，南山自是玩得更加欢喜。不料酒令换了三四个，大家均吃得杯醺盏醉，蓂荚却是滴酒未沾。

光波翼心下暗自赞叹，这位蓂荚姑娘非但才智过人，而且竟似这天下没有她未读过的书、未见过的诗，又能于那书中字字句句，悉皆明记不忘。她若是个男子，只怕十个状元也争他不过。

南山又吃了一盏罚酒，嚷道："不玩了，不玩了，姐姐欺人太甚，我吃得头都痛了，姐姐还没碰过杯子。"

蓂荚微笑道："是你自己学问不精，还要怪罪别人。"

南山嘻嘻笑道："这回咱们换个简单的令，最是公平不过。"

方干也已吃得半醉，忙问道："是什么令？"

南山看着蓂荚说道："掷骰子！"

蓂荚笑道："你口口声声要做先生的弟子，如今却想用这市井儿戏讨回便宜，羞也不羞？"

南山讪笑道："总之不能便宜了姐姐就好，也顾不得许多。"便让人取来骰子。

一共六枚骰子，南山先下令，少于二十四数者罚酒。

这一回，蓂荚果然再躲不过，三巡过后，竟吃了三盏罚酒。只光波翼一人未吃罚酒。

南山便又改令，逢单数罚酒。几巡过后，光波翼仍未受罚。

南山托腮嘟嘴道："这可难办，独孤公子会法术，竟能让那骰子听话，该当如何是好？"

蓂荚莞尔道："这倒不难，可以将令改为上家掷骰子，下家受罚。"

南山拍手笑道："这个好！还是姐姐聪明，这下独孤公子也逃不过了。"

蓂荚却道："你也莫高兴得太早，独孤公子可是你的上家。"

南山这才慌道："公子，这主意是姐姐想出的，你可莫要害我。"惹得大家一阵大笑。

四人兴致正高，忽然门童来报，有人求见小姐。

第十八回

镜水滨单枪护美
西湖畔两袖添香

却说萸荚接过门童手中的名帖，见署名是“董师正”。这董师正乃会稽的一位绸缎商，萸荚在账册中见过此人名字，父亲纪宽在世时，曾赊过一大票货物给此人，却不知他今日为何而来。

萸荚请方干和光波翼在三月亭中稍候，自己去会见来客。

良久未见萸荚回来，南山等得不耐烦，便起身去前院的堂屋寻萸荚。

又过了大半晌，南山才拉着萸荚回到亭中。

只见南山眉头攒起，嘟着嘴一言不发，本已被老酒熏醉的小脸，此时愈加娇红。

方干见状问道：“小南山，你这是同谁赌气？”

南山怒冲冲道：“世上竟有这般不要脸的人！真是欺人太甚！”

方干道：“哦？何人如此大胆，竟敢欺负南山姑娘？快说来听听。”

南山道：“不是欺负我，是欺负姐姐。那个董师正，真是没良心的东西，亏得老爷生前还帮过他，他竟然恩将仇报，带人来欺负姐姐。”

萸荚捏了捏南山的手道：“南山，莫再说了，姐姐自有主张，不必因此坏了大家的兴致，咱们还是吃酒吧。”

光波翼说道：“请姑娘但说无妨，大家既成朋友，理当彼此分忧。萸荚姑娘似乎遇上了麻烦，或许在下能有援手之处也未可知。”

南山抢道：“最好独孤公子不做才子，做个武功高强的英雄，去将那狗贼董真痛打一顿才好！”

“董真？便是那个董师正吗？”光波翼问道。

“哎呀，不是!”南山跺脚道，“我都被他们给气得语无伦次了。”说罢将一杯老酒一饮而尽，这才原原本本讲述了一遍刚才会客之事。

原来那董师正乃临安乡豪董昌的远方亲戚，董昌家财万贯，本身又精通武艺，素来在临安称强。三年前，王郢反叛，董昌因组织土团征讨王郢有功，被擢升为石镜镇将。今春王仙芝旧部曹师雄寇掠西浙，杭州府募诸县乡兵征讨，董昌又与附近诸县土豪共同举兵，名为“都将”，号曰“杭州八都”，董昌为八都之长。

〔按：唐乾符二年（875年），浙西狼山（今江苏南通南）镇遏使王郢等69人，因功赏落空，遂劫库兵变，起而反唐，两年后兵败被杀。〕

这董昌有个侄子，名叫董真，武功高强，为人粗鄙，是董昌手下的得力大将。一月前，董真奉叔父董昌之命，往杭州城采买军需，无意中见到萁荚从马车上下来，立时便为其美貌所倾倒，惊为天人，当即命人去萁荚所进的商铺打听。那店中的掌柜和伙计自然都推说不知。

萁荚知道有人来店中寻她，便偷偷从后门溜走。事隔一月，不想那董真并未死心，想必是收买或威胁了那商铺的掌柜，打听出萁荚的身世与家宅所在，今日托了与萁荚同在会稽的远房亲戚董师正，前来提亲。

萁荚自然不肯答应，好言谢绝。那董师正却不肯罢休，不厌其烦地反复相劝。后来南山进门，见萁荚不堪其扰，遂羞辱了那董师正几句。与董师正同来还有一人，是个武人模样，应为董真手下，此时却要起粗横来，限定三日之期，便要前来迎娶萁荚。南山与他理论，却遭其出言调戏，气得南山下令逐客，那武人还欲纠缠，被董师正劝住，拉他离去。出门前，那武人强行留下两箱聘礼，还抛下一封书信，说是董真写与萁荚的。

南山说罢，将一信封拍在桌上，尚未启封。

方干听到这里，愤然道：“这些个畜生！竟如此胆大妄为。他信中如何说?”

萁荚说道：“不看也罢。”

南山却已将信拆开来看，看完竟“噗嗤”一声笑了出来。随即念道：

“天下美人出江南，江南美人出纪园。自古美人配英雄，当世英雄在临安。临安董真。”

念罢又是一阵大笑，道：“这个混账董真，竟然自称英雄，还作了一首狗屁不通的打油诗。”

此时蓂荚却满面通红，低声斥道：“南山！”南山这才止了笑。

方干锁眉道：“老朽与钱塘县令路德赞素有往来，老朽可修书与路明府，请他转为拜托临安县令，出面劝解董真。钱塘与临安同为杭州属县，想来临安的明府大人不会拒绝吧。”

（按：唐代别称县令为明府，称县尉为少府。）

光波翼却道：“只怕明府大人不会拒绝，那董真却不肯买账。”

蓂荚微微点头道：“独孤公子所言甚是。今日见那董真手下粗蛮无礼，想来其主亦非善类。何况董昌乃地方豪强，向来拥武自重，眼下又值朝廷用其抵御流寇之际，为其晋官加爵，董真仗其叔父之势，必不将明府大人放在眼中。”

“那该怎么办？”南山急道。

“看来也只有暂避一时了。”蓂荚说道。

“姑娘想要避到哪里去？”光波翼问道。

蓂荚略加思索道：“纪家在上湖畔南岸，南屏山慧日峰下有一处宅院，几乎未曾住过，除了我和家中的老管家外，并无他人知晓此处。那里既安静隐秘，又便于料理杭州的几家商号，应是不错的藏身之所。”

〔按：上湖即西湖，原名钱塘湖，亦名上湖。穆宗长庆二年（822 年），白居易出任杭州刺史，作有“欲将此意凭回棹，报与西湖风月知”的诗句，最早提出了“西湖”这一名称。〕

南山插嘴道：“怎么连我也不知道？”

蓂荚微笑道：“你平日只知淘气，几时关心过家事？”

方干“嗯”了一声，捋须道：“如此也好，事不宜迟，你们连夜收拾停当，明早便走。”

南山此时垂头丧气，一下午的兴致一时尽被打消，咬牙切齿地喃喃自语道：“这个可恶的董真，有朝一日落在姑奶奶手中，定要将你丢进镜湖里去喂鱼！”

众人已无心再用酒饭，蓂荚招呼一个丫鬟，低声吩咐了几句，不多时那丫鬟便领着一个小童捧来一个木匣。

蓂荚对方干说道：“蓂荚本想和南山明日亲往先生府上探望，不想突然生出这般变故，一切也只得失礼从权了。这五百两银子，是孝敬先生的，过会儿我让人送先生回府时一并送去。”

方干推辞道：“这些年，老朽一直承蒙纪府照应，如今你自己独守家业，纪家上下几十口，全仗着你一个小姑娘家，你也当量入为出，多留些余地，以备不时之需，不必再为老朽破费了。”

莫荚泯然笑道：“先生不必为我担心，先父留下的产业足以维持纪家上下的开销，这点银子对纪家并不算什么。先生一心治学，不事农商，却总要生活，这些不过是给先生贴补家计之用。父亲生前最重先生的人品、学问，莫荚自幼也将先生看作家人一般，先生就不要再推辞了。”

方干只得答应收下，叹道：“老朽一向自负为人、为学，不想一生身无寸爵之禄，家无半亩之耕，却要仰仗朋友接济过活，惭愧。”

莫荚忙起身施礼道：“先生说哪里话。先生品格清高，才学盖世，只不过时运不济，天子莫知其能而已。自古有旷世之才者，亦须遇到旷世之伯乐。管仲无鲍子之知，无以为巨相；子牙非文王之遇，莫称其宗师。纵然先生一世无官，诗文品格亦可流芳将来，裨益后人，岂是那些每日奉迎结党、鱼肉百姓的庸宦所能相提并论？”

光波翼亦和道：“正是。先生既为高逸，便不必羁于繁缛。柴米油盐虽需用这银子买，终究不过是化作粪土之物，又怎比一字之功，可教百世，片言之德，能化万代？”

南山在旁听三人谈话，亦来了精神，抚掌笑道：“不错，不错，先生便授我这一字之功，让南山也能留下片言，教化万代。”众人闻言，悉皆大笑。

大家又闲话几句，互相道了珍重，光波翼便同方干起身告辞，莫荚和南山送二人出府。

待打开院门，方干将将迈出一只脚，忽然从两侧窜出两名军汉，手中各持一柄钢刀，喝道：“将军有令，任何人不得出府！”

方干吓了一跳，站稳脚问道：“这是哪位将军之令？”

一名军汉道：“董真董将军。”

方干“哼”了一声道：“老朽又不是这纪园之人，凭何不让老朽出门？”

那军汉撇嘴道：“老子管你是什么人？就算是条狗，三日内也不许出去！等三日过后，这纪家小姐做了我们将军夫人，再任你们出入。”

“放肆！什么狗屁将军，简直是猪狗不如的贼寇！”南山怒冲冲跨出门骂道。

那军汉正待发作，见是一位美艳可人的少女，遂嬉皮笑脸道："哟，小姑娘，你叫什么名字？不如三日后你也随纪大小姐一同出阁，嫁给老子做媳妇吧。"

南山气得脸色铁青，正欲再骂那军汉，却被光波翼一把拉进府中。只听光波翼低声道："何必与这蠢物计较？"

关上大门，几人回到书房坐下。

光波翼道："适才我见门外两侧院墙之下，至少有十几人把守，看来这纪园已被他们团团围住了。"

方干恼道："这伙贼蛮！如今萸荚姑娘想走也走不成了，这便如何是好？"

光波翼又道："事到如今，若是这般离去，只怕他们会寻纪园的晦气，须想个对策以绝后顾之忧。"

南山急道："公子是不是被气糊涂了？还绝什么后顾之忧？这眼前之忧还未解呢！可倒是想这般离去，却如何能够离去？"

光波翼呵呵笑道："南山姑娘莫急，在下自有办法护送两位离开。只是明日须府上一位能言可靠之人，前往会稽明府大人处，报说有人滋扰民安，务必请明府大人派人前来驱遣。到时，董真那些手下见走脱了萸荚姑娘，又有官府插手此事，自然不会再逗留滋事，在下自有办法令他们不敢再来。"

南山奇道："公子有何妙计？"

光波翼笑而不答，只说道："两位姑娘今夜只需打点好行装便是，明日一早，我自会前来接应两位离开。"

"明早？公子现在如何出去？"南山大为不信。

"现在自然是出不去。"光波翼笑道，"我见纪园后墙外乃是山壁，墙外必然无人把守，天一黑我便翻墙出去。"

"墙外固然无人，却也无路可走，何况墙外东西两侧尽头处必然有人把守，公子如何走得脱？"南山依然不信光波翼此法可行。

光波翼又笑道："在下自有妙策。"起身向南山施一礼道："适才吃老酒吃得口渴，可否向姑娘讨杯茶吃？"

未及南山回答，萸荚起身道："只顾着说话，却怠慢了先生和公子，还请恕罪。"说罢命人煎一炉最好的龙井茶送来。

光波翼见萸荚自会客回来，始终神情淡定，竟似无事发生，不觉暗自称奇，难为这样一位二八少女，遭此变故，竟能如此沉着。

夜幕方降，众人便随光波翼来到后院，只见他轻轻一纵，便跃上院墙，左右看看无人，便跳了下去。只惊得南山目瞪口呆，啧啧称奇道：“不想独孤公子竟然如此武艺高强！莫非他真是独孤郎转世不成？”

次日一早，天方破晓，一辆马车便“嘚嘚”地驶到纪园门前。车旁尚有一骑，一身亮银披挂，素缨当风，雪绸大氅，映日流光，手中长枪森森，胯下白马咴咴，好一位英姿飒爽的少年英雄——独孤郎。这马上小将非光波翼而谁？那驾车的却是瞻部道忍者铁幕志。

早有两个军汉拦在马前，见光波翼威风凛凛，不敢无礼，为首一人抱拳道：“请问马上是哪位将军？来此何干？”

光波翼在马上喝道：“我乃新任镇海节度使高大人麾下，独孤翼，奉命前来迎接纪府小姐。尔等何人？竟敢在此阻拦。速速离去，免得本将军不客气。”

那军汉一怔，见面前小将来头不小，一时竟不知如何是好。纪园中却早有小童在院门内听到，忙跑进去禀报蓂荚。

不多时，院门洞开，蓂荚与南山一行人携了行李出来。

此时另一军汉对为首那人耳语了几句，那人听罢将手中钢刀一挥，叫道：“站住！什么镇海节度使？镇海节度使何时姓高了？哪来的野小子，敢从董大爷手里抢人！”

光波翼冷笑一声道：“有眼无珠的毛贼，高骈高大人刚从西川调任镇海，尔等岂能知晓？”

那军汉撇嘴想了想，道：“高大人的名头倒是早有耳闻，不过他怎会与这纪家扯上干系？又偏偏不早不晚地在这个时候来接人？”

光波翼“哼”了一声道：“高大人与纪老爷乃至交好友，担心纪老爷过世后有人欺负纪小姐，是以甫一上任便来迎接，不想还真有这不识好歹之徒来此滋事。”说罢用银枪一指那军汉，喝道：“本将军再说一次，快快闪开，可放尔等一马，否则休怪本将军不客气！”

那军汉哪里肯信，一挥刀，骂道：“臭小子！我看你是活得不耐烦了。来人，把他给我砍了，扔到湖里喂王八。”

早有数十人冲了出来，挥刀向光波翼砍去。

光波翼又是一声冷笑，长枪出手，一枪插入抢先冲来的一名军汉的腰带，再一抖枪，竟将那人凌空抛起。纪园距离湖畔有十几丈远，光波翼力注枪尖，将那军汉向南一送，只听得“噗通”一声，那军汉便飞落湖中。

未及其他人反应，光波翼已策马冲入那群军汉之中，左刺右挑，银枪飞舞，登时空中飞人不断，呼叫求救声不绝于耳，那湖面便如下饺子一般，水花四溅，直看得人眼花缭乱。

不大工夫，那数十军汉，除了为首那人，竟悉数被光波翼挑入湖中。

光波翼驻马横枪，为首那军汉两眼木直，半晌才结结巴巴说道：“将军……将……将军……”一时不知该如何求饶。

光波翼哈哈笑道：“你回去告诉那位董大爷，若是想去喂那湖里的王八，便来高大人府上寻我。”说罢用枪尖一拍那军汉的屁股，再一指湖面。那军汉愣了愣，忽然明白过来，用力点点头，随即拔腿奔向湖畔，一头扎进湖中。

纪园众人一直在旁观战，南山早已笑得直不起腰，大呼痛快。光波翼以眼色示意，萁荚当即带着南山和一名丫鬟上车，一名小童骑上一匹马跟在车后，另有一人骑马径奔县衙去了。

光波翼向方干一抱拳，并未开口说话，方干心中明白，也点头回礼，遂带一小童转身回府去了。

铁幕志挥鞭策动马车，光波翼在旁相随，待走出会稽城时，天已大亮。

到得杭州城外西湖南岸，寻到南屏山下，但见山峰秀耸，怪石玲珑，坡横棱壁，果真宛若一道天然屏障，难怪名曰“南屏”。纪家宅院正在慧日峰脚下，背山面水，果然是处静谧所在。那宅院有名老仆看守，被萁荚呼作“曾叔”，见主人到来，忙恭恭敬敬迎了进去。

那院子虽然只有一进，却有十几间房，院中还有一方小池，种有一池睡莲。

众人进到堂屋稍坐，见其中陈设虽不比纪园那般考究，却也应用齐整，又复一尘不染，可见曾叔每日打扫。

曾叔为诸人奉上茶水，萁荚命随来的小童纪祥，与曾叔出去买些菜肴回来。

光波翼这才为萁荚和南山二人引见铁幕志，称他是自己的朋友“铁志”，萁荚和南山起身施礼称谢，铁幕志亦起身还礼。

见过礼，萁荚又命丫鬟小萝收拾房间，并特意叮嘱将东厢房收拾出两间留给独孤公子和他的朋友铁公子。

光波翼忙拱手谢道："多谢姑娘美意，如今姑娘既已脱险，在下与铁兄不便再留在府中叨扰，今夜我二人去客栈投宿即可。"

南山忙问道："公子明日便要离开杭州吗？"

光波翼道："不瞒姑娘，我与铁兄本来要到杭州寻访一位朋友，前日也只是去会稽打听些消息，不想偶然得识两位姑娘。明日我和铁兄仍要往杭州城中走访，尚不知须逗留多少时日。"

南山闻言，抿嘴笑道："那正好，公子何必住那客栈，不妨在此与我们同住，一来大家可以说话解闷，二来可以省去住店的银子，三来还能为我姐妹二人做保镖。"

蓂荚也道："此番多亏独孤公子与铁公子拔刀相助，我姐妹未遑言谢，既然两位左右要在杭州办事，不妨便暂住于此，不必见外。"

未及光波翼答话，南山跳到光波翼身边道："就这样说定了，独孤公子，你便在这里多住些日子吧。"

光波翼只得笑笑，拱手道："那就恭敬不如从命了。"

南山见光波翼答应住下，兴高采烈道："太好了！"遂端起桌上的茶杯递与光波翼，说道："公子请尝尝这儿的龙井茶，这是今年的新茶。"

光波翼称谢一声，说道："西湖水，龙井茶，必是茶中极品。"

南山却道："茶虽好，却非极品。这茶若是用般若泉来煎，那才算得上极品呢。等日后有机会去清凉斋，一定多打些泉水回来，再请公子品尝。"

光波翼道："般若泉，这名字极好，只听这名字，便觉得清凉解渴。在下权当这杯中便是般若龙井。"说罢端起茶杯吃茶。

南山抿嘴一笑，又说道："公子今日大展身手，痛打那些恶棍，真是大快人心！风度更胜前朝独孤郎。"又转过身，背手踱步，缓缓吟道："翩翩少年雪貂马，皑皑银甲乌铁枪。纪园护美若闲步，镜湖贼寇落水忙。"

吟诵声甫落，光波翼吃到口中的茶险些喷出。蓂荚笑道："你这前两句还正正经经的，后面却如何成了打油诗？"

南山一本正经道："这怎么算是打油诗？玄英先生说过，作诗贵在有感而发，我这正是有感而发，发自肺腑。"

蓂荚又笑道："好一个发自肺腑，何时你的诗能从肺腑转至心肝，方有玩味处。"

光波翼和铁幕志也哈哈大笑。

南山忙跑到蓂荚面前，摇着她手臂道："哼！姐姐居然嘲弄我！我十天都不给你做菜吃。"

蓂荚故意叹气道："不给我做倒也罢了，只是连累了独孤公子。"

南山放开蓂荚道："独孤公子若是喜欢吃我做的菜，我当然做给他吃，只怕人家还不稀罕呢。"

光波翼忙道："南山姑娘的手艺乃江南一绝，怎会不喜欢？"

南山扭头看着光波翼问道："真的吗？那你最喜欢哪道菜？"

光波翼笑道："在下最喜欢吃姑娘做的臭干儿。"

南山嘻嘻笑道："那我便天天做给你吃，保管吃得公子臭气熏天。"

众人皆被逗得哈哈大笑。

用过晚饭，大家又闲谈了多时，方才各自安歇。南山犹未尽兴，又缠着与蓂荚同住一室，二人聊至深夜方昏昏睡去。

光波翼与铁幕志便在此住下，每日外出打探百典族忍者消息，傍晚则与蓂荚、南山诗酒茶话，大家越发亲近，光波翼与蓂荚二人彼此尤为钦慕对方的才情人品。

眼看半月过去，并无半点百典族消息，光波翼不觉有些闷闷不乐。这一日向晚，光波翼自外面归来，甫一进院，便见南山嘟着嘴从书房跑出来。光波翼迎住问她："姑娘为何如此烦恼？"

南山气道："还不是因为姐姐。"

光波翼怪道："哦？莫非又有什么人来府上寻衅，欺负蓂荚姑娘不成？"

南山小嘴一撇，说道："倒不是人家欺负她，是她自己犯傻，真是气死人了。"

光波翼忙追问究竟。

原来蓂荚的父亲纪宽在杭州留下六间商号，蓂荚觉得自己一个姑娘家，不宜常常抛头露面去料理这些商铺，身边又无可靠之人能代为打理，遂决定将其中五间卖掉，只留下一间最大的绸缎庄。那五间待售的商号均是旺铺，消息一经传出，便有几家买主上门，很快便售出四间商铺。另有一间最好的，众买家争持不下，出价越来越高，谁也不肯罢手，故而蓂荚今日带南山进城，在城内的府宅中会见诸位买家，做最终定夺。经过与众人一番商谈，不想蓂荚最后却以低价将商铺卖与一位外地商人，少说也卖亏了七八千两银子，南山因此与蓂莢赌气。

光波翼说道："蓂荚姑娘这样做，想必是有缘由。"

南山"哼"道："还不是姐姐心软，见那吴念恩初来杭州不久，资财也不甚笃，便故意成全人家。却不想想，这做生意的，货卖价高，乃自然之理。你亏了自己成全人家，人家却当你是傻瓜，未必领你的情哩。"

正说着，蓂荚从书房里走出来，叫南山道："南山，独孤公子刚从外面回来，你便说这些琐事烦他。分明是你自己小气，还好意思向公子抱怨。"

南山闻言，指着自己的鼻子嚷道："我小气？姐姐平日救济那些穷人，年年给那些鳏寡佃户免租，我何时说过半句不是？还有，上次在苏州街头，还不是我救了那个卖身的女孩儿？"南山越说越觉委屈，一跺脚，将头扭到一边。

蓂荚笑着拉拉她的手，说道："好啦，姐姐知道南山最善良、最大方，是姐姐说错了。"

南山扭过头来道："生意是生意，施舍是施舍，怎能混为一谈？"

蓂荚笑笑，说："知道啦。姐姐不过是看那位吴先生为赡养父母出门经商，家中又养活着几十个孤儿，似这般孝子善人，帮帮他也是应该的。"

南山眨眨眼问道："姐姐怎知他所言非虚？不会是骗你的吗？"

蓂荚又笑了笑说："那是他的事情，难不成我还要跑到他的老家去探个究竟？"

光波翼在一旁已全然听明白了前因后果，此时开口说道："蓂荚姑娘说得不错，事难尽知，人心叵测，我们只需自己问心无愧就是了。"

南山努努嘴，"哼"道："独孤公子也偏向姐姐说话，早知如此，不说与你听了，惹得你们两个一同来欺负我。"

蓂荚忙打圆场："哪有？独孤公子不过就事论事罢了。不如这样，眼下正值荷花盛开，咱们今晚泛舟西湖，晚饭便在船上用，一来给南山妹妹赔罪，二来替独孤公子解闷。"

南山闻说立时拍手跳起，眉开眼笑道："好啊，好啊！我们在湖上不醉不归。"转而对光波翼道："不过独孤公子何必气闷？寻不到那位朋友也好，正好在此多住些日子，岂不快哉？"

蓂荚轻声呵道："南山，怎可如此说话？"

光波翼也只得无奈苦笑。

当晚，蓂荚、南山与光波翼、铁幕志四人，携了小童纪祥与丫鬟小萝，租了一艘画舫，在大船二楼风阁上摆好酒菜，让艄公向那莲花茂密处驶去。

橹漾平湖，舟拨青莲，适逢小月初生，风送蛙鸣，几人为这荷湖月色所醉，多日的烦恼琐事竟一时忘却。

待画舫驶入莲海，众人方落座开席。

南山举杯祝酒道："今夜荷香宜人，虽不似我那臭干儿味道好，也可将就些下酒，这头杯酒敬两位公子，祝两位早日寻到友人。"

蓂荚抿嘴笑道："好，这头杯酒敬两位公子。"

光波翼和铁幕志谢过，大家干了一杯。

蓂荚取出一只琉璃小瓶，递与光波翼道："请两位公子将这香粉撒些在衣袖、领口上，可防水上蚊虫。"

南山在旁急道："姐姐为何不给我也撒些？"

蓂荚一本正经道："你脸皮恁么厚，蚊虫哪里咬得透？"

众人闻言均捧腹大笑。南山俏脸一板，故作生气道："哼！那我便将那些蚊虫都捉了来，放进独孤公子的袖子里，看看姐姐的香粉可是管用？别是像我一般厚着脸皮吹牛。"

光波翼笑道："难怪都说这江南是人间第一好去处，地秀人美不论，连这香臭二味，也居然一般诱人，不分高下。"

南山点点头道："嗯，还是独孤公子识货，说了句公道话。那我便放过独孤公子，将这蚊虫送给铁公子罢了。"

铁幕志为人颇为木讷，虽知南山同自己开玩笑，却不知如何回应，只说道："好……好。"惹得大家又是一阵大笑。

南山站起身，提起一坛老酒，走到蓂荚身边道："姐姐白日里还说这船上晚宴是向我赔罪，谁知既未赔罪，反倒又拿话来戏弄我，可不该罚？"

蓂荚笑问："你待如何罚我？"

南山嘿嘿一笑，说："姐姐不疼我，我却疼姐姐，给姐姐两条路选。要么一口气吃掉这坛中老酒，要么弹唱一歌送与我。"

蓂荚笑骂道："你这狠心的小丫头，这也算心疼姐姐？一坛老酒还不把姐姐吃成醉蟹？"

南山嘻嘻笑道："姐姐自可以选唱歌给我听。"

蓂荚低声嗔道："你这坏丫头，我哪里会唱歌？"

南山一噘嘴，“就知道姐姐不肯轻易就范。反正不唱歌便要吃成醉蟹，姐姐自己看着办。”

光波翼在旁劝道：“既是如此，蓂荚姑娘不妨吟唱一曲，也好为大家助助酒兴。”

南山早让一旁的小萝将琴捧上，摆在蓂荚面前，说道：“须是姐姐自作的词。”

“知道了。”蓂荚故意虎着脸白了南山一眼。

琴声起处，只听蓂荚唱道：

夜如轻墨兮，新月如钩，钩起一湖莲香幽幽。波如碧绦兮，红舫如织，织就半泊莲影迟迟。欲借神女七彩囊，收取莲影并莲香。奈何西湖亦多愁，只把青莲付清流。休，休，休。

琴声好处不及歌声之妙，月光皎皎莫比伊人之色。只见那蓂荚玉指轻拨，樱唇娇启，月下弄琴难掩一番婀娜姿态，荷间吟唱自有一股娴雅风流，萦萦然歌声动耳，翩翩然罗袖挥香，真一个水中仙子登舟，好一位月宫嫦娥下凡。光波翼直听得出神，看得入迷，忽闻南山叫道：“独孤公子？”方才缓过神来，原来蓂荚早已住了琴。

南山笑吟吟地望着光波翼，光波翼不觉脸上一热，说道：“荷香醉人，琴歌如酒，在下实是陶醉其中了。”

南山歪着头，看着光波翼道：“哦？看来这臭终究胜不过香，臭干儿加老酒也未曾将公子醉成这般厉害。”

蓂荚轻骂道：“你这丫头，如今已遂了你的愿，还满口胡话。”

南山“哼”道：“你们俩，一个发愁，一个发呆，倒真是天生一对儿。”

蓂荚听南山如此说，也羞得低了头，竟不知该拿何话来发落她，只嗔叫了声：“南山！”

光波翼笑了笑，说道：“奈何西湖亦多愁，只把青莲付清流。在下正好借此良宵，向两位姑娘辞行。”

“公子要走？”蓂荚和南山同时叫道。

光波翼点点头道：“在下还有些要紧事，须往阆州一趟。”

南山问道：“那公子不再找寻你那位朋友了吗？”

光波翼回道："也许那位朋友早已不在杭州，总不能一直留在此地寻他。"

南山又说道："阆州的事果真有这般急切吗？公子何不在此多住一段日子，再过几日或许便有那位朋友的消息，也未可知。"

光波翼苦笑一声，摇摇头说："万事只好随缘，如今有更要紧的事，只得先离开这里了。"

南山正欲再说话，蓂荚却抢先道："如此也好，这一两日我也正打算要搬到城里去住。两位既然要走，咱们正好一同离去。"

南山忙问道："姐姐要搬进城中？若被董真那贼寻到如何是好？再说这里依山傍水，景色最好不过，何必进城？"

蓂荚说道："得了独孤公子的教训，又过了这些时日，我看那董真应该不会再来寻事。这湖畔景色固然宜人，曾叔每日进城采买全家日用却是大为不便，况且我也须常到城中料理事务，还是住在城里便宜些。"说罢举起酒杯道："来，我姐妹二人再敬两位公子一杯，为两位践行。"

南山也只得随着举杯，却见蓂荚眼中流过一丝落寞。南山自幼与蓂荚一起长大，明白她的心思，此时却也无可奈何。

大家干了一杯酒，南山又问道："两位公子何日再来杭州一聚？"

光波翼笑了笑，说："有缘自会相见，只是谁能预期，但愿无须太久便又能与两位姑娘在这西湖之上把酒泛舟了。"

南山叹了口气道："公子打算何时启程？"

"我们明日便走。"光波翼看了一眼铁幕志，铁幕志点了点头。

大家沉默半晌，蓂荚开口笑道："南山，你恁爱作诗，何不趁此良宵美景，赋诗一首，助助酒兴。"

南山知蓂荚故作欢喜，说道："我才不哩，姐姐又要笑我。"

蓂荚忙说："我不笑你，你且作吧。"

南山也有意哄大家开心，便作了首打油诗，又逗得大家哄笑一场，她自己却一本正经道："姐姐说了不笑，却还笑我。我不依，我不依。我要罚你们每人三大杯酒。"

蓂荚此时却也不推脱，竟乖乖认罚，一气儿将三杯酒全吃了。光波翼和铁幕志也只好都陪着吃了。

大家说一阵儿，笑一阵儿，吃一阵儿，不觉已过了三更天，这才回去歇息。

第二天早起，用过早饭，光波翼便和铁幕志向二姝辞行，蓂荚拿过两个包裹，分别交与光波翼与铁幕志道：“这里有两件衣裳，供两位公子路上换用，还有些银两可做盘缠。两位既然与我姊妹朋友相交，再无须客气推辞，只求两位一路平安，顺利成办诸事。”

光波翼见她如此说，便不推辞，收下包裹，拱手称谢。铁幕志也道了谢。

南山却将光波翼拉到门外，悄悄说道：“公子的衣裳可是姐姐亲手缝制的，姐姐见公子喜闻荷香，特意在这衣袖中缝进了纪家秘制的荷花香带，香味经年不散，公子可要好好穿着，莫要辜负我姐姐的一番心意。”光波翼只得唯唯称谢。

送走了光波翼与铁幕志二人，南山拉着蓂荚的手说：“像独孤公子这样的男子，只怕世上再找不到第二位了，姐姐真的便让他这样走了吗？”

蓂荚故作生气道：“南山，你又胡说什么？我们姊妹不过是承蒙独孤公子相救之恩，才请他在家中居住，以表感激之情，他是不是这世上独一无二的好男子，又与我何干？”说罢转身回房去了。

南山一撇嘴，嚷道：“姐姐明明心中喜欢他，还不承认。”边说边追进门去。

却说光波翼与铁幕志出了纪家，铁幕志问道：“贤弟怎么忽然决定要走？咱们尚未探出百典族的消息，何必急着去阆州？”

光波翼回道：“我看这百典族人未必还在杭州，况且咱们尚有圣命在身，无暇在此逗留太久。”

铁幕志应了一声，却哪知光波翼心中所想，实是自从初见蓂荚，便觉心中异样，相处这半月以来，更是对她好感日增，每日出门之后心中常常不自觉地念着蓂荚。昨夜蓂荚船上一歌，光波翼忽觉一股猛浪自心中喷涌而出，令自己只想淹留在这西湖畔上，朝夕与蓂荚厮守下去。

光波翼长至十八岁来，从未有过男女之情，昨夜心中迸发出这般浓厚情愫，自己也未免暗吃一惊，只怕被这儿女之情牵缠而耽误了大事，遂当机立断，立时向蓂荚与南山辞行。

待二人远离湖畔，光波翼又回眼望了望西湖，心中不禁忆起白乐天的诗句：“未能抛得杭州去，一半勾留是此湖。”

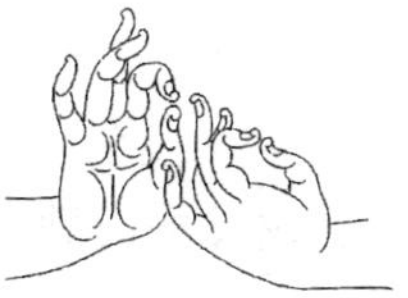

第十九回

赴阆州往事惊耳
临松山百典现身

光波翼与铁幕志离了杭州，一路缓缓西行，边走边沿途打探百典族人消息，始终未有所获。这一日来到黄山脚下，光波翼便想顺便进山拜访药师信。

光波翼在多云山洞中便蒙药师信告知了路径，二人进山，见人迹罕少，便施展开奔腾术，如两只猿猴般，腾跃于崖壁树端，不多时便到了一处深谷旁的峭崖上。伫崖远眺，但见群山延绵不绝，隐隐藏于云海雾涛之中，偶见霞光起处，直如天宫霓桥，其仙境神姿，更在多云山之上。有诗云：

> 此中莫辨幻与真，彩霞桥上疑仙人。最是牵魂勾梦处，一半黄山一半云。

二人略赏美景，便纵身跃下谷去。那山谷有几百丈深，二人轻轻飘飘，如大鸟展翅，每落下数十丈，便借助崖缝、突岩，或者横生于崖壁的松枝稍微减缓落势，几番纵落，便到了谷底。这般本领，若是被李义南看了去，更不知比他在曼陀谷所见那滑绳下谷的手段，要惊叹上多少倍了。

二人沿着谷底一条小路走了一二里远，果然见到一处村落，散居着数十座房舍。刚刚步入村口，却见药师信已迎在面前，原来早有药师邑的哨子见二人从崖上落下，报入村中了。

光波翼忙上前与药师信相见，并引见铁幕志与他相识。

药师信引二人拜见过药师族邑长药师远，方又将二人带回自己家中款待。

大家闲聊了一回，光波翼问起花粉，药师信说道："贤弟放心，花粉姑娘顺利度过七日，非但内伤痊愈，只怕忍术也更上层楼了，想来她还须感激贤弟才是。”

光波翼苦笑道：“是我失手伤她在先，幸好无恙。”

药师信又道：“临别前，我听她说，此番回去要帮贤弟查明令尊遇害真相。花粉姑娘对贤弟可谓真心相待呀。”

光波翼摇摇头道：“兄长言重了，只未想到，目焱的弟子居然也非恶类。”

药师信吃了口茶，说道：“我看那花粉姑娘实是一位有情有义之人。”

光波翼笑了笑，不再接他这话。

用过午饭，光波翼向药师信道：“小弟此来，还想向兄长讨样宝贝，恳请赐予。”

药师信问道：“什么宝贝？”

光波翼答道：“便是兄长在多云山上给我服用的药丸。眼下正是小弟奔波之际，只怕有时用得上，故而向兄长讨得两颗，以备不时之需。”

药师信笑说：“这个容易，既然贤弟想要，愚兄自当相赠。”说罢转身从药架上取过两个拇指大的小瓶，递与光波翼道：“这两瓶中各有红、黑药丸十颗。红色的名为‘君相丸’，单服可疗外伤、失血等症。黑色的名为‘作仓丸’，单服可治内虚不足之病。二者合用，即称作‘五元丸’，最能遽补元气，充五藏，实精血，令服用者久耗而不乏，虽欲绝而得延命。”

药师信重又坐下，续道：“此二药配制极难，各需九十八味珍贵药材，总共一百九十六味妙药，经四十九日熬炼而成，其间须人日夜看护火候，不得稍有差错。这还不算，一年之中又只有在五月十六这一日，天地交合之日开始炼制，且此日须是晴天。另外，其中有二十五味药材又须是当年春夏新采之药，且这二十五味药分布各地，多有极南、极北、极东、极西之地才有的，故而集齐诸药甚为不易。因此，我药师一族，也只得每十年才炼制一炉，亦有十五、二十年才炼成一炉的。”

光波翼和铁幕志听罢皆大为吃惊，光波翼忙起身施礼道：“不想这药如此珍贵，小弟怎敢贪多，只得向兄长讨取一颗足矣。”说罢将两瓶递与药师信。

药师信推还给光波翼，道：“贤弟但收下无妨，正巧前年才炼成一炉药，我这里尚有许多。”

光波翼喜道：“如此说来，是小弟偏得了，多谢兄长慷慨赐药。”说罢又施一礼。

药师信拉光波翼坐下，说道："尚未及问过贤弟，怎会到黄山来？"

光波翼遂将多云山别后之事略微说了，并将奉皇命阻止目焱谋反一节也如实告知药师信。

药师信听罢说道："原来贤弟身负重任。如此，愚兄便再赠贤弟两件礼物。"随即又从药架上取下一小瓶，并两个蜡丸，交与光波翼道："这瓶中药粉乃'验毒粉'，可辨知一切毒，只需以指甲缝取少许弹入酒水食物之中，若现蓝色便知有毒，色愈浓则毒愈烈。"又指着蜡丸道："这两颗药丸却是稀罕，名唤'避毒丸'，只需事前服下，便可百毒不侵，纵然是穿肠烂肚的不解之毒也不能损害分毫。不过贤弟切记，务必事前服用才可，若已中毒者，则无效矣。"

光波翼叹道："这两件可又是宝贝，小弟愧受兄长如此厚赠，着实惶恐。"

药师信微笑道："你我兄弟，不必见外。"

次日一早，药师信送光波翼与铁幕志二人到崖壁下，指着一株老松道："沿此处上去最为省力，中途崖壁上又有一小洞，可作歇脚之用，不过想来两位也用不上。"

光波翼道了句"多谢兄长，后会有期"。

三人互相合十作礼告别，光波翼便与铁幕志半纵半攀地上崖去了。

出了黄山境界，二人唯忖难有百典族消息，便放开脚步，快速西行而去。

有日，到了阆州城东七八十里外的一个小村，名叫"庞家村"，那村中只有十几户人家，村东口处却有一家小客栈。时值近午，二人便进到客栈，要了些酒菜，顺便向店家问路。

那店中掌柜极是热心肠，告知二人，从此到阆州城有南北两条路，北面一条小路最近，却要穿林跨河，人迹颇罕；南面大路乃是官道，平坦易走，却因绕河而行，故而要多走出三四十里，寻常商贾，或是带着家眷车辎的，皆走南面大路。末后那掌柜又说："两位客官，若是身上带着些个值钱、要紧的，还是走大路稳妥些。"

二人向掌柜的道了谢，吃过饭便寻北面的小路而行。待走出二三十里，果然见到一片树林，河道便从林中穿过。

恰走到河边，只见河面一座窄桥上几个人正在叫嚷。桥中央一位老者护着一位年轻姑娘，不住告饶："大爷，行行好，放过我们，大爷，放过我们吧！"

老者前后各有两名持刀的蒙面大汉，其中一人喝骂道："老不死的，识相的话便快些滚开，不然老子一刀劈死你！"只唬得那姑娘不住啼哭。

光波翼低声向铁幕志说道："兄长在此静观接应。"便飞身跨上窄桥，喝道："贼子，不得无礼！"

那几名蒙面大汉一惊，回身看时，见是一位俊美少年，不禁嘿嘿一乐，一人调笑道："哟呵，小白脸来救媳妇儿了。"又向光波翼喊道："小子，身上带了多少聘礼？快过来给爷爷看看。"

光波翼走到近前，冷笑道："光天化日之下，尔等竟敢拦路抢劫，看来也不像是初犯。如今尔等若能主动放人，将那二人好生送过来，我便下手轻些，给尔等一次改过之机，不然，哼哼……"

"嘿！臭小子！"其中一人恼道，"竟敢口出狂言，老子可不会给你留什么改过之机！"说罢挥刀便砍。

光波翼身子微微向左后一侧，躲过这一刀，待钢刀劈到面前，右手中指轻弹刀背，那汉子"啊哟"一声，钢刀脱手飞出，直中他身边同伴的右臂腋下。那人也大叫一声，手中的钢刀应声落下，未及落地，光波翼早上前一步，看准刀柄一脚踢出，那钢刀"嗖"地飞向老者身后一名大汉，正中大汉右臂腋窝，那大汉惨叫声未绝，跟着最后一名大汉也是一声哀嚎。原来光波翼起脚同时，已将第二名大汉腋下钢刀拔出，随即掷向最后那名大汉，亦是刺中他右臂腋窝。

不过是转眼之间，四名大汉右臂一时被废，最惨的却是第一名挥刀的汉子，虽未中刀，却被光波翼震断了右臂筋脉，已然昏死过去。

另外三名大汉又惊又惧，抱着右肩哇哇直叫。其中一人上前跪在光波翼面前，告饶道："英雄，我等有眼不识泰山，得罪了您老，还望您老开恩，大人不计小人过，饶了我等性命。"另外一人也随之上前跪下。

未及光波翼开口，最后中刀那人却长叹一声道："早知如此，何必接下这笔买卖？不想我郭豹竟被这乳臭未干的小子所辱。"说罢，竟纵身跃下窄桥，头下脚上，一头撞上河面的岩石，脑浆迸裂而死。

突见此变故，光波翼也未料及，不想此人性子竟如此刚烈。跪下那两人此时却不再顾及光波翼，起身扑到桥栏边，一人大哭道："老三，你何苦如此！"二人捶胸顿足一番，忽然止住哭声，几乎同时道了句："也罢！"返身将地上昏死那人架起，因二人都废了右臂，只能用左臂架着那昏死的汉子，故而这两人只得一个面向前，一个面朝后，一言不发向西走去。

光波翼也不阻拦这三人，只见走过窄桥后，那二人竟长啸一声，架着昏死那人一同倒栽着跳下河道，也如先前那汉子一般，撞死在河中大石上。原来那二人重伤之余，又架着一人，想必是无法翻过桥栏，是以过桥后才投河。

光波翼心头一紧，暗自后悔，未能料到这几人竟会先后自尽，否则自己上前施救也还来得及。最先投河那汉子被呼作"老三"，想必这四人不是亲兄弟，便是结拜的密友，虽是强盗，却也有同生共死的义气。

再看那老者和他怀中的姑娘，均被眼前之事吓得不知所措，二人兀自低头抱在一处瑟瑟发抖。

光波翼上前安慰二人道："老伯，事已过去，现今已安泰了，两位不必害怕。"

那老者闻言，方拉着那姑娘一同跪下，连连称谢救命之恩。

光波翼忙将二人扶起，老者抬眼一见光波翼，吃惊道："是你？"忙又摆手喃喃道："不是，不是，我真老糊涂了，怎会是他？不是，不是。"

光波翼大感奇怪，忙问老者为何如此。老者回道："是小老儿认错人了，恩公莫怪，莫怪。"

光波翼追问老者，错将自己认作何人，老者只不肯说。光波翼愈加生疑，再三追问，老者无奈，只得答道："也罢，小老儿爷俩的命是恩公所救，便告诉恩公也无妨。此事藏在小老儿心里已有十几年了，从未敢向人说起。当年小老儿在阆州城西的南楼旁经营一家小酒馆，那日酒馆中来了三位客官，为首一人高大英俊，相貌竟与恩公颇为相仿，尤其是他那双眼睛，也如恩公这般明利有神，令人一见难忘，只是年纪要比恩公长上个六七岁，是以小老儿适才一见恩公的面貌，竟错认成是他了。"

"后来呢？"光波翼急于知道后情。老者续道："这三位客官在店中吃了半晌酒，便上了南楼。天将黑时，其中一人又到店中来，要小老儿送些酒菜上南楼去，还给了我一锭十两银子。"

"哦？出手如此大方。"光波翼插道。

"那是因为他们要的酒多。"老者解释道，"这几位客官真是海量，在店中便已吃了三坛好酒，想必是南楼上风景好，想边赏景边吃酒，便又来要了六坛好酒，和几道素菜。对了，这几位客官说来也奇怪，只点素菜，一概不碰荤腥。"光波翼闻言微微点了点头。

只听老者又道："有大买卖上门，我自然高兴，当下便收了银子，催着厨房做菜。谁知菜备齐了，却发现店中的酒不够了，还差了一坛。我只得带着伙计先将菜肴和五坛酒送上楼去，并再三告罪，说这便去凑足那坛酒，再送上来。为首那位客官倒是极好的人，只说有便送，若是没有也就罢了。人家越是这般说，我越是不能差人家一滴酒，便差伙计赶到别家酒馆去买。当时天已黑了，多数酒家已关门打烊，我那伙计跑了三四里路才将酒买来，我赶紧抱着那坛酒亲自送去。谁知……"老者说到这里咽了口唾沫。

"怎样？"光波翼追问了一句。

老者接道："当时天已黑透，街上已没什么人走动，南楼早已空了，只三楼还有光亮。谁知我刚上到二楼，便听见为首那人大叫一声，说道：'穆燕，你竟敢害我！'又听另一人冷笑了两声，说：'你早该如此，念你我兄弟一场，我便送你痛快上路吧。'正是那个来店中买酒之人的声音。接着我便听见为首那人又是一声大叫，便没了动静。不多时，又听那穆燕说道：'如今光波勇已死，你我还须依计行事，以防坚地老贼来寻咱们晦气。'另外那人只'嗯'了一声，便听见楼上一阵扑通乱响。我正自害怕，待在那里不知该如何是好，却见两道黑影从三楼飘下，如鬼魅一般，我急忙跑到窗口细看，原来是两个人，其中一人还扛着一人，三纵两纵便跳出城门去了。起初我还不敢大动，后来又过了半晌也没见动静，我便仗着胆子悄悄走上三楼，却哪里还有半个人影，连桌椅都被拾掇得干干净净。唉！真是见鬼了。也不知那几人是何来历，我看倒有七八分不像是人，否则哪有人能跳过城墙去的？何况其中一位还扛着一人。"

光波翼此时眼中已有泪光，深吸一口气，问道："老伯，事隔十几年，您如何记得这般详细？"

老者叹气道："如何能不记得？恩公有所不知，当晚小老儿遇上这般古怪，心里岂有不怕的？待小老儿回到酒馆中，越想越怕，我尚欠着他们一坛酒，倘若那二人想起这一节目，担心我去送酒时发现他们的古怪，再回头来寻小老儿的晦气，我这一家老小的性命岂不交代在他二人手里？是以小老儿第二天一大早天未亮，便让家人收拾好细软，赶回通州老家。只小老儿一人留下，草草兑掉了酒馆，便也赶回老家去了。在老家待了几年，日子也不好过，我这心眼便又活了，悄悄回到阆州打探打探，见并无动静，便又在城中做起了小买卖，只是大不如从前开酒馆时的光景了。唉，这可真是祸福难料，谁曾想到，当年小老儿高高兴兴接过那锭银子，从此便一落千丈了。"

（按：通州即今四川达县。唐时有通川、永穆、三冈三县隶通州。）

光波翼又问道："老伯在城中经营什么买卖？如今又向哪里去？"

老者答道："小老儿每日清早推车，给城里的酒楼、客栈送去青菜，天黑再帮他们运送泔水。这不，年初丫头她娘过世了，我年岁也大了，膝下只有这一个女娃子，在这城里也无亲无故的，万一哪天早上小老儿起不来床了，怕这丫头没个着落，故而才决定带她回老家去。"

"爹……"那姑娘摇了摇老者的手臂，显然不愿听他如此说。

老者轻轻拍了拍那姑娘的手，说道："爹早晚都有那天，是人还不都一样，有啥不能说的？"

光波翼拱手道："还未请教老伯姓名。"

老者亦拱手还礼道："小老儿名叫罗有家。"

光波翼从怀中取出二十两银子，放在老者手中道："罗老伯，这些银子请您老带上吧。"

罗有家忙推辞道："这可使不得！恩公救我父女性命，尚无法报答，怎敢再拿恩公的银子！"

光波翼微笑道："老伯无须推辞，在下还想请教老伯住处所在，日后或许还要登门请问老伯一些事情。"

罗有家忙说道："小老儿家住通州城西二十里外的塘口村，恩公有事尽管来问便是。不知恩公可否告知尊名？"

光波翼点头说道："在下独孤翼，多谢老伯。趁着现在时候尚早，请两位尽快赶路吧，这里我自会料理妥当。日后若有人问起今日之事，您老只说一路上顺顺当当，并未见过任何人。"

罗有家忙点头称诺，和那姑娘又要拜谢光波翼，被光波翼一把拉住，父女二人这才战战兢兢地去了。

待二人走远，铁幕志方走出来，光波翼心中尚未理清头绪，故而并未告诉铁幕志适才老者所述之事，只与他一同掩埋了河道中四具尸首，并为四人诵咒超度。

料理完毕，二人方纵起身形，少时便赶到阆州城中。进城之后，二人放缓脚步，径向城西而来。

登上南楼三层，西观阆水，北望阆苑，光波翼想起父亲在此楼所作的那幅画，不禁心中酸楚。正望着阆苑中的凤凰楼出神，忽听背后有人叫道："铁幕兄！"

回头看时，却是一位商人打扮的中年男子。铁幕志忙迎上前去见礼，并为光波翼引见。原来此人乃是海音族忍者谷凡，日常便奉守在利州至阆州一带，搜集情讯，传放信令。此人离开幽兰谷已有十载，故而光波翼并不认识他。铁幕志却曾奉命外出办差，与他打过交道。上次七手族忍者工倪随李义南与孙遇南下，便是此人受工倪的七弟飞虹之托，传信给合州的谷子平，令其接应三人。

谷凡向光波翼施礼道："原来这位便是侍御史大人，失敬。"

光波翼忙还礼道："谷兄切莫如此称呼，折杀小弟。只不知谷兄如何得知小弟之事？"

谷凡看看左右无人，低声回道："两位有所不知，光波兄受封之事，坚地长老于数日前已传令发布东、西、南三道各邑，令各道兄弟全力配合光波兄剿灭反贼，若有差遣，我等必当尽力而为。"

光波翼道了句"原来如此"。

谷凡又道："不过历来圣上皆不问忍者内务，怎的近来连封两位忍者官职？"

光波翼摇摇头道："圣意难测，且不说这个，难得在此与谷兄相会，咱们寻处酒家小聚如何？"

谷凡称道："正好，这南楼旁便有家'迎贵楼'，酒菜皆属上品，不如便去这家，我做东，为两位接风。"

光波翼与铁幕志均点头称好。

三人在迎贵楼二楼一间雅室落座，光波翼见这酒楼桌椅摆设悉皆富丽堂皇，难怪唤作"迎贵楼"。

待酒菜上齐，大家举杯互敬了一巡，光波翼问谷凡道："谷兄常在这一带走动，近来此地可有北道的动静？"

谷凡放下手中筷子，说道："我正要告知光波兄，近来从绵州、利州等地均发现御鹤族忍者踪迹，该族一向退隐山林，不问国事，不知为何最近忽然频频现身，多次发现他们乘鹤东飞。更有件怪事，前些日子，西牛货道忍者风陆机竟与一位御鹤族忍者比试了忍术。"

"哦？"光波翼与铁幕志均感奇怪。"风陆机应是风长老的族人。"光波翼说道。

“正是。”谷凡应道，“风陆机乃是途径松州时，无意中见到一人乘鹤飞过，便尾随他到了扶州翠海，待他落地后，遂上前与他攀交，又请他吃酒，二人不觉熟络了。风兄弟便探他底细，哪知他丝毫不肯透露。风兄弟便大笑，主动亮明身份，还说：‘我知你定是御鹤族的忍者，何必躲躲藏藏？’那人便也笑说道：‘风兄既已知晓，我鹤青云也不必瞒你。咱二人既然情趣相投，只管吃酒言欢，其他勿论。’风兄弟再要问他，他便有些着恼，对风兄弟说：‘我当你是朋友，才与你吃酒，你怎的只顾探我底细？也罢，我知你族中以风行术闻名，今日咱们便比试比试，看是你的风行术快，还是我的鹤儿快。你若赢了我，我便有问必答。’风兄弟便答应了他。他二人从翠海口子，一路奔到岷州，竟是不分胜负。那鹤青云便说：‘我御鹤族藏身翠海几十年，忍术一度失传，刚刚接上这法脉，想来尚未纯熟，否则怎会赢不得你？不过你也并未胜过我，咱们只算个平手，后会有期吧。’说罢便飞走了。”

〔按：扶州翠海即今之九寨沟。九寨沟古时属南坪（古称羊峒，分为上、中、下羊峒。九寨沟属中羊峒），称为九寨沟或翠海。唐高祖武德元年（618 年），属扶州所辖，隶松州都督府，属陇右道，后改属剑南道。先后于仪凤二年（677 年）和大历五年（770 年）两次没入吐蕃之手，宣宗大中二年（848 年），节度使郑涯将其收复。〕

光波翼沉吟道：“的确有些蹊跷。前日在京城东内苑，御鹤族忍者便现身相助贼人，如今纷纷东飞，莫非又有阴谋？”

谷凡又道：“更怪的是，那鹤青云怎说他族中忍术一度失传？又怎的接上了法脉？”

光波翼道：“当年御鹤族长鹤野天率众归隐山林，或许自断忍术传承亦未可知。只是他的后人又如何接上了法脉？除非……”

“除非他们找到了百典族人。”铁幕志插道。

“不错。”光波翼点头称是。“三道长老已经知晓此事了吗？”他随即又问谷凡道。

“皆已知晓，风长老已命人追查此事。坚地长老尤为重视，特加派了数人往扶州一带追查百典族人下落。川长老那边我倒不知有何举动，相信自会派人追踪御鹤族忍者行迹。”谷凡答道。

“好。”光波翼手按桌面道，“我二人便在此多留些时日，看看能否查到些线索。”

“这阆州当真是牵绊之地。”光波翼心道。此番西来，未到阆州便闻说父亲遇害往事，甫一进城，又听到百典族消息，心中不免百感交集。当下光波翼便与铁幕志和谷凡二人好一番痛饮，那二人哪及他海量，不久便住了杯，只他一人豪饮不绝。

饭后二人辞别谷凡，在城中寻了家客栈住下，此后月余间，便在阆州、绵州、利州一带细细查访。

这一日，二人又从谷凡处听说，盯守翠海口子的探子来报，每隔七日便有一名御鹤族忍者飞向松州方向，只是将到松州时，御鹤忍者必乘鹤高飞入云，无法追查其行踪，已连续五次皆是如此。

光波翼心下奇怪，遂决定与铁幕志亲往翠海一行。

到得翠海，二人计算明日便当有御鹤族忍者乘鹤飞出，但听说他们每次出行时辰皆不相同，二人只好夜间守在翠海口子外，随时留意。光波翼同铁幕志商量，夜间由铁幕志值守，次日光波翼追踪御鹤忍者去松州，铁幕志便留守此地，深入翠海查访御鹤族藏身所在。

一夜无事，次日天一亮，光波翼便起身守望，谁知等到正午亦不见动静。待过了午时，忽闻一声鹤唳，随即一只灰鹤从空中飞过，鹤背上正跨坐一人。

光波翼忙飞身追了上去，并不敢跟得太近，好在这一路都是密林岩岭，并无人迹，既易于藏身，又可尽情放开脚步。

一气儿向西南奔出二百里，方接近松州城。光波翼知那灰鹤又要高飞，四下观看，见这松州城三面并无峻岭阻隔，唯独西面至西南靠山。那御鹤族忍者若要高飞，必是怕人窥见他行踪，况且他总要落下地面，不会一直飞到云霄殿上去，如此看来，他必是要越过这松州城，飞到西南山中去。

念头甫过，那灰鹤已陡然斜刺攀高，很快便消失在云中。光波翼更全力放开脚步，并不进入城中，而是从东面绕过松州，直奔到松州城西南六七十里外的山上，在山顶择了一处视野好处藏身，见那山后竟是一座峡谷。

不多时，果然见那灰鹤飞了过来，却比光波翼晚了片刻，直冲向谷中。

光波翼待那灰鹤飞低，这才从后追了上去。未行多远，忽闻轰轰水响，如万马奔腾，亦如战鼓擂动。不久眼前便现出一条偌大的瀑布，足有十余丈宽，数十丈高，如巨大一条白练挂于山间。

（按：上述峡谷即为今之扎嘎峡谷，瀑布为今之扎嘎瀑布，位于松潘县城西南40公里牟尼乡后寺沟内。由原始林区、扎嘎峡谷和扎嘎瀑布组成一个今日之风景区，藏语称“嘎其峡”，意为白岩上的激流。扎嘎瀑布起点海拔3270米，落点海拔3176米，瀑高93.7米，瀑面宽35—40米，冬天时结冰，洁白形如哈达，是中国最高的钙华瀑布。）

那灰鹤略打了个盘旋，便落在瀑布下游的河边。光波翼忙隐身树后，远远窥看。

只见那御鹤族忍者从鹤背上下来，四下望了望，见无异样，便挥手让那灰鹤飞开，自己则转身沿河而行，光波翼亦悄然尾随其后。

大约走出百余丈，前面忽见一人，头戴斗笠，独自坐在河畔一块大石上，身边放着一个黑红的大酒葫芦。

御鹤族忍者快步上前，跪拜三次，然后双手合十，恭恭敬敬站在一旁。

光波翼心下大奇，见石上那人并非僧侣，御鹤忍者行此礼拜，分明是以师礼待之。

过得片刻，只见石上那人拿起葫芦喝了一口，这才召唤御鹤忍者到身前，面授了几句话，御鹤忍者便坐在他对面，结起手印，静坐了半晌。那人又低声说了几句，御鹤忍者便换了手印，再坐一阵儿，如此三次。

此时日晡已过，只见那人一挥手，不知说了句什么，光波翼猜是“你去吧”，御鹤忍者遂站起身，又恭恭敬敬礼拜三次，转身沿来路而去。

光波翼不再理会御鹤忍者，只静观石上那人，见他并未急于起身，只凝视着流水，独自吃那大葫芦里的酒。

光波翼思忖御鹤忍者已走远，便现出身来，向河畔大石走去。

来到那人近前，光波翼深施一礼，未及开口，忽听那人说道：“小兄弟一路奔波辛苦，先吃口酒解解乏吧。”说罢将大葫芦抛给光波翼。

光波翼接住葫芦，暗自惊讶，“莫非他早已知晓我尾随御鹤族忍者而来？”遂问道：“先生怎知在下远来？”

那人呵呵笑道：“区区不才，也只这望风逃命的本事还过得去。”

光波翼再次施礼道：“晚辈光波翼，未敢唐突请教先生尊名。”

那人抬眼看了看光波翼，半晌说道：“你便是光波勇之子？”

光波翼回道：“正是在下。先生识得先父吗？”

那人摇摇头，说道：“我虽不认识令尊，然光波勇大名谁人不知？只可惜英雄早逝，他若在世，只怕当今这天下也早已不同了。”

“先生是……”光波翼注目而问。

“在下百典湖。”那人缓缓说道。

光波翼心头一喜，忙合十道：“您果然是百典前辈。不知前辈适才所言何意？先父若在世，这天下又如何不同？”

百典湖冷笑一声道：“令尊忍术冠绝天下，又复胸怀大志，心系苍生，他若在世，怎会坐视黎民受苦，百姓罹难？”

光波翼蹙眉道：“前辈既然与先父并不相识，又如何知晓先父之心思、所为？”

百典湖一伸手，示意光波翼将酒葫芦还给自己，光波翼忙双手将葫芦奉上，百典湖接过葫芦，先仰头“咕咚”喝了一大口酒，方说道：“自有忍者以来，其心思、行持皆是一般，曾无二致。若非为了天下苍生之计，还要忍者何用？我百典湖承守祖命，护持百部忍法传承，故而隐没闹市、林野之中，他人虽不识我，我却知晓四道忍者之事。令尊大人乃我辈翘楚，心、术皆得忍法正传，若得在世，其心、行必当如此，何须言也！”

光波翼又施礼道：“多谢前辈称许先父，只是晚辈不知前辈所言之拯救苍生，又当何为？”

百典湖抬头看了看天，说道：“今日时候不早了，你我暂且别过，有话日后再说。”说罢站起身，将葫芦系在腰间，走下大石。光波翼这才发现百典湖身材颇为矮小，那黑红的大酒葫芦挂在他腰间，竟有些夸张可笑。

光波翼躬身施礼道：“百典前辈，晚辈尚有要事相求，不知往何处再去拜见前辈？”

百典湖边走边道：“松州城北十五里外有个村子叫‘高屯堡’，堡子西面黄水沟边上有两间草房，眼下我便住在那里，后日无事，你可前来寻我。”

光波翼说道：“多谢前辈，那高屯堡可是昔年女校书薛涛被罚松州时所居之地？”

百典湖扭头看了一眼光波翼道：“你所知倒还不少。”说罢径自拔步离去。

光波翼遂向其背影揖了一礼。

〔按：薛涛，唐代女诗人，字洪度，长安（今陕西西安）人。父薛郧，仕宦入蜀，死后，妻女流寓蜀中。薛涛姿容美艳，性敏慧，八岁能诗，洞晓音律，多才艺，声名倾动一时。德宗贞元（785—804 年）中，韦皋任剑南西川节度使，召令赋诗侑酒，遂入乐籍（即为歌伎)。后袁滋、高崇文等十人相继镇蜀，薛涛皆以歌伎或清客的身份出入幕府。薛涛曾因得罪韦皋，被罚赴边镇松州，传其途中作有十首著名的离别诗——《十离诗》，到松州后又作有《罚赴边有怀上韦相公二首》，不久便被释回，遂脱乐籍。韦皋曾拟奏朝廷授予她秘书省校书郎的官衔，然格于旧例，未能实现，但人们往往称之为“女校书”。后世称歌伎为“校书”便从薛涛始。薛涛和当时著名诗人元稹、白居易、张籍、王建、刘禹锡、杜牧、张祜等人皆有交往。脱离乐籍后，薛涛居浣花溪上，自造桃红色小笺，用以写诗。后人仿制，称为“薛涛笺”。薛涛与刘采春、鱼玄机、李冶，并称唐朝四大女诗人。其著有《锦江集》5卷，今佚。《全唐诗》录存其诗1卷。其事迹见《唐诗纪事》和《唐才子传》。]

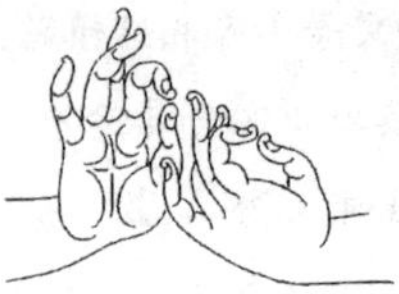

第二十回

翠海如玉情作水
磐石胜铁雷震天

话说铁幕志见光波翼追着御鹤族忍者去了，便悄悄潜入翠海。那翠海之中有数条山沟交错，因其中湖泊众多，且水碧色美，故名翠海。

铁幕志沿沟而行，但见古木茂密，绿荫连绵，十步一泊，百步一湖，湖中多有杂色沉木水草，更兼映着岸上花树之色，令那湖水五色斑斓，绚丽夺目。

待过了大小湖滩不计其数，面前忽地横出一道瀑布，竟有百余丈宽，响声蔽耳，凉气袭人。巨瀑怒泻直下，水花飞溅，散而成雾，隐隐竟有一道彩虹悬于目前。

步入翠海许久，并未见到半点人息，却时有金猴、梅鹿跃现眼前，又时时传来悦耳鸟鸣之声，铁幕志恍如游于世外桃源、画中仙境，不觉思念起陆燕儿来，心想若能与燕儿姑娘共游此地，听她和着啾啾鸟鸣抚琴轻吟，看她映着蓝水碧林莞尔娇笑，便是神仙也要羡煞。若能更与她双宿于此……铁幕志只觉脸上发烫，心中慌跳，遂蓦地打断念头，暗骂自己不该胡思乱想。

铁幕志自从初见陆燕儿，便觉心中爱意萌生，此后一路上见陆燕儿与黑绳三相倾相慕，只得将自己这一番情意压藏心底，不敢稍稍放纵。如今置身于如此醉人的美景之中，那埋雪的情种竟又不知不觉生发出来。

铁幕志走到瀑布边，捧水洗了洗脸，又喝了几大口冰凉泉水，将那心中、脸上的热火一齐熄灭，这才继续前行。

这大瀑布处在一个岔口处，铁幕志左右望了望，决定先向右边沟中寻去。不久进入一片幽林，从林中穿出，行不多时，便又来到一处湖畔。只见那湖水一片湛蓝、一片墨绿、一片橙黄、一片嫩翠，宛如一块天成的五彩美玉，熠熠生辉。

铁幕志正为这五色湖光所陶醉，忽闻东边天空传来两声鹤唳，铁幕志忙隐身树后，少时便见两名御鹤族忍者乘着灰鹤从东面山峰中飞出，沿着铁幕志的来路，向北飞去。

“原来御鹤族忍者藏身在此山之中。”铁幕志心道。

待那两只灰鹤没了踪影，铁幕志便奔上山去。他一路小心翼翼，尽量不发出半点声响，将近山顶却仍未见到御鹤族忍者分毫踪影。

铁幕志不敢上到山顶，怕被御鹤族忍者飞过时发现自己行踪，便在距山顶二三十丈处，绕山环行。待绕到山峰东南侧，却是陡峭的崖壁，根本无法行走。

铁幕志从崖边向下观望，见距自己数十丈高处崖壁上，居然有一三四尺宽、两尺多深的平台，台后隐隐似是一个洞口，平台上正有两只灰鹤立在那里。

“莫非这里便是御鹤族忍者栖身的洞穴?”铁幕志观察半晌，见周遭并无动静，便迅速攀到峰顶，四下望去，只见脚下这座山峰正夹在东西两条沟谷之间，两沟均有数十里长，适才所走西面那沟更为曲折些，尽头处一片浓翠，似乎是一处密林。自己从两沟交会处——那道极宽瀑布走到五色湖畔，约有十里之遥，却也不过是那长沟的十之二三罢了。跨过西面长沟，西北又有一座山峰，与脚下山峰遥相呼应。

观望片刻，这翠海的地形、路径，铁幕志已大致了然，便从峰顶沿南麓而下，想要再去探探那崖壁上山洞的情形。

待下到比那山洞略高处，铁幕志便攀上东南的峭壁，如壁虎一般贴着崖壁向山洞处游走。到得洞口附近，见那两只灰鹤正背对洞口站立，寂然不动，似乎在打盹。铁幕志侧耳听了听，听到洞内有两人的呼吸声。因为手脚均吸附在崖壁上，无法结印施展摩尼宝镜术，故而铁幕志只得悄悄从洞口上方探头张望。只见那山洞缩进崖壁五六尺深，有一人多高，两名御鹤族忍者在洞内对面盘膝而坐，双目微合，正在调息静修。

铁幕志正奇怪这山洞怎的如此狭小，只有两名御鹤族忍者在此，莫非此处并非御鹤族忍者的巢穴？忽见山洞尽头处的崖壁上有条极细的缝隙，再细看时，原来壁上竟有一扇石门，若非眼力上佳者，几乎看不出来，看来这门后又是一洞，这二人想必是在此守卫洞门。

铁幕志正待转身离去，一只灰鹤蓦地展了下翅膀，扭头忽然看见铁幕志，便唳鸣一声。另一只灰鹤，闻声也转过身来见到了铁幕志，随之一同鸣叫起来。两鹤边叫边扑动翅膀，显是在向主人报警。

铁幕志心说“不好”，腾地纵起身来，快速向山顶攀去。

未及走远，那两名御鹤族忍者已跨上灰鹤飞起，追了上来，向铁幕志喝道：“什么人？报上名来。”

铁幕志哪里肯睬他二人，只加快脚步上崖。

那二人见铁幕志只顾奔逃，便一齐向他掷出暗器，却非寻常忍者所用的空无常和星镖，而是御鹤族独门所制钢针——鹤顶针。这鹤顶针一指多长，有普通钢针五六倍粗细，尖端呈三棱形，中段有倒钩，尾部带一小孔。可寻常发射，也可在尾部系上韧线，射中敌人后再将针抽回，针上倒钩可将敌人钩得皮开肉绽。然而如此尤为轻者，若遇拼命之敌，更可将钢针涂上鹤顶红之类毒药，令敌人中针毙命，鹤顶针由此得名。

铁幕志听见钢针袭来，并不顾忌，只左右腾闪，便轻易躲过。

那二人心下气恼，遂一时掷出数十枚鹤顶针，将铁幕志上下左右三尺之内悉皆罩住。

此时距山顶尚有三丈多远，铁幕志闻听钢针如雨而至，忙奋力一纵，竟直接跃上山顶，那些钢针纷纷射入崖壁。

那两名御鹤族忍者见状大惊。须知寻常忍者，若在平地能纵起三丈多高倒也罢了，然而铁幕志此时攀于陡峭崖壁之上，手脚难有借力之处，更须以脉气吸附崖壁，竟能在瞬息之间纵身跃起如许之高，可见必是一位厉害角色。

那二人乘鹤打了个盘旋，“呖”的一声吹起哨子，有如惨厉之鹤鸣，在寂静的山谷中，显得格外嘹亮刺耳。

铁幕志寻思那洞中诸人闻声必然迅速出来围攻自己，他们在天上，自己在地面，只怕要在这崎岖的山沟中跑过飞鹤并非易事，不如趁早觅一处利于藏身、攻守之地，先稳住阵脚再做打算。念及于此，铁幕志想起适才在此山南麓见到一处“乱石阵”，巨岩突兀林立，最宜藏身，便拔足向南奔去。

甫到“乱石阵”，忽闻南天空传来几声鹤鸣，极目望去，一群黑点从西面山沟的尽头处飘来。铁幕志心下大疑，“怎么，难道御鹤族的巢穴是在那条山沟的尽头处吗？”再回头看看这边，那两名守门的御鹤族忍者并未追来，只驾鹤在山顶盘旋，似乎是不敢离开那崖洞太远。

“是了，那崖洞必是御鹤族一处重要所在，却非他们聚居之地，故而派人日夜守在那里，不敢稍有差错。那二人见奈何不得自己，只得向族人求救，那群黑点飘来之地才是他们巢穴所在。只是不知这崖洞到底有何要紧之处。”

正自思量，只见那群黑点已越飞越近，已能看出是一群飞鹤。铁幕志不敢怠慢，忙绕到“乱石阵”之后，避开两名守门的御鹤族忍者视线，择了处由三块巨石夹成的石窝，藏了进去。

不多时，那群飞鹤到来，与那两名守门人打过照面，问明情形，便纷纷向山南麓围了过来，共有九人九鹤，却仍留下那两人去守住洞口。

九人驾鹤分成三队，每队三人，在山南、西南和西侧分别巡视了几回，既未见到铁幕志的身影，便又合为一队，排成一线绕山右旋而飞，每两鹤相距十几丈远，自山顶盘旋而下，九鹤首尾相接，愈向下则相距愈远，待盘旋近于山脚时，两鹤之间早已互望不见。

九鹤重又回到山顶落下，为首一人道：“适才鹤明、鹤亮见那贼人向山南逃去，如今既寻他不见，想必是藏在山南隐蔽之处，并未走远，诸位兄弟须仔细搜索山南一侧，鹤翱、鹤翔二人只在天上巡察，防止贼人逃脱。”众人诺了一声，便纷纷留下所驾之鹤，横作一排徒步向南搜索下山。鹤翱、鹤翔则驾鹤重又飞起，仍在空中盘旋巡视。

搜索了一程，御鹤族众人来到“乱石阵”前，为首那人停下想了想，招呼诸人聚拢，低声道：“此处最易藏身，大家细细搜索，须防贼人偷袭。”

众人得令，遂两两一组，将石阵四面包围，各从一面入手，为首那人独位于北侧。

过不多时，忽听“咦”的一声，一名年轻忍者招手示意大家过去。七个人很快聚在三块巨石前。

为首那人问道：“鹤欢，你有何发现？”

鹤欢压低声音道：“三哥，这里原是个石窝，如今窝口却被巨石封死，其中必有古怪。”

为首那人又问道：“你如何知道这里原有个石窝？”

鹤欢一愣，有些支支吾吾，旁边一人说道：“是不是你和灵芝妹子躲在这里说过悄悄话啊？”引得大家一阵大笑，鹤欢满面通红。

为首那人“哼”了一声，不再追问鹤欢，示意大家做好御敌准备，自己则上前半步，斜对着巨石说道：“在下鹤祥云，有些话想问问外来的朋友，足下现身一见如何？”

半晌并无动静，鹤祥云冷笑一声道：“既然足下不给面子，休怪鹤某无礼了。”说罢示意众人动手，顿时每人皆发出两枚鹤顶针，向巨石射去。

只听一片叮当声响，十四枚钢针居然悉数被弹落在地，众人悉皆大惊。须知这鹤顶针乃以精钢制成，针尖锋利无比，鹤族忍者以脉气发射，即使是铁铠铜甲亦可轻易穿过。而今面前这顽石纵然坚硬，也应被钢针插入些许，总不至于尽数被弹落在地。

鹤祥云眉头一皱，他原以为这巨石乃是由伪装术、障眼术之类的忍术化成，或是忍者与山石合体而成，无论哪种，均无可能针刺不入。

鹤祥云将一人招至面前，耳语了几句，那人点点头，从身后背囊中取出一个半尺长、手臂粗的铁筒子，筒子两头皆封死，其中一头留有一个小孔，孔中伸出一段一尺长的绳子。

一人见状，忙上前对鹤祥云说道：“三哥，你果真要用雷蒺藜？这里距老头子太近，你不怕他听见吗？”

鹤祥云冷笑一声，说道：“听见又如何？他现在不过是个苟延残喘的等死之人罢了，怕他何来？”说罢看了一眼手持雷蒺藜那人。那人会意，便将雷蒺藜紧贴巨石，置于地上。诸人见状，纷纷退到三十步开外，躲在大树、岩石后面。鹤祥云也随众人一同退开。

只见那人放好雷蒺藜，从怀中取出一个一指多长的细竹管，管上有个小机关，那人一按机关，管口竟喷出火来。那人便将雷蒺藜一端的绳头点燃，原来那绳子是一段引线，遇火即燃，嘶嘶作响。

那人刚刚跑到一棵大树后躲好，便听“轰”的一声巨响，铁筒子炸开，宛如惊天霹雳，碎石、泥土如雨而下。七名御鹤族忍者忙跑上前查看，只见三块巨石均被雷蒺藜炸掉一大块，地面更是被炸出一个深坑，唯有石窝前那块巨石，仍是丝毫无损。

鹤祥云此时已非仅仅吃惊而已，心中悄然升起一股惧意，不知这巨石后面是个何样人物。以目前情形来看，若是此人果真被逼出来与自己动手，只怕自己加上手下这几个人根本不是他的对手。念及于此，鹤祥云忙吹了一声口哨，鹤翱、鹤翔在天上听见，即刻飞落下来。鹤祥云低声在二人耳边吩咐道：“鹤翱，你速回鹤池，将我二哥请来。鹤翔，你去小瑶池请我四妹速带人前来。”二人得令，鹤翱向西南、鹤翔向东南飞去。

此时铁幕志在巨石后面，以摩尼宝镜术看得清清楚楚，鹤祥云的话也已被他听到，心说：“原来御鹤族的老巢唤作鹤池，那鹤祥云四妹所住的‘小瑶池’却在东面那条沟中。不知鹤祥云那位二哥和四妹有何本领，我若与他们僵持于此，不知当如何收场。若是趁现在冲出去，必然要与这几人动手，若想脱身，只怕难免伤到这几人。况且未及我跑出这翠海，必定会被他们的援兵赶上，那时既已伤了和气，只怕吉凶更难料知。唉！如今势成骑虎，若是光波贤弟在此便好了，他定会有办法脱身。”

原来铁幕志一直藏身在石窝中，借助周围之土石，施以“铜墙铁壁术”，化出一块巨石封住窝口，本想瞒过这群御鹤族忍者，再伺机走脱，不料御鹤族中竟有一位曾在这石窝里与姑娘幽会，对这石窝的印象自然深刻难忘，竟因此被他识破！

铁幕志仰头看看天色已晚，不久即当天黑，忽然灵机一动，心道：“待会儿我何不趁着天黑，来个金蝉脱壳？”向外看看，那七名御鹤族忍者悉皆守在石窝口所对的东南一带，石窝背靠突起的山岩，正好施术。铁幕志便暂时收起摩尼宝镜术，左手手印不变，仍维持窝口处巨石原状，右手又结一印，念动真言，身后那山岩竟裂开一个半人高的口子，铁幕志坐了进去，那口子遂又合上，如前无异。

不大工夫，一名中年忍者便随着鹤翱飞落在石窝口前，只见此人须长三寸，青布长衫，羽扇纶巾，一副儒士模样，样貌颇为潇洒。更见他从鹤背上下来，便似画中神仙一般。

鹤祥云与众人忙上前施礼，呼其为“二哥”。铁幕志在山岩中颇感奇怪，“此人怎的来得如此迅速？想必他是听到雷蒺藜的爆炸声后便已赶来，被鹤翱在半路遇上了。”

铁幕志念头甫落，忽见窝口处又降下六人，除鹤翔外悉是女子，为首一名女子，二十岁左右年纪，容貌颇美，一身桃红衣裙更显成熟妩媚，脸上不知是笑非笑，令人难以琢磨。

鹤祥云忙招呼道：“四妹，你也到了。”

那女子说道：“三哥，适才我在小瑶池听到雷蒺藜的响声，有何要紧情形，三哥竟动用了雷蒺藜，还要将我和二哥都找来？”

此时有援兵撑腰，鹤祥云又有了底气，不再刻意低声说话，伸手指着窝口巨石，将适才发生之事说了一遍。铁幕志这才看清，原来鹤祥云右手食指缺了一节，不知是否被他自己的雷蒺藜炸掉的。

那位二哥听完鹤祥云所说，围着石窝看了看，将鹤祥云和四妹招到跟前，耳语了几句，二人频频点头。

此时最后一线日光褪去，天色已全然暗了下来。鹤祥云站在窝口巨石前，大声说道："外来的朋友，有话咱们尽可当面说清楚，何必大动干戈，伤了和气？你若现在出来，咱们还可好话好说，否则在下可要给足下送上一剂猛药了。"

见无动静，鹤祥云一招手，上来几个人，开始七手八脚地填埋窝口处被炸出的大坑。填完坑，又搬些大小石头，堆成三座一尺多高的石堆，在巨石前一字排开。

铁幕志在岩中看得真切，这几个人虽在窝口大张旗鼓地忙活，另外却有两男两女，悄悄在石窝两侧摆好了数枚雷蒺藜。铁幕志心道："原来你们是想给我来个明修栈道、暗度陈仓，假意在窝口处大弄玄虚，其实却想趁我不备，炸了两侧的大石，正好，我便将计就计。"遂撤了施于窝口巨石的铜墙铁壁术，只在自己藏身的山岩中施术，却留下三寸厚的岩壁不予施术，仍令其如寻常山岩一般。这也正是铁幕志身为想忍的高明之处，能随意掌控施术之深浅尺度。

鹤祥云见雷蒺藜已布置妥当，便高声叫道："好，看我用三昧石火雷炸碎你这石门。"说罢与众人远远退开。

铁幕志见鹤祥云表演得像模像样，不觉好笑，却见那两男两女已悄悄点燃了火捻儿，随即迅速离去。

随着几声塌天陷地般的巨响，几块巨石被炸得粉碎，连窝口那块巨石也未能幸免。御鹤族众人跑上前来，也不免为这雷蒺藜的威力感到吃惊。

鹤祥云冷笑一声道："原来这石门也只是表面坚实而已，早知如此，何必劳动我的兄妹？"

一旁的四妹早已率人将这堆碎石团团围住，众人点燃火把，并未寻到人迹，那二哥摇了摇手中的羽扇，道："四妹，你用霹雳针试试。"

四妹应了一声，示意众人退后，与手下四名女忍者，一同向石堆、岩壁发出数十枚钢针。那钢针与鹤顶针形制相同，只是中前部倒钩处隆起拇指粗一个小囊，不知是何材料制成，钢针射出，遇物即炸，威力也是不小，尤其是能插入石堆内部，将那堆碎石又炸得四散粉碎，岩壁也被炸得斑斑驳驳。

四妹对身旁一名少女说道："灵芝，你过去看看。"铁幕志心说："原来她便是与鹤欢在此幽会的姑娘。”见她姿色虽不甚出众，却是胜在天然有股娇媚气。

鹤灵芝答应一声，正要上前，却听鹤祥云与鹤欢同时叫道：“灵芝，当心！”言下皆甚为关心。二人叫声出口，顿时皆甚尴尬，幸好天黑，否则必定红脸照人。

鹤灵芝手持火把，在一堆废墟中察看半晌，并未见到半点异样，转身对四妹说：“彩云姐，这里没什么，想必那人会土遁，已经逃走了。”原来那四妹名叫“鹤彩云”。

听灵芝如此说，鹤彩云与鹤祥云这才上前察看，见四周皆被炸得破碎不堪，岩壁也是千疮百孔，果然并未对岩壁起疑。

鹤彩云转身望向二哥，问道：“二哥，怎么办？”

那二哥略一沉吟，道：“这几块大石刚刚被炸，窝口之石既是贼人以忍术化出，可见此人并未走远。这翠海是个口袋，进出只有一个口子，如今天色已黑，我们不便寻他，只需在翠海口子守株待兔。老三，你和四妹各带四人去守住翠海口子，留下两人在这里继续察看，另派两人去‘神仙洞’，协助鹤明、鹤亮守洞，以防贼人有援兵，给咱们来个调虎离山之计。大战在即，大家须加倍小心，保存实力，千万不要有所伤损。”

众人领命，那四个女忍者自是跟了鹤彩云同去，鹤欢也忙吹哨将自己的灰鹤招来，鹤祥云却道：“鹤欢，你既对这里颇为熟悉，便与鹤松一同留下继续探察敌情。”又令鹤翱、鹤翔去神仙洞助守洞口，自己则领着另外四人与鹤彩云等一同飞向翠海口子去了。那二哥也自驾鹤回鹤池去了。

铁幕志心中纳闷，不知那位二哥所说的“大战在即”是何意，又复不知那“神仙洞”中究竟有何秘密。正自嘀咕，见鹤欢一屁股坐在一棵树下，一副垂头丧气的模样。

鹤松过来拍了拍鹤欢肩膀，说道：“欢哥，三哥不是让咱们继续查探查探吗？你怎的只顾坐在这里？”

鹤欢恼道：“还查个屁呀！那蠢贼若是真在这里，鹤青云能放心让鹤祥云只留下咱俩吗？咱俩还不早早便让那蠢贼给算计了？”

鹤松又道：“那三哥他……”话未说完，鹤欢便不耐烦道：“行了，行了，什么三哥六哥的，他鹤祥云算个什么东西，只知道跟在两个哥哥、一个妹妹身后做传话的八哥儿，我看叫他八哥还差不多！这哥儿四个里便数他没用，忍术不精，脑子也笨，整日介只知道跟在姑娘屁股后头，说些肉麻的话哄人。他若不是鹤紫云、鹤青云的亲弟弟，老子早耐他不得了。”

铁幕志在岩中听到二人对话，心中又好气又好笑，心道：“我便在这里看着你们，你们却不知，反倒骂我是蠢贼。鹤欢这小子同鹤祥云争风吃醋怄气，连我也受了牵连挨骂。原来那兄妹四人是鹤紫云、鹤青云、鹤祥云与鹤彩云，想来便是这御鹤族的首领了。老二鹤青云，岂不就是与风陆机比试之人吗？谷凡兄说他们御鹤族忍术法脉一度中断，如今刚刚接上不久，今日所见，除了御鹤之外，他们倒的确不曾动用忍术，只是这雷蒺藜威力不小，从前从未听说忍者中有使用这般武器的。”

铁幕志还想再从二人口中听到些消息，却见那鹤欢发完牢骚，靠在树上发呆，不再说话，鹤松也不敢再惹他，另外寻了一处，安静坐下。

过了个把时辰，鹤欢起身走到远处一棵树下解手，鹤松见状也一同去了。铁幕志见机不可失，立时从岩壁中出来，又轻轻纵开三四丈远，这才悄悄向西南方奔下山去。

将到山脚，铁幕志心中盘算，若从原路回去，必然还要同守在口子那里的几人周旋一番，万一不小心被发现，则难免惹出事端。这翠海纵然四面环山，总也攀得过去，不如径直从东南方翻过山去，便可回阆州与光波贤弟会合了。

打定主意，铁幕志遂转向东南而行。

下山后不久便来到东面沟中，沿沟行走一段，见前面一湖，湖边栖着一群灰鹤，湖畔竟有房舍十几间，其中两间透出昏暗灯光。

铁幕志猜想此处便应是“小瑶池”了，只是夜色黑暗，看不出这小瑶池如何美妙，想来应是一座五彩缤纷之湖。

铁幕志不敢大意，远远绕过这群房舍，又行出二三里路，方穿过山沟，向东南攀上山去。

山陡林密，寸步难行，若非铁幕志这般高明忍者，只怕这翠海便当真成了个大口袋。

铁幕志全力展开奔腾术，只想尽快翻过大山。岂料在山上奔跃了两三个时辰，眼前仍是茫茫群山，况山顶竟多有积雪不化，甚为寒冷，饶是铁幕志平日修炼有功，脉气充沛，然前晚便盯守翠海口子一整夜，昨日又与御鹤族忍者周旋了一天，施展忍术多时，再经连夜在如此寒冷的峻岭之上奔跃，铁幕志渐觉疲惫，脚步也已缓慢下来，便坐下稍事休息，却愈加感到寒冷了。

铁幕志心想，若是已走出一多半的路程，自己倒也勉强撑得过去，只不知前路尚有多远。正待打足精神起身上路，忽然想起光波翼曾给过自己两颗五元丸，遂从怀中摸出服下，少顷便觉精神大涨，气力倍充，果然是神药。

服药后，铁幕志亦不再感觉寒冷，施展起奔腾术，但觉脉气绵绵不绝，脚下如莲叶承露般轻盈。

不久东方已见白光，铁幕志隐隐看见群山尽头，此时山势已大为低缓。铁幕志更加快脚步，天亮时已然下山，到了一处村落。

铁幕志缓步进村，先去寻了一口井，打些水解渴。恰逢一村夫起早打水，铁幕志遂上前施礼问道："请问这位大哥，在下连夜赶路，途经此地，不辨方向，不知这里是何地界？"

那村夫看了看铁幕志，说道："这里是布罗村，不知大官人要往哪个方向去？"

铁幕志答道："在下要去蜀中。"

那村夫"哦"了一声，道："从这里往南七十里是绵州昌隆县，到那里便可寻到大路了。"

铁幕志说道："李太白的家可不就是在那里吗？"

村夫茫然看着铁幕志，说道："李太白是谁？咱不认识，你到昌隆再问别人吧。"

铁幕志无奈笑笑，向那村夫称谢后便转身离去。犹听到那村夫喃喃自语道："原来是去人家串门的，两手空空的也不带些礼物。"

铁幕志到昌隆吃了早饭，才又继续赶路。此去阆州不到三百里，皆是平坦之地，未到中午，铁幕志便已回到阆州城中。

光波翼已等得着急，正想亲往翠海中去寻铁幕志，又怕铁幕志与自己错过，便约了谷凡来客栈，一旦铁幕志回来，便请谷凡带信给铁幕志。二人正说话时，忽见铁幕志推门进来，光波翼大喜，忙起身相迎。

大家坐定，谷凡为铁幕志斟了一盏茶，铁幕志先将茶吃了，这才详详细细向二人述说翠海之遇。

待铁幕志讲完，谷凡听说铁幕志整夜在雪山峻岭跋涉，最后下山到了绵州境北的一个山村，便苦笑一声道："嘿！铁幕兄，你从那翠海翻山出来，若是径直向东，早就到得一条山路上，何必如此辛苦奔波！铁幕兄所走之路，正是川北群山连绵之处，根本无路可行，若非铁幕兄一身好本领，只怕便要葬身山中了。”

铁幕志憨笑道：“我当时只想直奔东南，便可尽早回到阆州了，不想却是欲速则不达。幸好服了光波贤弟赠我的五元丸，否则只怕到夜里也难回来了。”

谷凡闻言讶道：“哦？光波兄怎会有五元丸？那可是药师族的神药，炼制极难，却有不可思议之功效。”

光波翼便告之自己与药师信相交，向他求索过几颗药丸。谷凡听了大为艳羡。

光波翼说道：“我这里还有一些，谷兄若是想要，我送谷兄两颗便是。”

谷凡忙摆手道：“我平日只在这一带走动，根本用不上这药，两位常常在外奔波，正好带着它，以备不时之需，送我岂不浪费？”

光波翼笑道：“那好，若是谷兄需要时，尽管向我索要便是，不必客气。”

谷凡自是称谢。

光波翼又为铁幕志斟上茶，说道：“翠海中那座‘神仙洞’必然有古怪，咱们日后可再去查探。御鹤族忍者所说‘大战在即’，眼下却亟须查明其所指何意。谷兄，烦你传信给风长老，请他派人再去翠海查明此事。我上次在松州已查到些线索，午后便要启程再去松州一趟。铁幕兄连日劳累，便在阆州休养两日，若翠海中有甚消息，请铁幕兄到松州城中的‘悦溪客栈’来寻我。”

安排妥当，三人又到迎贵楼中，要了桌上好酒席为铁幕志洗尘。

用过饭，光波翼向二人告辞，独自出城向松州而去。

光波翼本与百典湖约好明日相见，是以并不急于赶路，将近黄昏方到松州城中，径直便来到悦溪客栈。他昨日与百典湖分手后便来到松州城，寻了这家客栈，定好了房间。

甫一进门，店小二忙笑迎了上来，说道：“客官，您回来了。您看什么时候用饭？”

光波翼道：“晚上我不想吃了，给我房里送壶茶来便好。”

店小二却道：“那怎么行，酒菜都预备得了，您不吃，我们如何向白先生交代？”

“白先生？”光波翼问道，“这话怎么说？”

店小二回道：“今早有位客官来到敝店，自称姓白，给了掌柜的五缗钱，让我们做一桌上好酒席招待客官，如今这酒菜都已备齐，只等客官回客栈来，您既然回来了，哪能不吃呢？”

（按：一缗为一千文，五缗钱即五千文钱。）

光波翼又问道："那白先生是何等模样?"

小二答道："他个子不高，腰里挂着偌大一个葫芦。"

光波翼笑道："好，既然如此，你将酒菜摆上，我这就吃饭。"

小二闻言喜道："好咧，您请到楼上雅座稍坐，我这就让厨房出菜。"

光波翼道了声谢，上楼寻了一处靠窗雅座坐下，心中暗忖："百典先生如何知道我住在这里？还要如此盛情款待我，还当小心为妙。"

不多时，菜肴上齐，满满摆了一大桌，店小二又抱来两坛好酒，道："白先生特意嘱咐，给您多上几坛好酒，您若不够吃，只管叫我，再给您添上。"说罢转身下楼去了。

光波翼取出验毒粉，稍稍弹撒了一些在酒菜中，见并无异样，这才放心吃用。

刚吃了两杯酒，上来两位军官模样的中年汉子，坐在光波翼邻桌，二人要了两盘小菜，一坛劣酒，边吃边聊。

那二人吃酒不用杯盏，却使大碗，一坛酒很快便吃净了，便叫小二又上了一坛，很快又再吃净，眼见酒量不小。光波翼也是好酒之人，在旁见他二人吃得豪爽，亦被勾起了酒兴，也自吃得畅快起来。

那二人见酒坛又空，欲待再要。其中稍长那人从怀中摸出很小一块碎银，掂了掂分量，将小二叫来，说道："小二哥，你去称称，看我这银子还能买多少酒。"

小二闻言苦笑道："军爷，依小的看也不必称了，您这点银子恐怕还不够这两坛酒钱呢。"

另一人听小二如此说，便从怀中摸出一把铜钱，约有十几枚，一并交给小二，道："我这里还有一些。"

小二挠挠头道："恐怕这也不够，要不我跟掌柜的说说去，看能不能将就些，只收这么多了。"

那二人无奈，只得红着脸道了声谢，让小二下楼去了。转过头却见光波翼一人正独享满桌美馔，尤其桌上摆着两大坛好酒，不禁颇为羡慕。

光波翼见状，起身走到两人桌前，拱手说道："两位有礼了，在下独自一人在这里吃闷酒，正觉无趣，我见两位左右无事，若不嫌弃，请过来一同坐下吃上几杯如何？”

二人也拱手还礼，一人说道：“这如何使得？我二人与公子爷素不相识，怎好去讨你的酒吃？”

光波翼笑道：“这位兄台说哪里话，在下独孤翼最喜结交朋友，咱们相逢即是有缘，大家一起吃酒方有些热闹气，两位何必见外？”

那二人听光波翼如此说，自是欢喜，忙起身称谢，随光波翼一同入座。

几人边吃酒，边说些闲话，原来那二人乃松州戍边的军官，年纪稍长者名李干，另一人名郑全，二人均为陪戎校尉，各掌一团之兵，驻于城北十五里外的高屯堡。两人交好，常在一处吃酒、聊天、发牢骚，因都是芝麻绿豆大的军官，饷银又常被上头克扣，故而时常捉襟见肘。今日二人在城内轮值，遂相约出来吃酒，也只能要些薄菜劣酒，充充醉罢了。

（按：唐时一团约三百人。）

桌上酒浓菜香，光波翼又向小二要了四坛好酒，那两人吃得甚为尽兴，吃聊到后来，皆与光波翼称兄道弟，竟似成了好友一般。

待夜深酒醉，二人欲起身告辞，光波翼取出十两银子，道：“两位兄台长戍边城，日子过得忒也清苦些，这点银子请两位拿上，改日再来吃酒。”

李干忙说道：“不可，不可，独孤兄弟请我二人吃了这顿好酒，正无以为报，哪能再要兄弟你的银子？”郑全也在旁应和。

光波翼便拉过李干的手，将银子硬塞给他，道：“李兄、郑兄何必如此客气？咱们既然已成朋友，兄弟我也拿得出这点银子，请两位兄台吃几顿酒有何不可？快快收下，莫要见外才是。”

李干见状，便只好收下银子，说道：“既然独孤兄弟如此说，我二人恭敬不如从命。不怕兄弟笑话，这松城军营的饷银已被克扣了九个月，我二人如今也是穷得叮当响，恕不能回请独孤兄弟。我见兄弟独自出门在外，又是这样一个清秀模样，若是有那不长眼的混账无赖胆敢欺负兄弟，你只管来营中寻我二人，我二人自会替兄弟出头。”

光波翼笑道：“多谢两位兄台美意。”

那二人这才拱手与光波翼告辞，蹒跚着下楼去了。光波翼也自回房歇息，只待明日前去与百典湖相会。

第二十一回

草堂半日论天下
山河千里忆莲舟

次日天明，城门刚开，光波翼便出城向北而来。行不多时，即到了高屯堡。只见那村子依山傍水，秀色可人，东伴岷江汩汩南下，西偎黄溪潺潺而流，山间盛开百合、杜鹃、西仙等花，芳香宜人。

那西仙花娇艳动人，只是花期颇短，当年薛涛酷爱此花，将其带回蜀中，后被称作“虞美人”。

被薛涛一并带回的还有这里的高山杜鹃，诗人王建曾在《寄蜀中薛涛校书》中书道：“万里桥边女校书，琵琶花里闭门居。扫眉才子知多少，管领春风总不如。”诗中“琵琶花”即指此花。

步入村中，但见大多房舍都做了唐军营房，只村子的西北散布着十来户民宅。

光波翼折向西来，沿着黄水沟一路寻去，又走出四五里，方见到两间草屋坐落溪旁。此处已离开村子颇远，故而十分僻静。

光波翼来到草屋前，见房门虚掩，叩了叩门，并无人应答，遂推门进去。

这草屋外间是个厨房，有一个大灶，一口水缸，另有个木架，摆放些厨具、瓜菜。

光波翼叫了几声“前辈”，仍无人应答，便又进到里间屋子。此间稍大，陈设极简，只有一榻、一几、一椅而已，墙上却挂着许多字幅。

光波翼在屋中稍候了片刻，仍不见百典湖回来，便闲看四壁的字幅，越看越觉奇怪。那草屋本已简陋不堪，屋内陈设又不能再简，连笔墨都未见到，却挂着满墙的字幅，且那字幅的挂法也极不寻常。

光波翼择了右首墙上第一幅字看去，见字幅上书道：“青鸟东飞正落梅，衔花满口下瑶台。一枝为授殷勤意，把向风前旋旋开。”乃是薛涛所作的绝句《酬辛员外折花见遗》。落款是：“庚辰初夏，华娘书洪度诗以赠尤公子。”字迹清秀雅丽，显然出自女子之手。

接下一幅，上书：“双栖绿池上，朝暮共飞还。更忆将雏日，同心莲叶间。”仍是薛涛的绝句《池上双凫》。同为华娘书赠尤君的，落款处的“尤公子”却变成了“尤郎”。

此幅之后乃是一幅：“翩翩射策东堂秀，岂复相逢豁寸心。借问风光为谁丽？万条丝柳翠烟深。”虽仍是薛涛之诗，却非华娘所书，字迹颇为遒劲有力，似出男子之手，末后并无落款。细看之下，纸墨皆与前几幅大不相同，好像新近方才写就的。

其后尚有两幅字，皆为华娘所书薛涛诗，亦皆是描写男女恩爱之句。

再看对面墙上共有三幅字，第一幅乃是：“芙蓉新落蜀山秋，锦字开缄到是愁。闺阁不知戎马事，月高还上望夫楼。扶弱新蒲叶又齐，春深花落塞前溪。知君未转秦关骑，月照千门掩袖啼。”为薛涛的一首离别七律。

最后一幅：“雨暗眉山江水流，离人掩袂立高楼。双旌千骑骈东陌，独有罗敷望上头。”

这两首诗乃是华娘分别书于庚辰初秋、残秋，亦是赠与那位尤君。

中间一幅乃是：“万条江柳早秋枝，袅地翻风色为衰。欲折尔来将赠别，莫教烟月两乡悲。”亦是新近写就，出自同一男子之手。

最为奇怪是与门相对的墙上，竟挂着半条字幅，上书“水国蒹葭夜有霜”与“谁言千里自今夕”，却是薛涛《送友人》一诗中的一、三两句，下半幅字被撕去，落款只看见“庚辰十月”几字，不过一见便知也是出自华娘之手。此诗乃薛涛名作，流传颇广，光波翼也知晓全诗应为：“水国蒹葭夜有霜，月寒山色共苍苍。谁言千里自今夕，离梦杳如关路长。”此诗述别，最为感伤，大有不可久思，思之则潸然泪下之悲。

（按：《送友人》一诗前两句，借《诗经·秦风·蒹葭》之意。《诗经》原诗为：“蒹葭苍苍，白露为霜。所谓伊人，在水一方。遡洄从之，道阻且长。遡游从之，宛在水中央。蒹葭凄凄，白露未晞。所谓伊人，在水之湄。遡洄从之，道阻且跻。遡游从之，宛在水中坻。蒹葭采采，白露未已。所谓伊人，在水之涘。遡洄从之，道阻且右。遡游从之，宛在水中沚。”清王运在《湘漪楼说诗》中评价《蒹葭》一诗说：“写情入物而苍凉凄动。”又说其为“千古伤心之作”，诚如所言。)

光波翼正自思忖，百典湖怎地挂了一屋子薛涛的诗，且均出自华娘与一男子之手，莫非其中有何故事？再则此处亦曾是薛涛所居之地，莫非百典湖与她有甚渊源？

忽闻远处传来一声鹤唳，光波翼正待出门去看，只见百典湖已走了进来，光波翼忙上前施礼问候。

百典湖见光波翼已在屋内，颇为吃惊，说道：“你这么早便到了？”便请光波翼坐在椅子上，自己则坐于榻上。

光波翼说道：“适才前辈未归，晚辈未蒙许可，便看了墙上的字幅，还望前辈恕罪。”

百典湖“嗯”了一声，道：“不妨，那是一位朋友留在我这里的，我无处收藏，便随手挂在墙上了。”

光波翼又道：“我见所书俱是薛校书之诗，且为一女一男所书，其中似有委婉故事。”

百典湖略一沉吟，道：“那都是十几年前的往事了，我那朋友姓尤，年轻时曾在蜀中遇见一位女子，他二人皆擅诗、歌，彼此一见倾心，在一起缠绵了数月之久。那女子最喜薛涛的诗，常常吟咏书写。因她自己亦身在乐籍，且才貌双全，故而有自比女校书之意。尤君与她情意日笃，本想为她赎身，娶作妻室，谁知后来朝中情形有变，尤君只得撇她而去。”

光波翼问道：“那女子可是华娘？”

百典湖点点头。

光波翼又问道：“朝中有何变故，尤君竟要撇下华娘而去？”

百典湖答道：“一言难尽，总之男儿志在四方，岂能为儿女私情而羁于裙下？”

光波翼又问：“尤君从此便没有再回去寻华娘吗？”

百典湖叹口气道：“前几年也曾去寻过，可惜早已失去华娘音讯，终究没有寻到。尤君从此也不再念她，故而将当年华娘所赠之诗悉皆遗在我这里。”

光波翼说道：“原来如此，只是我见那尤君之字似为新近写就，他既已对华娘绝情，何必又写出如此诗句呢？”

百典湖拿起葫芦喝了一口酒，说道：“那本是他当年写给华娘的，原诗皆在华娘那里，故而重又写来略加回味，便也弃之不要了。”

光波翼又扫了一眼墙上的诗，心道：“原来这些字幅便是昔年华娘与尤君故事之缩影。第一首诗想必是华娘初见尤君，彼此虽已属意，犹尚害羞，故而诗意含蓄，且落款处称其为尤公子。其后几首二人便已互示恩爱，再无羞涩之意，改称尤郎。对面墙上之诗，却是那华娘初秋时闻说尤郎要走，虽劝无果，故而以诗相留。中间一首似是尤君也有意徘徊，表达了不忍之意。末后一首则是残秋之际，华娘知道尤郎必走无疑时所书。正中墙上那半首诗却是最为绝望，似为最后别离时所书，不知为何只剩下半幅字了。然观其字迹，亦能看出华娘当时笔力憔悴，可见这位尤君伤华娘之深。不过若是尤君果真已对华娘绝情，又怎会重新将诗写出，但既然百典前辈如此说，我也不便再细问人家的儿女私事。”

此时百典湖将大葫芦递到光波翼面前道：“我这里无茶，你便将就些吃几口酒解渴吧。若不喜欢吃酒，屋外大缸中有水，你自去取了喝吧。”

光波翼忙施礼道：“多谢前辈，晚辈口渴时自会去喝水，不劳前辈挂心。昨晚蒙前辈赐宴，尚未及道谢，让前辈破费了。”

百典湖又喝了一大口酒，说道：“不必客气。”

光波翼问道：“不知前辈如何得知晚辈住在那家悦溪客栈?”

百典湖淡淡一笑道：“这个简单，我若是你，必会寻一家距东门近，且门面大的客栈，最好在大道旁，一眼便能看见，如此若同伴有事来寻时，方可尽快寻到自己。那悦溪客栈便是东门附近最大的客栈，进城只几步路即到，最为合适不过，你不住那里还能住哪里?”

光波翼施礼笑道：“前辈料事如神，竟与晚辈所想一般无二。”旋又说道：“前日晚辈见前辈在西南山中，似乎是向御鹤族忍者传授忍术，不知是也不是?”

百典湖点头“嗯”了一声。

光波翼又问道：“那御鹤族忍者为何要向前辈学习忍术?”

百典湖看了看光波翼，说道：“你这是明知故问，还是当真不知?御鹤族忍法传承中断十载，去年春天他们方遇到我，向我求法，如今已大体传授完毕，只有少数几人尚须点拨一二。”

光波翼闻言站起身，郑重向百典湖深施一礼道：“晚辈有一事相求，恳请前辈成全。”

百典湖微微笑道："你想学追光术？"

光波翼道："正是！"

百典湖问道："为何要学此术？"

光波翼正色道："此术乃晚辈家学，只可惜先父早逝，未及将追光术传我，故而恳请前辈传法。"说罢便要下拜，被百典湖一把扶住，道："且慢，你先坐下，若要学习此术，先须回答我几个问题。"

光波翼只得从命，重又落座，看着百典湖说道："前辈只管问便是。"

百典湖道："追光术是你家学不假，然忍法传承中断者皆有其因缘，也未必断者皆须重续。你先说说，学会此术便当如何？"

光波翼回道："晚辈自幼失去双亲，蒙义父坚地长老收养培教，晚辈虽然愚鲁，却也知晓为人当仁孝为先，信义为大。此术学成，晚辈自当尽心竭力，精忠报国而已。"

百典湖又问道："何为精忠报国？"

光波翼略一思索，正待回答，却又改口说道："请前辈赐教。"

百典湖哂笑一声道："你适才是否想说，精忠报国不外乎忠君爱民，体百姓之苦，谋苍生之福，目下之际，便是为圣上分忧，早日助朝廷平乱，还天下太平？"

光波翼讶道："前辈所说，与晚辈所想分毫不差。前辈如何得知？"

百典湖笑道："我若不擅识人之方，如何能知是否该将忍术传与他人？"他看了看光波翼，续道："这天下如今是大唐的天下，从前却是大隋的天下，亦曾是大汉的天下。这天下昨日姓杨，今日却姓了李，王姓虽变，天下却未变，九州还存其土，四海仍守其域。你说要忠君，不知是要忠昨日之君，今日之君，还是明日之君？"

光波翼答道："我辈自祖上以来，屡蒙大唐天子之恩，安居海内，繁衍生息，自然要忠大唐之君。"

百典湖冷笑一声道："大唐开国之前，我辈先祖又在何处？难道不是大隋的臣民吗？难道不应忠大隋之君吗？如此说来，我辈岂非最为不肖忤逆之人，背弃先祖之志，竟忠心耿耿地辅佐起灭其家、亡其国的李氏一族，又将置忠孝于何地？"

他见光波翼并未接话，便又说道："何谓天下？百姓即是天下。天下所以有君王，乃承大任而生者，率百姓安居，使万民乐业。故而忠之者，实亦为百姓计也。因此上古先圣为王，如尧、舜等，并非传位于自家儿郎，乃选有德者任之。如此方能令百姓俯首，甘心为臣。”

百典湖仰头喝了两口酒，又道：“你适才说要还天下太平，须知这太平从何而来，因何而去。天下苍生，无不愿离苦求乐。若百姓温饱安乐，则天下太平；若百姓不堪其苦，则必骚动以避苦，奔波以求乐，如此则天下必乱，太平失矣！你可曾见过屠子杀猪？猪在圈时，悠闲自得，不曾骚动。若被屠子拉出欲宰杀时，必四处逃窜，嚎叫撕咬，此时安能怪猪？”

光波翼心中暗自思量：“百典前辈所说虽有道理，然而所谓明君、昏君并非易于定论，人皆有长短，贤智者亦难免有愚顽行事，若遽然便以‘昏君’为名由，起而犯上，如此岂非成了贼寇祸国乱邦的借口？”

念及于此，又闻百典湖说道：“一朝之是非，一人之功过，世人往往众说纷纭，难有定论。然而所谓挈一领而全衣顺，举一纲而万目张，是非功过亦须归于百姓之身，方可辨其善恶，别其真伪。若百姓安居，万民乐业，天下蒙化，苍生仰止，不待言而自知明君出世，圣人施教。反之，你且看当今之世，州州有流离，县县多失所，官爵往往鬻卖，土地常可侵夺，纵然家财万贯亦难安居，即使良田千亩未必乐业。朝廷每日只喊着荡寇平贼，岂不知贪官酷吏、苛捐杂税为患百姓，更胜贼寇百倍！”

光波翼闻言亦以为然，心说：“当今朝政确有诸多弊病，令百姓怨声颇多，以至于内乱频起，外扰不断。不过圣上意欲启用诸道忍者，待我尤其不薄，我等理当为其分忧，助朝廷肃清内外之患，再力谏圣上整顿朝纲，重现贞观、开元之世。如此方为臣子之道。”

光波翼正待开口，百典湖又道：“自古成大义者，难免舍弃小节，若诚以天下苍生为念，一人之忠逆、恩怨又何足道哉！当今天子重用阉宦，朝纲废坏，四方群雄割据，兵事不断，小皇帝却只顾着贪玩好奇，哪里将百姓放在心上半日？莫说天子疑心忍者，弃我辈多年不用，纵然对我等封爵封王，亦不过欲令我等为其卖命保国，我辈也不可为一己之私，做助纣为虐之事。”

光波翼心下奇怪，怎么每次未及开口，百典湖便似乎已经洞悉自己所想，所言正中自己心思？且其所说皆言之在理，无可反驳。看来这位百典前辈果然见识高明，不同常人。只是若依百典前辈所说，我等忍者而今便当如何，难道也要起来造反不成？那与黄巢等贼寇又有何别？

光波翼此时并不开口，却看百典湖有何话说，是否又知自己所想。

百典湖却看了一眼光波翼，道：“你若有话，只管说出便是。”光波翼这才将心中疑问说了。

百典湖听罢笑道：“看来你心中惧怕造反一说，怕自己变成乱臣贼子？你须知道，古来最大的反臣岂不是圣人之子姬发？武王犯上伐纣，创下了大周朝八百年基业。今朝之高祖、太宗皇帝，不也是大隋朝作乱的臣子吗？可见反与不反并无要紧，关键要看是否反得有理，反得有义。”

（按：圣人指周文王姬昌，周武王姬发是文王之子，于公元前11世纪伐灭殷商，建立西周王朝。）

百典湖见光波翼正专注而听，并无反感之意，便又说道：“如今刀兵四起，大唐气数不久当尽，我辈正当择明主而佐之，建百世之功业，谋万民之福祉，何得拘于忠臣孝子的虚名，而错失上天垂授之大任？”说罢盯着光波翼双眼。

光波翼心道：“听百典湖如此说，莫非他已与目焱、黄巢等人合谋造反了？”

只听百典湖又说道：“数月前我曾见过黄巢将军一面，此人心怀万民，胸藏天地，不愧为当世英雄，堪做未来之明君。”

光波翼心中一惊，未曾想到百典湖居然如此直承与黄巢相交。又听百典湖说道：“端午节东内苑马球大会上，黄将军与目焱长老本想设计擒住小皇帝，以此要挟唐廷，如此便可免去多少屠戮。不想被你和风子婴手下的黑绳三阻挠。你与黑绳三也因救驾有功，深蒙小皇帝垂青。”

光波翼又是一惊，这些事原来百典湖都已知晓。

百典湖续道：“那御鹤族忍者便是遵我之命，前去助阵，亦是令其小试身手。他们既然做了我的弟子，自然也已晓明大义。你乃英雄之后，只因年纪尚轻，自幼未遇名师指点，故而随波逐流，为忠义之名所蒙蔽，受人利用，亦属自然。我见你天资过人，性情豪爽，颇有光波一族遗风，望能自今醒悟，不可固守迂腐，贻误终身。”

光波翼心中明白，百典湖最后是以御鹤族忍者为例暗示自己，若要从他学习追光术，除非自己听他劝教，助黄巢、目焱反唐不可。只是虽闻百典湖侃侃而论，言之成理，难以反驳，却仍觉得一时难以接受。自从见到百典湖，便觉此人见识非凡，竟能每每洞悉自己心中所思所想，不待问而出言皆中。百典湖为人似乎不拘小节，心思却是缜密不疏，总是一位高人不错。

光波翼当下起身施礼道："前辈，晚辈领教如许高论，着实前所未闻，只是晚辈愚鲁，一时尚未理清头绪。恳请前辈容许晚辈回去静思几日，细细体会前辈今日之教。不知前辈可否答应？"

百典湖又拿起葫芦喝了口酒，道："也好，你且回去慢慢思维几日，待心中明白时再来寻我。"

光波翼告辞退出，一路思忖百典湖所言，待走到村中时，忽闻身后有人叫道："独孤兄弟！"转身看时，原来是郑全，他身后还跟着一群官兵，正在仰头向天张望。

光波翼忙笑着与他招呼，郑全快步来到光波翼跟前，问道："独孤兄弟怎么跑到高屯子来了？"

（按：高屯堡又名高屯子。）

光波翼答道："小弟久闻此地乃女校书薛涛旧居之所，故而前来游玩一回。郑兄不是在城中轮值吗？怎会在此？"

郑全道："今日一大早便轮回来了。只是适才我在村北见到一桩怪事，正跑出来要去告诉李大哥，不想却碰上独孤兄弟了。"

光波翼问道："有何怪事？"

郑全道："我就住在村北，一大早回来后，我从房里出来屙屎，忽然看见天上有两位神仙，都骑着仙鹤，从东北方向飞来，向西面山里去了。我回去告诉大伙，他们都不信，说我昨晚酒吃多了。嘿，我同他们争论不过，气得跑出来，结果你猜怎样？我又看见一位神仙骑着仙鹤从山里飞出来，向东北方去了。你说邪门不邪门？"

光波翼笑道："哦？有这等事？"

郑全说道："你不信？"随手一指身后那群官兵道："这帮家伙如今也都跑出来看，不过眼下早已看不见了。"

光波翼点点头道："我信，大概此地有些仙气，神仙乘鹤来此巡察一番，看能否用作修仙之所。"

郑全也点头说道："嗯，有道理。独孤兄弟既然到了这里，何不到我那里坐坐？"

光波翼回绝道："小弟还有些事要赶回城去，日后得闲再来看望两位兄台可好？”

郑全闻言说道：“也好，既然兄弟你有事，我也不强留了，下次一定来我营中，跟那些弟兄们认识认识。”

光波翼应承一番，与郑全拱手别过。边走边想：“今早我在百典前辈屋中也听到鹤鸣，想必是御鹤族忍者送百典前辈回来，然后又独自飞走了，恰巧被郑全看到。不过郑全说他们是从东北方而来，莫非百典前辈去了翠海？这么早去翠海应该不会是去传授忍术，那又去何干呢？”

回到客栈，光波翼颇有些闷闷不乐。自从离开幽兰谷，至今已有四个月，好容易见到了百典族传人，却要劝说自己造反。虽然百典湖所说句句在理，却还是难以接受。毕竟自幼便知为人须当忠孝信义，怎能去做那叛乱造反的勾当？总觉其中有何不妥，一时却也理不清到底哪里不妥。

光波翼原想去山中水畔静坐两日，细细思维体味一番，又怕铁幕志有事来寻自己不见，只得闭门坐在客栈房中，整日不出，傍晚便要上几大坛好酒痛饮，一连两日皆是如此。

第三日傍晚，太阳甫落，光波翼又坐在客栈二楼窗前吃酒，只见小二喜洋洋地送上一盘月饼。原来今日乃是八月十五，中秋佳节。

（按：据载，早在殷周时期，江浙一带就有一种为纪念太师闻仲而制的边薄心厚的“太师饼”，汉代张骞出使西域时，又引进芝麻、胡桃等，增添了饼的馅料，这时便出现了以胡桃仁为馅的圆形饼，名曰“胡饼”。唐高祖年间，大将军李靖征讨匈奴得胜，八月十五凯旋。当时有经商的吐鲁番人向唐朝皇帝献饼祝捷。高祖李渊接过华丽的饼盒，拿出圆饼，笑指空中明月说：“应将胡饼邀蟾蜍。”说完将饼分给群臣享用。唐代民间已有专门做饼的饼师，京城长安也开始出现糕饼铺。据说，某年中秋之夜，唐玄宗与杨贵妃赏月吃胡饼，唐玄宗嫌“胡饼”名字不雅，杨贵妃仰望明月，脱口说出“月饼”，从此“月饼”之名便在民间逐渐流传开来。）

光波翼道谢后，打赏了小二，仰头将碗里的酒吃干，不觉思念起西湖莲舟来，分别这许多时日，不知蓂荚姊妹境况如何。

酒尽三坛，明月高升，光波翼耳畔似乎又响起蓂荚轻轻吟唱之声：“夜如轻墨兮，新月如钩，钩起一湖莲香幽幽。波如碧绦兮，红舫如织，织就半泊莲影迟迟。欲借神女七彩囊，收取莲影并莲香。奈何西湖亦多愁，只把青莲付清流。休，休，休。”

光波翼心中叹道："当日新月如钩，几人尚得欢聚畅饮，今宵十五月圆，离人却在千里之外。奈何西湖亦多愁，只把青莲付清流！"端起酒碗又一饮而尽，却闻到一阵幽幽荷香，原来今早恰好换了萁荚送他的衣裳。白日里光波翼一心想着"造反"，竟未闻到袖中香气，适才忆起萁荚吟唱之歌，荷香也随之而来了。

光波翼暗自苦笑一声，"未能抛得杭州去，一半勾留是此湖。莫非我仍未抛下杭州而去吗？"

光波翼从来未曾醉过，这一夜却有些醺醺然，正所谓：

此事说休未曾休，多少牵缠在心头！美酒千杯君未醉，月下一盏古来愁。

次日一早，光波翼正睡在榻上，忽闻走廊中传来一阵急促脚步声，忙坐起身来，敲门声便已响起。开门来看，见铁幕志立于门外，面有急色。

光波翼忙请铁幕志进来说话，铁幕志甫一进门便说道："昨夜杭州城破，黄巢已经进城了！"

光波翼闻言大惊，忙问详情。原来黄巢原本率军攻打宣州，由于宣歙观察使王凝固守，未能攻克，遂转攻润州。恰逢端阳节马球大会一事，高骈被免去西川节度使一职，改任镇海节度使，前往润州。高骈手握重兵，素有战名，黄巢不愿与之交战，竟主动自润州撤出，转攻杭州。昨夜趁城内官民欢庆中秋之际，黄巢夜袭杭州，很快破城。

光波翼蹙眉道："纵然杭州守城将士疏于防卫，也不该轻易便被攻破啊？"

铁幕志说道："正是。你道那黄巢如何破的城？"

光波翼一怔，说道："莫非是御鹤族忍者？"

铁幕志点头道："正是那御鹤族忍者以雷蒺藜、霹雳针等在天上助阵，杭州城墙上的将士措手不及，毫无招架之力，被黄巢的五百敢死先锋抢上城头，开了城门，将大军径直放了进去。"

〔按：唐史载：乾符五年（878年）五、六月，黄巢自宣城（今安徽）挥师东进，攻润州（今江苏镇江），唐急调高骈为镇海节度使。黄巢避免与高骈交战，主动自润州境内撤出，再往南攻打杭州。八月，攻入杭州城内，烧毁官府文书档案，没收了包括白居易俸钱在内的全部财货。九月，攻占越州（今浙江绍兴）。唐浙东观察使崔璆逃走。黄巢又挥师入闽，开山路七百里，攻剽福建诸州。]

“原来如此！”光波翼一掌拍在桌上，说道，“兄长，我须火速赶去杭州，你随后跟来接应。三日后咱们在杭州城外武林山南天竺寺会合。若五日后仍不见，便回阆州相会。”

铁幕志点头答应，并嘱咐光波翼多加小心，二人遂同时出门。光波翼的奔腾术高出铁幕志许多，出城后全力飞奔向东，不多时便将铁幕志甩得不见踪影。

铁幕志在后一路追赶，心中暗说：“我还道光波兄弟一向不谙儿女之事，今日看来他对蓂荚姑娘也是一往情深。若是燕儿姑娘在杭州城中，我也必定急于赶去相救。”随即又想：“若换作燕儿姑娘，或许黑绳三便会前往，何须我来插手？”念及于此，不免黯然失神。

松、杭二州相去三四千里，光波翼为避开人踪，无法在道路上行走，只得奔行于山间野外，途中或山或水，坎坷难行，饶是光波翼用尽全力奔腾，加之服用了两次五元丸，到达西湖畔纪宅已是次日黄昏。

曾叔见光波翼到来，一时悲喜交加，忙告诉他小姐主仆四人均在杭州城内，已断绝音讯多日，生死不知。又指明了城中纪府所在，请他千万设法救小姐出城。

光波翼自是满口应承，立即辞别曾叔，来到杭州城外，见那城墙之上果然均已换成黄巢的旗帜。

光波翼稍稍歇息，不多时待天色黑透，光波翼纵过城墙，避开巡夜的兵士，径直寻到纪府来。

光波翼见纪府大门上居然贴着官府的封条，只是封条已被撕开，不知府中发生了何事。光波翼未敢遽然敲门，便悄悄跃进府中，只见府内一片漆黑，寂然无声。

光波翼先来到正院的主人房前，见房门半开，听听里面并无半点声息，轻轻推门进去，借着月光，见屋内空空如也，连桌椅都已不见，哪有半个人影？再到东西两厢各房察探，连同几间下人住的屋子也均已空空荡荡，那后院亦是如此。

光波翼正待离去，忽然想起唯有马厩不曾看过。那马厩位于府门内的西侧，乃是一座独立的小院，院中除马厩之外，尚有一间大屋，存放些车辕杂物。

进了院门，光波翼见厩中并无马匹，院中只堆放着大量的木柴。光波翼侧耳在大屋窗下听了听，居然听到有呼吸声。那呼吸声并不大，莫说隔着窗子，便是在屋内，常人也无法听见，光波翼却因修习忍术，耳音过人，可清清楚楚听出屋内藏有两人。光波翼忙凝神调息，再仔细听了听，确认那呼吸声只是寻常的两人发出，其中并无忍者或武功高手。

光波翼这才推门进去，却见屋内并无人影，除了一些杂物外，一面墙边却堆着大垛的秣草。

光波翼心中已然有数，对着草垛轻声说道："独孤翼在此，请两位快些出来相见。"连说了几声，才见草垛中钻出一人，乃是纪府的小童纪祥。

纪祥小心翼翼地走近光波翼，待看清光波翼的面孔，这才轻声叫道："真是独孤公子！小萝你快出来吧，是独孤公子来了！"只见草垛中又爬出一人，正是丫鬟小萝。

光波翼忙问他们蓂荚和南山的下落，小萝却先失声哭了起来。光波翼见状更为着急，纪祥忙劝住小萝道："你先莫哭，咱们还是快将小姐的事情告诉独孤公子要紧，或许独孤公子能有办法救小姐回来也未可知。"小萝这才勉强止住啼哭。

二人便将蓂荚和南山被掳之事，原原本本地说与光波翼。

原来杭州城破之后，叛军在城内大肆劫掠烧杀，蓂荚急中生智，将府内一切细软财物悉皆埋在院中，无法掩埋的床柜等家具，悉皆砍成木柴，堆放到马厩院内。再将马车载满劈成木柴的家具，套上几匹马悄悄放出府外，府中上下装作一派破败景象。又命纪祥紧锁大门，在门外贴上朱笔摹画的封条，将纪府伪装成被官府查封的房舍，只盼能躲过叛军的眼目，稍后再想办法逃走。

这一招果然奏效，昨日叛军经过此处破门进来时，府中的四人偷偷藏身在马厩中和屋内草垛中，叛军兵将只大略在府内扫了一眼，便骂骂咧咧地离开了。

大家正暗自庆幸躲过一劫，谁想今日午后又有一队叛军，约有四五十人，似是有备而来，进门后便细细搜索各个角落，为首军官还不停地嚷嚷："那两个小妞就在院中，给我仔细搜。"

不久搜到马厩院中，蓂荚想是躲不过去，怕连累了两名下人，便主动走出来道："不必搜了，我就在这里。"

为首军官见了蓂荚，嘿嘿笑道："果然是绝色美人儿！把另一个小妞也给我找出来！"

南山见姐姐出去，早已沉不住气，便也自己跳了出来，骂道："狗贼，本姑娘在此，你待怎样？"

那军官奸笑道："这个也不错，这漂亮姑娘都他娘的跑到一个窝里去了。再搜搜，看这院中还有没有美人儿。"

蓂荚此时忽然笑道："天下竟有这样贪心不足的傻子！"

那军官闻言恼道："你骂谁？"

蓂荚冷笑道："你既然特地带了人来搜我府上，可见便已知晓这府中只有我姊妹二人，还说去寻什么别人？"

那军官说道："姓吴的小子只说这府中有两个天仙一样的美人，可没说还有没有其他人。万一再找出个模样也过得去的丫头也好，反正你这两个小妞都做了林将军的小妾，老子可没得着什么好处。"

蓂荚问道："哪个林将军？"

那军官答道："当然是咱们黄王的亲外甥，左先锋林语大将军。他可是黄王手下的功臣，大红人儿，跟了他有你们享福的时候。"

蓂荚又问："你是说林将军想要纳我姊妹二人为妾？"

那军官说道："不然怎样？你还想做林将军的正妻不成？"

蓂荚笑问道："依将军看，林将军会喜欢我吗？"

那军官又细细端详了一番蓂荚，不怀好意地笑道："你这小妞，模样生得如此俊俏，若再解得风情，林将军纵然有九条命，只怕也得被你迷死！"

蓂荚冷笑道："既然如此，那咱们以后便是一家人了。我实话告诉将军，我有两个下人，今早已偷偷溜走了，出没出城不知道，待会儿我细细告诉将军他们的样貌、名字，他们若被黄王的人捉住了，还请将军帮忙将他们放还给我，我使唤惯了，以后在林将军家中，也总需要些个人服侍吧。若早知能得到林将军垂爱，我们姐妹又何必躲躲藏藏？另外在这院门旁，我还埋了一罐首饰、银两，如今既然跟了林将军去，放在这里也无用，你让人挖出来，银两便留给将军和你的弟兄们，做个见面礼，首饰我要带着当嫁妆。"

那军官哪曾想到蓂荚如此处变不惊，竟然大大方方地答应要做林语的小妾，还将一切安排得妥妥当当，俨然已是一副女主人模样，当下讪讪笑道：

"呵呵，好说，不想姑娘如此开明，佩服，佩服。在下这便让人为两位姑娘准备马车。"说话已大为客气，想必原本是打算要将萁荚和南山绑在马背上抢回去的，如今却让人准备马车给二人乘坐。

那军官又命人在院门旁挖掘，果然挖出一个罐子，里面有些珠宝首饰和二百两银子。那军官见萁荚所言不虚，更加觉得眼前这小姑娘不同寻常，只怕将来是个能左右林将军的厉害人物，便笑嘻嘻地将那罐子捧到萁荚面前，并不取那罐中银两。萁荚却坚持将银子送与那军官，那军官只得称谢收下，将萁荚与南山二人带走了。

听完纪祥与小萝的陈述，光波翼对二人说道："你们且在此等候，待我先去寻到她姊妹二人，再回来带两位一同出城。"说罢转身奔出府去。

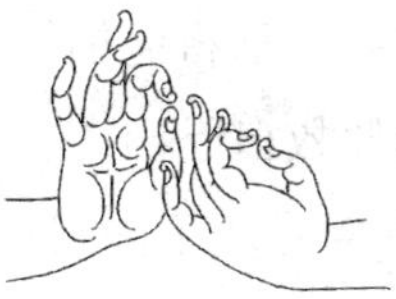

第二十二回

诛贼大闹先锋府
救女夜闯钱塘门

光波翼出了纪府，先后劫持了数名巡城的官兵，方才问出林语的住处，忙飞身赶去。

原来林语住在南城一位巨贾的府中，那府宅颇大，正院有三进房屋，又有三个套院相连。

光波翼悄悄跃进西院，抓了一名卫兵，问他抢来的姑娘关在何处，那卫兵告诉光波翼是在东院的一间西厢房内。光波翼出手将他点倒后藏好，便又摸到东院来。

光波翼见一房前有名守卫正坐在窗下偷笑，那房间正是西院被点倒那卫兵所指之处。光波翼心中气恼，顺手拈下身旁一片花叶，飞射过去，正中那人心口，那人登时昏死过去。

光波翼快步来到门前，却见房门虚掩，听见里面传出几名女子的惊叫哭喊声，还夹杂着一男子的淫笑声。光波翼从门缝看去，只见房中有五名年轻貌美的姑娘，东躲西藏地到处乱跑，一名军官模样的肥壮汉子正追着几名姑娘上下其手，将那几个姑娘抓捏得不时惊叫哭泣，其中却并无莫荚与南山二人。

光波翼义愤填膺，闪身进房，那军汉尚未看见有人进来，便被光波翼欺到身前，一把拿住咽喉，顿时吓得他大惊失色。

光波翼逼问他莫荚、南山现在何处，那军汉初时惊慌失措，语无伦次，只说姑娘都在这里了，自己只是偷偷溜进来调戏这些姑娘，并不敢如何，这些姑娘都是等着林将军挑选取乐的。后来才明白光波翼所问之事，比比画画地告诉光波翼，有两个绝色美人关在后院的西厢房内。

待那军汉说完，光波翼一掌将他拍得晕死过去。那几个姑娘见状，纷纷上前跪在光波翼面前，恳请他救自己出去。未及光波翼答话，却见另有一位姑娘已俯身抽出那军汉腰间的短刀，正向自己心口刺去，被光波翼抢上前一把拉住，说道："姑娘何必自寻短见？我自会设法救你们出去。"

不料那姑娘哭道："我家人尽被贼寇所杀，我又被他们如此羞辱，如何还能苟活于世？"说罢泣不成声。

光波翼正急于去寻蓂荚和南山，此时却也不得不略为安慰这姑娘，让她从长计议，千万莫想不开，另外几个姑娘也在旁相劝。

那姑娘忽然止住哭泣，问道："公子此番来高府可是要救亲人？"

光波翼答道："正是。"

那姑娘又道："公子的亲人既然也被林语那狗贼绑来，那林语自然也是公子的仇人了。我见公子武功高强，斗胆求公子一事，若公子肯答应，妾身愿做牛马报答公子。"

光波翼说道："姑娘请讲。"

那姑娘说道："我便是这高家的女儿，前夜贼寇入城，便强占了我家的宅院，将我全家上下三十余口悉皆杀害，只留下几个丫鬟伺候他们，又将我囚在这里供那狗贼取乐。我只恨自己生为女儿之身，手无缚鸡之力，不能将那狗贼千刀万剐！公子既然来到这里，何不杀了林语那狗贼，为妾身报仇，也为公子的亲人报仇！"

光波翼听罢，怒火中烧，当即说道："不想那贼子如此残暴！好，我便答应你，为你家人报仇！也为被他残害的百姓讨回公道！"

那姑娘见光波翼答应帮她复仇，忙跪倒在地，叩头不断，光波翼忙将她扶起，嘱咐几位姑娘好生等在这里。又将屋外那人拖进房内，与那军官一并塞到床下，这才出门赶去后院。

后院与正院最北一排房屋相接，光波翼从东院直接跃上屋脊，从屋顶奔去后院，却见正院北房内灯火通明，人影攒动，行令嬉笑声不断，显然是一群人在宴聚吃酒。

光波翼来到后院，见院中竟有四名守卫来回巡视，想必林语便在此院歇息。

光波翼挥手射出几片树叶，那四人纷纷瘫倒在地。光波翼纵身跃下，见西厢几间房内皆亮着灯烛，便一间间窥去。只见前两个房间中各有一名女子，一人正在灯下做女红，另一人独坐发呆。待走到第三个房间门前，闻听里面传出女子啜泣声，门外还上着一把大锁，从门缝向内张望，光波翼又惊又喜，屋内可不正是南山！

光波翼忙伸手拗断铜锁，推门进屋，见南山正瘫坐在地上，满脸泪水，已然哭得没了力气。

光波翼快步上前叫道："南山！"俯身蹲在南山身旁。

南山定睛看了看，认出是光波翼，扑进光波翼怀中，"哇"的一声大哭起来。边哭边说道："公子，你快去救我姐……姐，她被姓林的拉去……入洞房了。"

光波翼闻言，顿觉胸口如遭锤击，忙扶起南山双肩问道："何时去的？"

南山啜泣道："去了……一会儿了，他喝醉了……来把姐姐拉……走了。"

光波翼忙道："南山莫哭，我这就去救你姐姐！"话音未落，人已飞奔出房，径直向后院正房而去。

来到门口，光波翼正待推门而入，忽听屋内一人醉醺醺地叫道："小娘子，你快……出来吧，老子寻不到你……认输了。你……再不出来，老子可要生气了，仔细……剥了你的……皮。"

光波翼侧耳细听，听见屋内只有一人气息，伸手推门，却发现里面已插上了门闩。光波翼当下掌力微送，将门闩震断，闪身进屋，只见一个壮汉正赤裸着上身，踉踉跄跄地东转西看，看样子正在搜寻他的"小娘子"。

光波翼上前喝道："你可是林语？"

壮汉一愣，骂道："你他娘的……是什么人？怎么跑到老子房里来了？老子正要做……好事，你他娘的有屁……明天再放。"

光波翼厉声问道："林语！被你抢来的姑娘现在何处？"

林语怒道："嘿！你他娘的，活得……不耐烦了！"说罢飞起一脚踢向光波翼，光波翼斜向右前方滑出一步，近到林语身前，挥手便是一记响亮的耳光，直打得林语转了两圈才摔倒在地。

林语吃痛，顿时酒醒了大半，满脸鲜血地爬起来，竟吐出好几颗牙齿，可见光波翼这巴掌力道不小。

林语大怒，当下气运双拳，怒吼着迎面向光波翼攻了上来，未及近身，光波翼早已飞起一脚，将林语踢出两丈多远，"咚"的一声撞到墙上，林语手捂心口跪倒在地，半晌才挣扎着爬起。

林语又惊又怒，他原本自恃武功高强，向来罕有敌手，并未将眼前这个少年放在眼里，只道是三拳两脚便可打发对手了事，故而不屑喊人来帮手，谁知上来却吃了大亏，此时方知来者厉害，便不敢再轻易出手。林语吐出一大口鲜血，问道："你是何人？来此做甚？"

光波翼并不理他问话，又问道："那姑娘现在何处？"

林语讪笑一声说道："原来英雄是为那小娘子而来，这个好说，你若喜欢她，我让与你便是，连同这座宅院也可一并送与英雄，如何？"边说边向门旁挪步。

光波翼冷笑道："你欺男霸女无数，残杀无辜众多，我今日来向你讨账！"

林语趁光波翼说话之机，快步窜向门口，边跑边张口大喊："来……"

刚喊出半个字音，光波翼早已抢步上前，抬腿又是一脚，正中林语左肋，林语"砰"的一声飞了出去，肋骨断裂，趴在地上大口吐血，哪里还说得出话来。

林语眼见光波翼不肯放过自己，把心一横，偷偷从靴中摸出一把匕首，用尽全力，蓦地向光波翼掷了过来。光波翼"哼"了一声，右脚轻弹，便将那匕首反踢了回去，正中林语咽喉，竟将他钉在墙上，那林语登时一命呜呼。

杀了林语，光波翼快步在正房的三间屋内看了一回，又呼唤了蓂荚几声，见蓂荚果然不在屋内，便急忙奔出房门，却一眼看见蓂荚拉着南山的手，正从西厢房内走出来。

光波翼大喜，快步奔上前去，一把抓住蓂荚的肩头，望着她竟一时语塞。

蓂荚此时看见光波翼也是百感交集，与他相对凝视，见他眼中似有千言万语，脸上忧急之色尚未退尽，眼圈微青，面容也憔悴了许多，满是仆仆风尘，想是闻说杭州城破，急于赶来营救自己，不知几日几夜未睡了。蓂荚半晌才开口叫了声："公子……"

南山脸上泪迹尚存，此时嘟着嘴说道："你们两个还想在这里吟诗唱歌不成？说不定那狗贼一会儿就追过来了。"

光波翼这才缓过神来，忙拉着二人转回屋内，告诉二人林语已被自己除掉，南山听了大为高兴，说道："多行不义必自毙，他这叫罪有应得！"

光波翼询问蓂荚如何从林语房中跑了出来。

蓂荚说道："我与那狗贼周旋，先藏身在屋内，趁他不备，便从窗子跳了出来。"

光波翼闻言心道："萸荚应是刚刚从那狗贼屋中跑出不久，想来正是在我进屋之前，如何我却没有见到她？"未及细问，只听萸荚问道："公子可有良策逃出这里？"

光波翼点点头道："两位不必担心，我自有办法带你们离开。你二人先在这里稍候，待会儿我让人来接你们，无论那人是谁，你们只管听他安排便是，只是须让两位受点委屈。"姊妹二人自是答应。

光波翼便又赶去东院，寻到那几位姑娘，也是如此安排，并告知她们，自己已将林语除掉。

那高小姐仍不放心，连问两次，果真已杀了林语。光波翼说道："姑娘放心，我先将林语打成重伤，再以匕首刺穿他咽喉，那狗贼的尸首如今正在他房内。"

高小姐闻言点头道："如此我便放心了。"

光波翼安排妥当，正欲离开，忽闻几个姑娘齐声惊叫，转身看时，却见那高小姐已倒在地上，心口插着一支匕首。

光波翼忙上前将她扶起在臂弯中，只见那高小姐微目含笑，断续说道："多谢公……子，如今……我大仇已报，再无牵……挂了。"说罢竟气绝身亡，旁边几个姑娘已是泣不成声。

光波翼亦觉两眼发酸，忍住悲痛，将高小姐的尸首放在床上躺好，说道："你且安心去吧，如今既然已无牵挂，更莫要心怀仇恨，但愿你来世能生到清净国土去，莫再来此浊世受苦了。"说罢又为她默念几句六道金刚神咒超度。

回到后院，光波翼将院中那四名卫兵藏到正房内，又在房中搜索一番，见林语卧房中有一口精雕的樟木箱子，打开看时，见箱内盛着一套精钢盔甲，打造精美，那头盔尤为特别，护耳上连着一个面罩，可将整个面孔遮住，只露出双眼，又可将面罩推到头顶，用作普通头盔，设计甚为巧妙。

光波翼心道："这身盔甲倒是最适合冲锋攻城时穿戴，可防住迎面射来的箭矢。"随手又将那箱子合上，再去翻看其他柜、屉，将林语的先锋令牌、通行腰牌等一并搜出。

收拾停当，光波翼也为那林语诵咒超度，再变身成他的模样，来到前院。

刚进前院，便有一名军官见到他，忙上前问候。

光波翼说道："你速命人给我准备两辆大点的马车，再叫两个可靠的人到我房里来。"

那军官问道："这么晚了，将军还要出门吗？"

光波翼一瞪眼道："老子的事要你管？"

那军官一缩脖，不敢再多话，忙下去安排。

大约两盏茶工夫，那军官带着一人跑到后院，见"林语"正站在正房门前，忙上前回道："将军，都安排妥了。我看刘大柱和项武二人都吃醉了，怕误了您的事儿，有事不如就吩咐小的和宋谦办吧。"

光波翼暗想："刘大柱和项武二人想必是林语常用的亲信，眼前这厮却是要趁机拍马屁，给自己和同伙寻个机会表现一番，如此正好。"便对他说道："也好，你去那房中把两个小娘子的眼睛给我蒙上，两手反绑了，再将她二人带到头辆马车上等候。你他娘的手脚给我轻着点，弄伤了小娘子的细皮嫩肉，仔细老子剥你的皮。"说着用手一指萁荚二人所在房间。

又对旁边那宋谦说道："你去东院西厢房中，将那几个女子也都蒙上两眼，反绑了送到后面一辆马车上。"

那二人诺了一声，正欲转身离去，那军官忽又转回来说道："将军，小的见这院中的守卫怎都不见了？"

光波翼若无其事地说道："我让他们几个给我办事去了。你们还不快去，别再他娘的跟老子啰唆！"

那二人忙领命下去，不多时便安排妥当。

光波翼也上了前面的马车，让那军官和宋谦二人分别驾着两车，向纪府驶来。

将到纪府，光波翼命马车停下等候，自己独自下车前行，转了个弯方来到纪府。光波翼先收起变身术，进去将纪祥和小萝唤出，告诉他们已将姊妹二人救出，现在便依计带大家出城，并嘱咐二人一路千万莫要出声说话。然后也为二人蒙了眼睛，反绑了双手，又变成林语模样，牵着两人回到马车上，向钱塘门驶去。

那杭州城共有四门，钱塘门在西北，另外南有凤凰门，北有盐桥门，东面是炭桥新门。

〔按：唐代杭州城墙周长三十六里九十步（此为唐时计量单位，本书前文按语中曾介绍过与现代计量单位的换算方法，换算成现代长度应为 13372.92 米），东到盐桥河（中河），西濒西湖，南到凤凰山，北抵钱塘门（今六公园圣塘路口附近）。〕

待到了城门口，光波翼命驾车军官拿着先锋令牌去叫开城门，便说有紧急军情要出城。

谁知片刻后那军官回报说，守门军官不认这先锋令牌，夜间若要开城门，除非有黄王的金牌，否则一概不放。

光波翼故作生气骂道："你还真他娘的没用，在这里给老子等着，老子亲自去说，待会儿见这城门一开，你们便驾车先出去，在城门外等着老子。"

那军官面露疑色，说道："将军，这使得吗？有何天大的事您非要今夜出城，要不等明天一早咱们再出去？"

光波翼骂道："放你娘的屁！老子此番乘夜出城便是要立一件奇功，等天亮了还去个屁！若是这件事做成了，你小子也得记上一大功。"

那军官闻言心中暗喜，不知林将军要带着自己立个什么大功，当下忙点头称诺。

光波翼来到城门洞内，喝道："谁是城门官？"

只见一人忙笑迎了上来，说道："哎哟，是林将军！这么晚了，您如何在此？"

光波翼笑道："是你小子！老子奉黄王之命，出城做件大买卖，一时走得匆忙，忘了带金牌，你快些将城门打开，回头立了大功，自然也算你一份儿。"

那城门官却道："林将军，不是小人不帮您，黄王有令，不见金牌，一律不准开门，小人若是开了这城门，只怕脑袋不保啊！所以还请您老见谅，可怜可怜小人。要不您先在此歇歇脚，让手下的回去请金牌？"

光波翼怒道："放你娘的屁！再要回去，锅里的鸭子都飞了！你小子再不开门，老子一刀剁了你！"

城门官赔笑道："将军莫要生气，您便是剁了小人，小人也不敢开门哪。"

光波翼二话不说，一把掐住城门官的脖子，抽出那人腰刀，说道："好！老子这就成全你！"说罢举刀做出欲砍之状，早有两名守门士兵在旁拉住，不住劝道："将军息怒，将军息怒！"

其中一名士兵说道："将军，咱们知你有紧急军情在身，不过也请您体谅小的们，您若是硬去开那城门，我等自然是拦不住，只是谁若亲手为您开门，万一黄王怪罪下来，小的们实在担当不起啊！"言外之意，竟是让光波翼自己去开城门。

光波翼听得明白，当下放开城门官，提着刀，骂骂咧咧地走到门前，喝道："都给老子闪开，挡我者死！"边骂边单手举起巨大门闩，"当啷"一声扔在一旁，随之又抬起第二道门闩，丢在墙边，一旁兵将皆惊得咋舌，心中暗道："看来这林语的左先锋真不是白给的，竟有如此神力！"

见城门打开，两驾马车忙"嘚嘚"地出了城，光波翼追上马车，径向西北绕湖往武林山奔去。

且说萁荚和南山被蒙了双眼，反绑两手，坐在马车中，一路上隐隐听到车厢外两人说话，一人声音竟颇似林语，另外一人便是将二人蒙眼带上车的那人，又听那人叫了几次"将军"，心中大为不解，不知光波翼现在何处，这马车又是去到哪里。

待马车停在城门，又闻外面吵吵嚷嚷，姊妹二人越发觉得声音发自林语无疑，况且又听出似是那林语在闹事，有人在旁劝解。姐俩更是莫名其妙，只是听了光波翼的嘱咐，将满腹狐疑暂且藏下，静静地坐在车中，不敢出声说话。

待马车奔出四五里路，忽然空中传来一声鹤唳，光波翼仰头观看，只见一只鹤影倏然飞近。

光波翼心中暗暗吃惊："御鹤族忍者怎么也来了？"

只听得鹤背上一人叫道："林将军请留步！"

光波翼只得下令停车，那御鹤族忍者降落地面，下了鹤背，来到光波翼面前，抱拳说道："林将军，在下奉命巡夜，听西门的城门官报说将军未带金牌，擅闯城门，特来向将军请问其详。"

光波翼故意眯着眼问道："你是……"

御鹤族忍者讶道："怎么，难道将军忘记在下了吗？攻打杭州城，我与将军同为先锋，我在天上，将军在地上，你我互为配合，共建头功啊！"

光波翼笑道："不是，不是，我怎会忘记，我只是一时想不起你的名字来了。"

此时驾车的军官在旁低声道："将军，他叫鹤翔。"

光波翼故意恼道："用你多嘴？老子只是一时蒙住了，如今已想起来了。"遂笑嘻嘻地向鹤翔说道："鹤兄弟，我是奉了黄王的密令，去办一件大买卖，一时匆忙，忘记带那金牌了。适才急于出城办差，言语得罪了那位守门的兄弟，待我回来，一定请他吃酒压惊，呵呵呵，到时候也定当送鹤兄弟一份大礼。"

鹤翔道："将军客气了，这杭州一战，在下也算与将军有了过命的交情，无奈在下既然奉令兄之命巡城，凡是无金牌者夜间均不得出城，军令如山，恕在下也爱莫能助。若将军果真忘带金牌，请将军暂且回到城门内等候，待我飞回，禀明黄王，得了黄王的旨意，也好向令兄和城门官交代。若将军急于赶路，在下也可禀明黄王和令兄，让'控鹤'出马送将军一程。"

光波翼心中暗想："这鹤翔所说的'令兄'，当是黑绳三提过的黄巢的外甥'林言'，便是马球大会上逃走那人。难道这些御鹤族忍者如今都听从林言之命吗？鹤翔所说的'控鹤'莫非便是由御鹤族忍者组成的营队？"

（按：林言是黄巢的外甥，也是黄巢身边一名重要将领。据史料记载，黄巢曾经选择五百个武艺高强之人组成了一支特殊部队，叫作"控鹤"，并且任命林言为这支部队的最高指挥官——军使。）

光波翼欲再探探他底细，遂故意说道："鹤兄弟，你们何必对我大哥俯首帖耳？他是黄王的外甥，我也是黄王的外甥，凭什么他说怎样便怎样？"

鹤翔说道："将军何出此言？令兄乃控鹤军使，我等既然隶属控鹤麾下，自然要遵令兄之命。况且令兄也并非擅作主张，他也是奉黄王之命行事。"

听他如此说，光波翼心中已明白一二，当下笑道："这个我自然知道，不过兄弟你有所不知。"说罢上前低声道："咱们借一步说话。"说罢拉着鹤翔钻进路旁北面的树林，离开马车二三十步远，走到一棵大树后。

鹤翔以为他定是有什么秘密之事，不想让马车上的人听到。

到了树后，光波翼低声说道："你真以为黄王信任控鹤？他早让人在那些灰鹤身上动了手脚，随时可以令你们在天上失去坐骑，掉下来摔得粉身碎骨！"

鹤翔听罢皱眉道："这怎么可能？将军这玩笑开得未免荒唐。"

光波翼嘿嘿一笑道："你若不信，且将你的爱鹤招过来，我指给你看。"

那鹤翔将信将疑，便吹了一声口哨，灰鹤闻声倏地飞了过来，落在鹤翔身旁。

光波翼伸手一拍鹤背，说道："你看！"那灰鹤登时被光波翼拍得昏了过去。

鹤翔见状又惊又怒，喝道："你……"未及出口，光波翼早出手将他点倒在地。

光波翼将鹤翔的腰带抽出，将他绑在那大树后面一棵碗口粗的树上。光波翼知道一根腰带根本无法缚住一位忍者，他醒来时只需运气一挣便可将腰带崩断，故而便将那灰鹤也与鹤翔一并紧紧绑在一起，如此鹤翔若要崩开腰带，必然殃及灰鹤，那灰鹤乃是御鹤族忍者的命根儿，他必不舍得拿自己爱鹤的性命冒险。

将一人一鹤绑好，光波翼又探了探鹤翔的脉气，知他天亮前不会醒来，这才放心。于是故意大声喊道："如此多谢了！鹤兄保重啊！"仿佛是送鹤翔飞走了。

光波翼从树林中出来坐回马车，命那军官全速驶向武林山。

到了武林山南天竺寺，光波翼命那军官和宋谦驾车等候，自己独自前去寺中。

〔按：南天竺寺即今之法镜寺，位于杭州灵隐寺之南，两寺仅飞来峰之隔。东晋咸和元年（326年），慧理法师来到武林山下，首建灵隐寺，于东晋咸和五年（330年）创建"下天竺翻经院"，隋开皇十五年（595年）有圣达贞观法师和道安禅师，在檀越陈仲宝相助下，扩建翻经院，改称"南天竺寺"，此后又逐渐转为法镜寺。〕

原来此处乃是杭州的一处信点，忍者每在一地设立信点，必会在城内、城外各设一二处，以防不测。如今杭州城破，信子谷骆清必定会来城外信点。

此时丑时已过，正是寺中僧众起身上殿做早课之际。光波翼敲开寺门，只说有急事要见本寺的大施主谷先生。开门的沙弥请光波翼稍候，不多时果然见到谷骆清迎出来。

谷骆清见到光波翼一愣，并不识得眼前这个军人模样的壮汉。

光波翼双手合十道："谷兄，可否到房中一叙？在下有要事相告。"

谷骆清见状，便将光波翼领至自己的寮房里，待关好门，甫一转身，只见光波翼已恢复原貌站在自己面前。

谷骆清这才明白适才是光波翼施了变身术，忙上前施礼问候。

光波翼简略说了自己在杭州城内诛杀黄巢的左先锋林语，并设计救人之事。此来便是请谷骆清帮忙安置救出的那四位姑娘，待黄巢退走，再设法帮她们寻到家人团聚。

谷骆清当即满口答应。

光波翼又问谷骆清，是否知道御鹤族忍者隶属"控鹤"之事。谷骆清回说只听说了控鹤之名，尚不清楚详情。

光波翼说道："如此正好，我从林语府中带来两个军官，咱们正好从他二人口中问明。"

当下二人商议妥当，谷骆清先去同寺中方丈打好招呼，安排了一间大房。光波翼便在寺门内等候，由谷骆清出去向那两名军官说道："林将军有命，将车里的人都松了绑，除去眼罩，带进寺里来。"说罢与那二人一同将众人都放开手眼，带进寺来。

进了寺门，诸人见到光波翼均甚为欢喜，光波翼示意大家先莫作声说话，便领着大家去到大房内歇息。那两名军官却不认识光波翼，糊里糊涂地被谷骆清引着，到了谷骆清房内。

光波翼安顿好众人，又回到谷骆清房中，向那两名军官抱拳说道："两位将军有礼，在下鹤飞，请问两位将军尊名。"

为光波翼驾车那人也抱拳说道："在下宋强，这位是我兄弟宋谦。不知林将军现在何处？"

光波翼道："林将军正在后院与我家主人交谈，只怕日后咱们便是一家人了，呵呵。"

宋强奇道："鹤兄弟此话怎讲？"

光波翼说道："难道两位不知吗？林将军此来便是邀请我家主人出山，带领我鹤家上下为黄王效力。"

宋强问道："鹤家？你们与控鹤军中那些驾鹤之人可有关系？"

光波翼笑道："那些人不过是我鹤家的远房旁支，他们那般手段怎能算是驾鹤？待日后两位见识了我鹤家的本事便知。"

宋强和宋谦同时"哦"了一声，甚为惊讶。宋强又问道："如此说来鹤兄弟一家也要加入控鹤军中喽？"

光波翼摇摇头道："步人后尘，又有何趣？我家主人说要请黄王再另设一军，以林将军为军使，他才愿意出山。到那时，只怕再无'控鹤'立功的机会了，哈哈！"

宋强微微摇头道："这个恐怕就难了。鹤兄弟有所不知，那控鹤的军使便是我们林语将军的亲哥哥林言，深得黄王器重，黄王岂会再设一军，让这兄弟俩自相争斗？"

光波翼说道："哦？你且说说那控鹤现在情形如何，究竟怎样受黄王器重？"

宋强说道："那控鹤本名'金甲卫'，乃是从各军之中精选武功高强之士五百人而成，平日巡城禁夜、守卫要地，以及保护黄王，皆属其责，乃是黄王的护卫禁军。后来驾鹤那二三十人加入金甲卫，便改名作控鹤。此番攻下杭州，控鹤立下头功，更得黄王嘉奖，尤其是你鹤家的那些远亲，为首那个鹤紫云被黄王封作控鹤的副军使，他手下有几个人也均被封作将军。现在黄王大帐四周的天上、地下，日夜都有控鹤的人守卫，你说黄王有多器重他们?"

光波翼点头道："原来如此，看来你们林将军这两车礼算是白送了。"

宋强、宋谦相互对视一眼，心道："原来那两车小妞、娈童是送给这鹤家老头的。"

光波翼又向二人抱拳道："两位将军稍坐，我去看看后面情形如何。"

那二人也抱拳回礼。

过了片刻，只见"林语"领着一人进到谷骆清房内，向二人说道："你们两个，马上换了便装，与这位鹤兄弟一同前往宣州唐营中去见一人，替我取些东西回来，一切听从这位鹤兄弟安排便是。此事办成，我为你二人记一大功，官升两级。"二人连忙诺诺遵命，见"林语"身后站着一名青年男子，手里捧着两套衣裤，正面带微笑看着他二人。

他二人便也笑着向那人点头示意，上前取过衣裤，只道这又是一位鹤家的人，却不知此人乃是谷骆清的手下，眼下正要送他二人去做俘虏，向唐军提供黄巢的军情。

安排妥当，光波翼拉谷骆清出来与他道别，并告知他与铁幕志明日约在寺中相见之事，请他转告铁幕志，改约在长安相会。又请谷骆清日后去西湖畔纪府中，代萁荚等人向曾叔报个平安。谷骆清一一答应，光波翼又再三称谢。待目送了宋氏兄弟随谷骆清手下骑马离去，光波翼这才去到那大房中，向那四位姑娘交代一番，方带着萁荚、南山等主仆四人出了南天竺寺，驾车西去。

马车行出不远，南山早忍不住，掀开车帘，探出头来，长吸一口气道："总算又见到天日了。"

光波翼笑道："天还未亮，哪来的日啊?"

南山回道："你还说呢，适才那一路上干吗要绑着我们，还要蒙上眼睛?"

光波翼答道："那是将你们扮作囚犯，送出城去给人家做礼物，怕你们途中逃脱啊。"

南山又叫道："做礼物便做礼物，干吗要蒙住人家眼睛？"

光波翼回头笑道："一路上都是粗鲁贼军，我既不想让你们见了害怕，更不想被他们瞧见你们的面目。"

南山"哼"了一声，问道："咱们这是要去哪里？"

光波翼说道："如今东部战事不断，我只怕你们留在这边再有什么闪失，倒不如将你们送到长安去稳妥些。"

南山听说要去长安，立时拍手笑道："好啊！好啊！我还没去过长安哩，正好去看看皇帝的家是何样子。"

萛荚在车中忽然开口问道："公子，适才我们在车中似乎听到林语的声音，不知何故？公子前些时候又在哪里？"

南山也跟着应和道："是呀，我们怎么一直都没见公子？带走我和姐姐的那个军官我们都见过，他是林语那狗贼的手下，怎么会乖乖听你的话送我们出城？现在又去哪儿了？"

光波翼一边驾车一边说道："你们听到林语的声音不错，那正是我模仿那厮说话，骗他两个手下帮忙找来马车，又做了车夫。他二人如今已被我打发走了。"

"公子模仿林语说话？"南山大为不信，又道，"就算你能模仿他说话，那些人又不是瞎子，怎会被公子骗到？"

光波翼回道："我自然不能以这副模样去见他们。我在林语房中的箱子里翻出一副盔甲，那头盔可将整个脸面遮住，我便穿戴起来，再模仿他的声音说话，加之我又拿着林语的先锋令牌，骗那两个军官说有要紧军务出城，他们果然信以为真。"

南山闻言兴致大起，叫道："公子还有这般本事？请公子再模仿那狗贼说话来听听。"

萛荚心中却想："若是林语平日常穿的铠甲怎会放在箱中？理当挂起在铠甲架子上。若是放在箱中，必是平日罕穿的，那他手下又怎会不起疑心？何况既非骑马上阵，哪有未等出门便将脸面遮住的？再说到了城门口，城门官若是不见林语的真面目，又怎会轻易放我们出城？"

萛荚虽觉其中多有蹊跷，却不便当面问出口。

只听光波翼说道："那狗贼说话有何好听？若非为救你们出城，我又怎会去学他说话？"

南山不肯罢休，又道："既然公子不愿学那狗贼说话，那便学我姐姐说话给我听听。"

光波翼道："萁荚姑娘的声音如天仙一般，我这粗憨声音如何学得像？"

南山见光波翼不肯模仿，甚觉无趣，嘟着嘴哼了一声，借着月光，忽然认出光波翼穿着萁荚亲手缝制的衣衫，想是在林语府内时又惊又气，根本未曾留意，便说道："看在你还穿着姐姐为你缝制的衣裳分上，我便放过你好了。"

光波翼脸上一热，不知如何回她，转而问道："我听纪祥和小萝说，你们本已逃过叛军搜捕，后来不知怎的，有一个姓吴的告密，故而那林语手下才重又回到纪府，捉拿你和萁荚姑娘，你二人可知端的？"

南山闻言叫道："不提此事还好，说起那个忘恩负义的家伙，我恨不能将他丢到西湖里去喂王八！"

"哦？"光波翼疑问一声。

南山气红了脸续道："你道那个姓吴的是谁？便是上次公子离开杭州之前，我向你说起的那个吴念恩！我早说过他未必是好人，嘴里说的八成是谎话，可姐姐偏偏不听！"

萁荚插口说道："南山，事情都过去了，你还不依不饶。"

光波翼问道："萁荚姑娘不是贱卖了商铺与那人吗？既然萁荚姑娘有恩于他，他何以恩将仇报，出卖你姊妹二人？"

南山回道："我听来抓我和姐姐的那个军官说，林语进了杭州城便到处搜罗貌美女子。吴念恩的家宅被抄，他家中可没有什么父母、孤儿，倒有几个如花似玉的娘子、小妾。林语见他几个妻妾模样俊俏，命人抢走，吴念恩便跪求林语放过他娘子，还说知道这城中有两个天仙一样的美人，若林语放过他家娘子，便告诉林语如何找到姐姐和我。"

光波翼怒道："这吴念恩当真可恶！只为顾及自家妻妾，竟不惜出卖恩人，陷两位姑娘于绝地！日后我若见到他，定当施以惩戒！"

南山叹了口气道："算了，反正公子也见不到他了。"

光波翼怪道："为何？"

南山说道："那林语根本不是守信之人，他听了吴念恩告密之后，便一刀杀了他。没想到他娘子倒是个有情有义之人，见丈夫被杀，竟也一头撞死在墙上。"说到这里，南山怒气全消，言下颇有怜悯之意。

光波翼轻轻摇了摇头，道："早知如此，何必做那出卖朋友的小人？到头来虽不愿玉碎，却也未能瓦全。”心中默默为那夫妻二人诵咒回向。

南山忽又说道：“唉？公子不是去了阆州吗？阆州离此数千里，公子怎么转眼间便跑回杭州来了？”

光波翼回道：“我在阆州只停留了一日，便赶回来了，前日刚好到宣州，闻说杭州城破，便连夜赶来了。”

南山“咦”了一声，问道：“公子那么急着赶回来做什么？是想念姐姐了吗？”

光波翼大窘，未及开口，却听蓂荚嗔叫了一声“南山”，南山“哎哟”一声，想必是被蓂荚掐了一下，当下嚷道：“姐姐欺负人！有人心里想着你，不远千里万里地赶来看你，我倒好，没人挂念也便罢了，还要被姐姐虐待！”

蓂荚立时面红耳赤，嗔道：“南山不准胡说！公子此来不是也救了你吗？”

南山“哼”道：“我不过是沾光而已，若是没有姐姐，人家独孤公子哪会睬我？只怕我被人吃了也没人管。”

光波翼笑道：“南山说哪里话？便只你一人在杭州，我也自会前来相救。”

南山听了大为高兴，笑道：“还是独孤公子最好，将来做我姐夫，我也愿意。”

话刚说完，南山又“哎哟”了一声，只听蓂荚又嗔道：“南山！你再胡说，姐姐真要生气了。”

南山吐了吐舌头，不敢再开玩笑，光波翼和蓂荚也都红着脸，不知再如何开口是好。大家半晌无话，只听见马蹄嘚嘚，在静夜中倍显清脆。

第二十三回

赠表字凤栖梧桐
纳谏言官拜游击

话说光波翼驾着马车赶路，那两匹马载着五个人并跑不太快，走了两日方接近宣州城。但见城外村郊因被黄巢大军践踏过，残垣断壁随处可见，村中百姓逃走了十之八九，路边大片田地也因无人侍弄而悉成荒芜。

光波翼触景黯然，心中忖道：“百典前辈说黄巢心怀万民，胸藏天地，可如今这天昏地荒，万民空宅，牺牲如此之巨，果然便能换来百姓福祉吗?”

进到城中，所见亦是一派萧瑟景象，街上商铺大都关着门，路上稀稀落落遇到几个行人，倒有半数是流浪乞讨的。好容易寻了家像样的客栈住下，那客栈也是空荡荡的并无多少客人。

多日辛苦奔波，总算有了好点的地方歇脚，大家梳洗一番，便出来围坐在客栈二楼的雅间中，准备好好饱餐一顿。

不想那小二哥报菜之时，先报菜价，大家一听悉皆讶然，寻常一碗白饭竟然要卖两百钱!

所幸光波翼早做了长途跋涉的打算，从林语房中搜出不少金银，都带在身上。当下拿出二十两银子，向小二说道：“有什么好吃好喝的，你只管端上来便是，这些银子若是不够，我再给你。”

小二见状忙点头笑道：“差不多够了，几位稍候，酒菜马上就来。”说罢拿着银子下楼去了。

南山拿起茶杯在桌上一蹾，说道：“这个该死的黄巢，害得老百姓连饭都吃不起了！还有咱们家在杭州的商号、财货，只怕都拿不回来了，少说也有几十万两银子！这个千刀万剐的黄巢，真是可恶之极!”

蓂荚却道：“钱财本是身外之物，说来便来，说去便去，没什么好心疼的。富贵荣华不过都是眼前的云烟罢了，天下哪有恒贵的公卿、常富的财主？如今天下出了这样的贼子，遭难的何止千家万户？只盼望朝廷能够早日将这些贼寇肃清，还百姓一个安稳日子。”

光波翼在旁听姊妹二人说话，心中老大不是滋味，愈加不明白为何百典湖如此称许黄巢，极力劝说自己造反。加之自己亲眼目睹黄巢的手下——他的亲外甥林语欺男霸女、残杀无辜，为霸占一座宅院竟将高府全家灭门，最后逼得高小姐自尽身亡。一个真正爱民之人又怎会纵容手下如此作恶多端？

光波翼正想得出神，听见南山叫道：“公子怎么不说话？只顾在那里发呆。”

光波翼忙说道：“哦，我只是在想蓂荚姑娘所言甚是。没想到虽为女儿之身，蓂荚姑娘却有如此丈夫气概，着实值得敬佩！”

南山一歪头，说道：“我听你姑娘长、姑娘短地叫着，总觉得见外，况且咱们这一行男男女女，千里迢迢地赶路，‘公子’‘姑娘’地称呼，也未免不便。不如咱们改口，我和姐姐叫你作‘哥哥’，你叫我们‘妹妹’可好？”

蓂荚说道：“南山，你又胡闹。”

南山不服气道：“我说的哪里不对？怎么又是胡闹了？”

光波翼笑道：“若能有你这样的好妹子，在下可是求之不得。”当下拱手叫道：“南山妹妹。”

南山大为高兴，忙眯着眼睛叫道：“哥哥！”随即又道：“哥哥快叫我姐姐呀。”说罢一指蓂荚。

蓂荚两颊绯红，伸手去拧南山的胳膊，南山早有防备，一下跳了起来，跑到光波翼背后，说道：“哥哥姐姐，你们若再不叫出口，我可要喊姐夫了！”说罢咯咯大笑。

蓂荚顿时满脸通红，气道：“南山，你再胡说……”

光波翼见状，忙打圆场道：“我们只互相称名即可。”说罢看着蓂荚问道：“蓂荚，如此可好？”

蓂荚微微点点头，问道：“公子可有表字？”

光波翼摇头说道：“还没有，不如蓂荚妹子送我一个。”

蓂荚自谦道：“小妹才疏学浅，哪会取出好名字配得上兄长。”言下已是以兄妹相称。

南山从光波翼身后走出来，插嘴道："只要是姐姐取的名儿，哥哥必定喜欢。"

光波翼也笑道："蓂荚妹子取的名字自然不差，我怎会不喜欢？"

蓂荚只得含羞说道："兄长复姓独孤，又单名一个'翼'字，虽有总领天际之气度，未免有些孤寂奔波之感，小妹想送兄长'归凤'二字，既得王者功成名就之义，又不失凤栖梧桐之闲雅，不知兄长是否觉得粗鄙。"

光波翼拍手道："果然是个好名字，多谢蓂荚妹子赐名！"说罢向蓂荚拱手作礼道："日后蓂荚妹子只管叫我归凤便是。"

南山拍手叫道："好！好！哥哥今后便叫作独孤归凤。"

此时小二正好将酒菜端了上来，南山忙张罗为大家斟酒，被小萝抢着做了。南山举杯说道："来，咱们先敬归凤哥哥一杯，以谢哥哥搭救之恩。"

光波翼忙说道："自家兄妹，何须言谢？"心中却道："'光波归凤'，此名甚好，我家传的追光术又名'凤舞'之术，但愿借蓂荚吉言，此凤能早日归于我身。"

大家干了一杯，小萝忙起身又为大家斟上，纪祥也谨谨慎慎，不大敢放开吃喝，恨不得起身站在一旁倒踏实些。蓂荚见状对二人说道："如今咱们逃难在外，顾不得许多礼节，你们只管将彼此当作家人就好，无须拘谨。"

二人忙站起身，作礼称是。蓂荚一笑，知道也不可强求其一时半刻便能适应，遂不再多说，示意二人坐下吃饭。

很快一坛酒吃光，光波翼喊来小二，让他再加两坛酒来。

那小二却道："客官，这酒只能给您这么多了，还请您见谅。"

光波翼问道："怎么，是银子不够吗？你只管将酒上来，需多少银子我自会给你。"

小二忙说："不是，不是。您就是再给我多少银子，这酒也没有了。您不知道，那贼寇大军两个月前到这宣州城中，差不多将吃的、穿的、用的都抢光了，这坛酒还是我们掌柜的私房所藏，见客官给的银子多，才拿出来孝敬您的。如今这城里城外，都只剩下个空架子了，您没见大街上的人都是半死不活的模样？唉！只怕是过了年，也缓不过来这口气喽。"

听小二如此说，大家也自无奈，只得打发他下去，胡乱吃些饭菜了事。

用过饭，光波翼请大家先回房歇息，要独自出门一趟。

南山问道："哥哥要去哪里？"

光波翼笑道："咱们出来得匆忙，两位妹妹连换洗的衣裳都没有，我去给大家买几件衣裳来。"

南山闻说，便也吵着要跟去，蓂荚留她不住，只得让她去了。

过了半个多时辰，南山与光波翼从外面回来，一进蓂荚房间，南山便抱怨道："平日在家，衣裳多得穿也穿不完，如今可好，连一件可换洗的都没有。"

蓂荚问道："怎么？没买到吗？"

光波翼随后跟进来，将一包衣裳放在桌上，说道："那小二说得不错，这城中的商铺，十家倒关了九家，剩下一家也几乎没什么东西可卖，好容易寻到这几件衣裳，自然远不能同妹子家中的相比，好在却是干干净净，也只得先将就着穿，等到了京城，自会买到上好衣裙。"

蓂荚微笑说道："如今能有件换洗的已是难得了，哪里还能再奢求什么华衣美服？归凤哥，多谢你了。"

南山在旁咯咯笑道："哈哈，姐姐也开口叫哥哥了！"

蓂荚瞪了她一眼，南山一吐舌头，捂住嘴不敢再逗蓂荚。

蓂荚打开包裹，挑出两套衣裳，递给南山，说道："南山，你去将这两件衣衫送给小萝和纪祥。"又对光波翼说道："归凤哥，我看这里没有合适你穿的衣衫，不如你将这外衫脱下来，小妹帮你浣洗干净，明日一早便能晾干了。"

光波翼一笑，道："那就有劳妹子了。"说罢将长衫脱下，交给蓂荚。却见南山仍站在一旁歪头看着自己和蓂荚。

只听南山缓缓说道："哥哥身上衣，清清水中洗。殷殷两手情，拳拳一片心。"

蓂荚听罢面若夕霞，轻声斥道："南山，你不去送衣裳，却在这里作这驴唇不对马嘴的歪诗。"

光波翼却哈哈笑道："南山这诗作得倒也有趣，比从前已大有进步。"

南山嘻嘻笑道："还是哥哥懂得欣赏。"说罢蹦蹦跳跳地跑了出去。

光波翼再看蓂荚，已是羞得低下了头，便道了句"妹子早点歇息"，转身回房去了。

次日早起，众人吃过早点，又让小二给备了些干粮，便驾车启程。

一路上不计其日，虽然难免奔波之苦，却与情投意合之人同起同宿，每日东聊西话，又得南山这丫头常常惹出开心笑料，光波翼几人心情甚佳，竟还盼望这旅程更长远些才好。

这一日总算到了长安城内，但见京都大城果然气度不同，人物繁华，车马不息，直把南山看得兴奋不已，不时嚷叫。

光波翼乃是驾车从长安城东的延兴门进来，距离位于东市旁宣阳坊的李义南家不远，便径直来到李义南府上，待敲开门，那门子却告说，李义南已于半月前出门去了，不知去了哪里。

光波翼只得再向西南，来到长寿坊孙遇府上。

光波翼曾到过孙遇家中，故而孙府管家识得他，却也只道他是独孤公子。那管家也告诉光波翼，孙遇已于半月前出门去了，不知去了哪里。再问他陆燕儿可在府中，管家回说，因李将军的夫人喜琴，闻说陆姑娘擅琴歌，早将她接到李将军府中去住了。孙遇临行前，孙夫人、李夫人连同那位陆姑娘一同被接去了宫里，陪长公主同住。

光波翼心道："二人同时离家，又不说去了何处，况且两位夫人又被接入宫中，想必二人又被皇上派去访察东西二忍者道了。"

光波翼无奈，只得向那管家称谢，转身欲走，那管家却道："公子请留步，大约十天前，那位铁公子也曾来过府中，见我家老爷不在，便说过几日若是独孤公子来府上，让小人转告公子，他在东市南面安邑坊的东安客栈等您。"

光波翼谢过管家，便驾车转回城东，寻到东安客栈，让大家下车进店，正询问小二店中可否住着一位铁公子，忽听有人叫道："贤弟！"转身看时，正是铁幕志从楼上下来。

光波翼喜得忙上前问候，南山也跑上前来，笑道："铁公子！咱们又见面了！"

铁幕志忙施礼问候。

光波翼向小二要几间上房，却被告知只剩下三间客房，其中也只有一间上房。光波翼只得让萸荚与南山住那间上房，小萝和纪祥各住一间普通客房，自己去与铁幕志共住一间。

安排妥当，大家先各自回房略为休整。光波翼忙与铁幕志互通别后情形。

铁幕志说道："我十日前便到了京城，闻说孙兄、李兄俱已出门，他两位夫人连同燕儿姑娘也被接进宫中，便潜入宫内见了燕儿姑娘一面，问明孙、李二人确是奉旨出门。想必是去察访东西二道了。"

光波翼点头道："我也是如此猜想。"随又问道："燕儿姑娘近来可好？"

铁幕志脸一红，说道：“她很好，只是有些想念……想念……”

光波翼见状心下明白了几分，知道他难将“黑绳三”的名字说出口来，未及他说完，忙又抢道：“孙、李二位兄长均不在京城，我本想让纪姑娘几人暂时住在他们府中，如今只得另想办法了。”

铁幕志点了点头，又说道：“前日我去见过驻守长安的信子谷逢道，听说黄巢的大军已攻下了越州。”

光波翼闻言惊道：“越州也被攻破了？不知玄英先生现下如何？”

铁幕志道：“贤弟放心，因那黄巢军中传有歌谣‘逢儒则肉师必覆’，黄巢心存忌讳，故而严令勿得杀害儒士，凡遇自称儒者，必宽待之。玄英先生乃当今名士，黄巢定然不会加害于他。”

（按：越州下有会稽、山阴两县。）

（又按：《二十二史答记》云：“巢因民谣有‘逢儒则肉师必覆’之语，遂戒军中，不得害儒者。所俘民称儒者，辄舍之。至福州，杀人如麻，过校书郎董朴家，令曰：‘此儒者’，乃灭火弗焚。”）

光波翼叹气道：“如此便好。只是纪府上下，人财必定不保了。”

铁幕志也摇摇头道：“可怜纪家两位姑娘突遭巨变，一夜之间家财尽失，日后却如何过活？”

光波翼正低眉沉思，忽抬眼问道：“兄长适才说长安城中那信子可是叫谷逢道？”

铁幕志点头道：“正是。怎么？”

光波翼道：“午后我去见他，有事相问。”

二人从房间出来，叫上蓂荚等人一同吃饭。

饭后光波翼说道：“南山，你不是想在长安城中游逛一番吗？下午让铁兄陪两位妹妹出去一游如何？”

南山问道：“哥哥不一起去吗？”

光波翼答道：“我有事要办，晚上方能回来。”

南山噘嘴道：“长安城这么大，难免鱼龙混杂，若是有人要欺负你两个妹妹怎么办？你不在我们身边，便不怕我真的给人吃了吗？”

光波翼笑道：“天子脚下，什么人敢如此大胆？再说铁兄武功高强，更不在我之下，只怕这长安城中没有他的敌手。”

南山好奇道："哦？真的吗？原来铁公子也有这般厉害！那好，赶明儿你们两位便教我武功好了，日后若再有人敢欺负我们姊妹，我便将他打得跪地求饶。"说罢挥起粉拳，在面前晃了一晃，并无半分霸气，却更显俏皮可爱。

众人见状皆哈哈大笑。

南山几人随铁幕志来到东市，这东市乃国内最大集市，市内二百二十行，四面立邸，八方珍奇，皆所聚集。但见人群熙熙攘攘，商铺比次林立，大小物什琳琅满目，喜得南山前跳后跑，东瞧西看，见到什么都想买下，蓂荚一味阻挠，生怕铁幕志破费。铁幕志却早受了光波翼嘱托，带上一大包银子，尽量为几人多买些衣裙钗粉等物，哄姊妹二人开心。

却说光波翼送走了几人，独自前往城南青龙坊曲江畔的一家冯记茶铺寻来。

进到店中，小伙计忙上前招呼。光波翼问道："你家掌柜的可在？"

那伙计反问道："这位公子爷是……"

光波翼道："你只说有位姓詹的故人来寻他。"

那伙计答应一声，转身进到后面屋中，不多时，只见一位四五十岁的短须男子走了出来，那伙计随在他身后，伸手指向光波翼道："便是这位公子爷。"

那中年男子忙笑迎过来，请光波翼到里面叙话。

光波翼随他穿过里屋一间房子，从后门进到一个小院中。那人将光波翼请进东厢一间小屋内，二人这才见礼说话。此人正是长安的信子，海音族忍者谷逢道。

谷逢道听说面前这位年轻公子便是光波翼，不禁重又上下打量了一番，微微颔首道："小兄弟气宇不凡，果然有乃父之风，难怪年纪轻轻便做了端公。"

（按：端公，唐代对侍御史的尊称。）

光波翼忙称惶恐，说这谷逢道当年既与先父论交，自己理应以晚辈自居。谷逢道哪里肯依，坚持以兄弟呼之。光波翼只得恭敬称他为谷兄，当下向他请问当年与父亲共处情形。

谷逢道说道："当年我奉命驻在凉州，也只在有消息往来通报时才去见令尊大人。令尊非但忍术超群，且为人坦荡豁达，又是极讲义气之人，故而大家皆对他爱戴有加，从上至下，没人不佩服他。四大国忍之中，令尊最为年轻，威望却是最高。"

光波翼问道："那目焱当年与先父交情如何？"

谷逢道答道："目焱乃令尊属下，又是他的得力副手，许多要紧事务令尊皆是派他处理，故而当年那目焱与令尊颇为亲密，常在一处行走。那目焱本也资质颇高，大家均以为他将来必能得获识忍之位，成为我辈忍者之中的翘楚。谁知令尊过世后，他却一改往日行径，做了大唐的逆臣，着实令人惋惜！"

光波翼又问："那目焱之前便没有露出过谋反的蛛丝马迹吗？"

谷逢道摇摇头道："一来我们平日并不在一处，我对其行止不甚了解。二来令尊虽然心胸豁达，却是极为睿智聪敏，那目焱若有反常之态，必然逃不过令尊的眼睛。故而当年并未听说那目焱有何不轨行径。"

光波翼点点头，又问道："谷兄可否记得，当年先父闻知交趾城破之后，曾作过一首诗？"

谷逢道蹙眉沉思片刻，说道："嗯，不错，是有这回事。记得那日我收到交趾城破的消息之后，便赶去通知令尊，他闻此消息甚为忧虑不快，提笔便作了一首诗。当时目焱也在一旁，还拿起诗稿吟诵了一遍，吟罢又给我看了那诗稿。"

光波翼闻言忙追问道："谷兄可否记得那诗句？"

谷逢道摇头说道："时隔十几年，我哪里还会记得？况且我原本便对诗词歌赋之类毫无兴趣，当时也没放在心上，只大略记得那诗中是说百姓很苦云云。"

光波翼又问道："那诗的末后两句，谷兄没记得有何特别之处吗？"

谷逢道反问道："有何特别？"

光波翼忙一笑说道："小弟当然不知那诗中所云，故而相问。"

谷逢道又摇摇头道："你若想知道这诗中所云，如今恐怕只有一人知道，那便是目焱。记得当时他称赞令尊这诗作得好，向令尊讨要那诗稿，令尊便与了他。"

光波翼点点头，心道："本想向这位谷兄求证，我父亲诗中所云是否如花粉所言，如今看来也只有见到那诗稿方能明白了。"

光波翼又问了一些陈年故事，谷逢道所知亦有限，二人便闲聊了一阵儿。看看天色不早，光波翼告辞出来。谷逢道本欲留他用晚饭，光波翼告说尚有事在身，谷逢道只得由他，与他把手道别，不在话下。

回到客栈，光波翼见南山等人已满载而归，房中到处散放着从集市上买来的衣衫物什。南山正拉着铁幕志让他试穿一件浅青色燕服，铁幕志推辞不穿，却被南山缠住不放，急得满面通红，小萝、纪祥在旁捂嘴偷笑。

萁荚见光波翼回来，忙请他坐下，为他斟了杯茶。南山也放开铁幕志跑过来，说道："哥哥总算回来了，我给铁大哥买了件燕服，他却死活不肯穿，真是急人。"

铁幕志窘道："不是，这衣衫本是九品官员常穿之色，我……我还是不穿为好。"

南山努嘴道："如今这街上的人穿哪样衣裳的都有，谁还会理它是什么人该穿，什么人不该穿，只要你不穿大黄袍子便好。"

〔按：燕服即平时燕居的生活常服。在唐以前，黄色上下可以通服，至唐高宗总章元年(668年)，官民一律禁止穿黄，从此黄色便成为帝王专属。

唐高祖时规定了臣子常服颜色，唐太宗时期，又作了更细的规定。三品以上袍衫紫色，四品袍深绯，五品袍浅绯，六品袍深绿，七品袍浅绿，八品袍深青，九品袍浅青，流外官及庶人之服黄色（总章元年禁止服黄，已见上述）。唐高宗龙朔二年（662年）八品袍服改成碧绿。

唐代女子的服装颜色则限制极少，尽可百花齐放。

唐代的服色制度，在实际生活中其实是无法严格执行的，至唐末，民众则愈加不重视服色制度。〕

萁荚说道："虽然如此，既然铁大哥不喜欢，你就不要勉强他了。"

南山一撇嘴，回身从床上又拿起一件长袍递给光波翼道："这是给哥哥买的，哥哥该不会也这般迂腐吧。"

光波翼见是一件绿色十花绫长袍，本是七品官员所穿之服，自己身为从六品的侍御史，穿之并不为过，当下便脱下身上的袍子，将新衣服穿在身上，给南山看。南山拍手喜道："哥哥穿上这袍子真好看!"

光波翼拱手道："多谢南山妹子，这袍子刚好合身。"说罢便又将新袍子换下，穿回原来的长衫。

南山急道："哥哥为何又将袍子换下?"

光波翼笑道："新衣裳留着过两日再穿。"

南山哼了一声，道："我看哥哥是舍不得脱下姐姐亲手做的衣裳。算了，随便你好了，反正你的长衫总要换洗，难不成要穿着一件袍子到地老天荒?"

萸荚在旁满脸羞红，光波翼却哈哈大笑道：“好，我明日便穿南山妹子送我的新袍子，免得被你揶揄到地老天荒。”

南山嘻嘻笑道：“这袍子虽然好看，不过却是用哥哥的银子买的，等日后回到会稽，我再送哥哥十件新衣裳！”

光波翼闻言黯然，心道：“可怜这姊妹二人尚不知越州城破，只怕再也回不了纪园了。”却仍强作笑容道：“逛了大半日，你们肚子一定饿了，我这便带你们去一处好酒家，咱们好好吃上几杯！”

南山自是拍手称快。

待酒足饭饱，大家正高兴之际，光波翼便试探着将越州城破之事告知姊妹二人。闻此消息，大家均沉默不语，半晌，南山忽然“哇”的一声哭出来，小萝在旁早已红了眼圈，此时也忍不住同南山一起哭泣。铁幕志与光波翼面面相觑，光波翼正待开口相劝，南山忽又止住哭声，一拍桌子道：“哥哥，从明日开始，你便教我武功，我要亲手杀了黄巢这个臭贼！”光波翼只得无奈苦笑一声。

却听萸荚静静说道：“世事无常，转眼成空，此番战乱，多少无辜百姓破家亡身，我们失去这区区家财又何足道。当日杭州城破之时，我便想到越州只怕也有不保之日。如今只希望纪园家中老小都能平安，躲过杀身之祸。”

光波翼自从离开武林山来到长安，一路上一直颇为矛盾。眼见黄巢大军攻城略地、杀人如麻，所过之处城空地荒，本欲奏请皇上下诏，令诸道忍者出马协助剿灭贼寇，又常常忆起百典湖草堂中所言，难道黄巢所为当真是为万民着想？眼下之争战当真是大治前之大乱？那些被杀害的兵士、百姓当真是换取盛世的必要牺牲？光波翼一时心乱，竟难以抉择。而今又见自己心爱之人也变得流离失所、无家可归，不觉心中更增愁闷。

彻夜未眠，晨起，光波翼打定主意，决定进宫面圣。

吃过早饭，向铁幕志交代一番，光波翼便辞别萸荚等人，推说自己外出办事，请铁幕志陪同姊妹二人在城中游玩一日，自己则直奔大明宫而去。

遵照从前僖宗授意，光波翼未经宫门，径直跃入宫中，来到思政殿前，向一名守门宫监出示僖宗赐予的紫金腰牌，乃是可直接觐见皇上的免通报金牌。那宫监一见腰牌，十分惊讶，忙躬身施礼道：“皇上一早御驾亲征去了，咱家这便引着大人去面圣。”

光波翼怪道：“御驾亲征？圣上出征去了哪里？公公要带下官去何处面圣？”

那宫监一拍脑门，笑道：“瞧我这笨嘴笨舌的，大人平日不在宫中，自然有所不知。”遂凑近光波翼，附耳说道：“皇上是去北面的鞠场，做讨贼的游戏去了。”

光波翼这才明白，原来僖宗一早便跑去游戏了，心下不免暗自感叹，天下战乱纷仍，皇上不思勤政安邦，还有心游戏玩乐！莫非这大唐果真气数将尽了吗？当下便随着那宫监绕过思政殿向北走去。

那宫监边走边半躬着身回头问道：“咱家从前未见过大人，不知如何称呼大人？”

光波翼答道：“下官独孤翼，有劳公公了。”

那宫监嘿嘿一笑道：“原来是独孤大人。皇上可是极少赐人免通报金牌的，咱家也只见过田大人手上有一面。独孤大人既得皇上如此信任，平日为何罕见大人入宫啊？”

光波翼微微笑道：“下官不过是奉旨，常常在外为皇上办事罢了，是以很少入宫。”

那宫监忙堆笑道：“明白，明白，大人这边请。”说罢伸手引着光波翼转向东北一条小径。

光波翼心道：“你明白个什么？想必是将我当成那专门为皇上收罗珍奇好玩之物的游乐官了。”

二人进了一个大月亮门，来到一座花园，在园中曲曲折折地走出一二里远近，绕过一座假山，将要穿过园子，忽闻园北传来喊杀声一片。那宫监笑道：“就快到了。”

待出了花园北门，沿竹林间小路再行出百十步，果然看见一大片鞠场，场上正有两队人马厮杀在一处。

只见一边场上人马衣着光鲜，甲明马壮，阵中一面大黄旗，上书偌大“唐”字。另一队人马却是衣甲不齐，尚有农夫打扮、穿着草鞋、打着赤腿的，手中兵器也参差不齐，有拿着锄头、木槌的，也有以铁耙做兵器的，更可乐者，居然有人手持大铁锅盖当作盾牌。阵中也有一面补丁缝成的七彩大旗，上写一“黄”字。

一阵冲杀过后，“黄”字旗下人马溃不成军，已有半数弃械投降。僖宗策马冲出，挥舞长戟，大喝一声："贼子黄巢，出来受死!"对面应声冲出一人，手持长枪，与僖宗战在一处。

持枪那人虽有意相让，却见僖宗的长戟舞得虎虎生风，颇有些气势，倒也不是平庸之技。二人战了二三十个回合，僖宗大喝一声，一戟戳到对手左肩上，那戟头、枪头皆已换作棉头，故而并不能伤人，只将持枪那人戳到马下。那人立时被僖宗手下赶上来擒住，拖回阵中，只听那人口中不断喊道："皇上饶命！皇上饶命！黄巢罪该万死，请皇上开恩啊!"僖宗闻言哈哈大笑。

光波翼皱眉看完这场闹剧，待僖宗下马回到场外便殿中休息，那引路的宫监方急忙上前通禀。

僖宗见光波翼进宫来，显得颇为高兴，遂遣散了游戏的两队人马，换下身上的甲胄，带着光波翼向西来到太液池旁的洗月亭中，屏退左右，君臣二人方才见礼。

光波翼向僖宗说明了来意，请求他下诏命诸道忍者协助剿灭反贼。未及僖宗开口，却见田令孜已步入亭中。原来光波翼出示金腰牌请求召见之时，早有田令孜的耳目宫监去向他通报了。光波翼只得与田令孜见礼问候。

僖宗见田令孜到来，笑说道："阿父来得正好，你看此事如何?"便将光波翼请求之事说了。

田令孜闻言说道："如此正好。前些天，浙东观察使崔璆从越州逃出，上奏说贼寇攻打越州时，有异人乘鹤在天上以雷火协助攻城，令守城将士人心惶惶。军中更传言黄贼得神仙相助，致使越州城转眼即破。我却怀疑是北道忍者所为，上次东内苑马球大会上，那些人不是现身过吗?不过咱家从先帝爷留下的忍者名册之中并未见过有乘鹤的忍者，不知侍御史大人有何发现?"

光波翼道："田大人所言不错，那乘鹤的正是御鹤族忍者，如今已成为黄巢手下的王牌禁军，名唤'控鹤'，由黄巢的外甥林言做军使。不过这御鹤族忍者并非隶属北道，当年先帝召集各部忍者之时，御鹤族忍者并未应召，一直隐居山林，数月前才在东内苑首度现身，其族中忍者鹤紫云眼下乃控鹤的副军使。"

田令孜"嗯"了一声，道："原来如此。光波大人于调派忍者一事有何提议?"

光波翼向僖宗拱手道："臣以为可令镇海节度使高大人派兵前往浙东围剿贼寇，令东忍者道川洋长老手下的沐族忍者和白鸟族忍者先行前去助战，再徐调西、南二道忍者陆续参与，视贼寇军中之变以应对之。”

僖宗看了看田令孜，问道：“阿父以为如何？”

田令孜躬身说道：“如此甚好，沐族忍者擅长用水，可以克制御鹤族忍者的雷火，白鸟族忍者可召唤水鸟，想来可以扰乱飞鹤，光波大人所想甚为周详。依老奴之见，皇上何不加封光波大人为‘游击将军’加‘三忍者道通知使’，命光波大人前往诸忍者道，宣读诏令，命诸道忍者协助讨伐贼寇？”

僖宗点头道：“便依阿父所说。”

田令孜忙低首说道：“如此，老奴这便去拟旨。”

光波翼也跪下叩首谢恩，心中暗想：“这田令孜竟然对诸道忍者了如指掌，想必先帝留下的那卷忍者名册记录诸道忍者之事应当甚为详细。”

僖宗留光波翼用过午饭，方放他出宫。

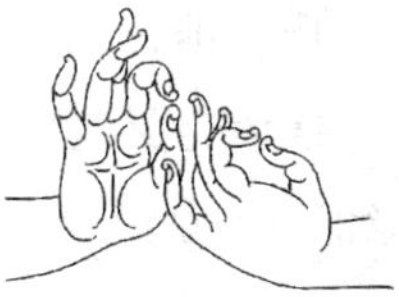

第二十四回

长安夜冷别梦寒
越州尘起马蹄乱

光波翼回到客栈，见萁荚居然独自留在房中，忙问她为何不随南山等人一同出去游玩。

萁荚见光波翼提早回来，眼中露出一丝笑意，回道：“他们不过又是去一些热闹地方，这两日我想静一静。”

光波翼说道：“妹子是否想家了？眼下时辰尚早，你若有兴致，我可以带你前往曲江畔一游，如何?”

萁荚略思，点头同意。

光波翼让小二租来一匹马，与萁荚共乘着向城南行来。

曲江池位于长安城东南，周遭泉池间错，丘原相杂，竹林花树森然成林，乃天然一地佳景，故于秦皇时便被纳入皇家禁苑之中。后经汉、隋、唐历代修饬，引水扩池、建筑亭殿，围南面大片池水而成“芙蓉园”，乃皇家御苑，园中池水称作“芙蓉池”，亦称“凤凰池”。北池略小，称作“曲江池”，池畔却更为蜿蜒多姿，沿岸由中书、门下、尚书、宗正司等各署衙营造了许多亭台楼榭，曲折处则有拱桥、浮桥接引。曲江池及其周围之杏园、慈恩寺、乐游园、青龙寺、芙蓉园等，连景成片，乃官民同游之池园。长安城无数风雅兴事，皆发生于此。如元稹诗中有云：长安最多处，多是曲江池。

时值深秋，凉风飒飒，萁荚坐在光波翼身前本有些害羞，却又感到丝丝暖意笼罩全身，随着马步摇曳，不觉轻靠在光波翼的胸膛上，感受到光波翼匀长的呼吸，竟似这时光与呼吸渐渐融成一体。

江边人迹正罕，池畔红叶满地，踏之如毯，午后日光泛金江波，江上鸧鸡飞戏，旋起旋落，关中黄金秋色自又与江南不同。

二人并肩漫步江畔，细语轻聊。

沿江走出长长一段路，蓂荚停下脚步，顺江指着东南方问道："归凤哥，那里可是越州方向吗？"

光波翼轻轻点点头。

蓂荚独自向前走了几步，静静凝望江水。

风自东北吹来，蓂荚的秀发和衣裙轻轻飘起，好似镜湖的青柳和那西湖的莲叶一般。

光波翼望着蓂荚的背影出神，蓂荚忽然转过身来，与光波翼四目相对，二人的眼神竟凝在一处，虽只是刹那之间，却有如数月之长。仿佛自那夜莲舟听歌之时，这目光便从未断过。

二人几乎同时将目光移开，蓂荚两颊绯红，轻声说道："归凤哥，时候不早了，咱们也该回去了。"

光波翼点点头，二人便沿着原路返行，却不再说话。夕阳映出天边一片红霞，似是少女洒下的一路羞赧。

回到客栈，南山等人已经游玩归来，发现蓂荚不在房内，正急着要外出寻找，见她与光波翼二人同时回来，南山便跑到蓂荚面前，噘着嘴说道："哼！人家正为姐姐担心，怕你别是又被谁给抢了去，没想到却是与哥哥偷偷相会去了。"

蓂荚羞道："你又胡说，姐姐又不是彩球，哪会总被人抢来抢去的？"

南山点点头道："那倒也是，姐姐应当是个绣球，抛到哥哥那里便谁也抢不走了。"

蓂荚闻言大窘，面如火烧，正不知如何发落南山，南山却早已知趣地逃开，躲在光波翼身后咯咯大笑。

光波翼笑道："你这小丫头，就不怕我将你拿住送给你姐姐发落？"

南山从光波翼身后探出头来，道："哥哥才不会出卖我哩，你若这般待我，日后我便不认你作姐夫！"说罢笑着转身跑出房门，回自己房里去了。

铁幕志笑了笑，也走出房门，小萝和纪祥也识趣地跟了出去。

光波翼无奈摇摇头，对蓂荚说道："南山一向顽皮，妹子不必介意，你先稍稍歇息，一会儿咱们再去吃晚饭。"

蓂荚已羞得说不出话来，只轻轻点了点头。

光波翼转身正要出门，蓂荚忽然开口叫道："归凤哥。"

光波翼回头问声："嗯？"蓂荚却又说道："没什么，归凤哥也歇息一会儿吧。"

光波翼道了声"好"，步出门去，不知蓂荚适才心中有何话语，却未说出口。

蓂荚轻轻关好门，回到窗前，望着最后一抹夕阳余晖渐渐隐去，心中那预感仍在，隐隐感到光波翼又将离自己而去，正是适才想说而未说出口的。

秋夜如水，凉意袭人，蓂荚与南山等人均多加了一件衣裳。晚饭席间，众人似乎各有心事，都只静静吃饭，不苟言笑。

光波翼开口问南山道："南山，你这是怎么了？整晚未闻你开口说话。"

南山瞄了一眼蓂荚，小声道："姐姐罚我晚饭时不许说话。"

光波翼笑道："你何时变得如此乖巧，竟这般听姐姐的话了。"

南山噘嘴"哼"了一声，却不搭话。

光波翼说道："你今晚不同我说话，只怕明日想说也说不成了。"

南山闻言立时紧张道："哥哥又要走了？"

光波翼点头说道："我有要事须回东边一趟，明早启程，铁兄会留下照顾你们，为你们租下一套宅院暂时住下，待我回来再做长远打算。"

南山此时也顾不得被罚禁语之事，问道："哥哥每次都是说走便走，要来便来，这一走又不知何时才能再见。哥哥究竟是做何行当的，总是神神秘秘？"

光波翼笑道："不瞒两位妹妹，我乃朝廷武官，此行确有军务在身。"

南山奇道："武官？哥哥该不会是在骗人？你可有凭证给我看看？"

光波翼笑了笑，从怀中取出一个饰铜的鱼袋递与南山，南山接过，从中取出鱼符，自言自语道："游击将军，从五品下。这可是个什么官儿？"

〔按：据《新唐书·车服志》载，唐初，内外官五品以上，皆佩鱼符、鱼袋，以"明贵贱，应召命"。鱼符以不同的材质制成，"亲王以金，庶官以铜，皆题其位、姓名"。装鱼符的鱼袋也是"三品以上饰以金，五品以上饰以银"。〕

光波翼道："游击将军本是散官，有名无职，如今朝廷命我往浙东察看军情。"

南山点头说道："原来只道哥哥是个文武双全的读书人，不想却真是一位将军。既然如此，哥哥何不向朝廷毛遂自荐，领兵去剿灭黄巢那反贼，也好为我姊妹报仇。"

光波翼说道："那黄巢拥兵十数万，岂是轻易便可剿灭之？何况我不过是区区一个游击将军，也只能略尽绵薄之力而已。"

南山"哼"了一声，道："朝廷当真无眼，似哥哥这般人才却只做得个从五品的散官，难怪朝廷被黄巢这起反贼逼得气短。"

莫荚轻斥道："南山不得胡说，这里是长安城，仔细被人割了你多话的舌头。"

南山一吐舌头，道："有哥哥在此，谁敢割我的舌头？"转向光波翼道："哥哥此行，何时回来？"

光波翼答道："短则月余，长则难说，总要得个结果才能回来。你和姐姐只管安心住下，铁兄自会将一切安排妥当。"说罢看了一眼莫荚。

莫荚说道："归凤哥尽管放心去吧，这里有铁大哥照应，归凤哥不必担心。只希望东部战事早日平息，让百姓过上安稳日子。"

光波翼举杯说道："今夜咱们在长安话别，何不一醉方休？"

未及大家举杯，南山抢道："不忙吃酒！哥哥两次均是突然辞别而去，害得我们不知所措。上次西湖辞行，姐姐为哥哥抚琴歌咏，这次哥哥也要礼尚往来，为我和姐姐歌咏，多少也算作赔罪。"

光波翼哈哈一笑，道："这倒也是。好，我便吟咏一首，向两位妹妹赔罪、辞行。"说罢，以箸击碗，吟唱道：

长安深秋夜，残灯冷如月，莲歌一曲犹在耳，轻挥香袖又离别。
荡荡八川水，历历汉宫阙，谁言今夕别梦长，一杯融尽霏霏雪。

（按：八川指的是渭、泾、沣、涝、潏、滈、浐、灞八条河流，周绕长安城而流，均属黄河水系。西汉司马相如在《上林赋》中写道："荡荡乎八川分流，相背而异态。"）

（又按：《诗经·采薇》中云："昔我往矣，杨柳依依。今我来思，雨雪霏霏。"上述文中"霏霏雪"便借用此意，以表重逢之时。）

歌毕满座无声，半晌南山抚掌道："哥哥唱得真好，早知如此，我便每日都要哥哥唱歌给我们听。”

蓂荚举杯说道：“我们便祝愿归凤哥早日归来，此行一路平安。”眼中分明藏着泪光。

南山也跟着举杯道：“好，如今已是九月残秋，再过几日便要入冬了，哥哥可要遵守诺言，冬日下雪之时便要回来与我们相聚。”

深夜，待众人均已安歇，光波翼收拾好包裹，将一封书信交与铁幕志道：“过些时日，待兄长将她们几人安顿妥当，还要烦请兄长往松州一趟，将这封书信交与百典前辈，并代我向他致歉，待我回来后，我自当亲自登门谢罪。”

铁幕志点头说道：“贤弟放心，我一定将信送到。贤弟何必这般急着深夜出发，歇息一宿明早再走不迟。”

光波翼回道：“夜间行路可走大路，走得快些，天亮后我再投宿歇息。这里便有劳兄长照料了，让兄长受累。”

铁幕志说道：“我待在这里有何受累？倒是贤弟，此番东行愚兄不能与你同去，贤弟自己多加小心。”

光波翼点点头，兄弟二人相拥告别，光波翼飞出城去。

一路上光波翼夜行昼宿，尽走的平坦大道，故而并不十分辛苦，只五六日便到了明州鄮县东境甬江口的望海镇。

（按：明州即今宁波，望海镇即今之镇海区。）

光波翼寻到镇中甬江北岸一处董记酒肆，与掌柜的互相见过礼，表明要去东海胜神道见川洋长老。原来这董记酒肆便是东道忍者的一处对外往来联络之地。

董掌柜早得过通报，知道光波翼现为皇上钦封的忍者道侍御史，当下便命手下备船，送光波翼出海。

时值隅中，小船沿甬江入海，转而东行。两名东道忍者交替划船，日暮方停靠在一岛岸上。那二人引着光波翼进岛，登上梅岑山。

（按：隅中即巳时，为上午9—11点之间。梅岑山即今之普陀山，宋以前名为梅岑山。）

三人沿着一条似路非路的小径，来到山中一处茅屋前，那茅屋背靠一处山洞口，屋、洞均不甚大，屋内住着一位瘦削的中年汉子，乃是东道的一位哨子忍者——隐真。

说起哨子忍者，有个特别之处，便是各道忍者之中的哨子忍者均是以“隐”为姓，却并非同族。最初百位忍者之中，有一位忍者名为罗公车，擅长“隐身术”，担当哨子之职，却无子息后人，便择了几位资质上佳的他族晚辈忍者作为弟子，将隐身术传与各人。后代哨子忍者虽与这位罗公车无有血缘关系，却以他为先祖，故而均将“隐”字做了姓氏。然而这位先祖的几位弟子却多非哨忍，隐身术因此流入各族。不过这隐身术修炼极难，历经几代，多有失传，如今哨忍之中，竟无一人精通此术，各族忍者之中亦早已不闻此术，不知究竟尚有何人得此术传承。

隐真问明了几人来意，忙热情招呼，下厨生火做饭，又做了笋干、香蕈等菜肴，款待三人。

用过晚饭，隐真让三人在茅屋内歇息，自己则在山洞中过夜。

次日天明，送光波翼前来的那二人告辞回望海，隐真则引着光波翼来到海岛北岸，登上一艘小船，径向东北部划去。

茫茫海上，四顾无涯，若非熟识水路的行船高手，只怕早已迷失方向。

隐真掌稳了舵，一路不改方向，直至正午，方见到前方隐隐现出一座小岛来。

隐真呵呵笑道：“前面便是东胜神道了！”

光波翼听隐真介绍，这海岛长、广各七百丈，西北至东南最长，为一千丈，其形状似一大海螺，乃东海中最为隐蔽的一处岛屿。岛上有山，名胜神山，山高百丈，其势险峻，主峰之上，常有白云笼罩，状似伞盖，春、夏、秋三季常然。这胜神岛孤悬东海，四季温润，春夏多雾多雨，泉水终年不绝，实乃宜人之地。

待到得近前，光波翼见胜神岛南岸乃一陡峭山峰，高约三四十丈，崖壁如削，直插入海，甚为惊险。船绕向东行，见那海岛东南有两大礁石，突兀乍起，屹立海中，与岛隔水相望，气势不凡。

转到岛东，光波翼见一峰下云雾缭绕，真如神山仙岛一般，煞是好看，便问隐真是何所在。

隐真回道：“此峰名为白云峰，因其峰下有一白云洞得名，你见那云雾缭绕处便是白云洞口。这洞说来奇怪，乃由乱石天然垒成，洞口上窄下宽，洞深五丈，洞内可容七人站立，冬暖夏凉，岛上兄弟常用作修炼之所。”

（按：上述胜神岛似乎为今日舟山群岛东部东街山列岛中最高的东福山岛。）

过了白云峰，小船钻进胜神岛东北的一丛乱石，转了两个横弯，方才靠岸，亦是一处稍低的岩壁凿成的石阶，外人绝想不到舟船会在此处停靠。

光波翼问隐真为何在此登岸，莫非岛屿的西、北二侧也没有平缓之地。

隐真答道：“确有几处平缓之地，不过均被施设了机关、忍术，外人若想从那里登岸，必中埋伏。如此可保岛上平安。”

二人上了岸，早有人迎上来，问明来意，将光波翼引去长老舍。

这胜神岛虽说四面多山，岛中却是大片平坦之地，房舍整齐，纵横成巷。岛上虽有少许田地，东道忍者却以贸易商货为主要营生，换取大量粮食、财物，并在岛上建有特殊粮库，长期存放粮食、干菜等而不霉腐，内藏之粮可供全岛人吃上七八年，每年均以新粮换掉部分陈粮。

到了长老舍门前，川洋长老已得了消息，出门相迎。只见这位长老五十几岁年纪，身材高大结实，面色暗红，五缕黑须，一身淡青长衫，奇怪的是居然赤着脚，一双脚板又大又厚。光波翼忙右膝跪地见礼，被川洋一把扶起，拉着他步入房中。

寒暄之后，光波翼表明来意。川洋本已知晓光波翼被封作监察诸道忍者的侍御史，今见其仪表堂堂，谈吐不俗，眉宇之间英气勃勃，心下不免暗赞其不愧为名忍之后。川洋当下命人找来沐族与白鸟族的两位邑长，沐六与白鸟群飞，共商大事。

沐族中以女子人数为众，沐六便是一位文静妇人，白鸟群飞则是一副中年渔夫模样。

待两位邑长到来，川洋摆下酒席，为光波翼接风。席间，几人便将目下浙东的战情分析一番，大致议妥了初战黄巢的策略。由沐族和白鸟族各派七人，由光波翼调遣，明日即赴越州参战。

初到胜神岛，川洋令人陪同光波翼在岛上四处看看。眼看入冬，这里气候却仍舒适宜人。

光波翼在岛上转了一圈，心道：“瞻部村位于最南，胜神岛在极东，两道皆极隐蔽难寻，然而瞻部村藏于万山千岛之中，虽然出入皆难，不似这胜神岛，若要离去时，竟往那东海一去，便无踪可寻了。”

歇息了一晚，次早天亮，光波翼便率领沐、鸟二族十四位忍者乘船西去。

随光波翼出征的这两族忍者，为首二人乃是沐族的受忍沐如雪和白鸟族的受忍白鸟瀛。

光波翼将这十四人安顿在越州城外附近守候，自己则往润州去见镇海节度使高骈。

数日前，高骈已收到长安六百里加急送来的圣旨，命自己派兵前往浙东剿匪，并得知有一位朝廷钦派的特使——独孤将军，将会前来协助自己。高骈一向善战，打仗罕逢敌手，故而并未将黄巢放在眼里，既然接到圣旨，已做好出征准备，却不知朝廷为何派来一位特使，还要自己等候这位特使一同出战。

待见到光波翼，高骈眼前一亮，心中赞叹这位小将一表人才，气度不凡，不过见他年纪轻轻，能有何本领而得朝廷赏识？八成是与朝中哪位大人沾亲带故而得到提拔。

光波翼与高骈见礼寒暄后，说道："大人可曾听说那黄巢军中得异人相助之事？"

高骈撇嘴笑道："已有耳闻，不过我看多半是那些草寇散布的谣言罢了，纵然真有什么异人助他，又有何惧？我大军一到，定会让那些草寇望风而逃。"言下甚是骄傲。

光波翼说道："这倒并非谣言，贼寇军中的确有支异军，能乘鹤飞空，居高临下，投掷火器，此军名为'控鹤'。贼寇攻打杭、越二州之时，便是控鹤在天上助攻，与黄巢的先锋军相互配合，一举破城。"

"哼哼。"高骈冷笑一声道，"真也好，假也罢，这回我倒要看看这些草寇有何能耐。不知独孤将军此来有何高见指教？"

光波翼微微一笑道："不敢。贼寇眼下据守越州，大人若是派兵强攻，只怕耗力不小，亦难免折损兵将。末将今有一计，可将贼寇控于股掌之中，到时大人只需全力围剿之，亦不必理会那控鹤，末将自有办法对付。"

"哦？"高骈饶有兴趣地听光波翼献计。

光波翼此前已将黄巢军队在越州各地布置情况打探清楚，对其手下诸将亦有所了解，前往胜神岛的路上便已想好了夺取越州之策。待光波翼将计策说出，高骈连连点头，此时方对光波翼刮目相看，暗许这位小将军确有将才。当下说道："好！我便派张璘、梁缵二将各率骑兵一万，分两路拔赴越州。此去越州七百里，大军五日后可达。我再派三百人马，由独孤将军先行带去上虞，第六日上一时依计行事。”

光波翼拱手道：“诸暨那里也要有劳大人安排。”

高骈“嗯”了一声道：“你放心，我自会安排妥当。”

（按：诸暨县位于越州西南，隶属会稽，地形以丘陵为主，是越国故都、西施故里。）

五日后，守在上虞的黄巢部将——许勍接报，发现一队运送粮草物资的唐军，约有百余骑，押送着两百匹马货，正悄悄穿过上虞县东，向东南而去。

许勍平日最喜打劫，每次跟随黄巢攻下城池后，进城劫掠财货乃其最大快事，如今闻报大喜，心道：“这可是天上掉下来的肥肉！”立时点了五百骑兵，追出营去。

追出数里远，果然看见一队满载货物的唐军马队。许勍一声令下，五百骑兵呼喝着向马队冲去。

唐军见有骑兵来袭，一时慌得纷纷丢下马匹、货物，向东边树林中逃去。

许勍率骑兵追出百余步，便勒住马，回身去拾取唐军的马匹、货物。忽闻身后喊杀声大作，只见那逃走的百余骑又转身杀了回来。

许勍冷笑一声道：“真有不要命的！”当下率众，挥刀迎上。

未及交手，身后喊声又起，回身看时，只见那两百匹马上的货物纷纷立起，却原来是唐军骑兵伏在马背上，身上蒙了干草、布袋等伪装成货物。

许勍大惊，知道中计，连忙率众向北突围，心中暗忖，自己虽然中计，对方亦不过三百骑兵而已，待稳住阵脚，再回身杀退唐军可也。

思绪未定，忽见左前方林中冲出一队人马，迎面杀了过来。许勍暗叫“不好！”这才知道的确中了唐军埋伏，忙拨转马头，转向东边逃去。毕竟东边只有百余骑人马，相对势力较弱。

两军相碰，那百余骑唐军虽然拦不住许勍，却也将他手下这五百人马截住大半，后面赶上的唐军随即将叛军团团围住，不消片刻便悉数或杀或俘之。

许勍被一队唐军骑兵紧追不放，一路向东部余姚方向逃去。唐军边追边放箭，将那两百余骑人马又射杀了十之二三。

上虞位于会稽、余姚之间，距两地各有六七十里，营中只有五千人马驻扎而已，骑兵也只有千人。余姚乃越州巨镇，由黄巢手下大将毕师铎领步兵一万、骑兵五千守之。

奔出近一个时辰，又穿过一片树林，许勍心中稍慰，再过二三里便可到余姚，看来自己有救了。

又奔出一段路程，许勍觉得追兵似乎渐远，看来唐军也是强弩之末，就算他们追到余姚，也只有死路一条。

眼看望见余姚城墙，后面唐军追兵又近，许勍心中暗骂："这群兔崽子！想把老子逼上绝路不成？哼哼！前面马上便到余姚城，就算你们追上我，也必然精疲力竭，到时只怕你们这群兔崽子想跑也跑不了了！"当下又加了一鞭子，没命地做最后冲刺。他哪里想到，这身后的追兵适才已在树林中换了人马。

余姚城上守军望见这一逃、一追两队人马向城门冲来，前面逃兵分明是自己人，不过百余骑，后面唐军有近千骑。隐隐听前面逃军中，为首之人口中大叫："毕将军快来救我！"眼尖的已认出是许勍，忙去禀告毕师铎。

毕师铎心中奇怪，不知许勍何故被唐军追杀，莫非上虞已经失守了？忙命部将胡荣率领两千骑兵出城营救许勍等众。

待胡荣出城时，许勍的人马已被赶到城下的唐军杀得只剩下数十骑。唐军见对方救兵出城，不敢恋战，忙回马撤走。许勍怒道："胡将军，这群兔崽子欺人太甚！一路从上虞追赶我至此，休要将他们放走了！"

那胡荣闻说唐军竟然从上虞一路追来，必然已是强弩之末，加之自己人马多出对方一倍，故而更加大胆追击。

待追出二三里远，仍未追上唐军。胡荣心下大怒，暗自骂道："这帮小兔崽子！还真他娘的能跑，老子倒要看看你们能坚持到什么时候。"眼看唐军奔入前方树林，胡荣毫不犹豫地追了进去。

且说许勍进了余姚城，见过毕师铎，将自己的遭遇讲说一遍。

毕师铎听罢皱眉道："兄弟，我怎么觉得这事儿有些蹊跷。看那唐军所为似乎不像是在打仗，倒像是寻仇报复。他们如此拼命地追赶兄弟你至此，难道不怕被我全歼了吗？你可与唐军中什么人结过深仇吗？"

许勍摸摸脑袋说道："这我可想不起来。老子杀了无数唐兵唐将，莫非是哪个死鬼的兄弟来给他报仇？不过不管怎的，我看他今日不久便也要和那死鬼兄弟团聚去了。"

二人聊了大半晌，仍不见胡荣回来，毕师铎不免有些担心，自言自语道："该不会又出什么岔子了吧。"

忽闻城头有人喊道："他们回来了！"

二人忙登上城头观看，一见之下，登时大惊。只见胡荣带去的人马只剩下三四百骑，仓皇逃回，后面百余步外，竟有数千唐军骑兵紧追不放。

"果然中计了！"毕师铎大叫一声。

待胡荣残部跑近城门，方看清胡荣伏在马背上，左后肩插着一支箭，似乎已经昏死过去。便听他身旁一人在马上大喊："快开城门，胡将军中箭了！"

毕师铎忙命人打开城门，将胡荣等人放进城来，一面命人放箭，拦住追来的唐军。

谁知胡荣残部甫一进城，挥刀便砍，将城门左近的官兵杀得片甲不留，那城门再也无法关上，后面大队唐军少时即至，径直冲进城来。

城中兵将毫无准备，被进城的六七千唐军骑兵杀得措手不及，到处都是哭爹喊娘之声。领兵的唐军将领正是高骈部下大将梁缵。

毕师铎至此方知自己彻底中计。原来胡荣率领的骑兵，已被埋伏在城外树林中的唐军全歼。唐军又以三百余人换上叛军的服装、马匹假装逃回，一人扮作胡荣负伤，伏在马背上，故而并未引起毕师铎怀疑。

毕师铎此时后悔莫及，也顾不得城中被踏杀的兵马，与许勍二人带着六七百骑兵，匆忙逃出余姚城，向上虞奔去。

可怜那许勍，刚刚从上虞逃来，累得精疲力竭，如今又要逃回去，顺着原路再跑一趟。

待二人率着残部逃到上虞大营，却见营中已换了唐军旗帜。原来许勍走后不久，梁缵的副将魏桓便率领三千铁骑突袭大营，营中既无主将，又多是步兵，被铁骑这一冲，哪有招架之力？不多时便被杀戮了千余人，剩下的人马悉皆弃械投降。

毕师铎见上虞失守，只得向南绕过大营，继续西奔逃往会稽。

好在唐骑并未紧追不放，待渡过曹娥江，早已看不见追兵的影子。毕师铎与许勍这才略为宽心，离江一里之外，下马稍稍歇息片刻。

（按：曹娥江古称舜江，别名剡溪、上虞江。传说西汉时，孝女曹娥因父亲曹盱溺死江中，故而投江寻觅父尸，曹娥江因此得名。）

刚刚缓过一口气，哨探远远望见一支唐军骑兵渡过江来。毕师铎接报忙命众人上马，尚未跑远，忽然从北面一条小路上冲出一队唐军人马，拦在面前，为首军官大喊道："梁将军有令，不许放过一个活口回去报信！"

毕师铎闻言大惊，只得硬着头皮挥刀迎敌。待双方交手，毕师铎才发现对方亦不过五百骑左右，论人数，自己应还略占上风。不过身后渡江的唐军不久便会赶到，故而毕师铎不敢恋战，率众冲破一道口子，没命地向西逃去，这一回更不敢怠慢，一口气奔出一二十里之外，回头看时，却见身后只剩下不足百骑了。

毕师铎打定主意，宁可累死马，也不能让唐军追上，一路不停策马加鞭，天黑前终于到了会稽城外。

进城后，毕、许二人径直来到黄巢府中。厅堂之上，只见一人身材魁伟，方面虬髯，身穿双钻纹黄绸锦袍，足踏黑绒软底皂靴，神色稳重，不怒自威，样貌非商非儒，气魄亦文亦武，端坐在大厅上首的胡椅上，正与几人吃茶说话，他便是号称冲天大将军的叛军首领——黄巢。毕师铎与许勍走到黄巢面前，跪地大呼："臣等罪该万死！"

黄巢忙问二人何故如此狼狈。二人便将如何被唐军假扮运粮马队诱出上虞大营，乃至唐军铁骑攻破余姚城，上虞大营失守、二人拼命逃出等事，一一详细回禀。

黄巢听罢大怒，立时便要将二人斩首问罪。平南大将军尚让在旁劝道："此番两位将军中了唐军诡计，可见唐军乃是有备而来，亦不能全怪他二人。当务之急，应先弄清这股唐军的来路，再筹划应敌之策。依两位将军适才所言，似乎这股唐军不欲令我们得知上虞、余姚失守之事。想必这股骑兵乃是唐军的先锋部队，人马可能不会太多，此番偷袭咱们成功，多半是想先断了咱们的东翼，等待其大军到来后，再来攻打会稽。"

大将孟楷亦说道："尚将军所言不错。黄王，依末将之见，咱们不妨给这帮兔崽子来个趁夜突袭，连夜回去杀他个措手不及，将上虞、余姚再夺回来。毕、许两位将军皆骁勇善战，黄王何不让两位将军将功折罪？"

黄巢拍了一掌大腿说道："也罢，既然两位将军都为他二人求情，便暂且记下这两颗脑袋。"说罢命人召集诸将，共同商议夜袭之事。

当夜，黄巢麾下大将孟楷、盖洪各带一万骑兵，分别绕过上虞南北，从两路向余姚进发。彭攒率骑兵五千直奔上虞，秦彦、李罕之各率步兵万人，以为后援。林言坐镇会稽城中，调派控鹤协助各路人马。

丑时刚过，两万骑兵便已聚齐在余姚城外不足一里之地，分别对准西、北二门，马蹄以软棉包裹，只待城门一开，便冲杀进去。

鹤祥云亦带了几名御鹤族忍者前来助阵。

先有数十名敢死先锋弃了马，携带钩索短刀，悄悄摸到城下等候。御鹤族忍者乘鹤飞到城墙上空，若见到夜巡的士兵便会以鹤顶针射杀之，再令那数十人以钩索攀上城墙，打开城门，放大军进城。

待那几名御鹤族忍者在空中盘旋了几周，竟不见其有所举动。过了片刻，一人从空中降下，对那些敢死先锋说道：“真邪门，城上居然无人，你们上吧。”

那些人闻言心中不免打鼓，不知道城上有何古怪，不过此时也只好先上去再说。便纷纷将钩索抛上城墙，将钩子钩住墙垛，攀了上去。

爬到城墙之上，果然未见一人巡夜，莫非唐军真以为这刚刚到手的城池已万无一失，都跑去睡觉了不成？

“今夜他们做了刀下之鬼，也不冤枉了。”率先上城的几人心道。

那几十人拔出短刀，悄悄走下城墙，摸到城门口，竟也未见到一人。

“嘿！这还真他娘的邪门。”一人心中骂道。

几个人跑到门口去抬门闩，却发现这城门根本没有闩上！只一拉，大门便咯吱吱地打开了。“他娘的！早知如此，老子何必费那么大力气爬墙！”一人脱口骂道。

城外孟楷、盖洪见城上半晌没有动静，正在纳闷，忽见城门洞开，忙指挥大军入城。

甫一进城，大军便呼喝挥刀，准备大开杀戒，不想叫嚷了半天，却未见到一名唐军出现，整个城中静悄悄的，连个人影都看不见。城中百姓听到外面喊杀声，自然无人敢出来窥看究竟，躲在家中连大气也不敢出。

两万骑兵涌进余姚城，从城西奔到城东，从城北跑到城南，折腾到天亮，方才确信城中果然并无一名唐军把守。

那彭攒率领五千骑兵到了上虞大营亦是同样遭遇，不费吹灰之力便占了一座空营，心里老大不安稳，命人四处搜索，到处布防，生怕中了唐军埋伏，倒比与唐军面对面厮杀更紧张十倍。直到秦彦、李罕之的两万步兵赶到上虞，彭攒心中犹未踏实下来。

且说送走了数万大军，黄巢正在屋内呆坐，忽然侍卫来报，朱温求见。

这朱温本是宋州砀山人士，幼年丧父，家贫无靠，只得随母亲为人做佣过活。朱温虽然出身贫寒，却少年壮志，自幼习得一身好武艺，十六岁便辞别母亲外出闯荡，希望能谋取功名，再回来接母亲享受荣华富贵。不想三年后，朱温竟是落寞归家，神情大为沮丧，母亲再三问之发生了何事，他只摇头不语，如此消沉了数年之久，每日只是读书习武，时而对天长叹而已。待王仙芝、黄巢起兵作乱，朱温大感振奋，思量再三，决意前去投靠王仙芝，谁知不久却传来王仙芝兵败被杀之讯。数月后，黄巢大军攻掠宋州，朱温便径去投了黄巢从军。

朱温相貌堂堂，为人谨慎多谋，又复武艺高强，作战中常常立功，故而连连被提拔。如今跟随黄巢不过一年多光景，已颇得黄巢欣赏，成了黄巢帐下一员裨将，麾下常领五千人马。

黄巢让朱温进来，问他深夜前来有何要事。

朱温说道："黄王，末将以为今日之事颇为蹊跷。想那唐军明知黄王屯兵十余万在越州，上虞据此不过六七十里，余姚亦不足骑兵一日之程，若唐军主力未到，他们怎敢贸然夺取此二镇？唐廷将高骈调任镇海，分明便是想让他来对付咱们。那高骈用兵一向诡计多端，我只怕今日该不是高骈已经动手了吧？"

黄巢微微一笑道："朱兄弟，你太多虑了。那高骈若想动手，咱们打到杭州的时候他为何不出兵？他大军在润州，距此越州比杭州更远上近百里。何况咱们到此已半月有余，我大军已休整完毕，他若真敢远道来攻，我也正好借此良机一举破之。高骈一败，大唐上下便更无人敢与我相抗了。"

朱温说道："黄王，咱们亦不可掉以轻心。当日咱们攻打杭州之时，王重隐在浙西呼应，那高骈老奸巨猾，他怕来杭州会腹背受敌，故而按兵不动。如今王重隐去了江西，如果高骈再会同临安八都军给咱们来个分路夹击，只怕情形会大为不利呀。"

黄巢沉吟片刻，问道："依你之见如何？"

朱温抱拳道："请黄王下令，今夜全军整备，人不卸甲，马不解鞍，枕戈而卧。全军分作三班，一班值夜，两班歇息，依次轮换。另派弓箭手两千人，增守四门。明日天亮，派人传令上虞，让彭将军的五千骑兵留守上虞大营，秦彦、李罕之两位将军率领两万步兵调赴余姚。上虞位处会稽、余姚之间，若非先打下会稽或余姚其中一城，唐军断不敢先取上虞，否则只会腹背受敌，自寻死路。而彭将军率五千骑兵留守上虞，可相机而动，无论会稽和余姚哪里受困，皆可快速前往援救。”

黄巢听罢哈哈大笑道：“朱兄弟言重了！今晚是咱们去偷营，你怎么反倒提防起唐军来了？你所说虽然有些道理，不过这浙东亦未必是久居之地，咱们也不必大费周章地排兵布阵于此。”

朱温见黄巢不屑采纳其言，忙拱手施礼道：“黄王……”话未出口，黄巢摆手止住他道：“朱兄弟不必多言，既然你执意如此，今夜便令你率部值夜，再加派五百弓箭手归你调遣。至于调兵余姚之事，明日帐上再议。”说罢示意朱温退下，朱温只得退出门来，独自回营点兵去了。

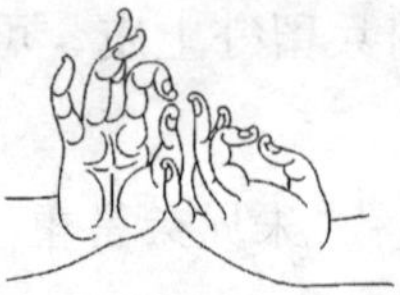

第二十五回

莽莽黑山助贼寇
悠悠清波漾子衿

丑末寅初，会稽城中睡意正酣。朱温的四千兵卒与五百弓箭手分布四城之上，不时向城外及城下张望，不敢稍息，另有一千人正在城中巡视。

朱温手下副将张力来到北门城墙之上，自东向西巡视，边走边不时向众人说道：“朱将军有令，今夜务必打起精神，严防唐军偷袭。”

待其走远，一名士兵对身旁同伴低声嘀咕道：“今晚上黄王不是刚派了很多人马去东面打唐军了吗？咱们在这劳神费力的，这是防谁呢？”

另一人说道：“谁知道呢？让咱干啥咱便干啥呗。”

先前那人又道：“奶奶的，这夜里还真冷。按说今晚不该咱们值夜啊，就是让咱值夜也得有个轮换哪，咋还让咱值一宿呢？这他娘的不是欺负人吗？”

另一人道：“你发牢骚也没用，老老实实盯着吧。”忽又低声说道：“嘘……张将军又回来了。”果然见到张力又从西面走了回来。

只听张力说道：“朱将军有令，每门留下三十人，其余人收队回去睡觉。”众人闻言悉皆大喜，众校尉、军曹忙逐级整队，收兵下城。

且说朱温在房中和衣小憩了一会儿，刚刚起身出门，正要亲往四城巡视一番，忽见自己手下一队人马迎面而来。遂上前拦住问道：“你们不去守城值夜，怎么跑回来了？”

为首军官施礼答道：“张力将军传您的令，命每门留下三十人，其余人回来歇息。”

朱温一听，心说：“不好！”随又问道：“你们守的是哪一门？”那军官答说北门。

朱温听罢忙命人前去通禀黄巢，有敌来袭。又命人火速传令东、南、西三门，一律不得撤防，擅离职守者——斩。一面带着这队人马直奔北门而去。

接近北门，却见城门已大开，一队骑兵正悄然进城。原来张璘率兵埋伏在城外，却见城中四门守卫密布，无从偷袭。光波翼遂潜入城来，探明张力奉命巡视，便化作他的模样，假传军令，命北门守卫撤防，再打倒那三十名留守兵士，打开城门放唐军进城。

朱温见唐军已然进城，忙命百余名弓箭手分作两批，放箭阻敌。又命人再次火速向黄巢求援，一面让人吹起号角报警。自己则率领手下这一千人藏身在道路两旁的小巷中、房舍后。

唐军被迎面一阵乱箭射倒许多人马，后面的骑兵忙纷纷躲向两旁，一面也取出弓箭，与弓箭手对射，毕竟唐军人多，不大工夫，弓箭手或死或逃，未及逃远，也悉数被冲过来的唐军骑兵挥刀斩杀。

待唐军骑兵向城内冲杀，躲在巷中的朱温手下突然探出长枪、长戟，或刺或扫，专攻骑兵马腿，数十骑唐军中招倒地，后面大队人马竟一时受阻。张璘的几名副将忙指挥人马分头进入小巷清剿伏兵，一面命人清理道路。

光波翼本来设计悄悄偷入会稽城，趁黄巢大军熟睡之际，一举擒获黄巢等叛军将领，纵然抓不到黄巢，亦可重创叛军，大大削弱其实力。不想黄巢帐下竟有朱温这样一位厉害角色，唐军甫一进城便被他发现，并吹号向全城报警，又在城门附近阻挠了唐军半晌，如此唐军便已先机尽失，只怕攻到城内也占不到太多便宜了。

不过光波翼等人有所不知，若非黄巢没有完全采纳朱温之言，只怕唐军连这城门也未必能进来了。

这边黄巢被人从睡梦中叫醒，闻说唐军来袭，忙下令全军整队御敌。待黄巢穿戴整齐，奔出房门，喊杀声已从城北传到城中。

黄巢急命部将刘瑭、张全率兵前去阻击唐军，命林言率控鹤支援。

林言得令，命御鹤族忍者抢先飞去攻击唐军，御鹤族二三十人悉数驾鹤起飞，待飞到北城，只见到处都是唐军骑兵，呼喝着挥刀冲杀。黄巢军中兵将大多刚从被窝里爬起来，有的衣服尚未穿好，被追杀得到处乱跑乱窜，镜湖畔的士兵更多有被追逼跳湖者。

鹤紫云在空中一声令下，由鹤青云、鹤祥云、鹤彩云各带领七八名忍者分作三路，开始向唐军投掷雷蒺藜与鹤顶针，随着两声巨响，两枚雷蒺藜顷刻间便将唐军炸倒数十骑。唐军中一片恐慌，更有人叫道："不好啦！黄巢将雷公请来了！"

雷蒺藜爆炸四周的唐军正吓得想要转身逃开，又有两枚雷蒺藜投了下来。那两枚雷蒺藜未及落地，忽然平地激起两股大浪，将两枚雷蒺藜又冲起了一丈多高，方才重又落下，雷蒺藜的火捻儿却已被水浪浇熄，落地也只成了寻常的铁筒子而已。

御鹤族忍者见状大惊，正不知何人出手阻挠他们，镜湖中忽然激射出数十道水流，自湖面射向天空中的御鹤族忍者。御鹤族忍者急忙纷纷驾鹤躲闪，或有躲开者，另有八九人未及躲开，被水流射到，险些栽落下来，连人带鹤悉皆被湖水浇了个透凉，身上所带火器亦悉数潮湿，不能再用。

那些躲过的御鹤族忍者来不及庆幸，湖面上又射出数十道水流，比前更大。这一次，那水流却并非直接射向飞鹤，而是射向御鹤族忍者的上空，水流在空中散成栗大的水珠，化作暴雨一般倾泻下来，水流源源不断升空，暴雨持续而下，御鹤族忍者再也躲不过，悉皆被这场湖雨浇透，火器再无用武之地。

地面的唐军见状悉皆大惊，不知道今夜这会稽城里究竟来了哪几路神仙，竟接连见到如许古怪之事。有人学着先前那人叫道："这回好啦！张将军将龙王爷请来助阵了！"

鹤紫云在天上大怒，心中明白必是东道忍者来此相助唐军，便率领御鹤族忍者，只以鹤顶针射杀唐军，一面留意寻找东道忍者的身影。忽然座下灰鹤一声唳鸣，紧接着其他灰鹤也一同鸣叫起来。抬眼看时，只见北面黑压压一片，月色之下不辨何物，如乌云一般，正飞速向这里趋近。

乌云愈来愈近，渐渐已能听出嘈杂之声，御鹤族忍者胯下灰鹤开始躁动不安。

鹤紫云大声喊道："大家小心！"

鹤青云胆大，驾鹤向那乌云飞了过去，飞到一半便已看清那乌云，忙折回大叫道："是鸟群！大家仔细了！"

众人闻言均暗自吃惊，心下明白这鸟群必是冲着自己御鹤族忍者而来。

不多时，鸟群便已飞到，啾声漫天，原来是一大群鸥鸟，其数莫计。鸥鸟与鹤本是井水不犯河水，彼此相安，这群鸥鸟却是受了白鸟族忍者的召唤，一来便径向灰鹤冲击。灰鹤体形固然比鸥鸟大了许多，无奈鸥鸟数量太多，又似要拼命一般，直将那些灰鹤吓得向南飞逃。

御鹤族忍者见状也是无能为力，他们原本也可施术以群鹤唳鸣之声召唤鸟雀助战，如今仓促之间却已来不及了。面对如此众多鸥鸟，御鹤族忍者纵然以鹤顶针射杀也无济于事，只得乘鹤南飞，好在灰鹤速度快过鸥鸟，很快便将鸟群甩开。

鸟群赶走了御鹤族忍者，却并不离去，又向南城飞来，迎着刘瑭、张全率领的大军，直扑过去。鸥鸟这一冲，虽不至于伤了那些兵将的性命，却将这数万大军搅得一片混乱，军中将士被鸟群抓啄得到处乱跑、乱打，也有人挥刀乱砍，个个忙于同鸥鸟作战，却哪里还能前去抵御唐军？

黄巢见到鸟群来袭，与手下诸将正不知如何是好，朱温此时却已在城北脱身，赶回到黄巢身边。黄巢见他回来，忙拉住他说道："朱兄弟，你回来得正好，眼下城北情形如何？"

朱温回道："启禀黄王，唐军此番来人不少，且有异人相助，便如咱们的控鹤一般。大股唐军现下尚在镜湖北岸，不过估计很快便会攻过来。依末将之见，咱们不妨先撤出城去，待重整大军后再与唐军周旋。"

黄巢说道："如今也只好如此，不过这鸟群该如何打发？"

朱温道："可命全军燃起火把，鸟群自然不敢靠近。"

黄巢点头道："嗯，不错，我怎么没有想到。"忙命人传令下去，命全军燃起火把。鸟群见火后果然不敢再靠近，不久便飞散了去。

黄巢又环视左右问道："咱们该从哪一门出城？出城后向哪里去？"

见无人答话，朱温抱拳道："黄王，唐军既然设计让咱们出兵东去上虞、余姚，想必是算计咱们必然会东去与孟将军他们会合，或许会在路上伏击咱们。我看咱们倒不如给他来个出其不意，出城后径向西去，待立稳脚跟后再作打算。"

尚让在旁说道："那孟将军他们带走的四万五千人马怎么办？该不会已中了唐军的埋伏吧？"

朱温回道："咱们那四万五千人马，有两万五千骑兵，唐军若想吃掉咱们这些人马，至少也要两万骑兵，或者数倍的步兵。而他们若是集合了大军前来，咱们不可能半点都未察觉。依末将看来，此番来袭唐军悉是骑兵，他们最多是集合了数万骑兵快速前来，既然打进了会稽城，便不可能再分出兵力去对付咱们那四万多人马，故而黄王与尚将军不必担心。"

黄巢与诸将皆以为然。黄巢便说道："好，咱们便出城向西去，不过咱们若从西门出城，势必要与唐军正面冲突。大军可从南门出城，再绕向西行，只是须留下一支人马断后，哪位将军愿意断后？"

朱温说道："黄王，末将愿领五千骑兵断后，请黄王再派五千骑兵率先出城守住南门，以防唐军从东翼突袭我军。另派一千弓箭手随同守护南门，唐军来时，先射杀之。弓箭手可随在大军队尾离开。"

黄巢点头道："好，便从尚将军帐下拨五千骑兵给朱将军，在城中抵御唐军，刘塘率五千骑兵守住南门，待大军出城后接应朱将军出城。"

各人得令，朱温又道："末将还有一言请黄王参量。"

黄巢道了句："讲。"

朱温说道："大军出城后可先向西南而行，二十余里外便是会稽山，山中崎岖林密，不宜骑兵作战，万一唐军想要追赶咱们，也可在山中伏击之。待穿过会稽山，再向西去，可往江西与王重隐部会合。那时，唐军便莫可奈何了。"

黄巢称道："此计可行，便依你言。"

黄巢大军正陆续从南门出城，忽然东南面喊声大作，冲出一队骑兵，径向大军拦腰杀来。刘塘早率兵等在哪里，忙命弓箭手放箭，随后再率军迎上与唐军厮杀。

黄巢心道："果然让朱温给说中了，唐军的确伏在东翼拦截我大军，幸好提早做了准备。"

来袭唐军亦不过五千人，毕竟唐军人数有限，张璘率领大部人马都冲进城去了，梁缵只带了五千骑埋伏在城外东南，若黄巢大军从东门、南门出城，皆可伏击之，若其从西门出城，则视情形而定，能追则追杀一阵，否则亦可放其西去，前途自有安排。

只是梁缵未料到黄巢竟早有准备，先以弓箭手射杀一阵，再以一支骑兵拦住自己，无法冲击其大军，自己人马本不甚多，时久只怕黄巢还会增派人马对付自己，遂不敢恋战，冲杀一阵便率军向东撤走。那刘塘亦不追赶，只守在南门附近而已。

且说朱温在城中拼命抵御唐军，边战边退，总算熬到大军全部撤离了会稽城，天色已蒙蒙发白。

朱温回身喝道：“愿与我死战于此的兄弟留下断后，其余人先出城！”声如霹雳，气势慑人。当下便有百余人大声应道：“我愿留下！”朱温遂低声与一亲信耳语了两句，转身又冲入阵中。

待几千人马最后出了城，朱温下令关闭城门，与那敢死百骑死守在城门口。

张璘见朱温武艺高强，在阵中冲来杀去，不禁心生爱才之意，询问左右之人，均不认识朱温。

只见那百骑越杀越少，最后只剩下十余人做最后的困兽之挣。忽然朱温拨转马头，沿城根向西奔去，无奈唐军人马众多，只冲出十余丈远便又被围困住。

朱温挥刀砍倒了迎面一骑，蓦地腾空跃起。那城门洞两侧各有一道登城阶梯，成八字形相对，朱温借着右足蹬踏马背之力，纵身跃上阶梯，飞奔上了城门。

唐兵见状，数十人纷纷下马登墙，追赶朱温。

朱温三两步奔到城头，挥刀将一面大旗紧贴旗面斩断，左手握住旗杆一侧，右手抓住大旗的另外两角，纵身一跃，竟从城头跳了下去，如只大风筝一般，飘然落到城外吊桥上。

城外黄巢大军早已走没了影，刘塘也已率领骑兵离去，只剩下两匹马被拴在护城河前不远处的一棵树上，却是朱温适才命自己的亲信留下的。

朱温奔过吊桥飞身上了一匹马，将另外一匹马牵在身后，以作备骑，飞奔追赶大军而去。追上城头的唐兵见状目瞪口呆，均未料到朱温竟留了这一手。

城内死守城门那最后十余人也已悉数被诛，待城门打开，朱温已跑远，张璘下令无须再追。

彻底收回了会稽城，日已东升。梁缵也带兵进了城。

清点战果，此战共诛敌五千余人，缴获兵器财货众多，张、梁二将均甚为高兴。

光波翼来到二人面前施礼道：“两位将军，黄巢败走，咱们何不乘胜追击，借此良机一举歼敌？”

张璘说道：“黄巢此战虽败，咱们却是偷袭成功。如今他已出了城，咱们若追上去，一来敌众我寡，胜负难料。二来他向西南山中而去，那里草莽林密，并不利于骑兵作战。”

光波翼说道：“咱们去追他，一来可趁其惊魂未定，再扰他一扰，令其乱上加乱，无暇整顿。二来可迫使其全力逃命，耗尽其力。未有把握全胜时，咱们只在后面给他加把劲，待过了会稽山，到了诸暨，咱们便可围而歼之。”

张璘狡黠一笑，问道：“围而歼之？如何围法？”

光波翼道：“高大人应该已会同杭、越两州兵力，守在诸暨，只待黄巢大军一到，咱们便前后夹击，合而围之。”

张璘哈哈大笑道：“独孤兄弟，我见你年轻有为，颇善用兵之道，我也有意与你结交。如今实话告诉你，诸暨根本不会有大军围堵黄巢，你就不必再惦记此事了。”

光波翼闻言大惑不解，忙问其中缘故。

原来光波翼此前已将黄巢军中情况察探清楚，故而向高骈献出大败黄巢的连环计，先以财货诱惑贪利的许勍走出上虞大营；再逼许勍逃奔余姚，赚开余姚城门，突击拿下余姚；再逼迫许勍、毕师铎二人逃回会稽，并借二人之口假意示弱，装作惧怕黄巢大军得知唐军已偷偷拿下上虞、余姚两镇之事，诱使黄巢派兵偷袭上虞、余姚，一来分散其兵力，二来麻痹其警惕。黄巢果然上当，派出军中大部骑兵及两万步军东去。唐军再以张璘率领一万五千骑兵夜袭会稽，梁缵率五千骑在城外围剿，以唐军人数，并不能全歼黄巢大军，目的便是夺取会稽，并逼迫黄巢率军逃走。光波翼算定，经过前几番上当，黄巢多半不敢向东逃，以免再遭唐军伏击。而西面有黄巢旧部王重隐，率兵在江西一带游荡，故而黄巢极有可能西去与之会合。是以光波翼请高骈派出大军，再会同杭、越两州之兵力，守在黄巢西逃必经之路——诸暨，只待黄巢一到，便可围而歼之。而一旦黄巢向东逃去，诸暨大军亦可迅速东移，将黄巢困在浙东孤地。至于奔赴上虞、余姚那四万五千人马，只要黄巢大军西逃，他们自然不敢久留其地，免成孤军被围之势，必然乖乖从两镇撤出，西追黄巢大军而去，到时唐军亦可在半路劫而剿之。

此一计策可谓天衣无缝，虽然黄巢麾下出了朱温这般机谋人物，令唐军此番攻打会稽城减色不少，黄巢实力并未因此役大损，却仍未影响此计大局。故而张璘告诉光波翼，诸暨并无人马围堵黄巢，光波翼自然不明所以。

张璘见光波翼茫然相问，略一沉吟，将光波翼拉到一旁，低声说道：“兄弟，我告诉你吧，如果咱们果真便如此轻易地剿灭了贼寇，朝廷如何会重视咱们？还只道那些贼寇无能，哪里还会多给咱们军饷粮草？便是论功封赏，也只有这一次不是？如果咱们不将那些贼寇赶尽杀绝，留着慢慢剿，慢慢杀，咱们立功的机会自然也就多了，向朝廷讨的赏自然也要丰厚许多。等咱们一路将贼寇剿灭，只怕咱们这官职也升得差不多了。我见兄弟你年纪轻轻，前途不可限量，不过你须得明白，在朝为官各有其道，文官有文官的做法，武将有武将的做法，你若不明其中关窍，一辈子也别想升官发财，弄不好还会得罪人，丢官掉脑袋。哥哥我这可都是掏心窝子的好话，如今说与你听，只希望兄弟你将来能有个好前程，到时候可别忘了哥哥我。”

光波翼这才明白，原来高骈假意答应自己，其实根本没想全力剿灭贼寇，不过是借自己之手，又贪立一功，向朝廷邀赏而已。只可惜错失了这一次剿贼的大好良机，放走了黄巢，无疑是纵虎归山。

光波翼心下气恼之极，当下忍怒说道：“多谢张将军提醒，在下受教了。难怪天下盗匪四起，清之不尽，剿之不绝，看来懂得为官之道的人亦不在少数。今日算那黄巢走运，躲进莽莽黑山之中，逃过此劫。不过在下也奉劝将军一言，所谓‘养虎为患’，咱们虽然指望这些贼寇升官发财，可也须得仔细，莫要一不留神便被这藏在黑山中的老虎所食啖哪。”

张璘哈哈一笑道：“兄弟放心，那黄巢不过是个贩私盐的，能有何出息？也只有给咱做垫脚石的分儿。走，咱们哥几个吃酒去！”

光波翼心中已对高骈等人大为不屑，哪里肯与他吃酒，忙推脱不去。张璘再三邀之不得，只好作罢，向光波翼说道：“既然兄弟有要事在身，哥哥今日也不勉强你了，不过我有一事相问，还望独孤兄弟如实相告。”

光波翼微微点头道：“将军请问。”

张璘问道：“兄弟可知黄巢手下那些骑着大鸟的是什么人？今日在城中发生的那些古怪又是何人所为？”

光波翼故作神秘，低声道：“据说那些人都是山中修仙修道之人，可其中有些败类总想着升官发财，贪图人间富贵，放着大好神仙不做，却跑出来为虎作伥，干些伤天害理之事，故而他们的同道看不过去，便也出山来收服这些败类了。可见纵使神仙作恶也要遭谴受罚，何况咱们凡人。”

张璘闻言讶道：“哦？竟有这等事？高大人素喜神仙，他身边也有两位自称半仙之人，可也未见有这般呼风唤雨的本事。独孤兄弟可否为我引见一两位仙人啊？”

光波翼见他毫不在意自己的警醒暗示，只一心想要结识神仙，好去向高骈邀赏，当下说道："我这般凡夫俗子哪里识得那修道仙家？只怕人家还嫌弃我这身上有铜臭气。"说罢向张璘、梁缵二人抱拳，大声道："两位将军，在下急着办事，先告辞了。"转身而去。

张璘望着光波翼的背影，心中暗忖："这小子，不知他到底是何来头。"

光波翼离开张璘、梁缵，心中思忖："黄巢此番兵败，必然向目焱通气求援，目焱必会增派忍者相助黄巢，那时只怕更加难以对付了。即使三道忍者出手助阵，双方军士也难免死伤大增，眼下必须尽快回幽兰谷，与坚地长老等人共商大策。"思罢忙去寻了沐族与白鸟族忍者，向其称谢告辞。

二族忍者经此一战，均对光波翼颇为钦佩，至此方知其为何年纪轻轻便接连受封，做了四忍者道侍御史和三忍者道通知使。白鸟瀛对光波翼说道："光波兄弟大智大勇，堪为我辈楷模，这一仗着实赢得漂亮。却不知为何轻易便放贼寇遁去？咱们何不乘胜追击？"

光波翼苦笑一声，道："我也与白鸟兄一般想法，只是朝中人心复杂，所虑与我等不同，欲剿灭贼寇，也只好再寻良机了。"

白鸟瀛闻言一拍大腿，也只有叹气一声而已。

光波翼微笑道："此番破敌，多亏众位兄弟姐妹相助，光波翼不胜感激。"说罢向众人深施一礼。两族忍者连忙躬身还礼。

沐如雪对光波翼说道："光波兄弟不必客气，日后但有需用我等之处，我们必会随时听候召唤。"

光波翼合十道："多谢沐姐姐盛情，只怕日后仍有叨扰之时。"又请沐如雪和白鸟瀛代自己向川洋长老致谢。

几人互道珍重，那二人便率领二族忍者回胜神岛去了。临行，沐如雪不由得又回望了一眼这位风姿绝美的少年英雄。

此前，光波翼本想拿下会稽城后前去探望方干，再去看看纪园情形如何，此时已无暇前往，只一心想在目焱得到黄巢报信之前赶回幽兰谷，便也即刻启程，放开脚步，急奔西南而去。

疾行五日，正午前赶到幽兰谷中，光波翼直奔长老舍，坚地已早早等在院门口。

父子二人半载未见，此番重逢，格外亲热。光波翼虽是初出茅庐，离开瞻部道之后却是大展身手，屡立奇功，令坚地大感欣慰。

父子牵手进到内室，光波翼将此行经历捡择要紧处详细说与坚地，坚地不时点头，暗许自己这位义子已出落成材，自己多年苦心教诲终得其果。

待光波翼讲完越州一战，坚地蹙眉道："看来黄巢必然西去与王重隐会合，若再得目焱增派忍者相助，其大军必成破竹之势。"

光波翼说道："我与义父同见，当务之急，怕是要先下手为强，咱们须主动出击北道，阻止目焱向黄巢派兵遣将。"

坚地眼光熠熠，捋须沉思片刻，说道："如此则忍者之战在所难免了。自非空大师传授我辈先祖忍术以来，忍者之间亲同兄弟，生死相恤，荣辱与共，难道这延续了一百多年的手足之情如今竟要断送在我辈手中吗？"

光波翼闻言亦不免黯然，沉声说道："万事皆有始终，太平终难长久。北俱卢道自从落入目焱手中，便已注定此战因缘。不过孩儿以为，目焱手下亦并非皆是奸佞之辈，其中难免有被目焱巧言迷惑之人，将来或可令其醒悟前非、弃暗投明。咱们与之兵戎相见之时，尽量为其留下后路便是。"

坚地看了一眼光波翼，问道："你所说的便是那位目焱的女弟子吧？"

光波翼点头说道："如那位姑娘一般的，应当还有人在。"

坚地微微点点头道："或许如此，不过翼儿，所谓人心叵测，你且不可轻信他人。想那目焱在你父亲身边多年，颇得信任，谁能料想，你父亲竟是被他所害！如此阴险小人，他身边之人亦不可不防啊。"

光波翼应了一声，坚地又道："万没想到，百典族传人竟会与黄巢之流勾结在一处，想必也与那目焱沆瀣一气了，如此则大大不妙！"

光波翼道："义父是担心百典湖将各族忍术滥传北道忍者吗？"

坚地颔首不语。

光波翼又道："孩儿与百典前辈交谈之时，见他谈吐见识皆极出众，不似凡庸之辈。或许他也只是一时被黄巢等人迷惑而已。纵然他果真不想回头，也未必便会破了忍者誓言，滥传忍术。"

坚地道了句："但愿如此。"又望着光波翼说道："翼儿，若是那百典湖见你不肯与反贼同流合污，便不传你'追光术'如何？"

光波翼凛然说道："义父放心，孩儿怎会为一己之私而屈从贼寇！孩儿若如此，纵然学会了追光术，又怎对得起光波家的父祖先辈？义父待我如亲生，尽将忍术传我，孩儿一生已是受用不尽，即使学不成追光术也无甚要紧。”

坚地轻拍着光波翼肩头，说道：“好孩子，你自幼在我身边长大，我知你天资甚佳，忍术修为已臻上境，不过一来你是我的义子，二来你又身无寸功，为免旁人非议，故而一直未加授你忍者阶级。如今你既已为朝廷立功，又得圣上赐封官爵，我便授予你行忍之位。”

光波翼忙回道：“义父，孩儿不过侥幸办成两件小事，不敢居功。何况诸道忍者之中高明者众多，孩儿如何敢僭领行忍之位？”

坚地微微笑道：“如今既要对北道忍者开战，须三道忍者配合，各忍者道派去北上者，其中不乏高手，你若只以色忍之身参战，与诸道忍者议事之时必然言轻。现今你已被圣上封为诸忍者道侍御史兼通知使，再加授你行忍之位，三道带队黑带则更易于听取你的建言，如此亦是为大局着想。翼儿，相信你不会令我失望。”

光波翼闻言忙胡跪于坚地面前，道：“义父，孩儿年幼，见识与忍术修为犹尚浅薄，只怕辜负您老人家重望。”

坚地摆手说道：“你不必太过自谦，其实在你回来之前，我已大致知晓了你的诸般行状，我已与风、川两位长老谈过，他二人对你也是赞赏有加，期待你将来能有所作为。明日一早我便为你授带，然后知会二道长老。”

光波翼见事已至此，无法再推却，只得恭敬领命。又向坚地说道：“义父，对此番北上，您老有何主张？”

坚地将光波翼拉起，说道：“目下我所虑者，重在百典一人。”

光波翼略加思索道：“义父，孩儿不妨先去拜见百典前辈，探探他的本意，再作打算，如何？”

坚地点头说道：“如此正合我意。”

次日清晨，坚地率众举行仪典，为光波翼加授行忍之位，并令海音族忍者传信诸道长老。瞻部道中，或有大赞光波翼不愧名门之后，少年英雄不输乃父。也有心中不服者，暗忖光波翼不过是凭借坚地义子身份冒领高位，因此亦对坚地颇有不满，只是未敢遽然表露。

授带大典之后，坚地秘密点选了百名忍者北上，以瞻部道行忍沙楼为黑带，想忍烟五耕为副手。这百名忍者并不结成一队，而是分头秘密向北方进发。坚地也已向东西二道发出信息，邀二道长老同派忍者北上会合。同时写好一份秘奏，派人向僖宗报告此事。

安排妥当，坚地亲自送光波翼上船，并将一封书信交与光波翼，道：“翼儿，你此番北上顺道去见坤儿一面，将此信亲手交与她，令她当面拆看。”

这坤儿乃是坚地的独生女儿，名叫俪坤，年长光波翼八岁，自幼在幽兰谷长大，成年后嫁到西部牛货道，做了风族忍者风啸的妻子，以后便罕有机会再回幽兰谷省亲，只在两年前坚地夫人过世时，与丈夫一同回来祭拜母亲。坚地家族称作坤族，该族有一特别之处，便是无有姓氏，然各人名字当中皆须含有“土”义。

光波翼将书信收好，说道：“义父放心，我一定亲手将书信交给姐姐。孩儿这就要启程了，义父还有什么要叮嘱的吗?”

坚地凝视了光波翼片刻，说道：“目焱为人狡诈，与之对阵，凡事要三思而后行，且不可轻举妄动。更为要紧者，切莫以愤恨之心对敌，须知嗔起则智丧。孩子，好自为之!”

光波翼一一应承，跪在甲板上向坚地叩头四拜，父子二人这才挥手告别。

舟行人远，岸离心空。伫立船头，四周的万山千岛如影擦肩，这一走，又不知何时能再回到这自幼生长于斯的幽兰谷。光波翼心中不免生出一丝孤寂，这孤寂洒在湖中，随着湖水荡漾，不知不觉便漾出一分相思来。光波翼不禁脱口吟道：

青青子衿，悠悠我心。
不见尔面，犹闻尔琴。
青青子佩，悠悠我思。
不睹尔容，犹闻尔歌。
皓兮其月，皎兮其光。
委兮其荷，婉兮其香。
一日三月，怅然难忘。

图书在版编目（CIP）数据

大唐忍者秘史．上册，百部忍法/索巴著．—北京：东方出版社，2016
ISBN 978－7－5060－8933－3

Ⅰ．①大…　Ⅱ．①索…　Ⅲ．①长篇小说-中国-当代　Ⅳ．①I247.5

中国版本图书馆 CIP 数据核字（2016）第 026448 号

大唐忍者秘史·上册·百部忍法
（DATANG RENZHE MISHI · SHANGCE · BAIBU RENFA）
索　巴　著

责任编辑：张　旭　刘小兰
出　　版：東方出版社
发　　行：人民东方出版传媒有限公司
地　　址：北京市东城区东四十条 113 号
邮政编码：100007
印　　刷：三河市金泰源印务有限公司
版　　次：2016 年 7 月第 1 版
印　　次：2016 年 7 月北京第 1 次印刷
开　　本：710 毫米 × 1000 毫米　1/16
印　　张：22.5
字　　数：323 千字
书　　号：ISBN 978－7－5060－8933－3
定　　价：48.00 元
发行电话：（010）85924663　85924644　85924641